倉本 聰

北の国から

’92～’02

理論社

読者へ　倉本 聰

シナリオというものをお読みになったことがありますか？

この本は、テレビドラマのシナリオです。

これまでシナリオは俳優や監督やテレビ・映画の関係者だけが読む、出版されない文学でした。だから普通の小説を読むのとはちょっと違って最初とまどうかもしれません。でもその戸惑いは最初のうちだけです。

シナリオは読みながらその情景や主人公の表情や悲しみや喜びを、みなさんの頭のスクリーンに描きやすいように書かれています。単に「間《ま》」と書かれている時間の中で主人公が何を考えているのか。「誰々の顔」と書かれているところで登場人物がどんな顔をするのか。そういうことを読みながら空想し、頭に映像を創っていくことで、みなさんは自分の創造力の中の監督や俳優になることができるのです。そしてもしかしたら皆さんの創造力は、実際にこのシナリオを元にしてできたドラマより、より深いより高い一つのドラマを頭の中に創ってしまうかもしれません。

シナリオを読むことに馴れてみてください。

そこに皆さんはただ読むだけではない、創るよろこびをも同時に持てるでしょう。

装画　倉本聰
装幀　守先正

「北の国から'92巣立ち」

「北の国から'95秘密」

旭88
せ31-94

「北の国から'98時代」

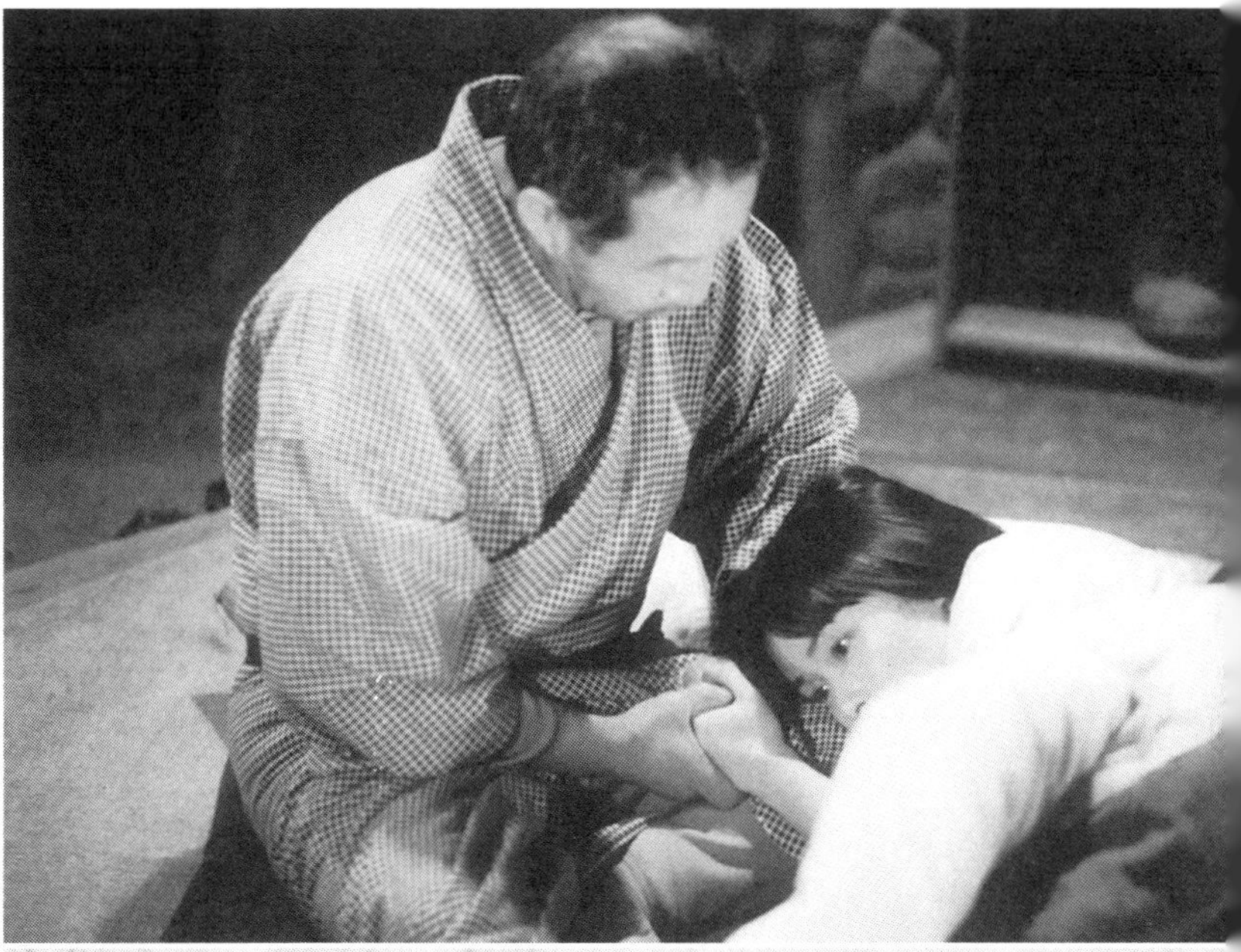

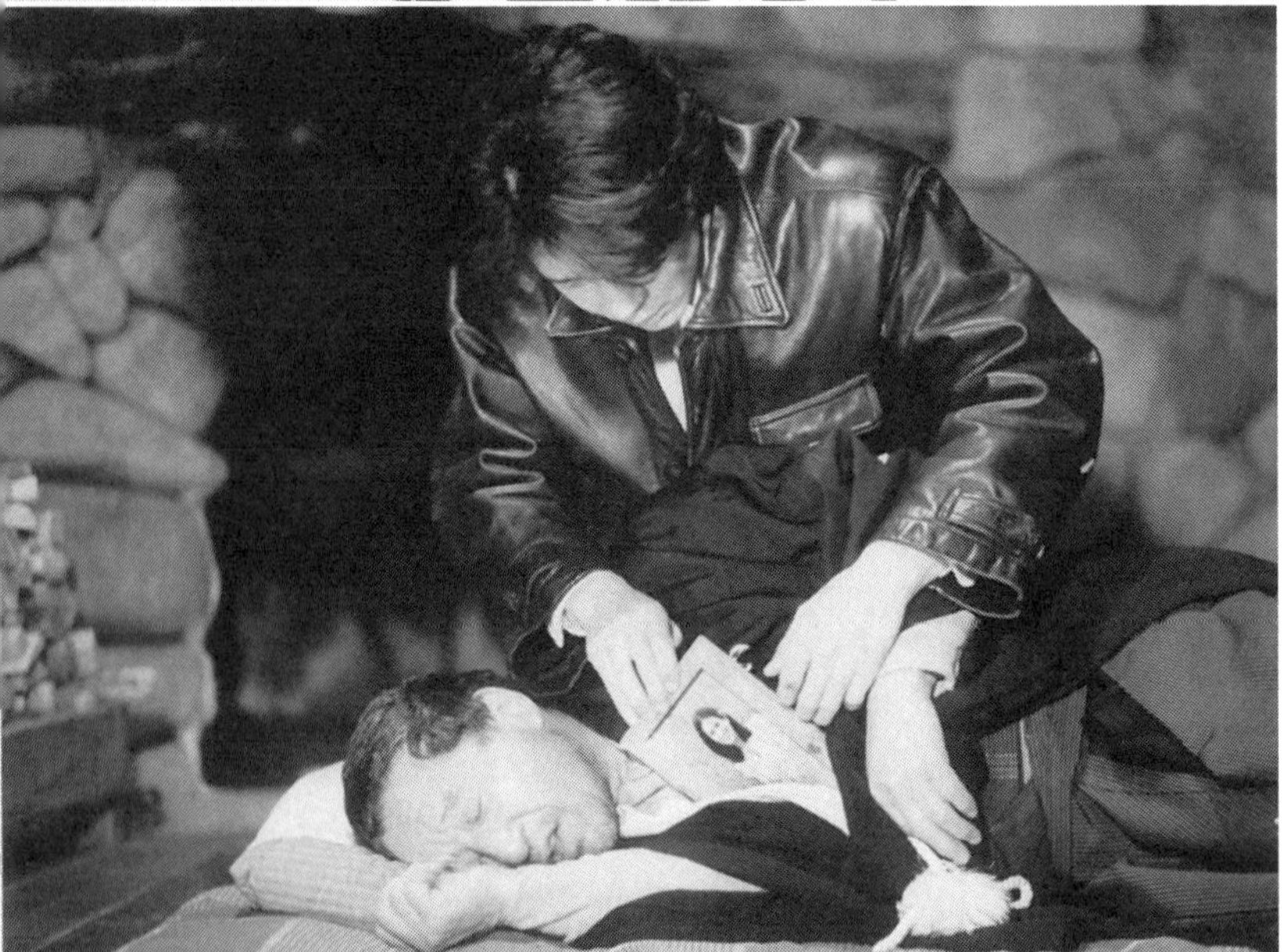

「北の国から2002遺言」

写真提供：フジテレビ　写真：島田和之

もくじ

北の国から'92巣立ち 23
北の国から'95秘密 159
北の国から'98時代 239
北の国から'02遺言 357

北の国から'92巣立ち

北海ヘソ祭り

　そのポスター。
　どこかで踊りの稽古が行なわれているらしい。
　囃子のテープの音が聞こえる。

富良野・裏通り

　身をかくすように五郎が立っている。
　五郎はじっとウィンドウを見ている。
　いや、本当はウィンドウの中を見ているのではない。
　ウィンドウに写っている別のものを見ているのだ。
　病院。
　『財津病院』の看板が見える。
　五郎はその病院を、もうかなりの時間張っているらしい。
　五郎の足元に何本かの煙草の吸殻。
　五郎。
　煙草をまた出そうとする。
　その手が止まる。
　病院から院長、財津が出てくるのが見える。
　五郎、煙草をあわててしまい、身を伏せるように逆方向へ走る。

道

　財津がやってくる。
　角を曲ろうとして、やってきた五郎と危くぶつかりかける。
二人「ア、失礼」
五郎「ヤ、こりゃ先生！」
財津「よォ五郎さんかい」
五郎「イヤイヤ偶然。どちらへ」
財津「いやちょっと床屋まで」
五郎「ア、そりゃどうも！　失礼しました！」
財津「じゃ、また」
五郎「ハイ。（思いついたように）ア！」

財津「ん?」
五郎「いや、アノ例の、いつかお話した娘の話」
財津「アア螢ちゃんの」
五郎「ハイッ。アノ、あいつも来年の春には看護学校いよいよ卒業で」
財津「来てくれるンだろ、うちの病院に」
五郎。思わず顔が崩れて、
五郎「ア、ハイッ!!」
財津「当てにしてンだ。本当にたのみますよ」
五郎「ハイッ。くれぐれも、よろしくお願いいいたしますッ!!」
財津「こっちこそ。じゃ、また」
五郎「ハッ」
いつまでも最敬礼して見送っている五郎。
流れこむ演歌。

床屋

「いらっしゃい」
入って席に着く財津。
床屋、笑いながら財津の首にタオルを巻く。
床屋「また張られましたね」
財津「(笑って)見てたのかい」
床屋「一時間以上待伏せしてましたよ」
財津「螢ちゃんのことが気になってしょうがないンだなァ」
床屋「早く娘に帰ってきて欲しいンでしょう」
財津「うン」
床屋「いつものように?」
財津「ああ」
仕度にかかる床屋。
演歌。
財津「五郎さん最近、棟梁ンとこに弟子入りしてンだって?」
床屋「加納の金ちゃんとこ。ええ」
財津「そうなンだってなァ」
床屋「あの歳になって何思ったンだか、一昨年から職業訓練校通って」
財津「聞いたよ。あの歳でなァ――珍しい人だよなァ」

山間部

谷あいの道を五郎の車が走ってくる。
車止まって五郎が下りる。

五郎は便意をもよおしたらしい。

急ぎ草むらに分け入り、ズボンを下ろしてかがみこむ。

草むらから出ている五郎の顔。

その顔が――

ふいに大きく目を見開く。

すぐそばの林間から、じっとこっちを見ている鹿。

音楽――テーマ曲、イン。

タイトル流れて。

富良野、麓郷《ろくごう》の自然をバックに――。

ネコ（一輪車）に石を積んだ五郎が、林の中の坂道をのぼる。蟻の動きのようなその姿。

1

麓郷

五郎歩きつつ、作業袋を腰にベルトで巻く。

『加納工務店』と書かれた作業場へ。

加納の作業場

加納金次が神輿《みこし》の台を作っている。
そのそばに無言で立っている金次の息子修（二十歳）。
五郎「（入って）おはよう」
二人「――」
金次、息子に顎でしゃくう。
修、無言で奥（住居）へ消える。
五郎「どしたの」
金次「五郎さん」
五郎「ああ」
金次「このカマ、ちょっと見てくれ」
金次、角材を手にとって示す。
五郎、のぞく。

金次「あんたが昨日やったとこだ」
　カマのオスをメスにはめる。
金次「微妙に隙間ができてるだろう」
五郎「ハイ」
金次「オンタがメンタの中で遊んでちゃダメだ。切りこみが雑だよ。も一度やり直せ」
五郎「スミマセン」
金次「こっちのアリもやり直しといた」
五郎「スミマセン」
金次「それと木目をも少しよく見ろ。どうねじれるのかをもっと考えるンだ」
五郎「ハイ」
金次「ねじれとねじれが逆に働きゃァ、入ったカマはしまってくれる」
五郎「なるほど」
　五郎、オスの木材とメスの木材の木目を真剣な目つきで検討する。
　それから砥石を出し、ノミをゆっくり磨ぎはじめる。
　音楽――静かな旋律で入る。B・G（次のシーンのバックに流れる）。

加納の作業場・表

　神輿の台が軽トラに積まれる。手伝う修。

麓郷街道

　台を積んだ軽トラが走る。

同・車内

　運転席の金次と助手席の五郎。
金次「おたくの伜《せがれ》は東京だったよな」
五郎「ああ。そうだ？」
　間《ま》。
金次「何してるンだ」
五郎「何だか転々と職変えてたけど、今はガソリンスタンドにつとめてる」
金次「――」
五郎「東京はアレだわ。人手不足で困っとるちゅうから、若いやつらは大きな顔でどんどん職を変えるちゅう話だ」
金次「――」
五郎「フリーターちゅうンかい？　それが流行りだと」
金次「――らしいな」

間。
五郎「どうして」
金次「――――」
五郎「何かあるンかい」
金次「――いや」

街

五郎と金次、台を下ろし、商店の前に組み立てる。
商店主たちがそれを見ている。
しのびこんでくる流行歌。

ラーメン屋

ラーメンをすすっている五郎と金次。
金次「（ポツリ）修が東京へ出て行くそうだ」
五郎、箸を止め金次を見る。
五郎「東京で大工の修業するンかい」
金次「いや」
五郎「――――」
金次「大工にゃなりたくないンだと」
五郎「――――」
流行歌。

五郎「したっけあんたの後継ぎだべさ」
金次「――――」
五郎「仕事だってあんだけもうできるのに」
間。
金次「仕事はダメだ」
五郎「そんなことないべさ」
金次「あいつにゃ大工はわかってないよ」
五郎「――――」
金次「ノミも工具もろくに使えンのに電動工具でごまかすことばかり考えとる」
流行歌。
五郎「大工をやめて東京に出て、いったい何になろうってンだ」
食べる金次。
金次「知らん」
五郎「――――」
金次「何になりたいンだってオラがきいたら、別に決めてないってそういうンだわ」
五郎「――――」
流行歌。
金次「五郎さん、おたくの倅なンかどうだ。何になりたいかはっきり決めとるか」
五郎「――さァ」
音楽――低い旋律で入る。B・G。

夕暮れ

山が茜《あかね》色に染まっている。

五郎の家・表

材木の間を帰ってくる、二本の角材をかついだ五郎。

同・内

五郎入る。

五郎「アキナ。帰ったぞ」

とび出してきてまとわりつく仔犬のアキナ。抱き上げる五郎。

五郎「おお、よちよち。待たしたもなァ。腹へったべさ。今すぐめしの仕度するからな。ん?」

五郎仔犬を下ろし、扉にさしこまれていた速達をとる。

速達

差出人　井関雪子
――裏を返す。（音楽――消える）
雪子の声「お義兄《にい》さん、ご無沙汰しています。急な話で申訳けありませんが、七月二十六日から三日ほど、大介を連れてそちらに行こうかと思っています。大介と二人、泊めていただけませんか?」

家

五郎の顔が輝く。

雪子の声「恐れ入りますが、義兄さんのご都合を電話でご連絡いただけませんでしょうか。七時以降なら必ずおります。雪子」

五郎、急いでビニール袋からアジのフライを一匹出す。ジャーからめしをとり、犬のめしを作る。アキナにやって家をとび出す。

麓郷交差点

五郎、急ぎ来る。

テレホンカードを電話にさしこみ、ノートを見ながらダイヤルを押す。

待つ。

五郎「あ! もしもし! 雪ちゃん!? 五郎!――しばら

くぅ!!　速達受取った！　イヤアうれしい！　歓迎する！——歓迎するよォうれしいなァ!!——ア、だけどさ。今オレ、前の家雪でつぶれて中ちゃんの倉庫借りて住んでるから部屋が一つしか——いや！——いや！——本当ォ!?　イヤもちろんそれでかまわないならオレのほうは全然歓迎するけど。——それでアノいつ、二十六日。——うン。——うン」

五郎、ノートに急いでメモする。

五郎「うン——。うン。——わかった待ってる！——イヤアうれしいなァ！」

車が止まって観光客らしい若いアベックが自動販売機で缶ジュースを買っている。

五郎、電話を切りテレホンカードをとる。

五郎「(ご機嫌で) こんばんわァ」

観光客「こんばんわ——」

五郎「観光ですかァ?」

客「——」

五郎「ア、ちがったかな？　地元の方?」

客「——」

五郎「いいよねえこの時期のここいらは！」

アベック、いぶかしげに車へもどる。

無視された五郎ちょっと淋しく、それでも倖せに帰路につく。

ヒョコタンと去ってゆくその後ろ姿に、

音楽——静かな旋律で入る。B・G。

家

五郎入る。

まとわりつく仔犬。

五郎、ビニール袋からもう一匹のアジフライを出し、ほとんど犬めしと同じ晩めしを作る。作りつつ、

五郎「(アキナに) 雪子おばさんが来るンだぜえアキナ！　雪子おばさん。——初めてだよな。父さんの死んだ奥さんの妹で。——子どもも一緒に連れてくるンだ。うン。大介っていってな。いくつなのかな。五ツか——六ツくらい！　二十六日からここに泊るからな。螢も来るようにいってやろうな？　螢全然帰ってこンもなァな！　二十六日から三日間——ア！　ヘソ祭りにぎりぎり間に合うでしょう！　それまでに仕事、バッチリ仕上げて」

五郎、めしを頬張りながら、持って帰った角材を手にする。

カマの墨つけの終った角材。
五郎。
――ノミと金槌をとる。
真剣な顔で切込みを始める。
食べかけた夕食をそっちのけにして、しだいに仕事に没入していく。

深夜

五郎の窓にポツンとともったランプの灯。
音楽――転調して朝へ。

朝焼け

富良野岳を染めている。

家・表

早朝の表へ出てくる五郎。

人参工場

五郎の車が来る。
始動前の工場。
五郎、車を下り裏手へ回って、ハネ物の人参を運んで車へ入れる。
工場の男手伝ってくれる。
五郎、ペコペコと頭を下げる。

麓郷街道

五郎の車走る。

富良野市街

朝まだき、街をつっ切る五郎の車。

国道

五郎の車がとばす。

美馬牛峠

五郎の車、とばす。
朝がしだいに明け染めてくる。

旭川

五郎の車、走ってくる。
その行手に、旭川総合病院の建物。
音楽――ゆっくり盛りあがって終る。

旭川総合病院・裏

人参を運びこみ、車へもどる五郎。
賄いの女、送って出て、
女「すみませんねえいつも」
五郎「いえいえとんでもございません！」
女「婦長さんからも、もうくれぐれもそんなことしないでいただきたいって」
五郎「いえいえもうこれ、ハネ物なンですから！　イヤハネ物でもいい物なンスけど。本当に娘がお世話になってばかり」
女「ナースセンターに連絡してみますか？」
五郎「いえいえまだアノ、出とりませんしそれに、こんなことしてるっていうと娘怒りますンで。どうぞアノここだけに！　娘にはご内聞に」
女「本当にいつもすみませんねぇ！」
五郎「とんでも！　こちらこそ！　ありがとうございました！」

公衆電話ボックス

相手の出るのを待っている五郎。

五郎「あ、もしもし！　螢？　父さん。起こしちゃった？　ア、起きてた？　よかったァ。元気？　イヤ電話したのは、ゆうべ速達で雪子おばさんが来るンだって富良野に！　二十六日。それで三日間はいるっていうから、ちょうどヘソ祭りに間に合うしその頃こっちに帰れないかなっての。

（間）

だいじょうぶ⁉　本当⁉　イヤアうれしいなァ！　雪子おばさんも喜ぶよォ！　ア、それで、帰ってきたらちょうどいいから、財津先生に挨拶に行こう？　イヤ二、三日前バッタリ会ってさ。

（間）

財津先生よォ財津病院の！　先生お前を看護婦として、つとめて欲しいっていってくだすってるから——アレ？」

駐車してある車の所へ、パトカーが止まって巡査が出てくる。

五郎「だからちょっとだけ。挨拶に、ちょっとだけ。——ア、ごめん。またッ」

電話切り、あわててボックスをとびだす。

段差によろけて通行人に抱きつく。

五郎「ア。ゴメンナサーイ。ヨロケチャッテ、アハハハ」
　巡査の所へとんでいって、恥も外聞もなく平身低頭。

富良野駅

　列車がすべりこむ。
　キョロキョロ見回す五郎。
　下りてくる雪子と大介。
五郎（かけよる）
雪子「ゴメンナサイ、わざわざ」
五郎「いやァ！　びっくりしたァ！　どうしたの急に！」
雪子「ゴメンナサイ。大介、五郎おじちゃんよ」
大介「コンニチワ」
五郎「おおでかくなって！　待ってた！　うン！　うれしい！　本当にうれしい！」

山間の道

　車のフロントグラスに走る。
五郎の声「螢にもすぐ電話したンだ。びっくりしてた！　ヘソ祭りの日に会いにくるって」

走る車内

五郎「螢、来年看護学校出て富良野にもどって看護婦になるの」
雪子「───」
五郎「あいつもう十九よ！　びっくりするよきれいになっちゃって。令子に似たみたい。よかった。アッチに似て。アハハハ」
雪子（笑う）
五郎「だけど、どうしたのよ！　いきなり急に！」
雪子「（首ふり、ちょっと笑う）変ってないわね。ここらへん。───ホッとした」
　ドッと明るい笑い声。

中畑家・庭

　馬になった五郎、大介を背にのせ、芝生の上をキャッキャッと遊んでいる。
　メロンを食べている雪子、中畑夫妻。
みずえ「───だから五郎さんもうそれだけが楽しみで、毎日カレンダーに印つけてるのよ。螢卒業まで後何日って」
和夫「まァ要するに単なる親馬鹿だな」
雪子「ねえ、いつか純から聞いたンだけど、義兄さんまた丸太小屋建てはじめてるの？」
みずえ「やってるわ」
和夫「いつでき上がるか知らんけどな」
みずえ「丸太の皮むきだけでもう二年」
和夫「ここらはホラ、畑から石が出て困ってるだろう。投げてある石を一輪車にのせてさ、コッコッコッコッ山まで運んで地べたに埋めて基礎にするンだって」
大介「（走ってきて雪子に）モオモオ見にいく！」
雪子「モオモオ？　お牛ちゃん見に連れてってもらうの？」
五郎「（来る）雪ちゃんきいたか草太の話！」
雪子「草太さん、どうしたの」
和夫「結婚するンだ」
五郎「こいつらが仲人で」
和夫「それが」
みずえ「花嫁さん、もうこうなのよ！（身重の仕草）」
雪子「えぇッ!?」

北村牧場・牧舎

ふん然と歩く正子と並んで歩く草太。

正子「あたしゃそんな式出席しないからねッ」
草太「またまたお母ちゃんそうイキルなって！」
正子「おなかの大きい花嫁ってだけで私ゃ充分恥ずかしいのに！」
草太「したっけこの式はオラの企画でない？、青年部の連中が」
正子「結婚式っちゅうのはちゃんとした会場で」
草太「農村だべ農村だべ。こんなでっかい農村だべ!!　なンでわざわざ町のせせこましい文化会館だの玉姫殿でやるの！」
正子「草太！」
アイコ「（入って）草ちゃん、おじさん」
草太「（五郎を見て）ア、おじさんダメだべ！　来ちゃいかんていっといたべ!!（歩く）おじさんの顔は胎教によくないから」
草太の足止まる。
入口に立っている雪子と大介。
草太「（口の中で）雪ちゃん――！」
雪子「こんにちわ」
草太――ぼう然。
草太「（口の中で）イヤイヤイヤイヤァ――！　雪ちゃんだもナアア！」

雪子「結婚するンですって？　おめでとう！」
　草太。
草太「イヤイヤ――ア！　もう聞いた!?　ア、アイコ！　紹介する！　これアイコ。こんなブスだけどもらうことにした。人助け。アハハ。種つけももうすんだ。アハ。コレ雪ちゃん。オラが昔惚れてあっさりフラレた。アハハハ」
アイコ「よろしく」
雪子「よろしく」
草太「イヤイヤ、ア、これ雪ちゃんのコッコか」
雪子「大介っていうの」
草太「大介か。そうか。うン。うちも男の子作る予定だ。あ、アイコちょうどいい。こいつの服のお古もらえるな。アハ。コラ大介！　お前本当に男か。チンポつけとるか。ちょっと見してみれ。コラ見せろ！　ア、こりゃ泣くな！　泣くな泣くな！（大介泣きだす）」
雪子「（笑って大介に）だいじょうぶよ。このお兄ちゃんはネ、こういう人なの」
草太「イヤイヤおじさんよく連れてきた。よし！　後雪ちゃんはオラがあずかる！　おじさんご苦労さんもう帰っていい！　アイコ後たのむオラ雪ちゃんと」
アイコ「搾乳は？」
草太「サク乳。――そうだ。アハハハ。サク乳があった。（雪子の耳元に）ダメだ雪ちゃん昔とちがう。オラもう完全に尻に敷かれとる。ヒヒ」
音楽――静かな旋律で入る。B・G。

中畑木材・土場

　材木の間を家へ歩く五郎、雪子、大介。
雪子「倖せそうね、草太さん」
五郎「あいつうれしくてしようがないンだ」
雪子「――」
五郎「結婚はもちろんだけど、赤ン坊のことがな」
雪子（微笑）
　歩く三人。
五郎「アイコちゃんは街で苦労した子でな」
雪子「――」
五郎「実いうと子どもはもうできン体だって医者から宣告されてたらしいンだ」
雪子「――」
五郎「だから草太のおやじもおふくろも、この結婚にはしぶっとって」

雪子「――」
五郎「それが――突然妊娠したンで、草太のやつもう舞い
　上がっちゃって」
　五郎、倉庫の扉を開ける。
五郎「アキナ！　帰ったぞ！　お客さま一緒だ！」
　雪子。
　中からとびだすアキナ。
雪子「!!――びっくりしたァ！」
五郎「中森明菜と住んどると思ったかい？　アハハハハ。
　サ、入れ？」

同・内

　五郎に案内され、中へ入る雪子。
　室内。
　侘しい男世帯。
　隅のミカン箱の上に飾られた二枚の写真。
　五郎と幼い純と螢。
　令子。
　音楽――いつか消えている。

林の道

　走り上がるアキナと、追いかける大介。
　ついて上がっていく五郎と雪子。

牧草地

　三人スロープを上がる。
　五郎の建築現場が現れる。
　基礎だけがめぐらされた現場の一画に、なぜか風呂だ
　けが早くもできている。
大介「何なのこれ」
雪子「おじちゃんがね一人でおうちつくってるの」
大介「フウン」
　雪子。
　――感動。
雪子「どうやってここまで石運んだの？」
五郎「(笑って) アレ (ネコ) でさ。少しずつ。だから全
　然はかどらないンだわ」
雪子「スゴイ！」
五郎「(ヘラヘラ) すごくないよォ！」
雪子「スゴイなァ！　それに最高の景色じゃない！」
五郎「景色はすごいだろ？　中ちゃんのおかげだよ。あい
　つの持ってた土地貸してもらって」

大介「(遠くで) これ何!?」
五郎「風呂だよ！ (雪子に笑って) 足の伸ばせる風呂に入りたいって、そのことばかり考えてたもンだから、何もできンのに風呂だけできちゃった。ハハハハハハハ」

石で組み上げた見事な浴槽。

五郎「大介、さ、おじちゃんと風呂に入るべ」

五郎、大介を抱え浴槽に入り、いかにも心地よげに足を伸ばす。

五郎「ああ——！ いい湯だ！ なァ大介！」
大介「ああ！ いい湯だ!!」

見ている雪子。

倉庫

虫のすだきの中に灯がともっている。

同・内

五郎「悪いな、本当に。一間しかないから」
雪子「(笑って) いいのよ。(眠っている大介に) ダメよ大介。そっちはおじちゃんのお布団」
五郎「いいよ、そのまま寝かしときなよ」

並べて敷かれた二枚の布団。

寝仕度の五郎と雪子。

雪子「だって義兄さん」
五郎「一緒に寝るよ (大介の脇へ入る)」
雪子「あばれるわこの子。眠れないわよ」
五郎「雪ちゃんたのむよ。子どもと寝たいンだ」

雪子。

間。

雪子も自分の布団に入る。

虫のすだき。

五郎「こいつ、おやじさんとまちがえてるぞ」

五郎の胸に入っている大介。

雪子。

虫のすだき。

五郎「抱いてやってもいいのかな」

虫の音。

雪子「抱いてやって」
五郎「———」

虫の音。

五郎「やわらかいなァ——!!」
雪子「———」

五郎「何年ぶりだろう」
雪子「――」
間。
五郎「うれしいなァ――!!」
間。
雪子「大介もきっとうれしいンだと思うわ」
五郎「――」
間。
雪子「飢えてンのよこの子。――父親の匂いに」
五郎「――」
間。
雪子「久しぶりだもの。今日みたいにはしゃいだの」
五郎「――」
間。
虫のすだき。
五郎「雪ちゃん」
雪子「――」
五郎「何かあったのか」
雪子「――」
虫のすだき。
五郎「どうして急に来る気になったンだ」
虫のすだき。
間。
雪子「(小さく) 義兄さん」
五郎「――ああ」
雪子「子どもって、どっちが倖せ? 父親と暮らすのと、母親と暮らすのと」
五郎「――」
間。
五郎「どっちなンだろうな」
雪子「――」
五郎「おれにはわからんよ」
雪子「――」
五郎「おれは強引に純と螢を、――。自分のほうに連れてきちまったけど」
雪子「――」
五郎「純はずいぶん抵抗したからな」
五郎。
虫のすだき。

記憶（フラッシュ）
幼い純を殴った五郎。

倉庫

五郎。

五郎「あいつはたぶん――」

雪子「――」

記憶

こっそり母に電話をかけた純。

倉庫

五郎。

五郎「恨んだろうな」

雪子。

五郎「母親と一緒に暮らしたいと思って」

記憶

ラベンダー畑の令子と純。

倉庫

五郎。

虫のすだき。

間。

五郎「螢は――」

雪子「――」

五郎「どうかな」

記憶

母の列車を追いかけた螢。

倉庫

雪子。

五郎「あいつだって恐らく――」

雪子。

五郎の胸の中で大介が動く。

五郎、その大介をそっと抱きしめる。

見ている雪子。

雪子「ゴメンナサイ、変なこときいちゃって」

五郎「――イヤ」

虫のすだき。

間。

雪子「螢はしょっちゅう帰ってくるの？」

虫のすだき。

五郎「──ああ」
雪子「────」
　間。
語り（螢の声）「富良野には全然帰ってなかった」
　音楽──低い旋律で入る。B・G。

看護寮・螢の部屋（深夜）

　勉強している螢。
　ベッドで眠《ね》ている同室の昌子。
語り「時々富良野から電話があるから父さんの声だけはちょくちょく聞いていた。でも。富良野には帰ってなかった」
昌子「まだやってンの？」
螢「──もうちょっとだけ」
昌子「ガンバルなァ」
螢「眩しい？」
昌子「だいじょうぶ」
　昌子寝返りを打ち、また眠りに入る。
語り「帰ってはいなかったけど、富良野は通ってた」
　勉強する螢。
語り「父さんには絶対いえないことだけど、──富良野の駅には何度も立っていた」
　しのびこんでくる富良野駅のノイズ。
語り「駅にはいたけど、いつもホームだった。改札口を、私は出なかった」

富良野駅（朝）

　柱の陰に身をかくすように立っている螢。
語り「旭川から帯広に行くには、どうしても富良野で乗りかえなくっちゃならない。私には帯広に行く目的があった」
　音もなくホームにしのびこむ列車。
語り「帯広には一昨年から勇ちゃんが住んでた。勇ちゃんは一昨年帯広にある帯広畜産大学に入った」

列車の窓（富良野駅）

　そっと片隅から外を見ている螢。
語り「だから私は勉強の合間をぬい、勇ちゃんに逢うために帯広に通った」
　列車、コトリと動きだす。
　音楽──イン。
　窓からのぞいている螢の顔。

語《り》「富良野の駅で乗りかえるときは、いつも緊張し、心が痛んだ。誰かに会うかもしれなかったし、何より父さんがそこにいるのに、下りない自分が後ろめたかった」

走る列車

車窓

ふり返る蛍。

窓外

『麓郷17K』の標識がかすめる。

車内

蛍。

語《り》「罪の意識にいつもさいなまれた」

車窓

走ってゆく景色。

車内

目を閉じている蛍。

語《り》「それでも私はホームにひそみ、あるいは客席の隅にちぢこまって改札口を出ることをしなかった」

レール

走る。

語《り》「そうして列車が富良野盆地をはなれ、狩勝峠を越えて十勝に入ると、いつも大きく溜息をついたンだ」

走る列車

車内

蛍。

語《り》「帯広の街が近づくにつれて、私の罪の意識は薄れた」

帯広駅ホーム

列車到着。

下りて走る蛍。

語《り》「それは私の解放の時だった」

同・階段

かけ下りる螢。

語り「帯広には私の青春が待ってた」

同・改札

待っている勇次。

にっこりと笑う。

音楽——

2

走る車

軽快に叩きつけているカーラジオの音楽。

勇次の声「後で大事な話があるンだ」

螢の声「なあに」

同・車中

二人。勇次運転。

勇次「深刻な話」

螢「何よ」

勇次「ちょっと良い話」

螢「何なのよ」

勇次「今はいわない」

螢「意地悪」

勇次「大した話じゃないかもしれない」

螢「（ふくれて）——ツン！」

カーラジオの音楽、軽快に盛りあがって。

郊外

ぐんぐんとばしてゆく勇次の車。

帯広畜産大学

勇次の車が入ってゆく。

同・構内

勇次の車が行く。

行手に見えてくる馬場と馬房。

勇次の車着き、二人下りる。

語り「勇ちゃんは馬術部に入っていたから、私はいつも馬に乗せてもらった」

勇次、一方を見てプッと吹き、螢に〝見ろ〟とそっちを指す。

馬柵の所で部員が二人、こっちに尻を突き出している。
その尻に書かれた『歓』『迎』の二文字。
蛍、顔をおおう。
語《り》「馬術部の人たちとも仲良くなっていた」

馬場

勇次から乗馬を教わっている蛍。
語《り》「みんな気持ちのいい人たちばかりだった」
勇次、厳しく声あげて叫ぶ。
蛍、答えて必死の練習。

外乗

並んで馬をすすめている二人。
勇次「二十八日、どうしてる？」
蛍「二十八日？」
勇次「富良野のヘソ祭りの日だよ」

別の道

並んで歩いている二人。
蛍「会わしたい人って誰なの？」
勇次「伯父さんだよ。いつか話しただろ」
蛍「札幌の病院の外科部長してらっしゃる？」
勇次「一家でヘソ祭りに富良野に来るンだ」
蛍「――」
勇次「実は二、三日前電話で話して、――この前の話、きいてみたンだ」
蛍「――」
勇次「君の、卒業後の、進路の話」
蛍。

また別の道

歩く二人。
勇次「伯父さんやっぱり、同じ意見だったよ」
蛍「――」
勇次「准看で終るンじゃもったいないって。正看の資格、絶対とるべきだって。それで。それには――」
蛍「――」
勇次「富良野の病院につとめるのは自分もやっぱり反対だって」
蛍「――」
勇次「旭川か札幌につとめるべきだって」
蛍「――（ちょっとうなずく）」

音楽——低い旋律で入る。B・G。
しのびこんでくる川の音。

十勝川堤防

並んで歩いている螢と勇次。
勇次「札幌の、おじさんの病院なんかにはそういうシステムがちゃんとあるンだって。昼間つとめて夜学校行く」
螢「——」
勇次「三年で正看の資格とれるらしいぜ」
螢「——（ちょっとうなずく）」
勇次、歩きつつチラと螢を見る。

川

流れている。

堤防

二人。
間。
勇次「お父さんのことを考えてるンだろ」
螢「——」
勇次「看護学校卒業したら、富良野に帰るって約束したこと」
螢「——」
勇次「だけどな、——」
螢「——」
勇次「もっと永い目で考えるべきだと思うンだ」
螢「——」
勇次「今とりあえず准看になって、富良野にもどってつとめるべきなのか。それとも後三年札幌でがんばって正看の資格を取るほうがいいか」
螢「——わかってる」
川の音、急に高くなる。

勇次の下宿

洗濯機を回している螢。
螢「ねえ」
勇次「ん？」
間。
螢「一つきいていい？」
勇次「何」
間。

螢「勇ちゃんはどうするの、大学出たら」

勇次「――」

螢「もちろん富良野には帰らないンでしょう？」

勇次「――」

螢「その場合どこ行くの？　東京？――札幌？」

勇次「――」

螢「私がもしも札幌に行ったら、勇ちゃんも札幌に必ず就職する？」

間。

勇次。

静かに螢の肩に手を置く。

ゆっくりふり向かせ、――接吻。

そのままたたみにくずれ落ちる二人。

洗濯機の音。

勇次の手が螢の胸をなでる。そしてその手が――下へ移動する。

螢の手。

――勇次の手をつかみ、目の前に持ってきてパンパンと叩く。

螢「（ささやく）お手々憎んで人を憎まず。（明るく）大変！　時間!!（バッと立つ）」

帯広駅・表（夕方）

かけこむ二人。

駅の時計が

十七時三十二分。

ホーム

発車のベルが鳴っている。

階段を走ってきて、とび乗る螢。

ホームに立つ勇次。

別れ。

語《り》「五時三十四分帯広発。私は必ずその列車に乗った。これに乗らないと今夜のうちに、旭川まで着けなかったのだ」

胸の所で小さく手をふる螢。

列車動きだし、勇次遠ざかる。

音楽――静かにイン。B・G。

列車

走る。

車内

ぼんやり窓外を見ている螢。

勇次の声「お父さんのことを考えてるンだろ」

イメージ（フラッシュ）

五郎。

車内

螢。

勇次の声「看護学校卒業したら、富良野に帰るって約束したこと」

イメージ

五郎。

車窓

景色が飛ぶ。

車内

螢。

勇次の声「もっと永い目で考えるべきだと思うンだ」

車窓

夕陽が地平に落ちようとしている。

車内

螢。

記憶

勇次「今とりあえず准看になって、富良野にもどってつとめるべきなのか」

車内

螢。

記憶

勇次「それとも後三年札幌でがんばって正看の資格を取るほうがいいいか」

車窓

ほとんど夜になっている。

車内

螢。
螢の声「私がもしも札幌に行ったら、勇ちゃんも札幌に必ず就職する？」

記憶

下宿でのキス。

レール

走る。
踏切の警報器の音がかすめる。
音楽――急激に盛りあがって終る。

富良野駅・ホーム（夜）

柱の陰にひそむように参考書を読んでいる螢。
小さい男の子が螢の前に立つ。
螢、見る。
男の子、螢を見つめ、急にはにかんで逃げていく。
螢、目をもどしかけ、一瞬ギクリとホームの彼方を見る。
ヘラヘラ手をふって近づいてくる五郎。
螢、息をのみ目を閉じる。
祭囃子が低く聞こえている。
螢、目を開く。
五郎に見えたのはよその男。
男、男の子の手を引き向うへ行く。
螢――がっくりと肩を落とす。
祭囃子が低く聞こえている。
螢。
語《り》「お囃子の練習の音が聞こえた。そうだ。もうじき富良野はヘソ祭りなンだ」
旭川行きの列車が入ってくる。
音楽――ふたたび低く入る。

走る車窓

ぼんやり夜の闇を見つめている螢。
語《り》「お兄ちゃん、元気にしていますか。もうじき富良野はヘソ祭りです。お兄ちゃんはきっと来れないンでしょうね」

記憶

ヘソ祭り。
その中にいた五郎と幼い純、螢。

語《り》「お兄ちゃんはあの頃を憶えていますか。父さんが小さい私たちを連れて町にヘソ祭りを見に行った頃」

五郎。

語《り》「あの時お兄ちゃんは気がついていましたか。踊りの人の中にこごみさんがいて、それを父さんがじっと見てたのを」

こごみ。
――踊っている。

走る車内

螢。

語《り》「それからあの日の川べりのピクニック」

記憶

一家とこごみのピクニック。

語《り》「父さんとこごみさん二人の親しさに、わけもなくしっとした私たち二人」

走る車内

目を閉じている螢。

語《り》「あの頃螢は、父さんの愛情が私たち以外の誰かに向くことに異常なほど神経をとがらせていました」

記憶

五郎とこごみ。

語《り》「父親が自分の家族以外に好きな人間を作るということ。お兄ちゃん――」

車内

螢。

語《り》「私たちって勝手よね。あんなにもあの頃父さんの愛情を独占しなければ気がすまなかったのに――今は全く逆のことしてる。平気でよそに愛を向けてる――。私――」

ガクンと列車止まり、螢目を開く。

ホーム

『上富良野』という文字が見える。

車内

自衛隊員が何人か乗ってくる。
螢、目をそらし、また閉じる。
語り「お兄ちゃん私――」
螢、突然、目を開く。
音楽――中断。
螢を見て立っている制服姿の自衛隊員。
螢。
隊員、ゆっくり螢の前へ来る。
螢。
隊員「――螢ちゃん？」
螢「――正吉君！」
間。
車、ゆっくり動きだす。
正吉「びっくりしたな」
螢「どうして!?――正吉君自衛隊にいるの!?」
正吉「ああ。今年の春入隊したンだ。ひとり？」
螢（うなずく）
正吉「坐っていい？」
螢（うなずく）

列車

上富良野のホームを離れる。

同・車内

二人。
螢「びっくりしたよォ」
正吉「きれいな娘がいるなって思って見たンだ」
螢「――」
正吉「まさか螢ちゃんが坐ってるなンて」
螢「――」
正吉「元気なのか」
螢「元気。正吉君は」
正吉「この通りさ」
螢「元気そう。前より逞しくなったみたい」
正吉「苦労したからな。おやじさんは？」
螢「相変らず」
正吉「純は」
螢「東京にいるわ」
正吉「東京に？」
螢「中学出てすぐ東京行ったの」
正吉「何してるンだ」
螢「ガソリンスタンドに今はつとめてる」

正吉「へえ！　とうとう東京に行ったのか。東京東京って
　いってたもンなァ」
螢「――」
正吉「螢ちゃんはそれで今何してるンだ」
螢「看護婦さんの卵。看護学校」
正吉「へえ！　螢ちゃん看護婦になるのか！」
螢（うなずく）
　間。
正吉「行こう行こうって思ってたンだ。少し落ち着いたら
　必ず行こうって。今はまだ入りたてで教育期間だから、
　も少し落ち着いたら、必ず行こうって。おじさんには
　でっかい借りがあるしな」
螢「――」
正吉「おふくろだって、いつもそのこと――」
螢「――」
　列車の走行音。
正吉「まだ前のとこ住んでいるのか」
螢「あの家はつぶれたの。今年の三月の大雪で」
正吉「――」
螢「今は中畑のおじさんの土場のオガクズ小屋を借りて住
　んでる」
正吉「そうか」
螢「――」
正吉「俺が丸太小屋、燃しちまったからな」
　走行音。
螢「でも今父さん一人で建ててるわ」
正吉「――」
螢「もう三年ごし。また丸太小屋」
正吉「――」
螢「今度は一人で住む家なンだって」
正吉「――」
　正吉。
　――目をそらし、窓外の闇をじっと見ている。
　走行音。
　螢。
螢「（低く）正吉君一つお願いがあるの」
正吉（見る）
螢「ここで今日会ったこと、父さんに内緒にして！　お願
　い！」
　正吉。
正吉「いいよ」
螢「ありがとう」

間。
走行音。
正吉「今日は富良野に帰らないのか」
螢。
間。
螢「ずっと富良野には帰っていないわ」
正吉。
間。
螢「私今、旭川の寮にいるから」
正吉「―――」
間。
正吉「それじゃおじさん一人で住んでるのか」
螢。
――うなずく。
正吉「いつから」
螢「おととし」
正吉。
正吉「ずっと一人でか」
螢（うなずく）
正吉「―――」
間。

走行音。
正吉「ずっと富良野に帰ってないって、――今日は富良野に行ってきたンだろ」
螢「――（首ふる）」
正吉（凝視）
螢「帯広の帰りなの。富良野は通っただけ」
正吉「―――」
走行音。
正吉「いつから富良野に帰ってないンだ」
螢「―――」
正吉「ずっとおやじさんに会ってないのか」
螢「――（うなずく）」
走行音。
正吉「いつから」
螢。
螢「お正月」
正吉。
正吉「こんな近くに住んでいるのにか」
螢「―――」
走行音。
長い間。

正吉「純は時々帰ってるのか」
螢「──（首ふる）」
正吉「あいつも全然帰ってないのか」
螢「──（うなずく）」
うつむいている螢。
走行音。
長い間。
螢、必死に何かいおうと顔あげる。
その目が固定する。
闇を見つめる正吉の目に、涙の粒があふれている。
螢。
その目にも涙が吹き出す。
走行音。
長い間。
正吉「（かすれて）いわねえよ絶対。──ここで会ったことは」
音楽──低い旋律で入る。B・G。

寮・螢の部屋

螢入る。
勉強している昌子。机に向ったまま、
昌子「お帰り」
螢「ただいま」
昌子「お父さんから電話あったわよ。二十八日待ってるからって」
螢「──アリガト」
昌子「（顔あげる）富良野に行ってたンじゃなかったの、今日？」
螢の手が止まる。
螢「（見る）そんなこといったの父さんに!?」
昌子「別に。いわないけど」
螢「──」
いきなり叩きつけるヘソ祭りの囃子。

北海ヘソ祭り

富良野本通りを埋めつくして流れる、圧倒的な踊りの波。

富良野駅・改札口

下りてくる人の波。
その中にいる螢。
迎えに出ている五郎、雪子、大介。

雪子「螢ゥ！」
螢「おばさーん！」
五郎「おかえりィ」
雪子「大介。螢のお姉ちゃんよ」
螢「大介君！」
雪子「会えてよかったァ！　今夜の汽車で札幌に出るのよ」
螢「ええ!?」

本通り

ヘソ踊り。

沿道

笑顔で見ている五郎、螢、雪子。
五郎は大介を肩車している。
五郎、一方を指し何か叫ぶ。

踊りの列

揃いの浴衣の若者の一団、
『農村青年部　結婚したい若者の会』のプラカード。
そのプラカードを持っている草太。

沿道

笑って見ている五郎、雪子ら。
螢。
――そっと対岸を探している。その目に――すでにこっちを見つけている勇次。
――親類らしい一団といる。
勇次、小さく合図する。
螢も小さく合図を返す。
その肩が叩かれ、螢ふり向く。
凍りつく。
自衛官姿の正吉が立っている。
五郎ふり向き正吉に気づく。
一瞬誰だかわからない。
五郎「――正吉か!!」
正吉「しばらくです」
雪子「正吉君なの!?」
正吉「ご無沙汰してます」
それから正吉、笑顔で螢を見る。
正吉「螢ちゃん、しばらく」
螢。

螢「――しばらく」

大通り

圧倒的なヘソ踊りの波。
音楽――

3

駅・ホーム

音楽――静かな旋律で入る。
すでに列車が止まっている。
デッキに立っている雪子と、ホームに立っている五郎、螢、正吉。
大介、五郎に抱きついて離れようとしない。
雪子「さ、大介、いらっしゃい」
五郎「大介、さ、行け。男の子だろ」
雪子、強引に大介を受取る。
発車のベル。
五郎「また来いよ。雪ちゃんもな」
雪子「ありがと」
五郎「たのしかった。ウン。いつでも帰ってきてくれ」
雪子「ありがと。本当に。ゆっくり手紙書く」
五郎「うん」
雪子「螢。お父さん頼んだわよ」
螢（うなずく）
雪子「正吉君、また」
正吉（うなずく）
ベルが鳴り終り、扉閉る。
手をふる雪子。
列車が出てゆく。
残される三人。
歩きだす。

駅・表

三人出てくる。
駐車してある車へ歩く五郎と正吉。
車のドアを開け、ふとふり返る。
螢の足が止まっている。
五郎「どうしたンだ」
螢「――ゴメンナサイ」
五郎「――」

螢「明日が早いの。今夜中に帰らなくちゃならないの」
五郎。
五郎「泊っていけるンじゃなかったのか」
螢「ゴメンナサイ。ダメなの」
正吉。
五郎「せっかく正吉も久しぶりに来たンだ。今夜くらい泊っていけないのか」
螢「――――」
五郎「始発に乗ったんじゃ間に合わないのか」
螢「――――」
五郎「昔は毎朝そうしてたじゃないか」
螢。
螢「ゴメンナサイ」
正吉。
音楽――いつか消えている。
五郎。
――内心の落胆をかくせない。
五郎「そうか」
間。
螢「スミマセン」
間。

五郎「明日の朝ご挨拶にうかがいますって、財津先生に約束してたンだ」
螢。
螢「ゴメンナサイ」
正吉。
五郎「今度はいつ来るンだ」
螢「草太兄ちゃんの結婚式には必ず来ます」
間。
五郎。
――落胆がほとんど怒りに変っている。
五郎「そうか」
螢「――――」
五郎「しかたないな」
螢「――ゴメンナサイ」
五郎「――――」
五郎、乱暴に車に乗りこむ。
正吉「じゃ」
螢、必死に正吉の耳元に、
螢「こないだのことお願い！」
正吉「わかってる」
正吉も車へ。

車乱暴に走り去る。
取り残された螢。
音楽──静かな旋律で入る。
五郎の車の去ったのを見すまし、螢、急いでタクシーへ歩く。

タクシー

螢、乗りこむ。
螢「プリンスホテル」
走りだす車。

車内

螢の目から涙が吹き出す。

車窓

空知川を渡っていく。

プリンスホテル

タクシーが着く。
待っていた勇次、明るくかけ寄る。
下りる螢。

勇次「待ってたぜ！　伯父さんバーで飲んで待ってる」
螢「──」
勇次「どうしたンだ」
螢首ふり、にっこり笑う。

麓郷街道

ヘッドライトが来る。

同・車内

黙りこくっている五郎と正吉。
音楽──いつか消えている。

倉庫

アキナが鳴いて、二人が入る。
五郎、ランプに灯をつける。
五郎「せまいぞ。本当に何もないンだ」
正吉、室内をぐるっと見回す。
一家の写真に目が止まる。
幼かった日の純と螢。
酒瓶をゴソゴソ探している五郎。
正吉「酒ならありますよ。持ってきたンです」

正吉、バッグからウィスキーを取り出す。

正吉「（ニッコリ）今夜はおじさんと飲もうと思って」

五郎。

——突然、不覚にも涙が落ちそうになりウィスキーを押しいただきパッと背を向ける。

五郎「（かすれて）ええとグラス——が一つっきゃない！　オイラは湯呑みでいい。うン。これでいい！」

倉庫・表

虫のすだき。

かすかに五郎の歌声が聞こえる。

同・内

少し酔った五郎、柱にもたれて低く歌っている。
正吉。
——もぞもぞと坐り直す。
正吉「おじさん——」
五郎「あ？」
正吉、小さな封筒を押し出す。
正吉「怒らないでほしいンだけどこれ」
五郎「——」
正吉「受取ってください」
五郎。
五郎「何だこれ」
正吉「金です」
間。
五郎「どうしてお前が金をくれるンだ」
正吉「あげるンじゃありません。返してるンです」
五郎。
正吉「おふくろがおじさんに迷惑かけた金。それから——オレが焼いた——丸太小屋」
五郎。
正吉「ほんのわずかです。これからゆっくり、——少しずつ返します」
五郎。
五郎「正吉」
正吉「何もいわないで取ってください。これからチョクチョク——返しにきます」
五郎「——」
正吉「あの時期オレ、——おじさんに育ててもらって——オレも息子だと思ってますから」
五郎。

間。
封筒を少し開け、中から二枚の一万円札をちょっと引き出す。
間。
しまう。
五郎。
——煙草に火をつける。
音楽——静かにしのびこむ。B・G。
五郎「(かすれて)お母さん、元気なのか」
正吉。
正吉「何とか元気です」
五郎「————」
正吉「おじさんのことといつも気にしています」
間。
五郎「(小さく)バカヤロウ」
間。
五郎「どうしてるンだ今」
正吉「相変らずです」
五郎「————」
正吉「札幌で——飲屋につとめてます」
五郎「————」

五郎。
湯呑みのウィスキーを口へ運ぶ。
一口飲んで、——突然天井を見る。
五郎の目から涙があふれている。
五郎「(かすれて)気になンてするなっていってやってくれよォ——!」
正吉「————」
間。
五郎、突然ガバと身を起こし、正吉のグラスにウィスキーをつぐ。
五郎「ああうれしいなァ! みんないりゃぁなァ!」
正吉「————」
五郎「もう一人の息子。——どうしてるのかなァ————」
音楽——静かに消えてゆく。
沈黙の世界。
語り(純の声)「もう一人の息子は何となく生きていた」

純(下宿)

インスタントコーヒーを飲んでいる。
語り「話せるようなことは、何もしてなかった」
浜田省吾「4年目の秋」イン。

道（東京）

純、歩く。

語《り》「あれから一人でアパートを借り、二年間に二回仕事を変え、やっと東京にもドキドキしなくなった」

ガソリン・スタンド（G・S）

働いている純。

語《り》「ドキドキすることが少なくなった分、毎日は意味なくだらだらと流れた」

「オイ、あのばか今日もつかまってやがる」

「どうしようもないですねぇあのトロ子さん」

駐車違反でつかまっているピザハウスの配達員タマコ。

「オイ、ダル！　こちら後洗車して！」

純「ハイ」

語《り》「みんなはぼくのことをダルって呼んだ。年中ダルそうにしゃべるからだそうだ」

純、ガソリンを入れつつ何となくタマコのほうを見ている。

道（夕暮れ）

家に歩く純。

語《り》「ぼくの毎日は仕事をして帰る。ただ、その単調なくり返しだった。別にそれ以上面白くなかった」

ビデオショップ

純、映画のビデオを探している。

語《り》「でもその単調さを受入れることが東京人の資格である気がした」

アパート

鏡に向って髪を整える純。

語《り》「わずかな愉しみはれいちゃんとのデイトだった」

チラと時計を見る。

語《り》「れいちゃんとは毎週土曜日の八時、一緒に映画を見ることに決めてた。一緒に見るったって映画館でじゃない」

純、借りてきた「ローマの休日」をケースから出してデッキにセットする。

語《り》「何しろこっちは東京にいるンだし、向うは海の向う、札幌にいるンだ」

れいの部屋（札幌）

れい、「ローマの休日」を同じくセットし、電話をとる。ダイヤルを回す。

純の部屋

電話が三回鳴って切れる。

純も電話をとりダイヤルを回す。

チラと時計を見る。

八時一分前。

れいの部屋

電話のベルが三回鳴って切れる。

れい、時計を見て、スタートボタンに指をかけ待つ。

デジタル時計の文字が『２０・００』になる。

れい、スタートのボタンを押す。

純の部屋

純もスタートのボタンを押す。

缶ビールを開けてテレビの前に寝そべる。

語《り》「つまり、ぼくらは札幌と東京で、同じ時間に同じ映画を見て、いわば感動を共有し合うってわけだ」

見ている純。

語《り》「でも新作はむずかしかった。貸出し中が多いからだ。ぼくが借りれてもれいちゃんが駄目だったり、その反対があったりするからだ。だからぼくらは人の見ないような、古い名作を選ぶことにしてた。それだとたいがい同じものが借りられた」

時計

十時を回っている。

室内

カップヌードルをすすりながら、電話でしゃべっている純。

語《り》「映画が終ると、食事をしながらぼくらはくだらないおしゃべりをする」

れいの部屋

れい、ケンタッキー・フライドチキンを食べながら電話。

語《り》「オードリー・ヘプバーンはきれいだったとか。グレゴリー・ペックはアラバマ物語のほうがよかったとか。

語《り》　まァそんなふうな、どうってことない話だ。でもそうすると何となく二人で、デイトしてるみたいな気になれたンだ」
れいはすっかり興奮してしゃべっている。
語《り》「れいちゃんはそれで満足みたいだった。だけどぼくのほうは正直いうと――」

純

電話を聞きながらあくびをかみ殺す。
語《り》「そのデイトにもそろそろ飽きがきてたンだ」
純の視線――
壁に貼られたボインのポスター。
語《り》「何たってそばに相手がいないンだし。それに電話代も馬鹿にならないし――」

G・S

洗車している純。

しつつ道路のほうを見ている。

例のトロ子の車が止まっている。

その向うから違反駐車のステッカーをはりつつ、二人の巡査がだんだんこっちへ向っている。

純。

――ちょっと考え、チラと事務所のほうを見る。

同僚たち、中でおしゃべりをしている。

純、洗車を中断し、トロ子の車のほうへ走る。

のぞいて、そのまま中へ乗りこむ。

エンジンをかけ、バックでスタンドの隅へ入れる。

車を下りた時、トロ子走ってくる。

純を見、おどろいたように立ちすくむ。

純、ステッカーを貼っている巡査を顎でしゃくう。

トロ子、パッと頬を染める。

トロ子「(小さく)アリガトオ」

ビデオ屋

語《り》「それでもぼくはビデオ屋に通った。アメリカ映画がぼくは好きだった」
「ライムライト」に手を伸ばす。
声「それすごくいいわよ」
びっくりしてふり向く。
トロ子が立っている。
トロ子――、はにかんだようにポッと頬染める。
トロ子「この前はありがとオ」

純「――」
トロ子「それすごくいい」
純「――」
トロ子「昨日返したの」
　音楽――か細い旋律で入る。Ｂ・Ｇ。

G・S

　働いている純。
　純、チラと見る。
　例によってトロ子の車が来る。
　純、チラと事務所のほうを見て〝中に入れろ〟とトロ子に合図する。
　トロ子、アリガトと口の動きでいう。
　トロ子、スタンドの隅に車を入れる。
　同僚の浅子がとんできて、
浅子「いらっしゃい」
トロ子「(困って) アノ――」
純「(近づく) ちょっと置かしてやって」
浅子「(びっくりして) ――ウン」
　浅子、――おどろいた顔で去る。
トロ子「アリガトオ」
純「いつでも置きな」
トロ子「アリガトオ。昨日、見た？」
純「ああ、見たよ」
トロ子「よかったでしょう!?」
純「すごくよかった」

同・事務所

　浅子が早速いったらしい。
　同僚たち、びっくりしてこっちを見ている。
語《り》「別にただそれだけの話だったンだ」

G・S

　ガソリン入れる純。

道

　走り去るトロ子の車。

G・S事務所

　同僚たちに冷やかされている純。

ピザ

純の手に渡される。

事務所

ピザを食べつつ大笑いする同僚。

モンタージュ

働く純。

トロ子、車から走ってピザを運ぶ。

純、チラとそのトロ子の脚を見る。

もどってきたトロ子、純にちょっと手をふり車に乗りこむ。

乗る時、チラと太腿が見える。

純。

語《り》「だけど——少しずつ気になりだして。それである夕方そのピザハウスに何となく偵察に出かけていったわけで」

ピザハウス・表

純来て、さり気なく中をのぞく。

ドキンとする。

トロ子、店長に怒られているらしい。

うなだれたままちょっと涙をふく。

トロ子。

表で見ている純。

トロ子、ようやく解放される。

ペコンとおじぎして配達品を持ち外へ。

駐車場へ走って車に乗ろうとする。

その足が止まる。

立っている純。

トロ子。

トロ子「ウワァ——」

純「——ここかァ」

トロ子「来てくれたンだァ——!」

純。

純「仕事、何時に終るンだ」

トロ子「五時」

流れこんでくるムード曲。

喫茶店

トロ子かけこみ、純の前へ坐る。

純。

トロ子、走ってきたらしく、ハアハア息をついている。

トロ子「びっくりしちゃったァ」
純「おれもさ。――偶然通りかかったンだ」
トロ子「――」
純「あんなとこにいたなンて、知らなかった」
トロ子「アラア」
純「――」
トロ子「わざわざ来てくれたンだと私思っちゃったァ」
純「イヤただ偶然――あすこ通ったンだ」
トロ子「そうなンだ」

ボーイが注文をききにくる。

トロ子はジュースを注文する。

ムード曲。

純「叱られてたのか」
トロ子「見てたの!?」
純「見えたンだ」

間。

トロ子「慣れてるから私。叱られるのに」
純「――」
トロ子「いつもトロイっていわれてばかりいるの」
語《り》「ヤッパシ」

ムード曲。

純「東京？　生まれ」
トロ子「ううん鹿児島」
純「鹿児島！」
トロ子「市からちょっと北、市来《いちき》ってところ。ねぇ！　あなたも地方でしょ！」
純「――どうしてわかる！」
トロ子「(嬉し気に)特技。わかるの。ヘヘエ、嬉しいナァ。どこ？」
純「北海道だよ」
トロ子「うわァ北海道！　札幌!?」
純「イヤ富良野っていう――ずっと山奥だよ」
トロ子「やっぱり地方なンだァ！　一目でそう思ったァ！」
純「どうせダサエからな」
トロ子「そういう意味じゃないわ」

ムード曲。

トロ子「ビデオよく借りるの？」
純「やることねえからな」
トロ子「いつもあそこで？」
純「ああ。おたくも？」
トロ子「そう。年中暇あるとあそこで借りてる」

間。

純「誰と見るンだ」

トロ子「一人よ！」

純「――アパートで？」

トロ子「おじさんちにいるの」

純「どこ。場所」

トロ子「高円寺」

純「――――」

トロ子「おじさんちお豆腐屋で朝早いから、夜はもう九時頃みんな寝ちゃうの。だからその後一人で見るの」

純「一人で見るのってわびしいよな」

トロ子「だけど誰にも邪魔されないから」

ボーイがジュースを運んでくる。

ボーイ「お待たせしました」

トロ子「ありがとオ」

ボーイ去る。

去ったのを見すましてトロ子ささやく。

トロ子「ねぇ！　今の人！」

純「え？」

トロ子「やっぱり地方よ！　絶対。わかるの！　ウハア、うれしいなァ！」

純。

純「なァ、めし食ったのか」

しのびこむ演歌。

純の声「卒業」

トロ子の声「モチ見た！　大好き！」

ラーメン屋

ラーメンのできるのを待っている二人。

純「アメリカン・グラフィティ」

トロ子「三回見た！」

純「スゲエ！」

トロ子「ゴッドファーザー五回」

純「本当かよ！」

トロ子「ア、あれ知ってる!?　ロンサム・ダブって」

純「知らない」

トロ子「四巻物のテレビドラマ。ロバート・デュバルとダイアン・レインの出る。ものすごくいいから絶対すぐ見て！」

おやじ「へいお待ち！」

トロ子「アリガトオ」

ラーメンが来る。

トロ子「ハイおはし」
純「うン」
すすりだす二人。
演歌。
純「(食べつつ) ボーイフレンドはいねぇのか」
トロ子「(食べつつ) 現れてくれない」
純「うン」
トロ子「あなたは」
間。
純「——いねえよ」
間。
演歌。
純「オレの友だちでさ」
トロ子「なあに」
純「ガールフレンドがいるンだけど、遠くに住んでて逢えないもンだから——二人で同じ日の同じ時間に、ビデオ借りてきて同時に見るンだ」
トロ子 (食べつつ見る)
純「(食べつつ) たとえば——土曜日の八時なら八時にさ、ヨーイドンで——たとえばライムライト見るとか」
トロ子「——」

純「それで終って電話で話して——二人でデイトした気分になってンだ」
トロ子「——」
純「わびしいよナ全く」
トロ子。
——ラーメンを強引に飲みこむ。
トロ子「最高じゃない!」
純「——そうかな」
トロ子「最高! ロマンチック!——初めて聞いた」
純「——」
トロ子「そういうビデオの見方ってあるンだァ」
純「わびしいだけだぜ。オレァそう思うな」
トロ子「——」
純「時間が一緒だって——そばにいなくちゃよ」
演歌。
間。
トロ子「(食べつつ) 今度二人で一緒に見ようか」
間。
純「おたくの部屋でか」
トロ子「うちはダメよォ。おじさんがうるさいの」
間。

純「オレンとこも駄目だぜ。女の子部屋に入れると追い出
されるンだ」
トロ子「―――」
間。
トロ子「(食べつつ) ああ！　前聞いたンだ！　いいかも
しれない！」
純「何」
トロ子「ビデオ見るのにいいとこあるって」
純「どこ」
トロ子「渋谷の円山ってとこにあるラブホテル」
純(むせる)
トロ子「――だいじょうぶ？　ハイ」
ハンカチを出す。
純断って、むせ続ける。
演歌、静かに消えてゆく。
トロ子「そこね、ウィークデーの十一時から五時まで、割
引料金で三〇〇〇円でいいンだって！　しかもビデオ
がすごく揃ってて部屋からリクエストできるンだっ
て！」
純「―――」
トロ子「そういう話、聞いたことない？」
純「――イヤ」
トロ子「行ってみない一緒に！　十一時から五時まで六時
間あったら、映画三本見られるじゃない！」
語《り》「拝啓――恵子ちゃん」
トロ子「木曜日だったら私休みなンだけどあなた――」
突然、トロ子ケタケタ笑いだす。
トロ子「イヤダ！　あなたの名前聞いてなかった！」
純「純っていうンだ。――黒板純」
トロ子「私の名前はネ――松田タマコ」
語《り》「どきどきしていた」
音楽――不安と期待でイン。B・G。
語《り》「拝啓恵子――いや、草太兄ちゃん。生まれて初めて、
ユーワクされてます」

道(夜)

歩く二人。
タマコ、無邪気に腕をからめてくる。
語《り》「タマコさんはビデオにかこつけているけど、――女が
男をラブホテルに誘うのは、――明らかにそれ以外の
――意味があると思われ」
歩く二人。

語り「実いうとボクはそういうことは、——まだいっぺんも経験ないわけで」

純。

——かくしても顔がニヤニヤゆるむ。

語り「東京にいる以上早くそういう——大人にならねばと焦っていたわけで」（音楽、消滅）

下宿

純、電気を消し、ビデオデッキの前で何かごそごそやっている。

語り「（声ひそめて）その晩ボクはタマちゃんと別れてから生まれて初めてアダルトビデオを借りてきた」

スタートボタンを押す。

いきなり大声のあえぎ声が出てきて、焦りまくってボリュームを下げる。

純。

——目をこらす。

語り「つまり、基礎的な勉強をしたわけで」

ゴクリと唾をのむ純の顔。

『北の国から』始まって以来の真剣さ。

日本晴れ

派手に叩きつける宣伝カーのワルツ。

語り「その木曜はやたら天気が良く、渋谷の街はメチャ明るくて」

ハチ公前

アポロハットを目深かにかぶり、顔をかくすように立っている純。

語り「本当は雨なンかしとしと降ってて、不健康な日のほうが助かったンだけど」

タマコ「（いきなり）オハヨッ!!」

純「ア——お早よ」

タマコ「（元気いっぱい）どうしたのそんな帽子かぶって!」

純「イヤ」

タマコ「サ、行こッ!!」

純「ン」

マクドナルド

買物する二人。

語り「ぼくらはまずマクドナルドの店へ行きハンバーガーを

　買いこんだ」

スーパー

　買物の二人。

語《り》「それからウーロン茶の大瓶も買った。経済的でしょってタマちゃんは笑った。そしてそれから――」

円山・ホテル街

　進むカメラ。
　ホテル！　ホテル！　ホテル！

語《り》「ウワァ――！　こういうとこなンだァ！」

ホテルフロント

タマコ「(明るく) 割引き料金ありますよね」
フロント「十一時から五時まで三〇〇〇円です」
タマコ「(純に) やっぱそうだって！　よかったよねッ。ア、(フロントに) それと――ビデオは部屋で見れるンですね」
フロント「リストがお部屋にありますから、説明書き読んで有料ボタンを押してください」
タマコ「ア、ビデオは有料なンですか？」
フロント「一回八〇〇円いただきます」
タマコ「ア、そうなンだァ！　わかりましたァ。アリガトオ！」
　帽子で顔をかくしている純。

エレベーター

　二人、乗り、ドア閉る。
タマコ「(クスクス) ねぇ！　今の人、やっぱり地方よ！」

部屋

　カチャリと鍵開けて二人入る。
　そのままぼう然と立ちすくむ。
　二人の顔。
タマコ「すべり台があるゥ！」
　部屋の中央を占めている風呂と、上から下りてくるすべり台。
　純――ぼう然とすべり台を見ている。
語《り》「なぜナンダ！」
タマコ「中二階がある！」
　タマコ階段をかけ上がる。
タマコ「(上から) ウワァ！――ア、あったよビデオ！

リストもある――すごーい！」
純、なおぼう然とすべり台を見ている。
語《り》「なぜナンダ！」
タマコ「来て来て！　ねえすごい！　いい映画いっぱい揃ってる！　それも新作！」

中二階

純、上がってくる。

タマコ、坐りこみ、有料テレビの説明書をブツブツ口に出し読んでいる。

純。

――すべり台の入口から下をのぞく。

――理解できない。

円型ベッドに目が行く。

純、枕元のボタンに興味をそそられる。

押してみる。

ベッドの中央モゴモゴ動きだす。あわてて止める純。

タマコ「ねえねえちょっとォ！　これ見て！　わかる？」

純、ようやくそっちへ。

語《り》「それからタマちゃんは説明書きと格闘し、フロントに電話し、ようやく理解し、機械の操作を練習し、何を見るかを選べとぼくにいい、もうすっかりそのことで興奮してしまって――。ぼくは実のところそれどころじゃなかった。心臓がドキドキ太鼓みたいに鳴って、音がタマちゃんにきこえるンじゃないかと」

タマコ「わかった！　これだッ。――出ろ！　出ろ！――よし出たッ！　成功!!　さ、見よッ」

タマコ、ベッドにピョコンと坐る。

純もおずおずとその横に並ぶ。

タマコ「おなか空いたらハンバーガー食べようねッ（見ている）」

純「うン」

音楽――静かな旋律で入る。B・G。

ベッドに写っているテレビの光

真剣に見ているタマコの横顔

ハンバーガーを食べつつ見ている純

放り出された映画のリスト表

涙をためて見ているタマコ

ウーロン茶を飲んでいる純

　――チラと一方を見る。

すべり台

タマコ、涙をふいている

語《り》「その二時間はぼくの人生で、最高に奇妙な二時間だった。映画の中味なンかわからなかった。これが終ったら何があるのか。タマコさんがどういう行動をとるのか。ただひたすらにそのことを考えた。こんなに長くてしんどい映画をぼくは生まれて初めて見たンだ」

画面

　エンドマーク。（音楽――消滅）

タマコの声「ああ！　終っちゃったァ！」

　テープがもどされる。

語《り》「ところが。全く、信じられないことに」

部屋

タマコ「サッ、次何にしようッ！」

　リストをとる。

タマコ「何にしよう純君！」

純「（苦闘）――さァァァ」

語《り》「タマコはぼくの期待を無視して次の映画を選びだしたンだ。――南極物語。高倉健主演」

　タマコ、また真剣にボタンを操作する。

語《り》「南極でも北極でもどこでもよかった！」

　タマコ操作に成功し、満足気に笑う。

語《り》「ここは渋谷の、円山町だった！　ぼくの神経は狂いそうだった！」

タマコ「サ、始まったよッ」

　タマコ、ハンバーガーを手に、ベッドの上にピョコンとまた坐る。

　テレビを見ながら純に身を寄せる。

純。

　その純に半分もたれかかってテレビのほうを凝視しているタマコ。

　一切の音、消えていって――

　純の心臓の鼓動音が入る。

純。

そっと手を出しタマコの肩を抱く。
画面から目を離さず身を寄せるタマコ。
純――ゴクリと唾を飲む。
そっとタマコの顎に手をかけ、上を向かせて唇を合わせる。
タマコ逆わない。
逆わないが、目のほうはそのままテレビの画面をじっと見ている。
その目を見る純。
そっと手を伸ばしタマコの膝にのせる。
そろそろとさすり、スカートの下へ。
タマコ、なおもしつこく映画を見たままやさしく手を伸ばし純の手をとる。
そして外す。
純。
――突然、忍耐の限界を超え、いきなりタマコに抱きつき抑える。
と。タマコ初めて狂ったようにめちゃくちゃな力で猛然抵抗。
純、がんばるがすっとばされる。
二人、ぼう然と離れて構え合う。

　間。
タマコ「そういうことしないでッ。純君そういう人ッ!?」
純「――!!」
タマコ「そういう人だなンて思わせないでッ!!」
純「――!!」
語り「アタア――」
純「わかったよ」
　間。
純「ようくわかったよ」
　純。
　間。
　どうとりつくろっていいかわからない。
　自己嫌悪の中でテレビの前に坐る。
　タマコ。
　――のろのろと身を起こし、純の隣りに坐る。
　テレビ見る二人。
語り「それからはほとんど地獄の時だった」

南極物語

部屋

純。
――見ている。

画面

高倉健。

語り「高倉健サンが恨めしかった」

部屋

純。

画面

犬たち。

語り「タローもジローも恨めしかった」

部屋

画面を見ている純の顔。
ふと。
隣りからすすり泣きが聞こえる。
タマコのすすり泣き。
純――無視。

タマコ「怒ったの？」
純「――」
画面を見たましゃくりあげるタマコ。
タマコ「純君、怒った？」
純「――」
間。
タマコ「そういうつもりで誘ったと思った？」
純「――」
間。
タマコ「ゴメンナサイ。――キット――」
純「――」
タマコ「私が悪いンだ」
純「――」
間。
タマコ「純君、怒っちゃいや」
純「――」
タマコ「怒らないでお願い」
純「――」
タマコ「嫌われたくないの」
純「――」
タマコ「お願い！　怒らないで！」
純「――」

間。
いきなりタマコ、体ごとぶつけて来、純押し倒されキスされる。
純「ヨ、よせよ！」
タマコ「好きなの！」
純「いいよ！」
タマコ「いいの！」
純「いいったら！」
タマコ「いいの！」
純「よせ！　ホント――いいから――オレが――」

南極物語

語り「そうして結局ぼくはその午後。健さんの目の前で大人の壁を越えた」

すべり台

静寂。
純の声「初めてだったのか」
タマコの声「――」
間。
純の声「オレもだよ」
タマコの声「――」
音楽――美しい旋律で入る。Ｂ・Ｇ。

夕暮れ・円山町

二人、無言で坂道を下りてくる。
語り「そうしてそれからぼくらはチョクチョク、ビデオ鑑賞会を開くことになったンだ」

雨

語り「夏が終り、街路樹が黄色くなりかけても、二人の会は毎週続いた」

街路樹

色づいている。
語り「二人ともその会に夢中になっていた」

Ｇ・Ｓ

働いている純。
語り「だからといって、ぼくはタマコを愛していたかときかれると困る」
車を止めにくるタマコ。

全く無視している純。

語り「やさしい気持ちはもちろんあったが、――もしかしたらぼくは愛してなかった」

道路をつっ切って歩いてゆくタマコ。

語り「れいちゃんのようには愛していなかった。愛していないのに逢うことは望んだ」

働く純の顔。

語り「ぼくは不純だった。どうしようもなく、ぼくは不純だった」

イメージ

抱き合う二人。

G・S

働く純の顔。

語り「父さん――ぼくは不純です。ぼくは――汚れてしまいました」

イメージ

ベッドの中の二人。

G・S

働く純の顔。

語り「東京に出てきて四年七ヵ月。ぼくはこういう不純なことを、平気でできるほど汚れてしまっており」

客の車が入ってくる。

純、顔をあげそっちへ歩く。

語り「草太兄ちゃん、お元気ですか。結婚式の通知受取りました。残念ながらぼくは行けません。八幡丘で式を挙げるンだそうですね。どんな式をやるのか、ぼくはこっちで――。東京で一人で想像しており――」

八幡丘

竹次の声「(拡声器で)そんじゃ最後のリハーサルいきま――す!!　草太。いいぞ――ッ!!」

草原に、仮の式場が作られ、「結婚したい若者の会」のメンバーが固唾《かたず》をのんで見守っている。

竹次「いいぞ――ッ!!」

丘の上を見ている一同。

竹次「草太――ッ!!」

丘の上に馬が現れ、丘陵をこっちへ走り下りてくる。

タキシード着て馬に乗っている草太。

本部、宣伝カーの竹次の前でひらりと下りる。

草太「ちがうべちがうべ何度いったらわかるのよ！　音楽が先だ!?」

竹次「アレ？」

草太「わかっとらンなもう！　よし！　オラがQ出す！　竹ちゃんオラの代役やれ！」

竹次「したっけオラは演出だから」

草太「ああもう！　誰か——オイ広介やれ」

広介「イヤオレ馬は」

草太「うるさいお前やれ！　ホレ乗れ！　誰か上に連れてけ！　よし！　いいか竹ちゃんまず音楽だ。音楽係ッ!!」

チンタ「(手を上げる)ボクです」

草太「よし！　いいか！　音楽をまず出す。それが一小節終ったとこで。——ちょっと待ってよオ！　この宣伝カー誰持ってきたのォ！」

青年「(手を上げる)ボクです」

草太「選挙の看板まだ貼ってあるでしょう！」

竹次「作ってあるベホラこっちの看板！」

『農村青年部結婚したい若者の会主催
北村・飯田　御両家　農村結婚式』の立看板。

羽織袴で走ってくる和夫。

五郎も。

和夫「アイコちゃん着付けがリハーサルに間に合わん！」

草太「全くもう！　だから急げって！　よし、おじさん、花嫁の代役やれ！」

和夫「バカおら仲人だ！　上から来るンだべ！」

草太「そんじゃ誰か。ア、五郎おじさん！　代役ちょっと頼む」

五郎「(うろうろ)何の」

草太「いいから！　あっち連れてけ！　誰かなンか頭にかぶしてやれ！」

シンジュク「(走ってくる)テレビ来たぞテレビ！」

竹次「あ、来た!?」

シンジュク「UHBのポテトジャーナル」

草太「来たか！　よし！　よし！」

竹次「(シンジュクに)やるじゃないやるじゃない広報なかなか」

螢「(走ってくる)お兄ちゃん！　花嫁さんのトラクター、私やめたほうがいいと思う」

草太「だいじょうぶだいじょうぶ！　心配すンな螢！——アア！　いらっしゃあい！」

テレビのスタッフ来る。
草太「ちょうどこれからリハーサル」
竹次「さァみんな演出はアタシですから、アタシの指示に従ってくださァい！　さァ張切って位置につきましょう！」
スタッフあわててカメラかまえる。
マイクロバスやって来て、参列者下りはじめる。真っ先にとび下りた正子と清吉、ペコペコ。
正子「スミマセンネエ。こんなバカなネエ」

前富良野岳

どこかで、
草太の声「ヨーイ！」
竹次の声「スタート!!」
いきなり流れだすドボルザークの「新世界」

畑

出面《でめん》たち、いっせいに顔あげる。

牧場

牛がいっせいにふり返る。

別の畑

トラクター止まり、ふり向く農夫。

式場

ポカンと口開けた参列者たち。
清吉「スミマセンネエ。ホントにバカで」
草太の声「Q――ッ!!」

丘の上

二頭の馬現れ、丘を下りてくる。
前の馬に和夫。
後の馬は無人。
しばらくして、腰をさすりながら追ってくる広介。

本部（宣伝カーの上）

草太「あのバカ。（下手《しもて》へ）Qーッ!!」

下手丘

クマの運転するトラクター現れる。
後に乗ってチュールを懸命に抑えている五郎。

式場

車から下り立つ新吉と神主。

丘陵の様子にぼう然と立つ。

4

草太の新居

シンジュクかけこむ。
シンジュク「時間だ！　アイちゃん準備いいか――オオゥ!!」
着付けの終ったウエディングドレスのアイコ。
アイコの母と、補佐するみずえ。
螢がブーケをアイコに持たす。
螢「だいじょうぶ？」
アイコ（ちょっとうなずくが辛そうだ）
みずえ「だいじょうぶ本当に？　ウエスト少しきついンじゃない？」
アイコ「だいじょうぶ。母ちゃん行ってくる」
母（うなずく）

同・表

一同出てくる。
クマのトラクターに乗りこむアイコとみずえ。
螢「クマさん静かによ！　花嫁さんおなか大きいンだから」
クマ「わかってます」

式場

竹次、台に立つ。

竹次「ええ、ご静粛に願います。それではただいまより農村青年部結婚したい若者の会主催によります、北村草太君、飯田アイコさんの結婚式を、はなはだ異例ではありますがこの地で開催いたします。開催に先立ちまして、異例ではありますが、若者の会顧問成田新吉様より一言ご挨拶がございます」

拍手。

新吉、台に立つ。

新吉「ええ、本日は、みなさままだ農繁期も終らない中、ご参列いただきましてありがとうございます。みなさますでにご案内の通り、農村はただいま花嫁不足という深刻な現状に苦しんでおり、結婚適齢期を迎えながら結婚できない当会々員の数も、年々ふくらんで現在三十名。四十に近いものも、三名おります。本日の花婿北村草太君もこの会の草分け。重鎮であります。今回その草太君挙式に際し、会員一同協議いたしまして一つの結論に達しました。われわれ、いつまでも暗くてはいけない！　農村はさんさんたる太陽の下にある！　いつも明るいンだ！　健康なンだ！」

畑

出面たち坐りこみ、スピーカーから流れる新吉の演説を聞いている。

新吉の声「一つ今回、異例ではあるが、都会の若者には真似のできない結婚式をぶとうではないか!!　キャンドルサービスもシャンペンの滝流しも、花束の贈呈もスモークもない、本物の式をやろうではないか!!」

牛たち

新吉の声「そういう意図のもとこの前例のない、大自然の中の挙式を敢行することになったわけであります」

参列者たち

正子「(小声で) スミマセンネエ」

新吉「なお、本日はわざわざ札幌より、テレビが取材にかけつけてくださいまして、本日の式典の一部始終は明日四時からのUHBポテトジャーナルで報道されることが決まっております。スタッフのみなさま。ご苦労さまでした！」

参列者「(スタッフに最敬礼) ご苦労さまでした」

スタッフ (あわてて最敬礼)

新吉「それではいよいよ北村草太君、飯田アイコさん両名の、結婚式を開催いたします！」

いきなり荘厳に流れだす「新世界」

カメラ回りだす。

林

狐が見ている。

牧場

牛が見ている。

参列者

いっせいに丘を見上げる。

丘陵（ロング）

馬でしずしずと現れる羽織の和夫とタキシードの草太。

本部

竹次が旗をふる。

狐

下手を見る。

参列者

も下手を見る。

下手丘（ロング）

トラクター、畑の中に現れる。

しがみついているアイコとみずえ。

参列者

その中の螢、

螢「(口の中で) ゆっくり！　静かに！」

トラクター（ロング）

溝でガクンとはねる。

狐

上手を見る。

牛たち

も上手を見る。

丘（ロング）

下りてくる草太と和夫。

下手丘（ロング）

トラクター進む。

その上でみずえがアイコに何かきく。

丘

下りてくる草太たち。

参列者

下手を見る。

下手丘

トラクター、急に動きを止める。
みずえがしきりとアイコに何かきいている。

参列者席

螢。

丘

草太の馬フッと足を止める。

下手丘

トラクター。
みずえとクマ、アイコに何かきいている。

参列者

丘

草太、も和夫も足を止めている。
突然。

草太騎首をめぐらし、草原をつっ切ってトラクターへ走る。
和夫も。
トラクターの所でとび下りる。
うずくまっているアイコの姿。

参列者席

螢。
——間。
猛然とトラクターのほうへ走りだす。

丘

草太、悲痛にふり向いて叫ぶ。
草太「救急車!!」
螢、アイコへ猛然と走る。
音楽——鋭い旋律で入る。

本部

ぼう然と立ちすくんだ竹次ら。

草太の新居

シンジュクとびこみ電話へ走る。

丘

トラクターの所に群がった人々。
顔見合わせた五郎と新吉。

八幡丘

救急車がつっ走ってくる。
音楽——急激に盛りあがって。

夜

協会病院

その表に車が着き、五郎と蛍が急ぎ下りる。

同・裏口・内

二人入る。
廊下にポツンと坐っている清吉と正子。
近づく二人。
五郎「どうだった」
清吉「(首ふる) 流れた」
五郎「——」
間。
五郎「アイコちゃんは」
清吉「だいじょうぶだ」
五郎「——うん」
間。
清吉「五郎」
五郎「——ああ」
清吉「あいつはどうしようもないバカだ」
五郎「——」
清吉「五ヵ月の身重を——考えりゃわかることだ」
五郎「——」
清吉「しかし——わしにゃあ止められなかったンだ」
五郎「——」
清吉「農家に久しぶりに嫁の来てくれることを——、あんなに喜んではしゃいでいるあいつら見て」
五郎「——」
清吉「わし、それ見とって」
五郎「——」
清吉「何もいえんかった」
五郎「——」

間。
清吉「あいつらが可哀相だ」
五郎「――」
清吉「汗水たらして、地べたと格闘して――」
五郎「――」
清吉「都会に逃げたい気持ち抑えて」
五郎「――」
間。
清吉「あいつらが可哀相だ」
五郎「――」
清吉「あいつが可哀相だ」
間。
五郎「今、会えるか」
清吉「ああ」
五郎「――」
清吉「部屋におる」

病室

ベッドのアイコ。
その手をしっかり握り、枕元に坐って頭をたれている草太。
五郎と螢、入る。
アイコ「おじさん――」
二人「――」
草太、目をそらしたまま立ち上がり部屋を出る。
二人、アイコに寄る。
螢「だいじょうぶ？」
アイコ「だいじょうぶ」
間。
アイコ「おじさん」
五郎「あ」
アイコ「草ちゃん慰めてあげて」
五郎「――」
アイコ「あんなに赤ちゃん愉しみにしてたのに」
五郎「――」
間。
アイコ「もう名前まで考えてたのよ」
五郎「――」
アイコの目から涙がこぼれる。
音楽――静かにイン。

廊下

五郎出る。
廊下のつき当り、非常口の外に、煙草を吸っている草太の後ろ姿。
五郎、――近づく。
五郎「草太」
間。
草太「今は何もいわんでくれ」
五郎「――」
草太「何かいわれると涙が出そうだ」
間。
草太「アイコが無事で。――それだけで充分だ」
五郎「――」
草太「アイコが助かって――」
五郎「――」
草太「本当によかった」
五郎「――」
間。
草太「おじさん」
五郎「――ああ」
間。
草太「棺をつくってくれねえか」
五郎「――お棺か」
草太「ああ、このくらいの。――こんなんでいい」
五郎「――」
草太「棺に入れてやりてぇ」
五郎「――」
間。
草太「男の子だったンだ」
五郎「――」
音楽――低くつづいている。
語《り》「そんなことは全然知らなかった」

純の顔

語《り》「まるで運命のいたずらみたいな事件が、ぼくのほうにも起こっていたンだ」
（音楽――消えている）

タマコの顔

タマコ「ないの」
タマコ。

二人

純「ないって？」
　うつむいているタマコ。
タマコ「アレが」
　間。
純「アレって？」
　間。
タマコ「どうも赤ちゃんができちゃったみたい」
　純。
　間。
純「（ふるえる）ウソだろう――？」
タマコ「――（うつむいている）」
純「――」
　間。
語《り》「ぼくの心臓がドキドキ鳴りだした」
　音楽――いきなり叩きつけて。

後編

1

純とタマコ

タマコ「ないの」
純「ないって？」
タマコ「アレが」
　間。
純「アレって？」
　間。
タマコ「どうも赤ちゃんができちゃったみたい」
　純。
純「（ふるえる）ウソだろう――？」

タマコ「――（うつむいている）」
純「――」
長渕剛「女よ、GOMEN」、いきなり叩きつける。
以下に。

G・S

働いている純。
ガンガン事務所から流れている長渕剛。
同僚たちこの曲が気に入っているらしく、働きながら例の箇所が来ると合唱する。
〽女よォ
ゴメン！　ゴメン!!
それどころではない純の顔。

公衆電話

しのぶように電話をかけている純。
純「アッタ？」
長い間。
純「――（暗く）そう――」

G・S

従業員たち「〽（合唱）女よォ――ゴメン！　ゴメン!!」
洗車している純。

ピザハウス

配達品を持って店から出てくるタマコ。
道の対岸にいる純に気づくが、見ぬふりをして駐車場へ歩く。
純もそっちへ。

駐車場

純とタマコ。
純「ちゃんと調べたほうがいいンじゃない？」
タマコ「どうやって？」
純「――」
タマコ「産婦人科に行けっていうの？　何ていって？」
純「――」
タマコ「純君一緒に行ってくれる？」
純「――」

G・S

働いている純の落ちこみ。

語り　あくまで軽快な長淵剛。

語り「胸から胃にかけて鉛のかたまりが、ずどんと重く居座ったような、どうしようもない毎日だった」

下宿

電話の前で指をかんでいる純。

語り「どうしていいのかわからなかった」

純、そっと電話に手を伸ばす。

プッシュボタンを押す。

語り「相談する人も、誰もいなかった」

待つ。

呼出し音。

語り「トロ子に何度も電話するのも、こっちの動揺を見すかされるようで、できればしたくはなかったンだけど。それでも気になってやはりしてしまった」

相手がとる。

間。

純「(低く) もしもし」

間。

タマコ「どうしたの」

間。

純「元気?」

間。

タマコ「元気よ」

間。

純「何してんの?」

タマコ「別に」

長淵剛、ゆっくり消えてゆく。

純「最近何か面白いビデオ見た?」

タマコ「あんまり」

純「うン」

間。

純「何か面白いのないかと思ってさ」

タマコ「――――」

純「じゃあいいや、またかける」

タマコ「ああ」

純「え!?」

タマコ「おすすめ品が一つあったわ」

純「何ていうの」

タマコ「陽の当る場所。見たことある?」

純「いや」

タマコ「エリザベス・テイラーとモンゴメリー・クリフト。

見てみたら。きっと興味あるわ」
純「本当。そンじゃ借りてくるかな」

ビデオ屋

カウンターにさし出す「陽の当る場所」の箱。ビデオ屋の男がじろりと純を見る。

カセット・デッキ

「陽の当る場所」が装填される。

下宿

ビールを飲みながら見ている純。
語り「何もしないより気がまぎれるから、トロ子のおすすめのそれを借りてきた。何しろこっちは食欲もなく、ここ二、三日ほとんどビールしか口に入っていかないわけで」
寝そべって見ている純。

時計

コチコチと時を刻む。

下宿

見ている純。

時計

一時間ほど経過している。
語り「ところが」

下宿

純、ふいにむくりと起き上がる。
真剣そのものの顔で画面を凝視。
語り「信じられないことにその映画は、美しい婚約者のできた青年が、妊娠してしまった昔のガールフレンドに結婚を迫られ、処置に困って山の湖でそのガールフレンドを殺してしまうという筋書きで」
純の顔。
語り「青年は最後に死刑になるわけで」

トロ子の顔

タマコ「おすすめよ」

下宿

純の顔。
　——恐怖に口が開いている。

山の湖（純の夢）

　霧。
語《り》「その晩、いやな夢を見た」
　ボートの上の純とタマコ。
　オール漕ぐ手を止めている純。
　その顔に汗が吹き出し、目がギラギラと異様に光っている。
語《り》「それは、さっき見た映画そっくりに、ぼくが誤ってトロ子を殺してしまう夢であり」
タマコ「（明るく）一番星見つけた」
　音楽——美しくイン。
　ギラギラ光っている純の目。
タマコ「お星様に何か願いごとした？」
純「——」
タマコ「私が願ったこと教えてあげる」
純「——」
タマコ「子どもを産むの」
　純。
タマコ「子どもを産んであなたと三人、貧しくてもいいから倖せに暮らすの」
　純。
タマコ「あなたはスタンドに働きに行って、私は子どもとごはん作って待ってる」
純「——」
タマコ「土曜日はビデオを借りてきて見るの。子どもを寝かしてから、あなたと二人で」
純「やめろ！」
タマコ「——どうして？」
純「やめてくれ」
　間。
　タマコの顔が不安に変る。
タマコ「（悲し気に）純君——」
純「——」
タマコ「お星様に何願ったの？」
純「——」
タマコ「私と一緒になりたくないって？」
純「——」
タマコ「妊娠なンかして迷惑だって？」
純「——」

タマコ「私がいっそ、死んじゃえばいいいって?」
純「違う!」
タマコ「――――」
純「たのむから黙っててくれ」
タマコ「――――」
間。
タマコ「(急に)純君かわいそう」
純「――――」
タマコ「落ちこまないで(立つ)」
純「(見る)立つな!」
タマコ「(歩いてくる)私」
純「(立つ)立つな!!」
ボートゆれ二人、湖面に落下。
タマコの悲鳴。

月

(夢のつづき)

森

(夢のつづき)
月光の下を純、走って逃げる。
そのいくつかのショットのつみ重ね。
突然ギクリと足を止める。

木にもたれ、ビデオ屋の男が立っている。
男「黒板純かね」
純「――はい」
男。
男「夕方、ビデオ屋で、陽の当る場所を借りたね」
純「――はい」
男「ききたいことがある。警察まで来てくれ」

下宿

純「(眠《ね》たまま)ちがいますッ!!」
純目をさまし、はね起きる。
しばしぼう然と坐りこんでいる。
無精ひげがうっすら伸びている純の顔。

G・S

事務所から相変らず流れている軽快な音楽。
純、入ってきた車へ走る。
青年「ハイオクタン、満タン」
純「チケットですか、キャッシュですか」
青年「キャッシュ」
純「ハイ」

作業を始めた純を、客の青年、不審気に見ている。
ドアを開け出てくる。
純に近づく。
青年「失礼だけど」
純「ハ？」
青年「もしかして――黒板純君じゃない？」
純（見る）
青年。
――突然信じられないように笑顔になる。
青年「中井だよホラ！　小学校で一緒だった！」
純「――中井君！」
中井「びっくりしたなァ！　何か見た顔だと思ったンだ！　こんな所で働いてたのかよォ」
純「ああ」
中井「どうしてたンだよ、あれからずっと！　いやみんなで時々噂してたンだ。北海道に行っちゃっただろ？」
純「ああ」
純、配達にきたタマコを見ている。
中井「連絡するよォすぐにみんなに！　ぶったまげたなァ！　今夜でも会おうぜ！（車内から携帯電話をとり出す）みんな腰抜かすぜ！」
純「ちょっとゴメン（タマコのほうへ）」
中井「いいよ。ア、連絡する間に洗車してくれる？」
純「ああ」
純、さり気なくタマコに近づき、
純「まだない？」
タマコ「ウン。でも――心配しないで（去る）」
純「――」

洗車機

その中で中井の車が動く。
マットを洗っている純。
洗車機の水のしぶきの向うで、携帯電話をかけている中井。

原宿

灯ともし頃のその賑わい。

サーファーズ・ショップ

そこで落ち合う小学校の同窓生たち。
みな、健康にはちきれそうな、何の不自由もない大学生たちだ。
勢いっぱい明るさをよそおっているが、気押されている純。
中井「黒木」
黒木「おぼえてる？」
純「ああ」
中井「こいつサーフィンのコーチやってンだ」
玉川「黒板君かよ！」
純「誰だっけ」
中井「玉川だよ」
純「玉川君——」
黒木「ホラ、お前は印象が薄かったから」
ユカ「純君!?」
純「アレッと——オ」
中井「わかンねえだろ」
玉川「あの頃はペソペソ泣いてばかりいたもンな」
黒木「ユカだよ」
純「ユカちゃん——！」
ユカ「純君は恵子ちゃんと仲良かったンだもンね」
中井「恵子恵子あいつも変ったよなァ！」
ジーパン姿の地味な青年入る。
純「高木君！」
高木（黙って握手を求める）

駐車場（青山）
仲間たちの車が次々に止まり、はずむように下りてたまり場へ歩く男女。
一歩おくれてついてゆく純と高木。

スナック（レストラン・バー）
おかまのマスターを中心にドッと明るく笑っている一同。
悩みなど全く感じられない元同級生たち。女の子たちのはつらつたる肢体。
隅で飲んでいる高木と純。
高木「いつから東京に出てきたンだ」
純「中学出てすぐだよ」
高木「高校こっちで通ってたのか」
純「ああ。——夜学だけどな」
高木「そうか」
仲間たちのばか笑い。
高木「ガソリンスタンドにつとめてるンだって？」
純「ああ」
高木「いくら稼いでンだ」

純「十五万——くらいかな」
高木「——そうか」
純「みんな——、大学に行ってンだろ?」
高木「黒木と中井とユカが慶応、玉川が立教。坂井と西村は東大だ」
純「——スゴイナ」
高木「バイトと遊びのほうが忙しいみたいだけどな」
黒木の声「そんなのお前今簡単だよ!」
中井の声「薬屋行きゃァ売ってるよ」
ユカの声「病院行かなくても妊娠わかるの!?」
玉川の声「ア、本当無知! おくれてますねぇ!」
黒木の声「ユカお前、子どもできたのか!?」
ユカの声「友だちの話! 私はそんなドジいたしませんッ!」
玉川の声「怪しい!」
きき耳をたてている純。
中井「薬屋行くとな、三〇〇〇円で売ってるよ」
黒木「小便とってな、試験紙にたらして三分間待つンだ」
中井「そう三分間」
黒木「この三分が地獄なンだよなァ」
中井「妊娠してると紙の色がだんだん、残念な色に変ってくる」
ユカ「(笑って)残念な色ってどんな色なのよ!」
黒木「残念な色よ!」
玉川「残念無念な色か」
中井「そう」
ユカ「残念色の涙が出るンだ!」
一同ドッと笑った。

夜道

純と高木がコツコツと歩く。
高木「(笑う)ついて行けないだろ、あの連中」
純(ちょっと笑う)
高木「あれで結構就職のことは、今からしっかり考えてるからな」
歩く二人。
純「君は——どういうとこ考えてるの」
高木「おれは司法試験めざしてるよ」
純「弁護士?」
高木「いや、むしろ検事が狙いだけどな」
純「検事」
高木「何年かければ受かることやら」

純「君は昔から——できたから」
高木「純にはいつもかなわなかったよ」
純「——そんなこたァない」
歩く純の顔。
高木「君は将来どうするつもり？」
純「——」
高木「そういうことまだ、あんまり考えない」
純「——ああ」
歩く二人。
しばらく。
高木「（突然）ああ！」
純「？」
高木「恵子ちゃんに逢ってる？」
純「いや。全然。アメリカにずっと行ってたンじゃないの？」
高木「帰ってきてるよ。二年前かな。バイリンガルでもう英語ペラペラ。上智に行ってら。ア、電話わかるぜ。教えようか？」
純「——」
音楽——静かな旋律で入る。B・G。

道

一人歩く純。
純「恵子ちゃん。あの恵子ちゃんが日本に帰ってきている。富良野に行く時別れたきり、十年以上逢ってない恵子ちゃん——」

イメージ（フラッシュ）

当時の恵子。
語《り》「拝啓」

下宿

純入り、ゆっくり電話の前に立つ。
語《り》「拝啓、恵子ちゃん」
音楽——消えている。
純、ポケットからメモを出す。
受話器を外し、唾をのむ。
プッシュホンのボタンを押す。
待つ。
大人になった恵子の声が出る。
恵子「もしもし」
純。

唾をのむ。

恵子「Hello!」

純「――」

恵子「(突然ペラペラ) Jimmy! It must be Jimmy! How come you didn't show up! I waited for you for two hours, and you didn't show up!!」

純。

恵子「So I went out with Rick to a disco」

純。

恵子「I slept him, It was so beautiful!!」

純。

恵子「Are you listening?」

純。

――コトリと受話器を置く。

間。

そのままゴロリと横になる。

音楽――ふたたび低く入る。B・G。

天井をじっと見つめている純の顔。

語り「ショックだった」

純。

語り「全てがものすごくショックだった」

語り「あの頃の仲間が嘘みたいに遠く、ちがった世界をどんどん歩いている」

純。

イメージ

今日会った仲間たちの若さと自信に充ちた笑い。

下宿

純。

語り「みんなキラキラと青春を謳歌し、自分の人生の歩く道を持ち、自信にあふれて前へ進んでる。少なくともぼくには――そのように見える」

純。

――ゴロンと寝返りを打ち畳につっ伏す。

語り「拝啓。――拝啓、恵子ちゃん」

間。

語り「取り残されてしまいました」

動かぬ純。

語り「富良野で過ごした五年間は、どうやっても埋められない重大な遅れをぼくの一生に焼きつけたわけで」

動かぬ純。

音楽——ゆっくりと盛りあがって終る。

薬局（昼）

純が小さな袋をかかえてしのぶように出る。

公衆電話

電話をかけている純。

ラブホテルの看板

語り「翌日ぼくは黒木たちのいっていた妊娠検査薬を薬屋で買い、例のラブホテルでタマコと落ち合った」

同・一室

検尿カップを慎重に捧げ持ち、タマコがトイレから現れる。

＊

スポイトで尿をとり、試験管に入れる。

＊

テスターに別の薬液を入れる。
真剣きわまりない純の作業。
真剣きわまりないタマコの顔。
セコンド音がしのびこむ。

＊

テスターに尿が入れられる。

腕時計

秒針がコチコチと動く。

純の顔

タマコの顔

秒針

コチコチと動いている。

室内

何思ったかタマコ、フラッと立つ。
室内に下ったブランコに乗り、小さく唄いつつゆすりはじめる。

純の顔

チラと目をあげタマコを見るが、またすぐ検査紙に目を落とす。

その目がゆっくり見開かれる。

唾をのむ純。

語り「残念な色が、出た」

室内

ブランコをゆすっているタマコの背中。

いきなり叩きつける軽快なマーチ。

渋谷・道玄坂

倖せそうな若者の群、々、々。

その中を無言で下りてくる純とタマコ。

手紙

れいの声「純君。ご無沙汰しています。何度か電話したンだけどいつも留守。でも、こっちにも電話もらったンじゃないかしら。私も急に忙しくなって、家を年中空けちゃってるの。ゴメンナサイ。私ね。今、人に誘われて、北海道に森を育てる会に参加してるの。お休みの日はだからほとんど山歩き」

下宿

読んでいる純。
れいの声「ドングリの木の苗をね、荒れた山林にメンバーの人たちと一緒に植えるのね。大学教授もいるし、主婦の人たちもいるし」

G・S

働いている純。

れいの声「学生もいるしカメラマンもいるし、中には作家とかすすきののクラブの歌手の人もいるのよ。みんなすてきな人ばかり。今北海道には広葉樹が必要なの。昔生えてた広葉樹を開拓時代にほとんど伐って、針葉樹ばかり植えちゃったでしょ、だから」

同僚「純！」

純（ふり返る）

同僚「電話！」

純「スミマセン」

純、作業を中断し、事務所へ歩く。

電話とる純が、ガラス越しに見える。

カメラ、突然純にズームアップ。

純の顔色が変っている。

電車

　夕暮れの中をつっ走る。

郊外の駅

　サラリーマンとともに純下りる。
　メモを見ながら踏切りを渡る。

町

　買物の主婦の間を、急ぎ歩く純。

裏町

　目立たぬようにある小さな病院。
　『田沢産婦人科』の看板。
　その前に立つ純。
　一瞬息を吸い、中へ入る。

同・受付

　窓口を叩く純。
看護婦「(顔を出し) ハイ」
純「アノ、――松田タマコさんの入院してる部屋は」
看護婦「ああ――二階の二〇二号室です」
純「どうも」

同・二階

　純、上がってきて二〇二号室を見つける。
　ちょっとノックして扉を開ける。
　大部屋。
　その窓ぎわのベッドに寝かされているタマコ。
　つき添っている強そうな叔父夫婦。
　純、唾をのみ、タマコに近づく。
　眠っているタマコ。
　純を凝視している叔父。
純「ア、アノ、黒板と申します」
叔父「――」
　叔父、無言で立ち顎で外を指し先に出る。純続く。

同・廊下

　叔父先に出て、純の出る間扉を抑えている。
　純出る。
　叔父、扉を閉る。
純「スミマセン、ボク」

いきなり叔父のアッパーカットで、純ぶっとんではめ板にぶつかる。
叔父そのえり首をつかんで引き起こし、さらに強烈なアッパーカット。
看護婦、別室からとびだしてくる。
看護婦「やめてください！」
純の顔面から鼻血が出ている。

同・応接室

粗末な応接セット。
純と叔父夫妻。
純の目の前にある紙とペン。
叔父「書け」
純「――」
叔父「保証人の名前と住所。それに電話番号」
純「――」
叔父「両親はどこにいる。北海道のどこだ」
純。
純「母は死にました」
叔父「おやじはいるンだろ」
純「ハイ。アノ、だけど」
叔母「あんたタマコはね、鹿児島のうちの兄の子なのよ。大事な娘をあずかってるのよ」
純「スミマセン、ハイ。だけどアレ、コレは、あくまでぼくの責任で」
叔父「オイ」
純「親父とは全然関係ないことで」
叔父「――」
純「親父に連絡するのだけは何とか」
叔父「補償能力がお前にあるのか」
純「――」
叔父「人様の娘に手をつけて、赤ン坊を堕させてそのままただですむと思ってるのか」
純「――思ってません」
叔父「じゃあどうする」
純「――」
叔父「どうやってつぐなう」
純「それは――。これから」
叔母「タマコの父親は警察官よ」
純。
叔母「このまま泣寝入りは絶対しない人よ」
純。

叔父。
叔母。
叔父「父親の名前は」
純。
間。
純「（かすれて）黒板五郎です」
叔父「職業は」
間。
純「職業は――農業と――日雇いと――叔父さんお願いです！」
叔父「電話は！」
純「電話はありません」
叔父「うそつけ、今どき」
純「本当です！」
叔母「警察で調べりゃすぐわかるのよ！」
純「本当にないンです！　嘘じゃありません！」
叔父「それじゃ住所は！」
純「――――」
叔父「（怒鳴る）住所!!」
純「富良野市」
叔父「書け!!」
純。
間。
ノロノロとペンをとる。
紙を引寄せ、しかたなく書く。
叔母「嘘を書いてもすぐバレるわよ！」
音楽――静かな旋律で入る。Ｂ・Ｇ。

田沢医院・表

純、悄然と扉を開けて出る。

暗くなった道をとぼとぼ歩きだす。

画面、いきなり真っ暗になる。

G・S

今日もまたあの歌、「女よ、ＧＯＭＥＮ」が流れている。

陽気に働く従業員たち。

その中でただ一人、超暗い純。

その暗さはもはやテレビの観客には、深刻さを越えて思わず笑いださずにはいられないものである。

語《り》「それからの毎日はさらに食欲が減退した。父さんには絶対知られたくなかった。父さんだけは巻きこみたくなかった。でももう遅かった。富良野の住所をぼくは書いてしまい、敵はとっくに連絡したはずだった。父さんに手紙を書こうかと思ったけど、何て書いていいかわからなかった」

道

歩く純。

語り「病院には二度と現れるなといわれてたから、トロ子と連絡は全然とれなかった」

ピザハウス

対岸からそっとのぞいている純。

語り「ピザハウスは時々そっとのぞいた。だけどトロ子の姿はなかった」

G・S

働く純。

語り「トロ子は病院にまだ入っているのか。四日たっても、五日たっても、誰からも何の音沙汰もなかった」

純、目をあげてそのまま凍結する。

一切の音、消えてなくなる。

道路の向うから、かばん下げた五郎がヘラヘラ笑いながら手をふって近づく。

純。

音楽——衝撃音。

ラーメン屋

演歌。

ラーメンをすすっている純と五郎。

五郎「（ばかに明るく）いや飛行機って乗りもの全く初めてじゃない？　中ちゃんにすっかりだまされちまってさァ。機内に入る時入口で靴ぬぐんだぞっていわれてたから、靴ぬいでスチュワデスさんにきいたンだ？　アノ、下駄箱はどちらでしょうって。——笑われちまってさァ。ほかの客にまで」

純「——（食べている）」

五郎「（食べつつ）恥ずかしかったァ」

食い終り、汁をずるずるすすって。

五郎「ああ喰った！（小声で）けど三ヵ月のラーメンのほうがうまくない？」

純「——さァ」

五郎「うン」

演歌。
五郎、妻楊子に手を伸ばす。
五郎「それで――これから先方に行くけど――一緒に行ける?」
純「――ハイ」
五郎「うン」
演歌。
間。
五郎「(あくまで明るく)一つきくけど、――結婚する気あるの?　その娘さんと」
純「――」
五郎「――うン」
純「――」
五郎「そりゃそうだよなァ。まだ早いもなァ――」
純「――」
演歌。
間。
五郎「(笑って)謝っちゃお。ともかく。何いわれても。絶対さからわず、ひたすら謝ろ?　ね?　ね?」
純「――」
五郎「二人で謝りゃ何とかなるさ。しようがないじゃない。それっきゃしかたない。(笑って)父さん謝るの年季入ってるから。ハハ。真似していなさい?　父さんのやる通り。ハハ。(水飲みかけるがない)ア。スミマセーン。お水、ちょうだい」
音楽――不安定なリズムで入る。B・G。

高円寺界隈

道を探しつつ歩いてゆく二人。

豆腐屋

ようやく見つけてその前に立つ。

五郎。

――うって変って緊張し、大きく息吸って中へ入る。

純も。

働いていた叔父がふり向く。

五郎「ア、アノ私、――ご連絡いただいた黒板でございます。この度はうちのがとんでもないアレを――」

叔父。

五郎、かばんからメロンをどんどん取り出す。

五郎「これアノ、ほんとに、つまらないナニですが、――ご挨拶代りに――名刺もないので」

叔父、ずかずかと中へ上がる。
あがりがまちからじろりとふり返り、五郎に〝上れ〟と顎でしゃくう。
五郎「ハ」
純「――」
五郎「では失礼して。（純に）お邪魔しよ？」
純「――」
音楽――ガーンと砕ける。

2

豆腐屋・居間

苦り切った顔で茶を飲んでいる叔父と叔母。
その前で床に頭をこすりつけるように土下座したまま動かない五郎と純。
純、さっきから何度も横目でちらちら父を見ている。
しかし五郎がそのままなので、しかたなくまたそれにならう。
叔父「（ポツリ）いつまでそうやってるつもりかね」
五郎「――」
叔父「芝居じみた真似はもうやめてくれ」
五郎「――」
叔父「あんたの生活の苦しいことも、何もできんこともよくわかったよ」
五郎「――」
叔父「頭あげてくれ。話もできねえ」
五郎「――」
五郎、ちょっともう一度頭を下げ、顔あげる。
純も。
叔母「とにかくお茶でも飲んでくださいな」
五郎。
頭を下げ、茶に手を伸ばす。
叔父、ホッと大きく溜息をつく。
叔父「あんたはとにかくすっとんで来た」
五郎「――」
叔父「それもあんたの誠意なンだろう」
五郎「いえアノ」
叔父「いいンだ。たしかにそりゃそうだろう」
五郎「――」
間。
叔父「あんたにゃ娘さんいるのかね」

五郎「――はい」
間。
叔父「何ていう名前だ」
五郎「――螢っていいます」
純。
叔父「いくつだ」
五郎。
五郎「十九です」
純。
叔父「かわいいかね」
五郎。
五郎「ハイ」
純。
間。
叔父「想像してくれ。その螢さんがどっかの不良にひっかかってはらまされた」
五郎「――――」
叔父「あんたその時どう思うかね」
純。
叔父「本気になって想像してくれ」
五郎「――――」

間。
叔父「タマコの父親は鹿児島にいる。警察官だが底抜けの善人だ」
五郎「――――」
叔父「おれは兄貴がこのことを知った時、どんなふうに思うか何日も想像した。だからあんたも想像してくれ」
五郎「――――」
叔父「あんたのその――、螢さんか。螢さんが誰にも相談できず、――恥をしのんで産婦人科を調べて、――一人で出かけて診察台にのる」
五郎「――――」
叔父「そうなった時を本気で想像しろ」
五郎「――――」
うつむいている五郎。
そして純。
音楽――低い旋律で入る。B・G。
叔父「あんたはさっきから誠意といってる」
五郎「――――」
叔父「あんたにとってはこうやってることがせいいっぱいの誠意かもしれんが――こっちの側からは誠意にとれん」

音楽――ゆっくり盛りあがって以下へ。

高円寺

無言で歩く五郎と純。

JR

走る。

同・車内

無言でゆられている五郎と純。
純はうつむいたまま顔をあげられない。

ジェット機

上空をかすめるように飛ぶ。

羽田界隈

歩いている二人。
五郎、足を止め、
五郎「おい」
純「?」
五郎「ちょっと、――一杯飲むか」

五郎「――」
叔父「誠意って何かね」
五郎「――」
叔父「え?」
純。
叔父「あんたにとっては遠くから飛んできて、恥をしのんで頭を下げてる――それで気持ちがすむのかもしれんがね」
五郎「――」
叔父「もしも実際あんたの娘さんが、現実にそういう立場に置かれたら――」
五郎「――」
純。
叔父「もういい。わかった。これ以上話しても始まらん」
五郎「――」
間。
叔父、立ち上がる。
叔父「(叔母に)おい。客が帰る」
叔父、奥へ入りかけふり返る。
叔父「ああ、そのメロン、持って帰ってもらえ」
純。

食堂

長渕剛が唄っている。

――「西新宿の親父の唄」

酒のコップがちょっと上げられ、五郎と純が暗い乾杯。

五郎、――大きく溜息をつき、純の顔を見てニヤリと笑う。

五郎「疲れたな、さすがに。――うン。ちょっと疲れた」

純「――スミマセンデシタ」

五郎「気にするな気にするな。そんな意味じゃない。ハハハ」

五郎、また飲み、また溜息をつく。

長渕。

五郎「草太が結婚したって話聞いたか」

純「ハイ」

五郎「これがまた大変なことがあってさァ。アイコちゃん妊娠してたンだけどそれが――」

純「――」

五郎「(気がついて) いいやいいやそういう、ナニの話は」

純「――」

長渕。

五郎「来年の春には螢帰るンだ」

純「本当」

五郎「財津病院。知らない？　栄町の。そこに看護婦として就職決まってる。うン」

純「そう」

五郎「後五ヵ月だ。うン。五ヵ月の我慢。ハハ」

間。

五郎また溜息。

あわてて必死に陽気をよそおい、

五郎「正吉が来たンだそういや正吉が！」

純「正吉――」

五郎「いやァびっくりした自衛隊の服着てさァ！　あいつ上富《かみふ》の自衛隊にいるンだ！」

純「本当」

五郎「いやァたまげた。全く。――うン」

純「――」

間。

五郎、またしてもホッと溜息。

純。

五郎「ああ！　お前金ちゃん知ってたっけ」

純「金ちゃん」

五郎「加納の金ちゃん。麓郷の棟梁」
純「イヤ」
五郎「おれより五ツ歳下だけど、父さん今そこに弟子入りさしてもらって。こいつはすごいンだ。イヤアすごい男。あんまり気にしてなかったンだけど、あんなにすごいのがそばにいたとは。(のり出す。飲んで)たとえばな、できないって事はいわない。たとえば——(考える)うン。たとえば動かん岩があるとする(この声次第に消えていく)」
語り「傷ついていた」
純。
——うつむき、コップの酒をなめている。
語り「父さんがぼくを叱らなかったからだ。父さんは相変らず貧しい父さんで——、服装からもそれはわかり。それが——どうやってお金を作ったのか、——初めて飛行機で息子のためにとんできてくれ——息子のために頭をこすりつけ——、息子のために——屈辱に耐え——」
純。
語り「父さん。ぼくを叱ってください。お願いだから——話をそらさないで——」

純。
よみがえってくる長渕の歌。
純「え?」
五郎「この唄」
純「——何ですか」
五郎「何ていう唄だ」
純。
——聴く。
純「長渕剛の、〝西新宿の親父の唄〟っていうンです」
五郎「うン」
純「——」
五郎「いい唄だ」
五郎、飲みつつ耳をかたむけている。
長渕の声が唄っている。
〽やるなら今しかねえ
やるなら今しかねえ
六十六のおやじの口ぐせは
やるなら今しかねえ
五郎「(ポツリ)大晦日には帰ってくるンだろう?」
純「帰ります」
五郎「——本当だな」

純「本当です」
五郎「約束したぞ」
純「約束します」
五郎「ウン」
五郎、飲みつつニッコリ笑う。
その顔に、
〽やるなら今しかねえ
やるなら今しかねえ

下宿

灯がつき純が入る。
下げてきた紙袋からメロンを取り出す。
一つ。また一つ。

イメージ

頭を下げていた父。

下宿

メロンの山ができている。
純。

イメージ

頭を下げていた父。

下宿

ぼんやりメロンを見つめている純。
音楽──テーマ曲、静かにイン。

富良野

その晩秋の点描のモンタージュ。
・紅葉が散る。
・雪虫が舞う。
・タイヤ焼く煙。

山の現場

石積みの風呂だけができている現場。
夏の頃より石積みの基礎が伸び、根太になる丸太も二、三本運ばれている。
その前に──
五郎が一人、じっと立っている。
五郎の耳にあの叔父の声。
声「あんたはさっきから誠意といってる」

五郎。
声「誠意って何かね」
五郎。
声「もしも実際あんたの娘さんが、現実にそういう立場に
置かれたら――」
アキナが足にまとわりつき、五郎はフッとわれに返る。

山道

ネコ（一輪車）に積んだ石を押し、上がって行く五郎。
アキナがその足元にまとわりつく。

現場

石を下ろす五郎。
もどろうとし、フッと丸太を見る。
そのまましばらく動かない。

農地

タイヤ焼く煙がたなびいている。

家（倉庫）の前

皮むきのすんだ丸太の山。
その前にじっと立っている五郎。
間。
丸太の肌にそっと触ってみる。
音楽――ゆっくり盛りあがって終る。

加納工務店

金次、作業の手を止め、顔をあげる。
金次「丸太を、売りたい？」
五郎「ああ」
金次「丸太って、――あんたが小屋作る丸太か」
五郎「いつか金ちゃんいってただろう。ログハウスの丸太
を探してるやつがいるって」
金次「――」
五郎「おれのは百本。皮むきもすんでる」
間。
金次「何本売りたいンだ」
五郎「全部だ」
金次「――」
五郎「百平方メートルのログキャビンになる」
間。
金次「家を建てるのはやめるのか」

五郎「いやそれはこれから考える」
間。
金次「いくらで売りたいンだ」
五郎「三百万でいい」
金次「三百万は仕入れ値だろう。原材の」
五郎「――」
金次「皮むくだけでずいぶんかけたじゃないか」
五郎「いや、そりゃいいンだ、サービスだ」
間。
金次「何でよ。いきなり」
間。
五郎「金が要るンだ」
間。
金次「何で」
五郎「――」
間。
金次「三百万も必要なのか」
五郎「いやまだ中ちゃんに払ってない分がある。二百万は中ちゃんに払わにゃいけないンだ」
間。
金次「中畑の社長は、知ってるのかこのこと」
五郎「いや、あいつには――、黙っててくれ」
金次「――」

月　家

月光の中に眠っている。
ヘッドライトが来て家を照らし出す。
アキナの声が家の中でする。
車から下りた金次、家へ歩きかけ、丸太の山に目を止める。足が止まる。
丸太の山から身を起こした五郎。
飲んでいたらしい。
金次に向い笑ってみせる。
金次立つ。
金次「きいてみた。欲しいそうだ」
五郎。
五郎「そうか。――ありがたい。三百万でかまわないって？」
金次「ああ」
五郎「助かった――！」

間。
金次「五郎さん。もう一度あらためてきくけど――どうしてそんな金が要るンだ」
五郎「――」
金次「あんたにゃ百万は大金だろうが」
五郎。
五郎「大金だ」
金次「――」
五郎「ギリギリの大金だよおれには」
金次「――」
五郎「ギリギリだからどうしても要るンだ」
金次「――」
五郎「(ちょっと笑う) 誠意ってやつさ」
金次。
五郎「それで――、丸太はいつ取りにくる」
金次「――いつがいいンだ」
五郎「早いほうがよい」
音楽――静かな旋律で入る。

家の前

トラックに丸太が積まれている。
見ている五郎。
顔をそむけて歩きだす。

山の現場

ここの根太丸太もすでにもうない。
ポツンと立って動かない五郎。
音楽――ゆっくり盛りあがって終る。

川面

水蒸気が上がっている。

麓郷・早朝

中畑木材の事務所の扉を開け、和夫が急ぎ出て車に乗る。
スタート。

五郎の倉庫

和夫の車来て、和夫下りる。
家の戸を開け、中をのぞく。
和夫「五郎!――五郎!」
五郎はいない。

和夫、急いで車へもどる。

フッと見る。

積んであった丸太の山がない。

和夫、

——ふん然と車に乗りスタートさせる。

農道

和夫の車が走る。

山道

和夫の車上がってくる。

五郎の現場へ曲ろうとし、急に一方を見て急ブレーキかける。

山に通じる林道を、ころげるように五郎が走ってくる。

車内

和夫びっくりしてその五郎を見ている。

フロントグラスごしに、五郎とにかく走りに走る。

五郎の髪の毛が逆立っている。

五郎そのまま物もいわずに、和夫の車の助手席にとびこむ。

しばらくハアハアと息をついている。

逆立っていた五郎の髪、ようやくねてくる。

ぼう然と見ている和夫。

五郎、ようやく息がおさまり、初めて和夫を見てヒヒヒと笑う。

和夫「どしたの」

五郎、ひきつってふたたび笑う。

五郎「クマに会っちゃった」

和夫「どこで」

五郎「すぐそこ」

五郎、なお大きく息を吸いながら、
五郎「道曲ったらそこにいたンだ。八メートル。いや、五メートル」

和夫「——!!」

五郎「クマに会ったら逃げるなっていうべ。だから坐りこんで大きく息を吸って——熊の目じっと見てゆっくり名刺出して、初めまして私こういうもンです」

和夫。

五郎「そういうわけに現実はいかんもなァ」

和夫「——」

五郎「おれも逃げたし、向うも逃げた。ガッガッガッて山かけ上がった」
和夫。
和夫「でかかったのか」
五郎「仔牛くらいだ」
和夫「――――」
突然五郎、ガタガタふるえだす。
ふるえつつ照れて、ヒヒヒと和夫を見る。
和夫「お前さっき髪の毛が逆立ってたもナ」
五郎「逆立ってたかい」
和夫「髪の毛が逆立つって初めて見たぞ」
五郎「ヒヒ」
和夫「薄くても髪の毛って逆立つもンなンだな」
五郎「ヒヒヒ」

山道

並んでのぼってゆく五郎と和夫。
和夫「丸太売ったって本当か」
五郎「アハハ、早いな。本当だ」
和夫「おれの口座に二百万入ったから、何のことだって調べてわかったンだ」
五郎「アハハハ」
和夫「あの丸太全部売っちまったのか！」
五郎「(明るく) そうだ？」
和夫「いくらで」
五郎「三百万だ」
和夫「馬鹿野郎それじゃ原価じゃねえか。二年以上かけて皮全部むいたその加工費はいったいどうなるンだよ」
五郎「アハハハ。いいンだ、それより中ちゃん」
和夫「いいことあるか！　家はやめるのか」
五郎「いやゃめん」
和夫「やめんたってお前丸太売ったら」
五郎「丸太使わんでも家は建つ。ハハハハ。ただでころがってる材料見つけた」
和夫「ただの材料？」
五郎「アハハハ、灯台下暗しだもな。(止まって) 中ちゃんここからずっと見てみろ」

農地

眼下に拡がっている。
五郎の声「オレら見なれて気がつかんかったけどあすこにもあすこにも石の山がある」
石の山。

石の山。
五郎の声「ここらの土地ァ石四十六だ。除礫作業でああやって石とって、立米《リューベ》いくらで補償金もらってそのままああやって放ったらかしとる。石も無駄なら敷地も無駄だ。あの石ただで使わん手ないべさ」
音楽——低くイン。

現場

上がってくる五郎と和夫。
五郎「そのことに気づいて殴られた気がした。オイラ木は捨てて石で家造る」
和夫「全部、石でか」
五郎「そうだ」
和夫「ずっと——壁もか」
五郎「そうだ?、」
和夫「屋根は」
五郎「屋根くらいカラ松の間伐材でできるべ。オラ風呂作ってみてこれならだいじょうぶだって」
五郎、突然会話を切り、和夫のほうを見てケタケタ笑いだす。
五郎「それがさァ中ちゃん！　オラバカでさァ!!　アハハハ」
和夫「——」
五郎「風呂作ったのに肝腎の水のこと。沢から水引こって簡単に決めとったら、——沢がこっちに来とらんでしょう！　アハハハ」
和夫「……」
五郎「それで山のほう調べに入ったら、熊にばったり出会っちまうし、ハハハ」
和夫「（あきれて）どうするンだ」
五郎「（簡単に）井戸掘る」
和夫「井戸？」
五郎「そこらにドロの木がいっぱいあるべ。ドロがあるのは水のある証拠だ」
和夫「井戸掘るったって金がかかるぞ。だいたいボーリングは一メートル一万」
五郎「いや自分で掘る」
和夫「自分で!?」
五郎「昔、おやじも掘ったっていってた。三十尺も掘りゃア出るンでないかい？」
和夫「三十尺ってお前ほとんど十メートルだぞ！」
五郎「うン」

和夫「十メートルっていや、三階の高さだ」
五郎「うン」
和夫「業者にたのめ。金は貸すから」
五郎「(明るく) イヤ自分で掘る」
和夫「掘れるもンかバカ」
五郎「(明るく) イヤ何とかする」
和夫「無理だ」

五郎、急に明るくふり向く。

五郎「こういう唄を知ってるか中ちゃん」
和夫「──────」
五郎「〽やるなら今しかねえ
やるなら今しかねえ
六十六のおやじの口ぐせは
やるなら今しかねえ」

和夫。

和夫「それが歌か」
五郎「(ニヤリ) 知らんべ。おくれとるな。ナガミゾツヨシだ」

音楽──ゆっくり盛りあがって以下へ。

家・夜

やぐらの図面を描いている五郎。

農家

古老から話を聞いている五郎。

鉄工所

図面を見せて説明している五郎。

家

アキナにめしをやっている五郎。

道

廃材を車に積んでいる五郎。

現場

廃材で型枠を作っている五郎。

図面

やぐらの図面に修正が加えられる。

現場

やぐらが組まれ、五郎、滑車をとりつけている。

狐

見ている。

現場

吊ったバケツを滑車ですべらす五郎。

雪

チラホラと降ってくる。
ザック、ザックという音が聞こえる。

現場

五郎ツルハシで地面を掘りはじめている。
ゆっくり、無心に、ツルハシふるう五郎。
音楽――ゆっくり消えていって。

語り「そんなことは全然知らなかった」

G・S

洗車の水しぶきの向うで、マットを洗っている純の姿。

語り「東京はそろそろ十二月が近づき、気の早い年末のムードづくりが街のあちこちに見られはじめていた。突然トロ子が姿を見せたのは、十一月末のそんなある日だった」

フッと顔あげる純。
その目に――
道路の向うに立っているトロ子。
胸のところでちょっと手をふった。
純。
しのびこんでくるムード曲。

喫茶店

タマコと純。
ムード曲。

純「元気になったか」
タマコ「ウン。元気」
純「そうか」
タマコ「純君は」
純「まァまァだな」
タマコ「よかった」
純「――」
タマコ「心配してたンだ」

純「おれを？」
タマコ「落ちこんでいるンじゃないかって」
純「落ちこんだよそりゃァ。おたくとしゃべることもできなかったしな」
タマコ「ごめんなさい」
純「それはこっちのいうセリフだよ」
女の子「お待たせしました」
コーヒーとジュースが運ばれる。
女の子、去る。
純、コーヒーに砂糖を入れる。
タマコ「これ」
純「？」
タマコ、テーブルに封筒を置き、すべらす。
純「何？」
タマコ「返す」
純。
純「何」
タマコ。
タマコ「聞いてない？」
純「――？」
タマコ「あなたのお父様から送ってきたの」
純「――」
タマコ「一万円札が、百枚入ってるわ」
純。
タマコ「受取れないわ。お父様に返して」
純。
タマコ「お気持ちだけはいただきましたって」
純「イヤ――」
タマコ「しまって？」
純「けど」
タマコ「恥ずかしいから早くしまって」
純「――ああ」
タマコ、ジュースにストローをさす。
飲む。
純――ためらいつつ封筒をしまう。
ムード曲。
純「びっくりしたな」
タマコ「――」
純「どういうことなのかな」
タマコ「――」
純「おやじそういう――」

タマコ「――」
純「恥ずかしいことするな」
タマコ「そんなことないわ」
純「――」
タマコ「そんな意味でお金、お返しするンじゃないわ」
純「――」
間。
タマコ「おじさんが私に返せっていったのよ」
純「――」
タマコ「気持ちはわかったから、お互いこのことは忘れましょうって」
純。
ムード曲。
タマコ「私、全然知らなかったのね。おじさんがお父様呼びつけたって話」
純「――」
タマコ「恥ずかしくって私泣いちゃった」
純「――」
タマコ「だって私もう大人なンだし」
純「――」
タマコ「大人として私行動してたンだし」

純「――」
タマコ「だから――」
純「――」
タマコ「責任は私にあるンだし」
純「――」
タマコ「そうでしょ？」
純。
純「ああ」
ムード曲。
純。
――何かいおうと言葉を探す。
うまい言葉が見つからない。
タマコ「(急に明るく)やめよ！　もういい、こんな話」
純「――」
ムード曲。
タマコ「純君、お正月は北海道に帰るの？」
純「ああ」
タマコ「私も。来週鹿児島に帰るの。それでもうそれきり、東京引揚げるの」
純。
タマコ「東京はもういい。私――卒業する」

　純。
　――タマコを見る。
タマコ「純君とのこと、――愉しかったわ」
純「――」
タマコ「私全然後悔してないから」
純「――」
　間。
タマコ「あれから何か、――いいビデオ見た？」
純「――いや」
タマコ「――（ハッと、笑って）ああ！　あれ、あの時借りてきた？」
純「何」
タマコ「陽の当る場所」
純「――ああ」
タマコ「見たの？」
純「見たよ」
タマコ「（クスッと笑う）落ちこんだでしょう」
純「まいったよ」
タマコ「（笑う）意地悪しちゃった。フフ、うれしいなァ！」
純「――」
　間。
タマコ「ねえ、一つきいていい？」
純「――何」
タマコ「純君いつか話してくれたでしょう。遠い所にいる恋人同士が、同じ時間に同じビデオ見るっていう話」
純「――ああ」
タマコ「あれ、友だちの話っていったけど、――本当は純君、自分の話でしょう（微笑）」
純「――」
　音楽――静かな旋律で入る。B・G。

道

　歩く二人。
語《り》「それから二人で少し歩いた。少し歩いてトロ子と別れた。だけど――」

別の道

　一人歩く純。
語《り》「ついさっきトロ子のいった言葉が、ぼくの頭に灼《や》きついて残ってた」
タマコの声「東京はもういい。――私、卒業する」

歩く純の顔。

語り「父さん――元気ですか」

純。

語り「心配かけてすみません」

下宿

純、ポケットからさっきの封筒を出す。

中から札の束をとり出す。

語り「この金は、どうやって作った金ですか」

純。

語り「父さんが一人で。富良野でどうやって――」

音楽――消えていって。

風の音。

雪道

風が地上の積雪を吹きとばす。

女の足がその雪道を歩いてゆく。

坂（現場への山道）

女の顔が上がってくる。

いささか歳月が容姿を変えているが、なつかしや『駒草』のこごみである。

こごみ、息をつきまた進もうとする。

その足が止まる。

こごみ。

その目に――。

現場

人気《ひとけ》ない現場に二体のやぐら。

その間に張られたワイヤーの下を、人もいないのにバケツが移動する。

バケツ、一端まで移動すると、底にとりつけられた紐がピンと張り、自動的に傾いて中にあった土砂を地上に吐き出す。

こごみ

口をあけ、それを見ている。

現場

土砂を地上に吐き出したバケツは二、三度プルプルと体をゆすり、空になってスルスルもう一体のやぐらの所までもどる。

そこで停止し、一拍あって、今度はそこから下に掘られた地中の中へユサユサ消えてゆく。

――。

雪がチラホラ降っている。

こごみ、その穴の入口へ来て下をのぞきこむ。

こごみ「五郎ちゃん！　いるの!?」

間。

こごみ「こごみ！　駒草にいた！」

五郎の声「(下から) 誰よ！」

五郎の声「こごみちゃん！　どうしたの!!　待ってろ今上がる!!」

こごみ「――――」

間。

梯子を伝って、泥だらけの五郎が顔を出す。

ぼう然たる顔でこごみを見つめる。

こごみ「(ニッコリ) こんちわ。しばらく」

五郎「いやいやいやいやいや！　生きとったンかい!!」

焚火

バチバチと現場に燃える。
お茶をいれている五郎とこごみ。
五郎「しばらくだもなァ！　何年ぶりになる。帯広のほうに行っとったンでないンかい？」
こごみ「今度、富良野に帰ってきたのよ」
五郎「本当かい！」
こごみ「へそ通りで小っちゃなスナック開くの」
五郎「いやいや自分の店持つンかい！」
こごみ「クリスマスがオープン。招待状を持ってきたの。(出す) ハイ。必ず来てやって？」
五郎「行く行く！ (招待状見て) イヤイヤ、こごみって名の店かい！」
こごみ「結局そうしたの」
五郎「イヤイヤイヤイヤ、――昔の名前で出てますもねェェえ！　ハイお茶」
こごみ「ありがと」
バチバチ火がはぜる。
茶をすする二人。
こごみ「(ちょっと笑って) 変ってないわね」
五郎「オイラかい。老けた」
こごみ「それはお互いよ。でも変ってない。やってることが。（笑う）何だかすごくホッとした」
五郎「いくつになっても進歩できんでいる？　アハハハ」
火がはぜる。
こごみ「中畑さんたちから噂聞いたのよ。五郎ちゃんが一人で井戸掘りしてるって」
五郎「（笑う）あきれとったべ？」
こごみ（笑う）
五郎「最初はみんな来て、ああだこうだいったが、今はあれきて誰も寄りつかん？」
こごみ（笑っている）
五郎「加納の金ちゃん。——知っとるかい？　金ちゃん」
こごみ「棟梁？」
五郎「ああその金ちゃんだけ時々気にして、恐い顔してたまに見にくる」
こごみ「——」
五郎「アハハハ。すっかり変人扱いだ？　アハハハハ」
風の音。
飛ぶ火の粉。
こごみ「もうどのくらい掘り下げたの？」
五郎「六メートルくらいいっとるかな」
こごみ「出そうなの、水」
五郎「わからん」
こごみ「全然、気配なし？」
五郎「今ンところな」
こごみ「——」
五郎「先週はでっかい岩にぶち当って、タガネで少しずつブチ割ったンだ。だけど幸いもう岩通したから。イヤイヤ一時はどうなるかと思った」
こごみ。
火の音。
五郎「（明るく）後一月で何とかしたいンだ。大晦日に何とか間に合わしたくてな」
こごみ「——」
五郎「（嬉し気に）大晦日。子どもらが帰ってくるンだ。そン時風呂にな。足の伸ばせる。——ああこれ見てくれ！　風呂はできとるンだ！　子どもらにはまだなンも話しとらん！　秘密。アハハハ。びっくりさせるンだ。大晦日にここでな、家族三人で野天風呂。わくわくするべ!?　あいつら驚くぞォ!!　わくわくしとるンだ。こっちも毎日。アハハハ」
風呂の脇に立ち、石積みにそっと手をふれているこごみ。

――じっとそのまま動かない。

五郎「どしたの」
こごみ「――ううん」
五郎「――」
こごみ「(ちょっと笑う) 涙が出ちゃいそ」
五郎「アハハハ。何でよ」
こごみ「(首ふる) ――水、出るといいね」
五郎「ウン。――それだけだ?」
こごみ「――」

風の音。

いきなり叩きつけるジングルベル。

富良野・本通り(夕暮れ)

クリスマスの飾りつけ。

国道

除雪車が雪をはね上げる。

電気屋店頭

テレビが流している大雪のニュース。
スピーカーから流れるジングルベル。

ホワイト・イルミネーション

駅

スキー客。

ケーキ屋

クリスマスケーキが売れている。

へそ通り(夜)

新規開店『こごみ』の看板。
いくつかの花輪が飾られている。

同・店内

町の有力者らしい恰幅の良い男がかなり酩酊してしゃべりまくっている。

男「そんなこといつまでもいっとるからよ、北海道は遅れるンだよ!」

にこにこ相手をしているバーテン。
別の客の相手をしているこごみ。
隅の席にいる和夫と金次。

開店披露にしては閑散たる店内に、淋しく流れている
クリスマスキャロル。
男「開発のしすぎ!?　何いうとるのよ！　開発せんでどうなるのよここは！　人がどんどん減っとるべさ現実に！　仕事がないから人が減るンでしょう！　政治家がもっと補助金とってくりゃ、ここだってどんどん仕事が増えるンだ！　仕事もないのに自然自然って（演説はつづく）」
和夫「（隅の席で）遅いな五郎」
金次「ああ」
和夫「何やってンだ」
金次「——穴の底にいりゃ静かなもンだ。時間の感覚も忘れちまうンだべ」
間。
和夫「金ちゃん。本当に放っといていいと思うか？」
金次「——」
和夫「土上げる助手も雇わんで一人で、——あいつ本当におかしくなっとるぞ」
男の声「こごみ！　こごみ!!」
こごみの声「ハイハイ社長さんどうしたの」
男の声「カラオケいこうレーザーカラオケ!!　全く景気悪い開店祝いだな」
こごみの声「ハイハイ。何いく？」
金次「こないだ様子を見に行ってきたンだ」
和夫「——どうだ」
金次「むずかしいな」
和夫「——」
金次「水に当るとは思えん」
和夫「そりゃそうだ、素人に。土台無茶苦茶だ」
金次「こないだ行ったら岩にぶつかって、タガネでコツコツ岩砕いとンだ」
和夫「——」
金次「あんなことしとったら一年かかるぞ」
和夫「一年かかって、それでも出りゃいい」
金次「——」
和夫「全くあのバカ。何考えとるのか」

暗黒（井戸の底）
ランプの灯のかすかに照らし出す闇の中で、五郎が一人つるべを上げている。
五郎、つるべのワイヤーを鉤に固定し、たれ下っている別の紐を引っぱる。

五郎のその手がフッと止まる。
——耳をすます。

『こごみ』

男がカラオケを歌っている。
和夫がチラと腕時計を見る。

井戸の底

五郎、ゆっくり壁に耳当てる。
五郎の顔色が変ってきている。

『こごみ』

男、カラオケを歌っている。

井戸の底

五郎、猛然とスコップ（剣先）を使っている。

『こごみ』

こごみ、男に肩を抱かれデュエット。

井戸の底

スコップ動かす五郎の手が止まる。
五郎。
間。
ランプを鉤から外す。地べたを照らす。
その目に——
岩肌が少しぬれ、そこからかすかに水が出ている。

『こごみ』

和夫「おれ行くわ」
金次「——そうか」
和夫「まだいるか？」
金次「——帰るか」
和夫「五郎はもう来ないよ」

井戸の底

五郎、猛然とツルハシを使う。
やめる。
岩肌の間からしみ出てくる水。
五郎。
その水を指につける。
なめてみる。

『こごみ』

男がなおも歌っている。

電話口から立ってくるこごみ。

こごみ「ごめん、中ちゃん。タクシー出払っててちょっと時間かかるって」

井戸の底

五郎、ぼう然と立っている。

足元にチョロチョロ水が出ている。

『こごみ』

全員やけくその大合唱になっている。

こごみも和夫も、金次まで歌っている。

こごみ、歌いつつ笑顔でふり向く。

こごみ「いらっしゃ——」

吹雪とともに五郎とびこむ。

泥だらけの五郎、店内をつっ切り、カウンターに歩いてそこにあったグラスのウィスキーをひっかける。

こごみ「(かけ寄り、隣りに立つ) どうしたのよみんな待ってたンだから」

五郎「(低く) 出たンだ」

こごみ「え?」

五郎「水が——。たった今出たンだ」

こごみ「——!!」

金次、気がつき、歌をやめ近づく。

和夫も気づいて、

和夫「何だよお前もう来ないかって」

五郎「(ふるえて。低く) 出たンだ」

和夫「エ?」

五郎「水。——出た」

金次。

和夫。

五郎。

こごみ「(バーテンに、いきなり叫ぶ) 健ちゃん! シャンペン!! いちばんいいやつ!!」

音楽——テーマ曲、イン。

五郎。——和夫らに笑おうとする。

笑うかわりに、涙が出てくる。

音楽——

簡単なクランクでピストン動かしゃ、水は年中ポンプアップできる。だから――

（間）

ああ!!

（間）

やぐらを組んででかいタンクつけて、年中そこに水がたまるようにしときゃいい！　そうすりゃいつも使いたいとき――」

黙々と作業を続けている五郎。

五郎「冬はどうする。

（間）

タンクの水が凍っちまうぞ。

（間）

うン。冬はうまくない。冬は使えない。

（間）

改良の余地ありだ。ゆっくり考えよう。うン」

焚き口

ガンガン火をたいている五郎。

焚きつつ陽気にあの一節を歌う。

〽やるなら今しかねえ！

3

現場

ずいぶん整理されている。

風呂の周りにはデッキが回り、柱が立てられ屋根ができている。

井戸にもちょっとした細工がほどこされ、つるべで汲み上げた水を流すと風呂桶に直流する樋ができている。つるべで水を汲んでいる五郎。汲んでは樋に流しこむ。

遊んでいるアキナ。

作業しつつ五郎、明るい独り言。

五郎「手押しポンプをつけんといかんな。つるべでいちいちやってたンじゃや。――でもこの深さだ。手押しポンプじゃ――待てよ。

（間）

――風車使えばいいンでしょう！　うン！　そう！　風車！　風力発電のよりもっとでかいやつ！　それを年中回しておいて――

（間）

やるなら今しかねえ！
六十六のおやじの口ぐせはァ
五郎「アキナ。何時だ。オットォ――そろそろ仕度にかかンなくちゃ！（立つ）」

中畑木材

借りた布団を車に積みこむ五郎。
みずえ「純ちゃん何時の飛行機で着くの？」
五郎「六時二十分。旭川。みずえちゃん絶対風呂のこと内緒よォ!? 純にも蛍にも！ おどかしてやるンだから！」
みずえ「（笑って）わかってる」

家

五郎、鼻唄を歌いながら、借りてきた布団を運びこむ。
ふと気がついて、
五郎「ア、そうだ門松！ 忘れてたでしょう！」

同・玄関

五郎、トド松の枝にみかんをくっつけ、柱にトントン打ちつけている。
五郎「駄目でしょうアキナ！ 門松やらなきゃ正月にならんでしょう！（指を叩いて）イテッ。――イツウ――。オオ痛え！ 時間だ!!」
音楽――軽快に叩きつけて。

麓郷街道

五郎の車走る。

国道

五郎の車が走る。
旭川へ向うそのいくつかのショットのつみ重ね。

空港

ジェット機が雪の滑走路へ舞い下りる。

旭川空港

下りてくる満員の帰省客。
その中にいる純。
迎える五郎。
五郎「お帰り」
純「ただいま」

五郎「ウン。よく帰った。——ウン。よく帰った」

走る車内

運転しながら嬉し気にしゃべる五郎。

五郎「螢はたぶん八時の汽車だ。うン。それまで町で時間つぶして。父さんちょっと買物もあるし。それから駅で螢迎えてちょっと一軒挨拶寄って」

山道（国道）

帰省するヘッドライトの列。

五郎の声「この前いったろホラ、財津先生。財津病院の。螢が春からつとめるところ」

純の声「ああ」

五郎の声「螢にちょっとご挨拶に寄らして。それから麓郷で年越しそばを食う。うン。小野田そばでな。ハハ、頼んであるンだ」

車内

五郎「それからうち行って——ちょっと休んでてもらって。その間に父さん——ヘヘエ。この先はちょっと、後のお楽しみだ」

純「何？」

五郎「アハハハ。内緒内緒！　今はまだ内緒!!」

純「何だよ」

五郎「とにかく今夜はあったかァい大晦日だ！　うン！あったかぁい大晦日！　それがヒント。アハハハハハ。まだ内緒！　ハハハハハハ」

富良野・スーパー表

ジェットヒーターの中の最後の歳の市。

五郎、新巻の鮭を買う。

財布からしわくちゃの札を数え、払う。

見ている純。

裏町

二人来る。

『財津病院』の看板と門松。

五郎「ここだ。一応お伝えだけしてくる。後で螢がご挨拶に来るからって。待ってろ」

純「——」

五郎行きかけ、すぐもどる。

新巻鮭を純に渡す。

五郎「持ってろ。螢から直接渡さしたほうがいい。――鮭見られないようにどっかかくれてろ」
純「ウン」
純、物陰へゆっくり歩く。
低くしのびこむムード曲。

喫茶店

テーブルに置かれた新巻鮭。
『御歳暮』ののし紙がはられている。
五郎「フー。これで終った。今年も全部終った。後は螢を待つばかりだ」
純「――――」
五郎「元気だったか」
純「ウン」
五郎「そうか。よし。元気が何よりだ。元気ならいい」
純「父さん」
五郎「ああ」
純「螢が来る前に――、ちょっとだけいい？」
五郎「何」
純。
純「気を悪くしないで聞いてほしいンだ」
五郎。
五郎「――何だ」
純。
――かばんから例の封筒を出す。
テーブルに置いて、
純「これ」
五郎「――？」
純「ありがとう」
五郎。
五郎「――何だ」
五郎、手にとり、開けてみる。
――のぞいて、中断。
――純を見る。
純「返してきたンだ。彼女が直接」
五郎「――――」
純「受取れないって」
五郎「――――」
五郎。
純「向うのおじさんも返せっていったそうだよ」
五郎「――――」
純「気持ちはわかったからお互い忘れようって、そういうふうに父さんにいってって」
五郎「――」
純「ありがとう」
五郎「――」
純「本当に――」
五郎「――」
純「ありがとう」
五郎「――」
ムード曲。
間。
純「話したンだ、彼女と」
五郎「――」
純「いわれたンだ、彼女に」
五郎「――」
純「おれたち――、二人とももう大人なンだし。――おれだってもうじき成人式なンだし。だから――」
五郎「――」
純「自分らのやったことの責任は、――自分でもう背負わなきゃいけないはずで」
五郎「――」
純「つまり――」
五郎「――」
純「うまいこといえないンだけど――」
五郎「――」
純「弁償するなら父さんじゃなく、おれが自分でやるべきことで――」
五郎「――」
純「だから――」
五郎「――」
純「これからはこういうことは、――おれのことは父さん責任ないンだから」
五郎「――」
純「だから――」
五郎「――」
純「ありがとう」
五郎「――」
純「これ、返します」
五郎「――」
ムード曲。
間。
五郎、コーヒーに手を伸ばす。
その手を止めて。

五郎「そうか」
純「――」
五郎「お前のいうことはわかった」
純「――スミマセン、何だか、生意気な言い方」
五郎「いや」
純「――」
五郎「うン」
純「――」
五郎「そうだな」
純「――」
五郎「もう成人だ。――うん」
五郎。
ちょっと淋しい。
コーヒーをゆっくり口へ運ぶ。
五郎「出すぎた真似をしちまったのかな」
純「誤解しないでよ！　感謝してるンだ！　何ていってていいかわかンないくらい！　ただ――」
五郎「わかってるよ」
間。
純「ゴメンナサイ」
五郎「(笑う) 何で謝るンだ。謝ることはない」
純「――」
五郎「しかし――」
純「――」
五郎「これはもうお前に呉れてやった金だ」
純「――(見る)」
五郎「一度捨てた金はもう受取れん」
純「いや！　けど父さん！　こんな大金」
五郎「(突如激昂) 大金だ！　ああ！　ものすごい大金だ！　そりゃァオイラの――血みたいな金だ！　だけどいったンお前にやったもンだ！」
純「父さん」
五郎「返してほしいのは山々だ！　今にも手が出てひったくりそうだ！　だけどいったんやっちまった金だ！　やった以上は見栄っちゅうもンがある！　手が出んうちに早くとって、しまえ!!――しまえッ!!」
純、気押されて金包みをしまう。
五郎。
――ようやく感情をおさめる。
五郎「うン」
純「――」
五郎「それでいい」

純「――」
五郎「ウン」
純「――」
五郎「非常にもったいないが――。それでいい」
純「――。スミマセン」
間。
五郎。
――煙草に火をつける。
平静をとりもどしちょっと笑う。
五郎「実はな。――その金は大きかったンだ」
純「――スミマセン」
五郎「いや。そういう意味じゃない」
純「――」
五郎「金のあることが大きかったんじゃない。失ったことが大きかったんだ」
純「――」
五郎「失ってオイラ――、でかいものつかめた」
純「――」
五郎「すっかり忘れてた、大事なこと思い出した」
純「――(見る)」
五郎「金があったら、そうはいかなかった」
間。
純「どういう意味ですか?」
五郎。
間。
――ちょっと笑う。
五郎「金があったら金で解決する」
純「――」
五郎「金がなかったら――智恵だけが頼りだ」
純「――」
五郎「智恵と――、自分の――、出せるパワーと」
純。
間。
五郎「(ハッと)大変だ! 時間だ! 螢が駅に着く!」
音楽――テーマ曲、静かにイン。B・G。

駅・ホーム(富良野線)

列車がすべりこんでくる。

待合室

嬉し気に、かくれて待っている子どものような五郎。
純。

改札口

　螢が出てくる。
　とびだす五郎。
五郎「お帰りッ」
　螢――ドキンと。
螢「ただいま――（純を見つけて）お兄ちゃん――！」
純「（ちょっと照れて）元気か」
螢「元気！」
五郎「さ、さ、急いで。話は後々！」
　五郎、螢のバッグをひったくって外へ。
螢「（あわてて）父さん！」

同・表

　明るく、ぐんぐん車へ歩く五郎。
　必死に追う螢。
　純も。
五郎「財津病院にまず挨拶行こう！　お前が顔出すっていってあるンだ。先生待ってる。ア！　それとこれ――お前から直接先生に渡せ。お歳暮買っといた。お前から先生に――ん？」
　五郎、ドキリとふり返って固定。
　その視線――
　和久井勇次が立っている。
　五郎。
螢「父さんアノ――紹介する。――和久井勇次さん」
勇次「勇次です」
五郎「ア、――ア、――アア」
　音楽――いつか消えている。
　純。
螢「（勇次に）お兄ちゃん」
勇次「勇次です」
純「純です」
　間。
　五郎。
　――突然、ケタケタ笑いだす。
五郎「アハハ。何だァ！　そういうことかァ。まいったなァ、アハハハ。――（勇次に）一緒にうちに、いらっしゃいます？」
勇次「――イエ」
螢「父さんちょっと、お話があるの」
五郎「――ア。そう？　いいよ？　うち行って話しましょ。

ア、だけどその前に」
螢「これから人に会わなくちゃいけないの。その前にちょっとお話ししたいの」
純。
螢「すぐすむ話なの。どっかそこらで」
勇次「螢ちゃん、無理に今夜じゃなくても」
螢「すぐすむ話だから」
勇次「螢ちゃん、せっかく」
螢「(ビシリと、勇次に) いいの!」
勇次。
五郎。
純。
五郎。
五郎「わかった。話そ。でもその前に、財津先生待っててくだすってるから」
螢「すぐすむ話だから」
五郎。
純。
螢「ゴメンナサイ。お願い——」
五郎。
しのびこんでくる紅白歌合戦。

喫茶店

テレビから流れている紅白歌合戦。

その隅に緊張した四人。

コーヒーを置いて女が去る。

テレビの狂騒。

螢「話って、春からの——就職のことなの」

五郎。

螢「札幌に出るの」

純。

五郎。

螢「札幌の病院に、就職決めたの」

五郎。

螢「正看の資格がどうしても取りたいの。そのために札幌の病院に行きたいの」

五郎。

螢「勇ちゃんの伯父さんが札幌の病院にいらして、そういうふうに話進めてくだすったの」

純。

五郎。

螢「だから春から札幌に出るの」

純。
螢「富良野には帰ってこれないの」
五郎。
間。
螢「ゴメンナサイ」
五郎。
螢。
純。
テレビから流れている紅白歌合戦。
勇次「すみません、ぼくが余計なことといって」
螢「ちがうわ！　私がお願いしたの」
五郎。
間。
——ショックを抑えてコーヒーに手を伸ばす。
コーヒーカップがカタカタと鳴る。
螢「財津先生には私が謝ります」
五郎「——」
螢「明日必ず——自分で行ってきます」
五郎「——」
螢「——ゴメンナサイ」
五郎「——」

間。
流れている歌声。
手拍子。
五郎「（かすれて）そんなことする必要はないよ」
螢「——」
五郎「おれが勝手に——すすめたことだ」
螢「——」
五郎「おれの話だ。——気にすることはない」
間。
螢「ゴメンナサイ」
間。
五郎。
——平静を保とうと必死に努力する。
笑ってみせる。
五郎「気にすることはないさ」
螢「——」
五郎「お前が良いと思う道を行きゃいいンだ」
螢「——」
五郎「それが一番だ」
螢「——」
五郎「よかったじゃないか」

笑って煙草をくわえる五郎。
ふるえている指先で火をつける。
純。
五郎「(明るく) それで?——これから伯父さんに、ご挨拶行くの?」
純。
画面、いきなり真っ暗になる。

闇

ヘッドライトが切り裂いて来る。
ガンガン鳴っているラジオの紅白。

家・表

車来て止まり、草太がとびだす。
アキナが吠える。
草太、かまわず家へとびこむ。

家

草太「(とびこむ) アキナこら吠えるな! うるさいと肉にして喰っちまうぞ!! おじさん、餅だ餅持ってきた! オオ純! このやろう生きてたな!!」
純「ご無沙汰してます」
草太「何がゴブサタだ一丁前にこのヤロウ! おじさん餅だ餅。夕方ついたンだ——どうしたのそんな不景気な面して」
五郎「(口の中で) イヤ」
草太「螢は」
純「今、町」
草太「そうか。オイ純、紅白見にこねえか」
純「イエ」
草太「来ねえかそうかそりゃ助かった。かァちゃんと水入らずの年越しができる。おじさんそんじゃいい年をな! 純、明日でも螢と遊びに来い。ホンジャハッピニューイヤー!!」
嵐の如く去る。
車の音が遠ざかって——。
静寂。
ランプの灯。
ストーブに燃えている薪の音。
コチコチと刻んでいる柱時計のセコンド音。
純と五郎。
放置された新巻鮭。

間。
純、立ち上がる。
純「ちょっと車借りるよ」
五郎「――どこ行くンだ」
純「ちょっと。すぐ帰ってくる」
純、外へ。

同・表

純、車に乗りハンドルつかむ。
純の顔。
キーを回しエンジンをスタートさせる。

家

アキナがクンクンと五郎にまとわりつく。
五郎。
――その手がアキナをなでている。
五郎のその顔に、
螢の声「札幌に出るの」
五郎。
間。
螢の声「富良野には帰ってこれないの」
五郎。

イメージ

螢「ゴメンナサイ」

家

五郎。
――その目の前にある新巻鮭。
棚に置かれた一家の写真。
――幼い頃の純と螢。
音楽――静かな旋律で入る。B・G。
立ち上がる五郎。
ヤッケをつけ懐中電灯を手にとる。
アキナがついて来て五郎を見上げる。
五郎「(アキナに) 中にいなさい」

同・表

五郎、出てくる。
ヤッケのえりを立て歩きだす。

雪明りの道

山へ向って歩いてゆく五郎。
そのいくつかのショットのつみ重ね。
雪がチラホラ舞いだしてくる。
歩く五郎の顔に。

記憶（フラッシュ）
喫茶店の螢。

歩く五郎

記憶
喫茶店の螢。
そして勇次。

雪
チラホラと舞っている。

現場
五郎が上がってくる。
ぼんやり風呂桶の前に立つ。
昼間汲んだ水が凍結している。

五郎。
間。
のろのろと焚き口に薪を入れる。
ガンビをつっこみ、火をつける。

焚き口
炎がメラメラと燃え上がる。
炎をじっと見つめている五郎。
その顔に。

記憶
うつむいていた螢の白いうなじ。

現場
五郎。
間。
フッと風呂の屋根を見上げる。
その屋根にかなりの雪が積っている。
音楽――いつか消えている。

富良野・裏町

森閑とした人気ない道に、純の車が入ってくる。
純、車を下り、勇次の家を探す。
どこかの家から流れている紅白のざわめき。
純の足が止まる。
『和久井』の表札。
純、息を吸い戸に手をかける。
開かない。
中から流れてくるテレビの音。
純、戸を叩く。
誰も出てこない。
純。
——生垣づたいに裏へ回る。
純の足が止まる。
その目に——
台所の裏窓。
洗い物をしている螢の顔が見える。それはあたかも
——嫁の姿だ。
純。
螢。
——ゴミ袋を持って裏の戸を開ける。
サンダルをつっかけ外へ出てくる。
その足が止まる。
立っている純。
螢。
純「(かすれて) 父さん——待ってるンだ」
螢。
螢「今、行く。——ゴメンナサイ」

現場

スコップ (剣先) を持って屋根にいる五郎。
雪下ろしをやっている。
風呂の煙突から上がっている煙。

勇次の家・表

車に乗りこむ螢。
勇次「すみません兄さん、ひきとめちゃって」
ガーッと、すざまじくスタートする車。

現場

五郎、黙々と雪下ろし。

走る車内

純と螢。

怒ったように前方を見つめている二人。

現場

雪を切っては落としている五郎。

黙々たるその作業の中で。

突然。

五郎の足がスルッとすべる。

バランスを失った五郎の体、アッという間に屋根をすべって、落とした雪の山へバウンドする。そのまま勢いつき、すぐその下に積んであった凍てついたからまつの間伐材の山の下へもぐりこむ。その衝撃で山の奥が崩れる。

五郎。

――はい出そうとする。

思わず苦痛に顔をゆがめる。どこかで脚を骨折したらしい。しかも。

崩れた間伐材の山が五郎の下半身を抑えつけ動かせない。

五郎。

懸命に上半身を使い、間伐材の山からはい出そうとする。

激痛。

下半身は固定され、動かない。

五郎、
動きをやめて天を仰ぐ。

雪がまたチラホラ降りはじめてくる。

音楽――鋭い衝撃で入る。

4

家・表

車が着いて純と螢下りる。

アキナの声。

家

二人、入る。
まとわりつくアキナ。
純「父さん――。いないの？」
螢（入る）
純「父さん――」

　五郎はいない。

純「どっかに出たかな」

螢「――」

純「お茶でもいれるか」

螢「(小さく) 私やる」

　純、さり気なく新巻鮭をしまう。

＊

　ストーブに、湯がチンチンと沸いている。

　茶をすすっている純と螢。

純「(飲みつつポツリ) どうして来た早々あんな話したンだ」

　螢。

螢「――ゴメンナサイ」

　間。

純「今夜話さなくちゃいけなかったことなのか」

螢「――」

純「せっかく久しぶりに三人で逢うのに」

螢「――かくしてることが、辛かったからずっと」

　間。

純「それじゃあ――富良野には、帰らないのか」

螢「――(うなずく)」

　純。

純「父さん楽しみにしてたみたいだぞ」

螢「――(小さく) わかってる」

　間。

純「いつ決めたンだ」

　間。

螢「十一月の末」

　純。

純「どうしてもっと早くいわなかったンだ」

　螢。

螢「いえなかったの」

純「――」

螢「父さんに悪くて」

純「――(チラと見る)」

　間。

純「帰ってきたら、とにかく謝れよ」

螢「――(うなずく)」

　風がガタガタと板戸をゆする。

　純。

　――チラと顔をあげ柱時計を見る。

　そろそろ十二時に近づいている。

純「いったいどこに行っちゃったンだ」
風の音。

現場

雪明かりの地表を風が吹き抜ける。
材木の下に下半身をとられて、雪に五郎がつっ伏している。
時折走る強烈な痛み。
五郎。
——突然顔をあげる。
五郎は全く絶望していない。
辛うじて動く上半身をひねり、さて、
——五郎は感動的な努力を開始する。
あたりを見回す。
少し離れたところにのぞいている、雪に埋ったビニールシート。
五郎。
手を伸ばす。
しかし届かない。
近くにあったスコップを使ってみる。
届きはするがたぐり寄せられない。
周囲を見回す。
その目が——
雪の中から顔を出している錆びついた番線を発見する。
五郎、番線をほじくり出そうとする。
しかし凍りつき番線は抜けない。
スコップの剣先で凍った雪を掘る。
力を入れたため激痛が走る。
思わず呻いてしばし中断する。
風の音。
間。
五郎、ふたたび作業を開始する。

家

螢がアキナにめしをやっている。
純がぼんやりそれを見ている。

現場

五郎、ようやく番線を手に入れる。
ぜえぜえ息切らし、動かない五郎。
やんでいた雪がふたたび降りだし、五郎の頭が白くなっている。

五郎ふたたび作業を開始する。

二重折りの番線を一本に伸ばし、その先端を鉤の手に曲げんとする。

スコップの刃を使い、何とか曲げる。

そろそろとそれを伸ばし、ビニールシートのヒモ通しの穴に引っかける。

そろそろ引っぱる。

鉤が抜ける。

五郎、ポケットからナイフを出し、番線をはさんでふたたびグイと押し曲げる。

刃先がすべって指先を切る。

雪にたれる鮮血。

五郎、傷口を口に含みなめる。

ふたたび作業を開始する。

家

時計が一時を回っている。

純、立ち、こわれかけたラジオをいじる。

かすれた除夜の鐘流れだす。

チラと螢を見る。


窓の外を見て動かない螢。

その目に。

窓外

しんしんと降る雪。

現場

雪が本降りになりはじめている。

五郎、慎重に番線を引いている。

ズズ——ズズ、とビニールシートが寄る。

五郎の指先が、その端をつかむ。

力まかせにグイと引っぱる。

五郎の足に激痛が走り、五郎、呻いてそのままつっ伏す。

音楽——静かな旋律で入る。B・G

*

五郎スコップの先を梃子《てこ》のように使い、凍結した間伐材の山から一本の丸太をはがそうとしている。

バリンとはがれてころがる丸太。

五郎辛うじてそれを抑える。

*

五郎、不自由な上半身をひねり、丸太を頭上に斜めに固定する。
それを棟にしてビニールシートをかけ、即席の屋根をつくらんとする。
風がビニールをバタバタとあおる。
激痛をこらえてシートを抑える。

＊

不細工だが、何とかシートにおおわれた雪の当らない空間ができている。その中で――
五郎、凍てついたカラマツの皮にナイフを当て、小さく少しずつけずっている。
けずった木皮がスコップの刃先に受けられる。
かじかんだ五郎の指、それを集める。

＊

煙草の紙を小さくちぎり、それを木くずの下に置いて、火をおこそうと必死の五郎。
スコップの刃の上のデリケートな作業。紙片が一瞬ボッと燃えあがる。
と。風が吹き、炎はかき消える。
五郎。

現場全景に――

雪が舞っている。

窓

雪。

家の中

じっとその雪を見ている螢。
純「(ポツリ) おぼえているか」
螢「――」
純「何年前かな」
螢「――」
純「大晦日の晩、正吉ンち行って、――二人でそのまま帰ったことあったろう」
螢「――」
間。
螢「ねえお兄ちゃん」
純「――ああ」
螢「父さん遅すぎない?」

地吹雪

玄関の門松に吹きつける。

現場

五郎、スコップの柄をけずっている。
五郎はそれを手拭いに受けている。
たまった木くずをスコップの刃に移す。
それから手拭いをほぐしはじめる。

＊

それらを一山にし、点火する五郎。
湿った煙が上がりはじめる。
フウフウと身をよじり、懸命に吹く五郎。
今や痛みは麻痺して感じない。
時計のセコンド音コチコチとしのびこむ。

柱時計

コチコチと時を刻んでいる。
アキナがクンクン鳴いている。
戸の開く音がして風音が入る。

家・表

純出て、まっすぐ車へ歩く。

アキナとびだし一方へ走る。
螢「アキナ！」
純、車に乗りエンジンをかける。
スリップしながらスタートする車。
螢。
——見送って家へ入る。

家

螢入る。
螢の顔に不安が横切っている。その目に——棚に飾ってある一家の写真。
音楽——不安定なリズムで入る。

ヘッドライト

雪を切り裂いて走る。

車内

時計が二時半を回っている。

中畑木材・表

車が着いて純下りる。

門松。
かすかに奥から灯がもれている。
純、玄関のブザーを押す。
何度も押す。
ようやく玄関に灯が入る。
扉が開いてみずえがのぞく。

ヘッドライト

闇を切り裂いて来る。

加納工務店

ガンガン扉が叩かれる。
灯がつき金次の影が立つ。
金次「誰だ」
純「深夜すみません。黒板の息子です。おやじがお邪魔していないでしょうか」
戸が開き、金次が現れる。
金次「いや。来とらん」
純「スミマセン」
一礼して行こうとする。
金次「どうしたンだ」
純「はい。アノ、おやじが——どっかに行っちゃって」
金次「——」
純「すみません」
純、身をひるがえし、車に走る。

家・表

純の車が帰ってくる。
とびだす螢。
純出て首をふる。
螢「——変じゃない」
純。
純「何時だ」
螢「もう三時すぎてる」

現場

雪がやみ、月が出ている。
凍てついた現場。
材木の山陰に静かに寄るカメラ。
シェルターの中に——
五郎が寝こんでいる。
焚火の跡はすでにもう冷たい。

五郎、ハッと目を覚ます。
必死に体を動かそうとする。
だがその余力もほとんどもうなく、引きずりこむような睡魔がおそってくる。
音楽――どこかからかすかに美しくしのびこむ。
五郎の目にぼんやり何かが見える。
白い影。
それが――少しずつ形となる。
令子である。
令子はラベンダーを持ち、匂いをかぎながら笑っている。
五郎「(もうろうと) 令子か」
令子「――」
五郎「どうなンだ」
令子「――」
五郎「オイラこれでいいのかな」
令子「――」
五郎「あいつらへの責任は――」
令子「(にっこり) まだダメよ」
五郎「どうして」
令子「――」
五郎「これ以上おれがしゃしゃり出たって、あいつら迷惑に感じるだけだ」
令子「――」
五郎「あいつら自分で責任をとりたがってる」
令子「だめ」
五郎「なぜ」
令子「あの子たちまだ巣立ったばかりだから」
五郎「――しかし」
令子「またすぐきっと、巣にもどりたくなるから」
五郎「そうかな」
令子「――」
五郎「だけどあいつら二人とも」
令子「眠《ね》ちゃ駄目」
五郎「――」
令子「巣を守って」
五郎「――」
令子「眠《ね》ないでしっかり巣を守ってて」
五郎。
五郎「(笑う) 眠《ね》てなンかいるもンかァ」
令子「――」
五郎「話したいことが山ほどあるのに」

令子「―――」
五郎「あれからのこと――お前に――山ほど――。――山ほど」

記憶のモンタージュ
が断片的にかすめる。
それは、眠ってゆく五郎の映像と切れ切れに混りつつ画面をかすめる。
令子の声「(ふいに) 眠《ね》ちゃダメ!!」

現場
五郎、ドキンと一瞬目をあける。
音のない世界。
その真っ白な世界の向うから、半分雪にもぐりながら懸命にこっちに走ってくるアキナ。
五郎。
――ぼんやりそれを見ている。

家
純と螢ぎくんとふり返る。立つ。
ヘッドライトの光芒がさし、車が止まって金次が下りる。

同・表
とび出す二人。
金次「山は見たのか」
純「山?――何ですか山って」

農道
ヘッドライトがつっ走る。

山道
金次と純、螢必死にかけ上がる。
どこかで犬の声がする。

現場
狂ったようにとびだすアキナ。
立ちすくむ三人。
シェルターへ走る。
中をのぞく。
三人。
金次コートを脱ぎ五郎にかぶせる。

金次「中畑の社長を起してこい！」
螢「イヤダア――!!」
純、走る。
金次、五郎をバンバン叩く。
螢「(錯乱) 父さん。イヤア――」
金次、いきなり螢をひっぱたく。
金次「お前看護婦の卵じゃないかッ!! こういう時にゃどうすりゃいいンだッ!!」
螢。
――泣きながら父を抱き、必死にゆすって泣きながら叫ぶ。
螢「父さん！ 父さん！ 起きて!! 父さん!!」
音楽――イン。

雪道

純がかけ下りる。

転び、はね起き、またかける。

純の声「(かすれて) 父さん。父さん。――生きててください。――父さん。――父さん。――お願いします」

つっ走ってゆく純の後ろ姿。

音楽――大きく盛りあがって、次第に消えてゆく。

ダイヤモンド・ダスト

キラキラと虚空《こくう》をただよっている。

麓郷・早朝

しんとした朝。

どこかから和夫の声がしのびこむ。

和夫の声「――昨日の昼すぎだ。ああ。やっと血圧が少しずつ上がってきて」

中畑木材・事務所

ひっそり電話をかけている和夫。

和夫「ほとんどもうダメだっていわれてたンだ」

奥から茶を持ってみずえが出てくる。

和夫「いや、手術は明日だ。もう一日体の回復を待って」

みずえ、和夫のそばにお茶を置く。

和夫「大腿部とスネと。――いや、膝は何とかそれてたらしい」

表に誰か来たらしい。

みずえ、急いでカーテンを引き、鍵をあける。

和夫「五時間近くさ、ああ、動けないまま。マイナス十七

度の吹きっさらしに。医者はもう完全に奇蹟だってい
ってたよ。犬を抱いてたのがよかったンだ、ああ。犬
がいなきゃァ助からなかった」
純と螢、入る。
みずえ「おつかれさん。よかったねえ！」
純「いろいろご迷惑かけました」
みずえ「本当によかった！　アキナちゃんにおいしいもン
ご馳走してやンなきゃねえ！」
純「――（うなずく）」
和夫「（電話切って）大変だったな」
純「スミマセンデシタ」
和夫「さっき草太が来て病院に行った。知らなかったンだ。
ぶったまげてた」
純「すみません。みなさんに」
和夫「金次にちゃんと挨拶行ったか」
純「いや、これから」
和夫「すぐ行け。あいつが気づいてくれたから」
みずえ「本当よ！」
純「ハイ」
友子「（入る）純ちゃん！――大変だったンだってねえ！」
純「すみません」

加納工務店・表

金次の母が応対に出ている。
母「山へ行ってますよ。おたくの父さんの山の現場に」
純「こないだはご迷惑おかけしました」
母「よかったよねえ。本当に間に合って」
純「棟梁のおかげです。――ありがとうございました」

山道

純と螢が上がってゆく。

現場

二人来る。
金次がポツンと立っている。
近づく二人。
純「おじさん」
金次「――」
純「本当にありがとうございました」
螢「ありがとうございました」
金次「――」
純「何てお礼をいっていいか、もう――」

金次「手術は明日だって？」
純「はい。でも手術は心配ないからって。それより何より助かったことが——本当に奇蹟だって先生にいわれました」
金次「——」
純「おじさんが夜中に——来てくれなかったら」
金次「——」
純「それと——」
金次「——」
純「犬を抱いてたのがよかったみたいです」
金次「——」
純「犬がいなかったらだめだったろうって」
金次「——」
純「アキナが現場に行ってくれたから——」
金次「——」
純「運がよかったです」
金次「——」
純「そういわれました」
金次「——」
間。
金次「（ポツリ）それはちがうな」
純「は？」
金次。
金次「それはちがうよ」
純「——」
金次、
金次「これは運じゃねえ」
純「——」
金次「犬のおかげでもねえ」
純「——」
金次「これは、あいつが、自分で生きたンだ」
純。
螢。
金次、崩れたシェルターの所にかがむ。
金次「これを見ろ」
純「？」
金次「見てみろ、ここを」
純。
金次「あいつは下半身の動かん体で——、たぶんそこからシートを引っぱり——、屋根を作って雪から身を守り」
純。

金次「火を焚こうとして――」

純。

螢。

金次「見ろこのスコップを」

純「――」

金次「地べたがぬれとるからたぶんこの上で――」

純「――」

金次「スコップの柄がけずってあるだろう。けずって、おまけに――燃そうとまでしてる」

純「――」

スコップの柄。

けずった跡と、炎の跡。

純。

金次「あいつは自分で生きようとしたンだ」

純。

間。

金次「お前ら若いもンにこの真似ができるか。え?」

純。

スコップ。

燃え残りの手拭い。

螢。

金次「お前らだったら、すぐあきらめとる」
純「――」
金次「すぐあきらめて――とっくに死んどる」
純「――」
ビニールシートが風に少し鳴る。
金次「あいつはすごい」
純「――」
金次「たった一人で――」
純「――」
地吹雪。
金次「おいら――、涙が出る」
純「――」
地吹雪。
燃えかすを雪がおおってゆく。
金次「本当に、――涙が出る」
純「――」
音楽――静かにイン。

雪道

歩く純と螢。

そのいくつかのショットのつみ重ね。

家

アキナが新巻の断片を食べている。
しゃがみこみ、それを見ている螢。
――そのまま。

螢「(ポツリ) お兄ちゃん」

ストーブの薪をいじっている純。

螢「私――。札幌に行くのやめる」
純「――」
螢「富良野につとめる。財津病院に」
純「――」

薪のはぜる音。
音楽――消えてゆく。

純「螢」
螢「――」
純「そういう必要はないよ」
螢「――」
純「決めたンだから、お前は行くべきだ」
螢「――お兄ちゃん」
純「螢」
螢「――」

間。

純「おれがこんなこといいだすと、――妙に聞こえるかもしれないけどな。――でも――」
螢「――」
純「おれは男だからおやじの気持ちが――お前より少しはわかると思うンだ」
螢「――」
純「おやじはすっぱり割り切ってるよもう」
螢「――」

間。

純「お前がいまさら札幌行きをやめて、富良野に残るってそんなこといったって」
螢「――」
純「傷つくだけだよ、たぶんおやじは」
螢「――」

間。

純「男ってのはさ――」
螢「――」
純「ようやくおれ最近わかりかけてきたンだけど」
螢「――」
純「同情されたって傷つくだけなンだよな」

螢「――」
純「もしかしたらそれは子どもっぽいことかって、ずっと永いこと思ってきたけど――、そうじゃなくてそれは男である以上、――ずっと一生続くンだと思うンだ」
螢「――」
純「しかもそれは結構男にとってはさ」
螢「――」
純「どういうか。かけがえのない――大事なものでさ」
螢「――」
間。
純「何もいわずに札幌へ行けよ」
螢「――」
純「後はおれ、おやじにうまく話すよ」
螢「――」
純「おれにまかせろよ。今度はお前の番だもンな」
螢「――」
間。
純「実をいうとな」
螢「――」
間。
純「おれ、決めたンだ。富良野に帰ることに」
螢「――」
純「ずっとそのこと考えてたンだけど――さっき棟梁のいったこと聞いてて――やっとおれはっきりその気になった」
螢「――」
純「今まではっきりしなかった目的が――。目的っていうか、――賭けられるものが――ばく然とだけど、見えてきた気がするンだ」
螢「――」
純「東京にはもうおれ――。未練ないンだ」
螢「――」
純「東京はもうおれ――。卒業したンだ」
螢。
間。
純「おやじのことはおれにまかせろよ」
うつむいている螢。
純「(ちょっと笑う) うまく話すよ。傷つけないように」
螢「――」
音楽――テーマ曲、静かに入る。B・G。

駅・ホーム

旭川行きの列車が出てゆく。
その窓に見えている螢の顔。

改札口

無言で送っている純。

病院

純がソッと入る。
五郎は眠《ね》ている。
純。
——椅子をとり、ベッドの脇に置く。
坐りこみ、じっと五郎の顔を見る。
五郎。
——もうろうと目をさます。
純。
五郎「(ボンヤリ) 純か——」
純「——ああ」
間。
五郎「どうしてここにいるンだ」
純「——」
間。
五郎「いるはずないやつが次々来やがって」
間。
五郎「夢ン中でまで、人をオチョクルな(眠りにまた入る)」
純「——」
純。
その目から涙が吹き出す。
音楽——

エンドマーク

北の国から'95秘密

1

麓郷

和夫の車が山へ向かって行く。

山の道

その車が止まり、和夫と新吉下りて石臼を持ち出す。

クローバー

石臼を抱えて上がってくる和夫と新吉。
見えてくる石の家。
とんで来たアキナが二人にじゃれつく。

ソバ畑

ソバの花の中から身を起こす五郎。
新吉「咲いたな」
五郎「この秋はうまいソバ食わしてやるぞ」
和夫「こないだ話してた石臼だ」
五郎「おお、ありがとう！　いやァこりゃまだ充分使えるっしょう！」

石の家・テラス

お茶を飲んでいる和夫と新吉。

ソバの花

和夫の声「どうなンだ五郎。そろそろお前町に下りちゃア」

テラス

和夫「(中にいる五郎に) 純もずいぶんいってるそうじゃないか。町に出て一緒に住まないかって」
五郎「(古ポンプを手に、うれし気に出る) 見てくれ新ちゃん、純のやつがさ、こんなもン見つけて持ってきてくれた。これを利用してあすこにタンクつけて、(図面出す) こういう具合に作りたいンだけど——どう思う？」
新吉 (のぞきこむ)
和夫「(——溜息) 全くいつも話はぐらかして。お前、全然、変ろうとしねえな」
純の語《り》「そうなンだ」

ポンプタワーの設計図

語《り》「父さんには見事に変る気がない。——それにくらべて、ぼくのほうは変った」

アパート

古いアンプを修理している純。

語《り》「もっとも、それは富良野に帰って、生活環境が変ったということかもしれない」

生ゴミ

ものすごい速さで回収される。

語《り》「一年前から市役所の臨時職員になって環境管理課で働いている」

収集車にとび乗る純と石上（五十二歳）。

すぐ走り、角を曲がってすぐ止まる車。とび下り、熟練のスピードで生ゴミを車に放りこむ二人。

語《り》「環境管理課。要するにゴミ処理だ。日当七二〇〇円。ここらじゃまァまァ悪くない」

リサイクルセンター

生ゴミを下ろす純と石上。

語《り》「出されるゴミを見ていると、日本人の暮らしがわかるっていうけど、全くだ。とくに」

粗大ゴミの山

語《り》「毎週土曜に集められる粗大ゴミの山なンか見てみたら、ホント、日本はどうなってンのかと思っちゃう。ぼくは今、去年自衛隊を退官した正吉と、二人でアパートに住んでるンだけど」

アパート

所せましとある家電製品。

語《り》「その部屋にあるものはほとんど山部《やまべ》の粗大ゴミの捨て場から持ってきたものだ。ぼくらは山部のそのゴミ捨て場を、山部山麓デパートって呼んでる」

山部リサイクルKK

純が車から、修理したアンプを抱えて下りてくる。

同・事務所

純「（入る）こんちわァ」

麻生「おう。直った？」
純「直りましたよ。充分使えます」
麻生「喜ぶわ娘。あ、そうだカラジシ。良い物出たンだ。
ちょっと待ってて（奥へ）」
望月「（入る）オウ」
窓外を見て、ちょっと唇に指当てる。
純「？」
望月「こないだお前が持ってった柱時計、まちがって出されたもンなンだと」
純「エ？（窓外を見る）」
望月「探しに来たンだ今。いやイイノイイノ。焼却しちゃったっていっちゃったから」
純「ア。ケド」
望月「いいンだいいンだ。お前があン時欲しいっていわなきゃ本当にそのまま燃されてたンだから。（鳴った電話取る）ハイ――」
純、――窓から外を見る。

焼却炉

一人の少女がポツンと立っている。
ごうごうと燃えさかる赤い炎。
少女、あきらめて車へと歩く。乗りこんで。去る。

窓

ぼんやりとそれを見送っている純。
音楽――鈍い衝撃。

カレンダー

日曜についている丸印。

アパート

鏡台の前でコロンを体にスプレーしている純。
正吉「デイトか」
純「れいちゃんが来るンだ」
正吉「珍しいな」
純「お前今日シンディ、連れてくる？」
正吉「いいよ部屋使うなら。いつもオレばっか使ってるから」
純「うン。じゃ借りる」
語り「シンディというのは正吉の彼女で。シンディ・ローパーにそっくりだって正吉はいうンだけど」

玄関

出かかった純、ちょっと考え、棚の上の黄色いハンカチをとる。

同・表

自分の表札にそのハンカチをぶら下げる。

語《り》「正吉はシンディとデイトする時、この部屋をしばしば利用するので、そういう時は邪魔しないでくれっていう合図に、この倖せの黄色いハンカチを表札にかけておくとり決めになっており」

階段

かけ下りる純。

語《り》「だけどまだぼくは使ったことがなく」

駅・改札

手をふりながら出てくるれい。

語《り》「れいちゃんは逢うたびにどんどん洗錬され、都会の、大人の、女になっていた」

喫茶店

ムード曲。

愉し気にしゃべるれいと、気押されている純。

語《り》「それは、富良野でゴミを集めてるぼくの現状とは程遠いもので――」

れい「聞いてるの？」

純「エ？」

れい「フフ、――いっちゃおかなァ」

純「なに（コーヒーに手を伸ばす）」

れい。

れい「プロポーズされちゃった」

純「――ホント」

れい「どうしよう」

純「――いいじゃない」

れい「――（笑っている）」

純「どんなやつ」

れい「大人。ビジネスマン」

純「フウン」

れい「（笑う）おうちの人にも紹介されちゃった」

純「――」

れい「どう思う？」

純（肩すくめる）

れい「何かいって」
純（煙草をとり出してくわえる）
語《り》「大人といわれたのがひっかかっていた」
　ムード曲。
純「おれの部屋、来るか」
れい「アパート？」
純「ああ。今日は正吉、出かけてていないンだ」
れい「自然破壊に？」
純「――デイトだよ」
語《り》「正吉の働いている内田工建はダム建設の下請けもしており」

ブルドーザー（インサート）
　ダム工事。
語《り》「そのことをれいちゃんは、自然破壊といっているわけで」

喫茶店
れい「よすわ。それより、ねえ！　歩かない？　昔通ったとこ！　八幡丘の道！」
　音楽――れいのテーマ入る。

八幡丘
　歩く二人のモンタージュ。
語《り》「それからぼくらは、昔通った八幡丘の道を二人で歩いた。だけど――会話はちっともはずまず。何かが全てギクシャクとしていた」
　歩く二人の顔。
語《り》「今日に限ったことではなかった。このところ逢うといつもこうだった。離れていれば逢いたくなるンだけど、逢うとギクシャクした空気が流れた」
　音楽消えていく。

川
　とうとうと流れている。
れいの声「イヤ！」

河原・ブッシュの中
　キスしようとする純と逃れようとするれい。
純「いいだろ！」
れい「イヤ！」
純「キス」

れい「やめて！（ふりほどく）このごろ純君そういうことばかり！」
ふてくされる純。
れい「そういうの私、嫌い！」
純「――」
川の音、急激に高くなる。

瀬

流れが渦巻き、つっ走る。

その岸

ポツンと見て立っている二人。
純「（ポツリ）もう結婚すれば？　その大人と」
れい（見る）

橋

歩く二人。
れい「純君、本当にそう思ってる？」
純「そいつのほうがふさわしいと思うよ」
間。
れい「そうね」

純「――」
れい「私たちこのごろ、うまくいってないもンね」
純「――」
パトカーのサイレンが後方に起こる。
声「そこのアベック、止まりなさい！」
純「エ？」
パトカー近づいて、すぐ脇に止まる。
チンタ「（出て敬礼）お邪魔いたします」
純「チンタ！」
れい「イヤダァ！　立派になっちゃってぇ！」

川（ロング）

チンタの話に笑いころげているれい。
ポツンとそばに立っている純。
語《り》「結局それきりで、バス停に送った」
音楽――静かにイン。

バス停（札幌行き高速バス）

二人。
語《り》「れいちゃんはその後ほとんど何もいわず」
バス来る。

れい「じゃあね」
純「ああ」
　れい、行きかけて、
れい「純君、一つだけいっといてあげる。コロンつけるの
　もうおやめなさい」
　純。（音楽——中断）
れい「そういうコンプレックス、みっともないわ」
純「——」
れい「じゃね」
純「——」

バス

　去っていく。

バス停

　立ったままじっと動かない純。
語《り》「グサリと来ていた」
　間。
語《り》「れいちゃんのいった今の一言に」
　音楽——ふたたび低く入る。B・G（次のシーンのバ
　ックに流れる）。

アパート・表

　純、黄色いハンカチを外す。

同・内

　コロン。
　その前に立つ純。
語《り》「ゴミの収集の仕事についてから、たしかにぼくは人と
　逢う時、自分の匂いを気にするようになった」

生ゴミ

　働く純。
語《り》「実際には何も匂わないのかもしれない。でも——」
　袋が切れて飛び散る白い汁。
語《り》「生ゴミを扱った日に否応なく嗅がされる強烈なあの匂
　いは、鼻の奥底の粘膜にこびりつき、何とも嫌な匂い
　の記憶をぼくに突然思い出させた」

働く純のモンタージュ

女「ごくろうさまァ」
語《り》「人がそんなふうに思わなくても、自分はいつもそれを

恐れた。オレはもしかしたら匂ってるンじゃないか」

ゴミ出しに来た老人がいう。

老人「ご苦労さん」

語り「れいちゃん。この気持ちがお前にわかるか。クサイという言葉を誰かがいっただけで、フッと神経をとがらせちゃう気持ちを」

石上「カラジシ！」

純「そのカラジシってのやめてくださいよ」

石上「いいじゃねえか高倉健みたいでさ、ハッハッ」

語り「カラジシっていうぼくの新しい仇名は、今年の五月アイルトン・セナがあの事故で死んだ時、ぼくが酔っぱらってみんなの前で泣いちゃったからで。——セナで泣いてる唐獅子《からじし》牡丹《ぼたん》って。よくいうよ」

雨

その中で一般ゴミ収集。

語り「富良野はゴミでは極端に進んでいた。生ゴミ、一般ゴミ、固型ゴミ。カン類、ビン類、粗大ゴミ。六分別《ぶんべつ》で出すことになっており」

瓶ポスト

語り「おまけに瓶は無色、茶、グリーン、三つに分別して出さねばならず」

リサイクルセンター

語り「それをリサイクルセンターに運んで、生ゴミは堆肥に、一般ゴミは熱処理をして固型燃料に再生するわけで」

古雑誌の束を点検する純。

語り「一般ゴミを集める日には古雑誌の束を時々点検した。中に混っている古いエロ雑誌を、持ってきてくれと広介がせがむからで」

村道

ゴミ車から雑誌の束放る純。

畑を走ってそれを取る広介。

語り「それは時には、お巡りのチンタにもどうも最後には廻っていくらしく」

町

語り「ぼくがあの娘を偶然見たのは、一般ゴミの収集日だった」

ゴミ箱から車へ投げ入れている純と石上。

女の声「ごくろうさま。これお願いします」
石上「あいよ」
　純、何気なく見てドキンとする。
　例の少女がゴミ袋を渡し、金物屋へと戻っていく。
　純。
　──われに返って車へと走る。
　走りだす車。

同・車内

　純。

記憶（インサート）

　焼却炉の前に立っていた少女。

純

　音楽──しのびこみ、盛りあがって砕ける。

古い柱時計

　コチコチ時を刻んでいる。
五郎の声「珍しいな。今日はこっちの係か」
純の声「いや」

石の家・中

　柱にかかっているその時計。
純「じつはちょっとお願いがあるンだけどさァ」
五郎「町へは住まんよ」
純「ちがうよ。こないだ持ってきたこの柱時計さ、──じつはまちがってゴミに出されちゃったものらしいンだ」
五郎「ホラ、アキナ──よし」
純「それで持ち主が現れちゃってさ」
五郎「ああそりゃいかん。すぐにお返ししろ」
純「ゴメン。──悪いな」
　純、立ち上がって時計を外す。
五郎「ときに純、ちょっと物をきくがな」
純「何」
五郎「ここらの生ゴミ、何曜日だ」

金物屋（夕暮れ）

　帰り仕度した例の少女が出てくる。
　行こうとした足が「？」と止まる。
　柱時計かかえて立っている純。

純「君ンだろう?」
少女「エ?——ウソ。——どうしてえ!」
純「焼かれるとこだったのをおれが見つけて、こっそり拾って持ってきてたンだ」
少女「———」
純「あそこの連中、知らなかったンだ」
少女——小沼シュウ(二十歳)。
純「返すよ」
シュウ「ありがとう! おじいちゃんの形見なの」
純「どこへ帰るンだ。運んでやるよ」

シュウのアパート

車止まって。下りる二人。
純、シュウに時計渡す。
純「大丈夫か」
シュウ「大丈夫。お茶飲んでかない?」
純「今逢ったばかりなのに、いきなり寄れるかよ」
シュウ「カタインダ。じゃア今度お礼するね。電話教えて」
純「いいよ」
シュウ、時計を置きノートを出す。
シュウ「書いて」
純(書く)
シュウ「私も教えるね。一月《ひとつき》前に引っ越してきたばかりなの。一人だからいつでも電話して誘って」
純(ノート返す)
シュウ「(も、ノートに書く)富良野、来たばかりで知合いいないの。いつも一人で退屈してるから。アラダメ! 名前が書いてない!」
純「ア、ゴメン。黒板——純っていうンだ」
シュウ「私の名前はね。(書く)小沼シュウ。(破って渡す)ハイ!」

純のアパート

とんとんと階段を上がってきた純、部屋に入りかけつんのめる。
正吉の表札に、黄色いハンカチ。

レストラン

ムード曲。
隅の席で漫画を読んで時間をつぶしている純。間。

急に席を立ち、電話へ行く。
カードと、さっきのメモをとり出す。

同・表

かけこんでくるシュウ。

同・内

シュウとびこんで純の前へ。
純。
純「よォ」
シュウ「しばらくぅ!」
純「——何年ぶりだ」
シュウ「二十年くらい逢わなかった気がする」
シュウ、坐る。
ウェイター「(来て) 何にしましょう」
シュウ (純のテーブルを見る)
純「ア、オレたった今食ったンだ。めしまだ?」
シュウ「まだ。ホンジャ同じもの」
ウェイター「ハイ (去る)」
ムード曲。
シュウ「びっくりしちゃったァ。家に帰ったンじゃなかったのォ!?」
純「黄色いハンカチが出ていてさァ」
シュウ「何それ」
純「幸福《しあわせ》の黄色いハンカチ」

＊

笑いころげているシュウに、ふくれっ面で説明している純。

＊

カレーを頬ばりながら、何か愉しそうにしゃべっているシュウ。
煙草を口に、ちょっとキザなポーズで聞きつつ受けている純。
笑いつつさり気なく、自分の服の匂いを気にする。

＊

ムード曲。
コーヒーが出ている。
純「上砂川?」
シュウ「そう、炭坑が閉山して」
純「ああ」
シュウ「しばらく東京で働いてたの」
純「ホント!? おれも東京にいたンだぜ」

シュウ「アラ！」
純「どこどこ、東京の」
シュウ「高円寺のほう」
純「ええッ、オレ中野！　すぐそばじゃんかァ。高円寺のどこ？　中央線のどっち側」
シュウ「青梅街道に近いほう」
純「おれもだよォ！　そんじゃア」
シュウ「ねえ」
純「エ？」
シュウ「東京——愉しかった？」
純。
間。
純「どうかな。まァ結構、いろいろあったよ」
シュウ「——うン」
間。
純「卒業したンだ。東京は、もう」
シュウ「いい言葉。私も——卒業した」
コーヒーカップをいじっているシュウの指。
純。
——煙草に火をつけかけ、フッと手を止める。
シュウ「ン？」
純「いや。——べつに」
いつか流れている尾崎豊の「I love you」
ちょっと笑うシュウ。
ちょっと笑う純。
純「何時？」
シュウ「——」
純「そろそろ引揚げようか」
音楽——低い旋律で入る。B・G。

夜道

並んで歩く純とシュウ。

シュウのアパート

手をふっているシュウ。

空知大橋

一人歩く純。

アパート・入口

ハンカチはもう出ていない。
純、鍵を開け、中へ。

同・内

一人ぼんやり入って立つ純。

音がして窓に雨が降りだす。

純。

——坐りこみ、煙草をくわえる。

音楽——消えていく。

棚からCDを出しセットする。

ボタンを押す。

「I love you」が流れだす。

純。

寝ころんで天井を見る。

ふと時計を見る。

CDを止め、電話のボタンを押す。

待つ。

純「もしもし。——オレ。——寝てた？　どうしたこないだのやつのプロポーズ。——受けた？」

間。

純「そりゃァどうでもいいけどさ。——いや、ならオレも身分相応の、ガールフレンドつくろうかって思ってさ」

間。

純「ハイハイご親切にありがとう。じゃアバヨ」

電話を切ってひっくり返る。

間。

電話が鳴る。

純。

純「(とって)——」

男の声「黒板さんですか」

純「——ハイ」

声「妹さんいますか」

純「妹？　妹って螢のこと？」

声「ハイ」

純「螢ならこっちじゃありませんよ。札幌のほうに住んでますけど」

声「——」

純「もしもし」

電話、切れている。

首をひねって受話器置く純。

雨

叩きつけている中のゴミ収集。

風

強風の中のゴミ収集。

環境管理課事務所

帰ってくる作業員たち。

男3「おつかれ」
男2「おつかれさま」
男1「東麓郷のあたり、どうも本当に生ゴミ泥棒がいるな」
男2「今日もか」
男1「わしらがとりに行く前に、きれいに生ゴミさらわれてるンです」
男3「(笑って) いいじゃないか、代わりに片づけてくれるなら」

日誌つけていた純の手が止まっている。

石の家

堆肥場。
生ゴミの袋の中身が開けられる。
五郎、汚れた袋の束を集める。

純「やっぱり父さんか」
五郎「ア」
純「どうも変だと思ったンだ。この前生ゴミの曜日きいてたから」
五郎「ハハ。ヒヒ。良いよねこれ、べつに、泥棒じゃないよね？ (急に心配になって) やっぱり泥棒？」
純「お客さん連れてきたンだ。(向うへ) どうぞ！」

五郎、あわてて袋の束をかくす。
石積みを見ながら現れるシュウ。

シュウ「今日わァ」
五郎「ア。ドウモコリャ」
シュウ「(石を見つつ) ショック！　感動！　これ本当にお父さんが、一人で全部なすったんですか!?」
五郎「(照れて) アア、イヤア――ハア」
純「小沼シュウさん」
五郎「ア、ドウモ」
純「こないだの時計の持ち主だよ」
五郎「ア、ア――」

同・表

車に急ぐ五郎と追いかける純。

純「いいンだよ父さん！　めしはいいンだから」
五郎「水臭いこといわないでよォ！　たまにはオイラにご馳走さしてよォ！（中にいるシュウに）ア！　ちょっと待っててくださいネ！　材料すぐに、仕入れてきますから！」
純「じゃオレも行くよ！」

走る車内

五郎「（周囲をキョロキョロ目で追いながら）いい娘じゃないかコノッ！　野郎畜生！　柱時計をダシにしやがって！」
急に車を止め外へ出る。
純「どしたの」
五郎「仕入れ」
純「？——スーパー行くンじゃないのかよ」
五郎「捨ててある。ただだ」
拾いだす。
純「（仰天）まずいよ！　だってこれ規格外品だろ!?」
五郎「充分食える。形が悪いだけだ」
純「まずいよ！（周囲を気にする）」
五郎「（拾いつつ）手伝え！　ホラそっちのなンか上等だ！」
純「ヤバイヨ、怒られるよ！　あっちから見てるよ！」
はじけるようなシュウの笑い。

石の家

食事しながら大笑いのシュウ。
五郎「気にするほうがおかしいでしょう。だってスーパー行きゃ三個何ボの人参が、あすこで拾やァただなンだぜ？」
純「そりゃァそうだけど」
五郎「おかしいっていやお前、まだ食えるもンを捨てるほうがよっぽどおかしいと——（シュウに）思いませんか？」
シュウ「（笑って）思います！」
五郎「ネッ」
純「そうだけど父さんミットモナイヨ」
五郎「（シュウに）クク、ミットモないだって、カッコつけちゃって」
シュウ「最ッ高！　でも、電気がないとテレビもないわけ？」
五郎「ない」

シュウ「新聞は？」
五郎「とってない」
シュウ「世の中のことは、じゃァどうやって知るンですか？」
五郎「ハハハ、べつに知らんでも死にゃァせんのよ。いっぱい知らされるとかえって疲れる。ア、よくみんないうべ？　知る権利って。オラのは逆なの。知ラン権利ちゅうの。知らんでいたいの。そのほうが楽なの」
シュウ「（芯《しん》から感動して）最高――」
五郎「ハハ、けどまァ本当いうと、大事なことは知りたくなくても何となく入ってくる。総理大臣の名前だって――ムラヤマさんでしょ？　今。アレ？　また変りました？」
シュウ「（笑いころげる）最高！」

走る車の中

シュウ「しびれちゃった私。お父さん最高！」
純「冗談じゃねえよ。オレなンかあの暮らしに八年間もつき合わされて」
シュウ「最高！」

シュウのアパート・前

車が止まる。
シュウ「（下りかけて）ねぇちょっと寄ってかない？　何もないけど」
純「――」

シュウの部屋

二人入る。
ガランとした室内。
純「本当に何もないンだな」
シュウ「（笑って）びっくりした？　これから少しずつ集めるの」
茶をいれはじめる。
シュウ「お金ないしね。急がないの」
純「――」
シュウ「（笑う）でも一応はイメージあるのよ。そっちにテレビとカセット置くでしょ？　こっちにゆったりしたソファ入れてね。それからその壁に自転車飾るの。今自転車がいちばん欲しいの」
純「中古でもいいのか」
シュウ「（見る）ある？」

純「あるけど——中古だぜ」
シュウ「使えるンでしょ」
純「まだまだ充分使えるよ」
シュウ「いくらくらい？」
純「ただ」
シュウ「ただ!?」
純「自転車だけじゃないぜ。ソファ、冷蔵庫、洗濯機、テレビ、カセットデッキ、アンプ、プレヤーまずないものはほとんどないね」
シュウ。
シュウ「何それ」
純「君がこの前行ったあそこだよ。山部の粗大ゴミの収集場所。オレの部屋なンてほとんどそこから持ってきたもンで間に合っちまってら」
シュウ「——」
純「山部山麓デパートって呼んでンだ。いつでも好きな時ご案内しますよ」
シュウ。
間。
いきなり純にとびついてキスする。
シュウ「好キッ!!」

音楽——シュウのテーマ、イン。B・G。

夜が

しらじらと明けかけている。

シュウのアパート・表

純がそっと出て車に乗りこむ。

空知大橋

純の車が帰っていく。

アパート

ソッと入る純。
奥へ歩きかけ、ふと正吉のメモに気づく。

メモ

『和久井勇次という人から何度も電話あり。螢ちゃんのことで大至急連絡されたし。電話、札幌０１１の——』

純の顔

音楽――ゆっくり消えていく。

2

アパート（朝）

真剣な顔で電話している純。

純「もしもし、それは――。イヤ、何だか話が、――よく見えなくて。ハイ。――ハイ――」

語り「翌朝起きて一番に、札幌の勇次君に電話した」

歯を磨きながら出てくる正吉。

純。

純「――とにかく今夜そっちへ行きます。――着いたら電話します。――九時ごろだと思います。ハイ。――じゃ」

切る。

正吉「どうしたンだ」

純、手帳を見て電話をかける。

純「（かけつつ）螢が行方不明だっていうンだ」

正吉「行方不明？」

純「――」

正吉「それ、どういうこと」

電話の中から女の声。

女の声「おかけになった電話は、現在使われておりません」

純、切る。

正吉。

純「アパートの電話、外されてる」

別の番号のボタンを押す。

正吉、緊張して坐りこむ。

声「北海中央病院でございます」

純「内科四階のナースセンター、看護婦の黒板お願いしたいンですけど」

声「少々お待ちください」

純、煙草をくわえつつチラと時計を見る。

正吉、火をつけてやる。

時計のセコンド音しのびこむ。

声「もしもし」

純「もしもし！」

声「黒板さんは先週いっぱいでこちらの病院を辞《や》められたそうです」

音楽――鈍い衝撃。砕けて、低いB・G。

純、電話を切る。
正吉「どうだ」
純「先週いっぱいで病院辞めたって」
正吉「――どういうことなンだ」
間。
純「とにかく今夜オレ札幌行ってくる」
正吉「おれも行くよ」

ヘッドライト

闇を切り裂いて行く。

同・車内

運転する純と、助手席の正吉。
低くしのびこむクラシック。

喫茶店（札幌）

勇次と二人。
勇次「心配かけてすみません。富良野に帰ってるかと思ったもンで」
純「何の連絡もありません」
正吉「いつからわからなくなったンです」
勇次「ハア」
間。
勇次「本当のことというとここ半年くらい、昔みたいには逢わなくなってたンです。それでも十日に一回くらいは、ぼくから螢ちゃんに電話してました」
純。
勇次「アパートの電話が外されてるのを知ったのは一週間くらい前にかけた時です。でも――。じついうと彼女――最近ぼくを避けてたンで――ぼくの電話が迷惑だから番号を変えたンだろうくらいに――思ってて」
純。
勇次「こっちもまァ半分はムッとして――そのまま放ってありました。事態のわかったのは昨日の昼間です。町でばったり彼女の同僚の看護婦さんと出っくわして。――その人とは昔何度か一緒にめし食ったことあったから。それで――その人から、――初めて螢ちゃんが、先週病院を辞めたことを聞いたンです」
正吉「どうして辞めたンです」
勇次。
勇次「医長と婦長に呼び出されて――いわれたらしいです」

正吉「辞めさせられたンですか」
勇次「いや自分から辞めたらしいです」
純「何があったンです」
　勇次。
　――苦し気に煙草をくわえる。
純「何かまずいことしたンですか」
　クラシック。
　純。
勇次「恋愛問題です」
　正吉。
　純。
勇次「いわゆる不倫です」
勇次「相手は学生時代彼女の世話になった大学病院の医者で。――その先生も家を出てるそうです」
　純。
正吉「だけどそれじゃァ大学病院でその先生もつかまえて聞けば」
勇次「いやその先生自身大学と衝突して、一月ほど前に辞めたンだそうです」
　音楽――不安定な旋律で走る。B・G。
勇次「そっちの奥さんがこっちの病院に訴えて、それで問題が表面化したらしいンですが、向うの家では今警察のほうに捜査願いを出すかどうか迷ってるみたいです。っていうのは」
純「――」
勇次「その医者は前にも東京にいた時、女性問題があったみたいで。（急に顔あげる）でも、そんなことは今どうでもいいンです。ぼくは今、正直螢ちゃんが心配です」
　純。
勇次「彼女の今の――気持ちのことがです」
　正吉。
勇次「まわりじゅうから孤立しちゃって。螢ちゃんがどういう心理状態でいるのか」
　純。
勇次「早まったことを考えたりしないか」
　純。
勇次「ぼくは――。とにかく、螢ちゃんが今――。男をつくっても何してもいいから。――元気で。――元気でいてさえくれれば」
　勇次の目に涙がにじんでいる。
　純。

ヘッドライト

闇を切り裂いて走る。

同・車内

運転する正吉と助手席の純。

無言の二人。

正吉「(低く) 大丈夫さ。そのうち連絡してくるよ」

純。

語《り》「頭の中が真っ白だった。何を――どこから考えればいいのか。螢はどこに、どうしているのか。どうして富良野にいってこないのか」

純。

語《り》「父さんにいったい、どういったらいいのか。いや、そんなこと、とても父さんの耳には――」

フロントグラス

ヘッドライトの光芒《こうぼう》。

語《り》「ショックだった。螢が。あの螢が――」

純

語《り》「おれとちがっていつも大人しく、――激しさなンてオレの目からは何も見えなかったあの妹が」

記憶

・トラックを追ってきた螢。

・雪のクリスマス、納屋に来た螢。

走る車内

じっと前方を見つめている純。

正吉「(ポツリ) 許せねえなその医者」

音楽――急激にたかまって、終る。

画面、いきなり真っ黒になる。

日常（ゴミ作業）のモンタージュ

語《り》「結局待つよりしかたなかった。草太兄ちゃんに相談しようかとも思ったが、喜ぶだけのような気がしてやめた。チンタは一応警察官だから話してみようかと思ったけどやめた。結局正吉と二人でしたことは、留守中に螢が連絡してきた時のために、留守番電話をとりつけたことくらいだった」

アパート・階段（夕方）
　純、かけ上がる。

同・部屋
　留守番電話を巻きもどす純。
声「今日の電話は一件です」
シュウの声「シュウです！　約束の山部山麓デパート、いつ連れてってくれますか？　電話の前で毎日待ってます！」
音楽――シュウのテーマ、イン。B・G。

粗大ゴミの山
　見て歩く二人。
　一品ずつに興奮しているシュウ。

シュウの部屋
　いくつかの品物を運びこむ二人。

スーパー
　夕食の買物する二人。
　急に純、後ろから肩叩かれる。

広介「純ッ」
　音楽――中断。
広介「こないだの雑誌、大当り！　すげえすげ（シュウに気づく）ア、失礼」
純「また（行こうとする）」
広介「（袖つかまえて）紹介しないのオ？」
純「しない」

シュウの部屋
　持ってきたテレビを直している純。
　料理するシュウ。
シュウ「（しながら）柱時計お父さんに返したのよ」
純（見る）
シュウ「あすこのほうが似合ってるし」
純「おやじンとこに行ったのか」
シュウ「そう。ご飯ごちそうになっちゃった。（クスッと）人参拾い一緒にやったの。フフ、スリルあったァ」
純「（修理）――おやじ、どうしてた」
シュウ「お元気だった。面白いお話いっぱい聞いちゃった！　純君の話や妹さんの話」

純の手が止まる。

シュウ「螢ちゃんていうンだって？　かわいい名前！」

明るくしゃべりつづけているシュウ。

語《り》「もしも父さんが、あのことを知ったら――」

空知大橋（夜）

車が帰っていく。

語《り》「螢の今の、――本当の話を――」

純のアパート・前

車を止めて純下りる。

駐車していた車から。二人の大柄な若者が下りてくる。

純「？」

若者「黒板さん？」

純「ハイ」

若者「妹さんこっちに来てないかい」

純。

純「どなたですか」

若者2（黒木久）「札幌の黒木の息子です」

純「――」

久「聞いてませんか。おやじは医者です」

純。

純「少し聞いてます」

若者「部屋ン中見してもらえるかい」

純「――いいすよ」

階段

三人上がる。

部屋

テレビを見ていた正吉ふり向く。

正吉「何だ」

純「例の札幌の医者の息子さん」

若者「（久に）上がれよ」

久（ためらっている）

若者「上がれって、遠慮するこたねえよ」

正吉「待てよ。何いってンだ人の部屋へ来て」

若者「あんたは誰だ」

正吉「お前こそ誰だ」

若者「オレはこいつの親友《マブダチ》だ」

正吉「オレはこいつの親友だ」

若者「（久に）上がれって」

正吉「ふざけるンじゃないよ。勝手に人ンち来て何いってンだ」

若者「どっちがふざけてンだ。そいつの妹がこいつのおやじを盗《と》ったンだぜ」

正吉「ちょっと待て」

純「(同時に) お前のおやじと若い娘と、どっちが盗ってどっちが盗られるンだ」

若者「このガキ」

いきなり純に手を伸ばした若者。

正吉その手を脇からつかみ、瞬時に床にねじ伏せてしまっている。

若者「ナニ！ 痛《イツ》！ 痛！」

正吉「おれァ元自衛官だ。悪いけどお前らとは鍛え方がちがうンだ」

若者 (悲鳴)

正吉「このまま警察に一緒に行くか」

久「待ってください！ すみません！ 待ってくださ い！」

正吉「とにかく外へ出ろ！ ここはおれらの部屋だ！」

正吉、若者を逆手のまま立たせ、扉を開いて外へ押し出す。

片手で若者の靴をつまみ、階下の路上へ放り投げる。

階段

若者を逆手にとったまま下へ押す正吉。

裸足《はだし》のままの若者。

純と久も下りる。

同・下

正吉、若者をつき放す。

久「すみません。とにかく——こっちにいらしてはいないンですね」

純「見たらわかるだろ」

久「連絡は」

純「ねえよ。こっちが教えて欲しいよ」

久「すみません、おふくろが心配して——見てられないンで」

正吉「(純を顎でしゃくい) こいつの心配も見てられないぜ」

久「———」

正吉「おれだって同じだ。おれだって彼女とはこんなころから兄妹みたいにして育ってきたンだ」

久「悪かったです。いきなり――こういうことになったのは――でも本当におふくろ――ぼくらもですけど――めしも食えないほど心配してるンです。だから――。連絡あったら伝えてください！　おやじに家に連絡するように」
純「――そっちも頼むぜ」
久「もちろんします。名刺ですこれぼくの」
純（受取り、ちょっとうなずく）
久「（友人に）帰ろ、な。どうも――スミマセン」
　腕をさすりつつ、しぶしぶ車に押しこまれる友人。
正吉「（急に）オイそっちのガキ」
若者「――――」
正吉「お前さっき螢ちゃんが盗ったっていったな。あン時オレはマジにお前を」
純「やめろよ。わかったよ、もういいよ」
久「スミマセン」
　二人車に乗りエンジンをかける。
　正吉、急にさっき放った若者の靴に気づく。走って拾って、
正吉「靴！　オイ！　靴！」
　去って、角曲がるテールランプ。

純。
　――手の中の名刺を見ている。
語り「何だか変に哀しかった。向うの息子の辛い気持ちも、わからないではなかったからだ」
音楽――低く入る。B・G。
純、ゆっくりと階段を上がる。
語り「螢、いったい何をしてンだ。まわりのみんなに迷惑かけて。しちゃあいけないことをしやがって」

田園

　タイヤ焼く煙。
語り「翌日初めて霜注意報が出た」
　ユンボで働く正吉。
語り「れいちゃん――。畠に流れるあの煙を見ると、あの日のれいちゃんを想い出します」

記憶

　大里家の悲劇。
語り「霜対策の作業に出るために、君のお父さんが誤ってお母さんを死なせてしまったあの日の記憶」

純の作業

語《り》「れいちゃん。元気にしていますか。ぼくは――、すっかり落ちこんでいます。螢が――。螢が行方不明で」

広介の声「正吉！」

音楽――中断。

麓郷・道々

ユンボの正吉とトラクターの広介。

広介「純のつき合ってる女知ってるか」

正吉「シュウちゃんのことか」

広介「シュウっていうのか。（ニヤリ）いいもの見してやる」

エロ本

そのページがパラパラとめくられ一ヵ所で止まる。

広介の家・裏庭

そのページを正吉に見せている広介。

正吉の顔。

広介「そうだろ？」

正吉。

広介「森下あかねって、――あの娘のことだな」

正吉。

音楽――衝撃。

語《り》「そんなことは全然知らなかった」

石の家

唐竿でソバを叩いている五郎の作業を、手伝っている純とシュウ。

語《り》「シュウとはほとんど毎日逢っていた」

五郎とシュウの明るい会話。

語《り》「父さんはシュウをすっかり気に入り、昔の螢に接するみたいに、やさしく、明るくシュウに接した」

働く純。

語《り》「そんな父さんを見るのが辛かった」

粗大ゴミの山

探して歩く純とシュウ。

語《り》「父さんがもしも今の螢の、やってることを知ってしまったら。ぼく以上に螢を清くやさしい、昔のイメージのまま持ちつづけている父さんが――」

純、フト足を止める。

音楽——消えている。
捨てられている本棚。
純。
——ソッと手を触れる。
シュウ「(気がついて) どうしたの」
純。
純「昔、おやじが頼まれて作った本棚だ」
純の目になぜか突然涙がつきあげる。
シュウ。
シュウ「(低く) 持ってこ」

同・駐車場

本棚を抱えて移動する二人。
語《り》「父さん。何かが——、おかしくなってます」
音楽——テーマ曲、低く入る。B・G。
語《り》「父さんはあのころ、幾晩も徹夜してこの本棚を仕上げました。そりゃあ手間賃はもらっただろうけど」

走る車

運転する純。
語《り》「今の時代は新しいものにあふれ、それに目が移ると人は簡単に古い物をポンポン捨てていきます。でも——」
助手席のシュウ、チラと純を見る。
語《り》「捨てられる物には作った人の汗と努力が今も残っており」
純。
語《り》「それは一方でぼくや螢を、あのころ懸命に育てようとした父さんの汗の記憶なのであり」

道

走る車の天井に揺られている五郎の作った古い本棚。
音楽——ゆっくり盛りあがって終る。

麓郷

ゴミ車が行く。
語《り》「ぼくが広介に呼びとめられたのは、その翌日の夕方だった」
畠からとびだして手をふる広介。
車止まって、純、首を出す。
広介「正吉、何かいってたか」
純「何かって」

広介「(ニヤリ) いってなきゃいいンだ」
純「待てよ! おやじの話かよ」
広介「おやじさんのことじゃないよ。お前のコレの——ウソウソ!」
純「待てよ! 広介! 何の話だよ!」

アパート(夜)

テレビがついている。
純「何の話だ」
正吉「何でもないよ」
純「だけど広介のやつ、ばかに意味あり気に」
正吉「あいつはもともとそういう野郎だ」
純「あいつのいったのはシュウの話か」
ノックの音。小さく。
ふり向く二人。
正吉「誰?」
間。
純、立とうとする。それを制して正吉が小さく扉を開く。
正吉「(口の中で) 螢ちゃん!」
純立つ。
やつれた螢がニコッと笑う。
正吉、急いでテレビを消す。
純「(小さく) 入れよ」
螢 (うなずく)
正吉「オレちょっと、出てくる。——(純の耳に) 表にいるよ」
純「——ゴメン」
正吉、外へ。
螢入って、戸を閉める。
中へ。
純「待ってたンだぞ。毎日心配して」
螢「——ゴメン」

部屋

お湯が沸いている。
お茶をすすっている純と螢。
純「どこにいたンだ」
螢「——」
純「やせたなお前」
螢「——どうしてわかったの」
純「勇次サンが連絡してきたンだ」

螢「――」
純「向うの――その相手の息子ってやつも来た」
螢「――」
純「何やってンだいったいお前」
螢「――」
純「家庭のあるやつに、惚れてどうするンだ」
　螢。
　　――湯呑みを見たままフッと笑った。
　純。
純「病院もお前、辞めちまったンだろ」
螢「――」
純「これからいったいどうする気なンだ」
　間。
螢「父さん、知ってるの？」
　間。
純「知らないよ」
螢「よかった」
　間。
純「これからいったい」
螢「お兄ちゃんお願い。お金貸して」
　純。

螢「今あるだけでいい。しばらく貸して」
純「――」
　音楽――低い旋律で入る。B・G。
　純、ポケットから金をさらけ出す。
　立って、洋服のポケットからも。
　　――渡す。
螢「アリガト」
純「これからどうするつもりなンだ」
螢「――」
純「今夜は泊っていけるンだろう」
螢「これから新得《しんとく》行って、汽車に乗るの」
純「新得？」
螢「二時三十一分に、釧路行きが通るの」
純「釧路に行くのか」
螢「（首ふる）根室。根室のそば。――落石《おちいし》ってとこ」
　純。
螢「そこの診療所で働くの」
　間。
純「相手のその医者もいっしょにか」
螢「先生はもう行ってる」
　純。

純「住所、決まってるのか」
螢「――診療所の場所はわかってる」
純「教えろ」
螢。
――バッグから手帳を出す。
アドレスを開く。
純、ひったくる。
そこらにあった紙に書きつける。
手帳を返して――
電話を手にして名刺を探す。
螢「どこにかけるの」
純「向うの家族が心配してる」
螢「(受話器を抑える) やめて!」
純「約束したンだ」
螢「やめて! お願い!!」
純「――」
螢「必ずそのうち――連絡さすから」
純「――」
間。
純「本当にするンだぞ」
螢「―― (うなずく)」
純「うそつくンじゃねえぞ!」
螢「―― (うなずく)」
螢の目にうっすら涙が浮かんでいる。
間。
純「新得まで二時間はみといたほうがいいぞ」
螢「―― (うなずく)」
純。
純「送っていくよ (立って外へ)」
螢「どこ行くの」
純「心配すンな。正吉だ (外へ)」

同・表

純出る。
正吉。
純「(小さく) 金今いくらある」
正吉 (ポケットを探る)
純「貸してくれ」
正吉「(うなずく) どうするンだ」
純「螢がこれから根室に行くンだ。新得の駅まで送ってくる」

夜道

ヘッドライトが闇を裂く。

走る車内

純と螢。

間。

螢「(小さく) カセットかけていい?」

純「——(オフになっていたカセットを抜きとる)」

螢(バッグから出したカセットを入れる)

低いチェロの音しのびこむ。

純。

頭を窓にもたせかけ、目を閉じている疲れ果てた螢。

螢「(かすれて) 少し眠《ね》ていい?」

純「——ああ」

螢「疲れちゃった」

ヘッドライト

夜を切り裂いていく。

純

煙草をくわえてチラと見る。

螢

疲れ果て眠っている。

走る車

狩勝の峠を越える。

眼下に拡がる十勝平野の灯。

新得駅前

駐車した駅前。

その中で缶コーヒーを飲む二人。

間。

純「いくつなンだそいつ」

螢「四十三歳と八ヵ月」

間。

純「どんな野郎だ」

螢「——(フッと笑う) 評判のものすごく悪い先生。でも手術ではほとんど名人」

純「——」

螢「(笑う) チェロを弾くのよ」

間。

螢「おかしいのよ。駈け落ちするのに何も持たずにチェロだけ大事そうに抱えてくるの」
間。
純「何て口説《くど》かれたンだ」
螢「ちがうわ。私が口説いたの」
純「――――」
螢「メロメロになったのは私のほうなの」
間。
純「勇次と仲良くしてたンだと思ったぜ」
間。
螢「そう。勇ちゃんは」
純「あいつ泣いてたぜ。元気ならいい。男つくってもお前が元気でいてくれるならいいって」
間。
螢「ひどいね、私」
間。
純「住所決まったら必ず連絡するンだぞ。おれだけじゃなく父さんのほうにも」
螢「(うなずく)――ねえ。父さんにはホタが僻地の無医村にボランティアで行くことになったっていって」
間。
純「お前、いつからそんな悪知恵ついたンだ」
間。
螢「いつからだろう」
間。
螢「先生がいったわ。ウソはある時は倖せを保つ人類最大の発明であるって」
間。
純「ぶん殴ってやりてえな」
螢「(笑う)負けちゃうわよ。先生昔大学の空手部にいたンだから」
純「――――」
螢「ねぇ。父さんまだあすこに、一人でいるの?」

ホーム

列車が入ってくる。

駅・表

出ていく列車のテールライトが遠ざかる。

車内

じっとしばらく動かない純。

間。
ゆっくり車のエンジンをかける。
車、スタート。

走る車内

純。
語《り》「改札口を入っていった螢の後ろ姿が灼《や》きついていた」

記憶

ふり向きもせず、サッサと歩み去る螢。
語《り》「それは――」

純

語《り》「これまでぼくが知る螢とは全くちがった螢の背中だった」

夜の国道

純の車が走っていく。
音楽――静かな旋律で入る。Ｂ・Ｇ。
語《り》「背中は、世の中のしきたりにさからう、みょうに凜《りん》とした強さをもっており。父さんや、ぼくや、家族のしがらみなど、小気味いいほどに拒絶していて――」

芦別岳

フロントグラスに浮き上がる。
語《り》「富良野に入ったころ、向うの空が、ようやくしらじらと色を持ちはじめた」
音楽――盛りあがって。

3

雪原

音楽――軽快に叩きつけて入る。Ｂ・Ｇ。
二台のスノーモービルが純白の雪原を疾走してくる。
画面に文字が――『１９９５年正月』

坂道

スノーモービルのぼってくる。
目前に見えてくる石の家。
露天風呂につかり酒を飲んでいた五郎、和夫、新吉ふり返る。

純たち「ハッピー・ニューイヤー!!」
　スノーモービル、その前でUターンして坂をかけ下りる。
五郎たち「おめでとう――ッ!!」

スノーモービル

　一台に純と広介。
　もう一台に草太とアイコ。
語《り》「大晦日と正月の二日間はゴミの収集も休みとなり」

純

語《り》「今年は螢も帰ってこなかったので、父さんはひたすら露天風呂の日々で」

雪原

　とばす二台。
語《り》「螢からは簡単な年賀状が来ただけだ。父さんの所にも来たらしい」（音楽――しだいに消えていく）

牧場・表

　スノーモービルを整備する男三人。
草太「今年はズドーンと牛増やすからな」
純「ホント」
草太「おやじもだんだんボケてきたから、その分オイラががんばらんとよ。お前もだぞ純。いつまでゴミばかり相手にしとれんべ。エ？」
純「ウン」
草太「早くしっかり方向見つけてよ、おやじさん町に呼んでやって――ア。お前つき合ってる娘がいるそうじゃねえか」
純「イヤ」
草太「聞いたぞコノオ。紹介しろ？　オラが調教していい女にしてやっから」
純「いいよ」
草太「結婚する気あるのか」
純「まだ早いよ」
草太「早くない？　何が早いもンか。ハタチすぎたらすぐ四十だ。過去なンか気にするな、早いとこツバつけろ。ア、もうつけたか」
アイコ「草ちゃん！」
草太「オーウ。今行く！」
語《り》「草太兄ちゃんの一言がひっかかった。過去なンか気にしないで。過去って、誰の――」

除雪車

雪をはねていく。
運転している正吉。

語《り》「冬の正吉は大変だった。除雪の仕事をやっているからだ。この仕事は全く天候に左右され、大雪が降ると真夜中でも呼び出される」
純の声「正吉」
正吉の声「ああ」

テレビ

天気概況をやっている。

純の声「いつかお前、話が途中になったことあったろう?」
正吉の声「なに」
純の声「シュウのことで、なンか、広介が――」

アパート

テレビ見つつ、めしをかっこんでいる正吉。
壊れたアンプを修理している純。

純「おぼえてない?」
間。
正吉「つまらんことだよ」
純「何だったンだよ」
正吉「――忘れた」
純。――チラと見る。
語《り》「そういわれるとかえって気になった」

ゴミ収集

働く純。
音楽――ダイナミックにイン。

語《り》「三ヶ日《さんがにち》すぎのゴミはぐんと増えた。正月は故郷に帰ってくる人で富良野の人口が急にふくれ上がり、しかもご馳走をみんなが食うからだ。カニのカラなンかがやたら目立った。それに――。冬場の生ゴミで始末の悪いのは、前の晩なンかに出されちまうとそっくり凍結してコチコチになるからで」

凍結した生ゴミ。

語《り》「そのまま車に放りこんでしまうと、収集車の機械をこわすこともあり」
広介の声「純!」

作業していた純、顔をあげる。
音楽——消える。
広介「もう仕事か」
純「ああ」
広介「オラパチンコだ。悪いな。マ、働け労働者諸君（行く）」
純「ア、広介」
広介「ン？」
純「ちょっと——ききたいことあるンだ。今夜寄っていいか」
広介「おお。六時すぎにはもどってら」
純「わかった」
走ってゴミ車にとび乗る。

広介の家

闇の中にポツンと灯がともっている。

同・室内

ストーブが燃えている。
豆をつまんでいる純と広介。
広介「どうしたンだ」
純「——教えてくれ」
広介「何を」
純「——おれがつき合ってる彼女のことで、なンかお前本当は知ってンじゃないのか」
間。
広介「正吉に聞いたのか」
純「あいつは何も教えてくれないンだ」
広介「——」
純「教えてくれ」
間。
広介「やっぱり何か気になることあったか」
純「——」
広介「いつかは出てくると思ってたンだ」
純。
間。
広介「ちょっと待ってろ」
広介、隣室へ立っていく。
純。
——煙草をとり出し火をつける。
音楽——不安定なリズムで入る。
語り「何だかいやァな胸さわぎがした。何を自分は今知りたいのか」

　純。

語り「知る必要が本当にあるのか」

　広介、もどる。

　黙って坐って、例の雑誌の開いたページを純の前に置く。

純「？」

　手にとりかけて、凍りつく。

　音楽――消える。

　純の顔。

広介「いつかお前が持ってきてくれた雑誌だ」

　純。

広介「彼女だろ？　髪型は変ってるけど」

　一切の音が消滅している。

広介「森下あかね。書いてあるだろ？　ＡＶにも何本か出演してるって」

　純。

広介「見つけたンだ富良野のビデオ屋で。〝あかね悶《もだ》える〟って。借りて来て見たンだ。正吉も一緒に」

　純。

　間。

　ぼんやり立ち上がる。

表

　純、出てゆっくりと車へ歩く。

　音楽――鈍い衝撃で入る。砕けて低いＢ・Ｇ。

語り「（かすれて）ショックだった。何ていうかすごく――。感じたことのないショックだった」

麓郷街道

　走る純の車。

語り「わけのわからない怒りがあった。それが――広介に対するものか。それともシュウに対するものなのか。あるいはこんなことにショックを受けている自分自身に対するものなのか」

運転する純

語り「だけど――それ以上に情けないことは、――シュウがどんなふうにビデオで悶えたか確認したいといういやらしい欲望が、心のすみっこに芽生えてきたことで」

町

フロントグラスに移動する。

語り「その気持ちはじつに卑劣で、──許しがたく。シュウに対するこれ以上のブジョクはなく」

車曲がって、まっすぐレンタルビデオ屋の前へ止まる。

音楽──中断。

ビデオ屋

AVの棚を移動するカメラ。

止まる。

『あかね、悶える』

間。

純の手が抜きとる。

黒い画面

女のあえぎが低く流れる。

純の顔

その顔にテレビの反射光。

女のあえぎ。

正吉の声「(低く)やめろ!」

灯がつく。

アパート

正吉、黙ってテレビを消しカセットを抜き出す。

純。

間。

純「お前も広介と見たそうだな」

正吉「────」

純「そういうやつとは知らなかったぜ」

間。

正吉。

──静かに正座する。

正吉「殴ってくれ」

間。

純、正吉の頭をこづく。

何度かこづく。

怒りがつきあげ本気で殴る。

必死の無抵抗で耐えている正吉。

純、やめる。

間。

正吉「いいのかもう」

純「────」

正吉「（手をつく）悪かった」
純「――」
正吉「おれは――最悪だ」
　パッと立ち上がって表へとび出す。

同・階下

　正吉、車にとび乗りガッとスタート。

雪道

　正吉の車がとばす。

麓郷街道

　正吉の車がとばす。

広介の家

　正吉出てきて、また車に乗る。

布札別

　正吉の車がとばす。

牧場・草太の家

　広介出てくる。

広介「おう」

　正吉いきなり広介をぶん殴る。

広介「何しやがる！」

正吉「いうなっていったろ純には絶対！」

　殴る。

広介「てめえだって見たじゃねえか！」

　二人の殴り合い。

　アイコ出てきて、――仰天。

アイコ「どうしたの！　ちょっと！　草ちゃん！　草ちゃん！」

　草太出てくる。

草太「ア。やめれバカコノ。（入る）ア、コノヤロ殴ったな！　やめろ！　こら！　この野郎!!」

　三つ巴《どもえ》のけんかになる。

牛舎

　四人。

草太「広介。そりゃァお前がまちがっとる。正吉のいうとおりだ。何も純のやつに教えることァない」

広介「しかしあんなこといずれはバレるぜ。本気でつき合うなら知っといたほうがいいンだ。後で気づいてショック受けるより」
草太「待て」
広介「それでイヤならやめりゃいいンだ」
草太「ちょっと待て」
アイコ「（突然叫ぶ）バカだねあんたわかってないねッ!!
二十年近く人間やってりゃ、誰だっていいたくない過去くらい持ってるよ！」
草太「そうだ」
アイコ「私だって草ちゃんにいってないことあるし、草ちゃんだって黙ってることあるよ」
草太「そうだ」
アイコ「お互いそれはきかないのが礼儀でねッ」
草太「そうだ」
広介「ケド」
アイコ「いわなくてもいいことをさらけ出してさ、お互いやな気分になるこたないだろ！」
草太「そうだ」
アイコ「そういうかくし事はかくすべきなンだよ！」
草太「ウン！」
広介「だけど姉ちゃん」
アイコ「たとえば私が福岡や札幌で、本当は何して稼いでいたか草ちゃん一度もきいたりなンかしないよ！」
草太「そうだ。エエッ!?」
アイコ「女が一人で食べてくためにねッ、どんなことあるのかそういう失礼は」
草太「チョチョちょっと待て！」
アイコ「あんただってそうだろが、実の姉ちゃんが食うためにどんな恥ずかしいこと」
草太「チョチョ——エエッ!!?」
アイコ「女の子には誰にだってさ、（急にこみあげる）いいたくないことの一つや二つ（しゃくりあげる）」
草太「（アイコの口抑えて）ワ、わかった、もういい！
わかったもうやめれ！」
アイコ（泣いている）
草太いきなり広介をけとばす。
草太「何知ったってオラもう平気だ。けど純はちがう。あいつはちがう。あいつは。——あいつは免疫がねえから」

アパート

語《り》「その晩おそく草太兄ちゃんが来た」

草太、純、正吉。
長い間。
草太「全然そういうこと、――知らんかったンか」
純「――」
草太「うン」
間。
草太「オラも知らんかった。ウン。イヤお前の彼女のこと
でない？　うちのカアちゃんの――ウン。ことだ」
純「――」
草太「けどオラ気にしとらん。全然気にしとらん」
純「――」
草太「ハハ、そりゃァウソだ。そりゃァ気になる。ヒヒ。
――けど今それいってもどうなるもンでもない？」
純「――」
草太「つき合う前のこと気にしはじめたら、日本中誰も結
婚できなくなる。ウン」
純「――」
草太「オラはいい。ウン、うちはいい。今晩一発、仲良く
して終りだ」
純「――」
草太「お前はちがう。お前の場合はオイラとはちがう」
純「――」
草太「相手はお前が知っとることを知らん。ウン。自分の
過去は知らんと思っとる」
純「――」
間。
草太「ずっとそう思わせろ」
純「――」
草太「知らんフリを通せ」
純「――」
草太「そのことしゃべったりほのめかしたり、相手を責め
たり絶対したらいかん」
純「――」
草太「惚れとるならそうしろ。それがやさしさだ。ウン」
純「――」
草太「それが男の――やさしさちゅうもンだ。ウン」
間。
電話のベルが鳴る。
正吉「（とって）ハイ。――（窓を見る）――わかりまし
た。すぐ出ます。（切って）出動なンで行ってくる」
草太「オイラも帰る。純、わかったな」
語り「いってることはもちろんわかった。だけどそんなに、

自分の中で――、抑えておけるか自信なかった」

窓

雪がしんしんと降っている。
「I love you」がしのびこむ。

アパート

純の手、カセットのボタンをはなれる。
窓に近づき、ぼんやり雪を見る。
間。
ゆっくりもどって電話の前に立つ。
ためらい、そしてボタンを押す。
静かに流れている「I love you」
れいの声「もしもし」
純「――オレ」
れい「純君！　元気だった!?　心配してたの！」
純「――あけましておめでとう」
れい「おめでとう！」
純「どうしてる？」
れい「うン。――純君は？」
純「オレ今――ひとりでCD聴いてる。――聞こえる？」

間。
れい「なつかしい！」
純「――」
れい「あのころは尾崎も生きてたのよね」
純「――ああ」
――「I love you」
れい「何度か手紙書きかけたのよ」
純「――本当」
間。
れい「私ね――」
純「――」
れい「本当にお嫁さんに行くことにしちゃった」
純。
純「おめでとう」
間。
れい「本当よろこんでくれる？」
純「――淋しいけど――本当、よかったと思うよ」
れい「――ありがとう！」
間。
れい「純君、今日は何かあったの？」
純「――どうして？」

れい「――すごく、なンだか――やさしいから」
純「――」
れい「昔の純君と話してるみたい」
　純。
　音楽――静かな旋律で入る。B・G。

松飾りが――

　ゴミに出されている。
語り「ぼくはそれからもシュウと逢っていた」

北時計

　雪の中にあるその丸太小屋。
語り「だけど明らかにぼくの中で、シュウの過去へのこだわりが消えなかった」

同・内

シュウ「東京で？」
純「ああ」
シュウ「パン屋さん」
純「――それだけ？」
シュウ「それだけよ。どうして？」
純「イヤ。――パン屋の稼ぎってそんなにいいの？」
シュウ「いいわけないじゃない」
純「ほかにバイトは？」
　間。
シュウ「(明るく笑って) どうしてそんなに知りたがるのよォ！」
純「別に知りたがってるわけじゃないけど」
語り「もしかしたらぼくは彼女の口から、過去のことを切り出すのを待ってたのかもしれない」
　明るくしゃべるシュウ。
語り「でももし彼女からそれを話されたら、ぼくのこだわりは消えたンだろうか」

作業

　働く純。
語り「ぼくのこだわりはかくされてることにあるのか。それとも――」

走る収集車

　助手席の純。
語り「彼女が恥ずかしい姿を、世間に身売りしたその過去にあるのか」

石上「(急に) オイ、臭くないか」

純「いつも臭いスよ」

石上「イヤその匂いじゃなく」

水谷 (運転手)「ヤバイ！　後ろから煙が出てる！　中のゴミが火事だ！」

純「止めましょう！」

石上「脇へ！」

水谷「イヤここで開けたら車に火がつく！　無線で連絡しろ！　このまま消防署までつっ走る！」

石上「(無線に) 本部本部！　こちら2号車！　回収したゴミが火災起こしてる！　このまま消防署へ直行します！」

声「了解！　現在地は！」

石上「扇山から少し布部《ぬのべ》寄り。麓郷分岐点との中間あたり」

声「了解！　消防にはすぐ連絡する。落着いて対処してください！」

国道

Uターンして走るゴミ車。

後ろから煙をあげている。

消防署

サイレンが鳴って署員がとび出す。

警察署

パトカーが音たててスタートする。

走る収集車内

息をのんでいる純。

純「大丈夫ですか！」

水谷「――――」

純「車のガソリンに引火しませんか！」

国道

かけつけたパトカーが収集車の前につけ、サイレンを鳴らして誘導する。

パトカーと収集車。

煙をはきながら走る二台のショットのつみ重ね。

消防署

車が着いて署員がかけよる。
車からとび下りる純、石上。
消防活動がたちまち始まる。
離れて息をのみ見ている純。
音楽――イン。

語り「火は一般ゴミに混っていたガスボンベが爆発し、何かに引火したものと思われた」

消火活動。

語り「無責任な誰かのゴミの出し方が、危く惨事を招くとこだった」

警察署

事情聴取。

語り「そのあと警察で事情をきかれた。だけどそのボンベがどの地区で出されたか、結局ぼくらにも特定できず」

同・表（夜）

雪がチラホラ舞っている。
送り出されて出る純と石上。
物陰にそっと立っているシュウ。
音楽――消えてゆく。
純。

シュウ「びっくりしちゃったァ――！」
純「――」
シュウ「怪我なかったの？」

しのびこむ演歌。

ラーメン屋

ラーメンをすすっている純とシュウ。

シュウ「疲れてるみたい」
純「――」
シュウ「大丈夫？」
純「――ああ」
シュウ「心配しちゃったァ」
純「――」
シュウ「昔、東京の知ってる事務所が火事になったことあったのね。フィルムがあったから大変だったの。爆発するみたいな燃え方しちゃって」

食べる二人。
純の視線にある隣席の怪し気な雑誌。
煽情的な表紙のヌード。

純「ビデオもあったのか」

シュウ「エ？」
純「――」
シュウ「うン、そう。ビデオも」
間。
純「（食べつつ）アダルトなンかの？」
シュウ「――（瞬間見る）さァ、それは知らないけど」
純「――」
純、手を伸ばし、件《くだん》の雑誌を乱暴に裏返す。
シュウ。
純「行こうか。いくら」

窓に

雪が降っている。
シュウの声「（低く）止めて！　純君！――どうしたの？
ア――」

ストーブ

赤々と燃えている。

シュウのアパート

情事のあと。
煙草に手を伸ばし火をつける純。
シュウ「純君、どうしたの？　いつもとちがうみたい」
純「――」
シュウ「純君？」
純「――」
シュウ「何か――かくしてることある？」
純「――べつに」
シュウ「――」
純「おれよか、そっちは」
シュウ「――どうして。――べつに」
間。
純「ならいいじゃない」
シュウ「――気になる言い方」
語《り》「まずい！　いけない！」
間。
シュウ「純君？」
純「――」
シュウ「何か私に、いいたいことあるの？」
純「――」
語《り》「いうな！　これ以上、いっちゃいけない！」
純「べつに。ただ――」

シュウ「ただ、――何？」
語《り》「やめろ！――やめとけ！」
純「かくしごとってのは好きじゃないってこと」
シュウ「――」
純「かくされると、かえって気になるからな」
シュウ「私が何をかくしてるっていうの？」
　間。
純「かくしてないならそれでいいよ」
　シュウ。
　間。
純「行くわ。いろいろあって疲れた今日は」
　純、立つ。
　じっと動かないシュウ。
　音楽――シュウのテーマ、イン。

同・表

　純が出てきて歩きだす。
語《り》「そのまま黙って、アパートを出た」

空知大橋

　雪。
　歩く純。
語《り》「これで終りかなって、――どっかで思ってた」
　音楽――盛りあがって。

天気予報（テレビ）

　西高東低の気圧配置。

麓郷交差点

　雪がチラホラ降っている。
　バスが着き一人の女が下り立つ。
　通りすがりの人に道をきく。

石の家

　五郎、井戸のやぐらに上がり、凍結した個所を修理している。
　アキナの声。
　ふり向く五郎。
　雪原を上がってくる件の女。
五郎「――ハイ？」
女「黒板さんのおたくですか」
五郎「そうですが」

女「螢ちゃんはこちらにみえてないでしょうか」
五郎「螢は根室のほうにいますが、こっちに来るっていってたンですか」
女「────」
五郎「ちょっと待ってください、今下ります！」
五郎、下りてくる。
五郎「あの、──どちらさまで」
女「私、以前札幌の病院で、螢ちゃんを担当した婦長です」
五郎「ア。イヤソリャア！　さ、さ、ひどいとこですが中へ！」

石の家・中

暖炉にごうごう薪が燃える。
あわててお茶をいれている五郎。
女「アノすぐ帰りますから、おかまいにならないでくださ い」
五郎「イエイエ、お茶だけ！　ハハ、何もなくって！」
女「アノ、根室にいるっておっしゃいましたけど、連絡先は」
五郎「ア、年賀状が来てますから！　エ──ト。これです！」
女に渡す。
女、バッグからメモを出し、さり気なくその住所を控える。
お茶をいれる五郎。
五郎「落石って地図で見ると、根室からだいぶはなれてるらしいですわ。小さな僻地の診療所らしくて。──さ、どうぞ」
女「すみません。いただきます」
五郎「うまくないですが、ハハ。ア、何か茶受け」
女「申し遅れました、私黒木と申します」
五郎「黒木婦長さん」
女「黒木光彦の家内です。北部大病院の外科の医師の」
五郎「ハア。イヤアだけどまァこんなとこまでわざわざよく来ていただきました。雪が深くて大変だったでしょう」
夫人「────」
五郎「螢がお世話になったって、それはあれですか、この前までいた」
夫人「いいえ、大学病院です。螢ちゃんがまだ看護学生のころ」

五郎「そりゃアすっかりお世話になってえ。いやあいつ自分のこと何も話さんから」
夫人「お聞きになっていらっしゃらないンですね」
五郎「は？」
夫人「――」
五郎「何を」
夫人「――」
五郎「（笑って）何しろあいつ一年近くこっちに帰ってこないもンだから」
夫人「息子さんからも」
間。
五郎「何でしょう」
間。
五郎「何か」
間。
夫人「（溜息）こういうこと私――どう話していいかわかンないから。失礼な言い方になるかもしれないけど」
五郎「？」
夫人「主人今螢ちゃんと一緒にいます」
五郎「は？」
夫人「たぶんこの、落石の、診療所に」
五郎。
夫人。
五郎「どういう――それは」
夫人「同棲してます。駈け落ちしたンです」
五郎。
――唾をのむ。
音楽――低い旋律で入る。B・G。
五郎「ちょっとアノ――事情が」
夫人。
夫人「学生だったころ、螢ちゃん私の病院に実習生として入ってきました。私にとってもなついていてくれて」
五郎「――」
夫人「主人も同じ病院にいましたから、――三人で食事に行ったこともあります」
五郎「――」
夫人「主人は人とのつき合いが下手で――そのころも病院で孤立していて――たぶん」
五郎「（かすれる）待ってください。つまり――螢が――ご主人を盗ったと」
夫人「どっちが盗ったのか私知りません。たぶん――主人が、悪いンでしょう」

五郎「――」
夫人「そういうとこ、とってもずるい人ですから。ずるいけど――。ああいうの、――何ていうのかしら」
五郎「――」
夫人「気がついたら半分同棲してました」
五郎「――」
　間。
　暖炉にパチパチ薪が燃えている。
夫人「ごめんなさいいきなりこんな話」
　五郎。
夫人「責めようと思ってきたわけじゃないンです」
五郎「――」
夫人「むしろこっちが――謝る話かもしれません」
五郎「――」
夫人「居場所がわかったからホッとしました」
五郎「――」
夫人「元気でいてくれればそれでいいンです」
五郎「――」
　間。
夫人「お邪魔しました。――帰ります」
　五郎。

五郎「(小さく) バスまで送ります」
　音楽――消えている。

麓郷交差点・バス停

　雪の中にポツンと立っている二人。
　五郎。
五郎「(ポツリ) 頭ン中がまだ真っ白で――。何いっていいンだかわかンないンだけど」
夫人「――」
五郎「だけど――」
夫人「――」
五郎「オイラかみさんと離婚して、――死なれて――。男手一つであいつを育ててきて――」
夫人「――」
五郎「だから――満足な育て方してないけど、だけど――。あいつはいつも真面目なやさしい子で」
夫人「――」
五郎「そりゃあ本当にやさしい良い娘で」
夫人「――」
五郎「そんな――人様に後ろ指さされること――。もししたとしたらそれはオイラの責任だけど。――けど

──」

五郎の目から涙が吹き出す。

五郎「オイラ──どうしても、螢がそんな──」

五郎ギクリと言葉を途切る。

夫人の目が涙でいっぱいになっている。

五郎。

夫人「（かすれて）お願いできますか」

五郎「──」

夫人「ここから螢ちゃんに電話してください。それで──主人に──代ってもらってください」

五郎「──」

身をひるがえして電話へと歩く。

公衆電話

夫人のさし出すメモを見て、五郎プッシュホンのボタンを押す。

待つ。

間。

チンと相手が出る。

螢の声「もしもし」

夫人、突然脇から電話を切る。

五郎。

夫人。

──涙でフッと笑ってみせた。

夫人「バカね私ったら。──何してンのかしら」

音楽──静かにイン。B・G。

バス停

バスが雪の中に去っていく。

ポツンと見送っている五郎。

雪が

しんしんと降りだしている。

道

五郎の車がのろのろ帰ってくる。

走る車内

五郎。

農道

五郎の車走る。

車内

五郎。
フッとわれに返る。
吹きだまりにつっこんで動けなくなっている車。
その脇でスコップ持ち奮闘しているシュウの姿。（音楽――しだいに消えていく）

農道

五郎、車を止め外に出る。
五郎「どうしたの」
シュウ「お父さんとこに行くとこだったの。つっこんじゃった」
五郎「待ってろ」
五郎、スコップをとり闘いはじめる。
二人の姿を吹雪が包む。

石の家

雪まみれになって入る二人。
五郎「あとで誰かに引っぱってもらおう。上脱いで暖炉であったまンなさい」

吹雪

石の家に吹きつける。

暖炉

パチパチ火が燃える。
ビニールシートが風に鳴る。
炉端で熱い湯をすすっているシュウ。
五郎「（こまいの干物出し）これしかないンだ。ごめん」
シュウ「いいの、食欲あんまりないから」
五郎「うン。――おれもないンだ」
バチバチと薪がはぜる。
五郎「どうした。何だか元気ないな今日は」
シュウ「うン。――ちょっとあって」
五郎。
五郎「そうか。――ウン」
シュウ「――」
五郎「オレもちょっとあった」
吹雪の音。

窓

五郎が外をのぞく。
五郎「――すごいな」
シュウ「――」
五郎「下手すると帰れなくなるぞ」
シュウ「――」

暖炉の炎

シュウ「お父さん」
五郎「あ？」
シュウ「今夜――、泊ってってていい？」
五郎。
五郎「そりゃかまわんけど」

吹雪

中二階

毛布をととのえている五郎。
五郎「ここに寝なさい。オレの汚れた毛布しかないけど」
シュウ「お父さんは？」
五郎「オレは――火のそばで番をしてる」
シュウ「私もそうする」

ビニールシート

バタバタ風にあおられる。

暖炉の前

火を見てじっと動かない二人。
シュウ「何があったの？」
五郎「――」
シュウ「話したくない？」
間。
五郎「いや」
間。
五郎「螢っていう娘がいるっていったろう」
シュウ「――」
五郎「それがな――」
シュウ「――」
五郎「家庭のある男に惚れて、根室で一緒に住んでるっていうンだ」
シュウ「――」
五郎「そっちにいるのは知ってたけどまさか――。そんなこと考えてもみなかったから」

シュウ「――」
五郎「純はとっくに知ってたらしいンだ」
シュウ「――」
五郎「オレに心配かけまいってバカが！」
　五郎。

螢（フラッシュ）

黒木夫人（フラッシュ）

螢（フラッシュ）

石の家

　五郎。
　吹雪の音。
五郎「（かすれて）あの螢がだぜ」
シュウ「――」
五郎「どうしてあの螢が――」
　五郎の目に涙がにじんでいる。
　シュウ。
　そっと身を寄せ五郎にくっつき、黙ってその手を両手で包んでやる。

柱時計

　コチコチ時を刻んでいる。

戸外

　いつか雪がやみ、月がこうこうと光っている。

石の家

　五郎に半分抱かれるように毛布にくるまって眠っているシュウ。
　火をくべかけた五郎、ふと耳をすます。
　遠くビーンという鋭い音。
　五郎、火をくべる。
　ふたたびビーンという今度は近い音。そしてその谺《こだま》。
　間。
シュウ「（目を閉じたまま）何の音？」
五郎「――凍裂《とうれつ》だよ」
　間。
シュウ「凍裂って？」
五郎「ウンと冷えた晩、木の幹が裂けるンだ」

薪のはぜる音。
五郎「今夜は相当冷えてるンだな」
シュウ「――」
五郎「眠れないのか？」
シュウ、首をふり、口の中で何か小さくいう。
五郎「エ？」
目を閉じたままのシュウ。
シュウ「（小さく）昔のこと消せる消しゴムがあるといい」
五郎「――（見る）」
ビーン。
目を閉じているシュウ。

戸外

五郎がそっと出て寒気の中に立つ。
薪を取ろうとし、ふと手を止める。
はるか山中で凍裂の音。
ビーン！

朝

アパート・表

かけ下りてきた純、足を止める。
語り「翌朝早く父さんが来た」
純「どうしたの！」
五郎。
五郎「螢のことお前、前から知ってたのか」
純「――」
五郎「どうして早く教えてくれなかった」
純「――」
五郎「まァいいそれは。うン」
純「どうして知ったの」
五郎「昨日先方の、奥さんがみえた。あいつの住所を教えちまった」
純。
五郎「純」
純「ああ」
五郎「落石ってところに、父さん行ってくる。お前――一緒につき合ってくれるか」
純「――」

波濤

凍てついた断崖に砕ける。

落石《おちいし》

海ネコの声。
崖にはりついて凍結した雪。
海鳴り。
荒涼たるその落石の情景。

アパート「湊荘」

古い木造のその建物。
間。
純の声「どうしたの」

純の車の中

その中でじっと動けない五郎。
純「父さん」
間。
五郎「何ていうンだ。え？」
純「――」
五郎「螢の顔見て――何ていうンだ」
純「――」
間。
五郎「おれはよう逢わん。お前行ってくれ」
純。
音楽――

4

「湊荘」・表

出勤姿の螢がゴミの袋を持って出てくる。
置いて歩きかけ、足を止める。
螢「(口の中で) お兄ちゃん――！」
純。

雪が舞う

海

国境の海が荒々しく鳴っている。

バス停

風雪の中の小さな小屋。
その中に坐っている純と螢。

純「元気なのか」
螢「うン元気！　このとおり。何しろドクターつきの生活してるから（ちょっと笑う）」
純「――おやじにバレたぞ」
螢「――みたいね」
純「どうして知ってンだ」
螢「昨日先生ンとこに連絡入ったから。父さんとこに行ったンでしょ奥さん」
純。
風花《かざばな》。
純「うまくいってるのか」
螢「いってる。とってもやさしくしてもらってる」
純。
純「どうしてンだそいつ」
螢「チェロ弾いている、毎日」
純「――のんきだな」
螢「そう。（笑う）のんき」
間。
純「どうするンだ、この先」
螢「（明るく）わかンないよォ。（笑う）わかりっこないでしょ」
純。
純「強いなお前」
螢「強い。うン。自分でもびっくりしてる（明るく笑う）」
間。
螢「父さんショック受けてた？」
純「当り前だろう」
螢「そりゃそうだよね」
純「――」
螢「私だってようやく今ごろになって、自分のしてることに驚いてンだもン」
純「――勝手なこといいやがって」
風の音。
遠い海鳴り。
純「向うの奥さんや、家族に対して、――申し訳ないと少しは思ってるのか」
螢。
長い間。
螢「考えだしたら思っちゃうから、今は必死で考えないようにしてる」
純「――」
螢「今はいずれにせよ――どうしようもないから」

純「——」
螢「けどね——」
間。
螢「先生いずれはもどると思うわ」
純「もどる？」
螢「家庭に。奥さんとこに」
純。
螢「絶対そうなる。そういう予感する」
間。
純「お前を捨ててか」
螢「——（ちょっと笑う）」
間。
純「そしたらお前はどうするンだ」
間。
螢「どうするンだろうね（ちょっと笑う）」
純「——」
螢「わかンない今は」
間。
純「螢」
螢「聞いていい？」
純「——何」
螢。
——まっすぐ純を見つめた。
螢「本当は父さん今、近くにいるンでしょう」
純。
しのびこんでくるムード曲。

喫茶店

目を閉じている五郎。

大きく溜息つき、目を開ける。

水をとろうとして——凍りつく。

目の前に立っている純と螢。

五郎一瞬とび上がりかけ、辛うじて坐り直し恐い顔で腕を組む。

その前に坐る二人。

精いっぱいの威厳で、螢をじっとにらみつけている五郎。

女「（来て）何にいたしましょう」

五郎「（とび上がる）ア、何にする？　コーヒー？　純も？　ア、コーヒー二ついただけます？　ア、伝票これ一緒で」

女「かしこまりました」

伝票つかんで女、去る。

五郎、突然だらしなく崩れる。

五郎「どうしてたのよォ！　心配したよォ！——元気？」

螢「うン元気」

五郎「うン元気そうだ。何だか前より、——少し肥った？」

螢「倖せにしてるから」

五郎「倖せ！　ウン！　それが大事！　倖せが何より！　そのことが一番！」

螢「おさわがせしてすみません」

五郎「イヤイヤ、ナンノナンノ！」

螢「本当は早くいわなきゃいけなかったのに」

五郎「イヤイヤ、ナンノナンノ！」

螢「婦長さん訪ねて行ったンでしょ？」

五郎「イヤイヤ——ア！　聞いた？」

螢「昨日先生に連絡入って」

五郎「アそう！　ウン逢った。良い方じゃない？　ねえ！　良い方でよかったァ！　ウン！——（口の中で）ン？」

螢「——」

五郎「それでその——お相手の——（純に）何てお呼び」

純「先生」

五郎「うンその——先生もお元気で」

螢「元気」

五郎「よかったァ！　ねえ！　こんな淋しいとこで。昔は東京にいた偉い方なンでしょう？——ゴクロウサマ」

螢「——」

五郎「本当は父親としてちゃんとご挨拶すべきなンだろうけど、（純に）こういう（螢に）現在の（純に）どういうの、立場？　からして——（螢に）やっぱご挨拶しとくべきかしら」

螢「（笑って首をふる）伝えとくから」

五郎「アそう!?　助かるそれだと！　ハハハハ、挨拶、こういう場合の。見当つかない。ヒッヒッヒッヒッ」

五郎、汗ふく。

五郎「駄目だオレ、なンでだ、あがっちまってる。ヒヒヒヒ何だかこのうち、暑くない？」

螢、ハンカチ出し父に渡す。

五郎「ア、ありがと！（汗ふきつつ）アハハハ。冬だというのに」

ムード曲。

五郎「いや、会ったら謝ろうと思っとってさ」

螢「――」
五郎「婦長さんみえたときオレ、事情知らんもンで、ここの住所サラッとお教えしちまって」
螢「いいのよそんなこと、教えてないほうが変なンだから」
五郎「――」
螢「居所くらい教えてあげてって、何度も先生にいってたのよ」
五郎「(変に真剣に乗り出して) 先生――お困りになられたでしょう」
螢「そんな困ったふうでもなかった」
五郎「(変に感心) ホオォォォ――!」
コーヒーが来る。
五郎「ア、お砂糖、いくつ?」
螢「自分でやるから」
五郎「ウン」
ムード曲。
砂糖を入れて、かきまぜる三人。
間。
五郎「(まぜつつ、ボソリ) 父さん――ここに来る間――お前に会ったら何ていおうか――一生懸命考えた。ウン」
螢「――」
五郎「ところがこいつがとばすもンだから、アッという間に着いちまって」
純「八時間かかったぜ!」
五郎「ウン八時間。八時間は短い」
螢「――」
五郎「結局なんにも――思いつかンまま――こういうご対面になっちまって」
ムード曲。
間。
五郎、必死に言葉を探す。
五郎「(ヤケくそで) 何でもいいンだもう! 何でもいいンだ、うん! こうと思ってやっちまったンだから――」
螢「――」
五郎「どこのどなたにご迷惑がかかろうと、――お前が正直に――自分に正直に――こう思ってしちまったンだから――だから――。それはいいとか悪いとかじゃなく――。たしかにそりゃァよくないことかもしれんが――しかし――それはそれとして――何ちゅうンだ。

何をいおうとしてるンだ、つまり——世間的にはよくないかもしれんが少なくともオレには——父さんに対しては——申し訳ないなンて思うことないから。何をしようとおれは味方だから。——ぅン。（間）おれのいってること、——わかります？」

螢（うなずく）

五郎「うン。だから——。余計なことはなるべく考えンで——。やっちまった以上後悔しないで——。そいで責任は——責任として負って。父さんも一緒に——少し負いますから。うン」

螢。

五郎「何いってンだおれは全く。いつも弁舌、さわやかなのに」

螢。

音楽——静かな旋律で入る。B・G。

ゴシゴシ汗を拭っている五郎。

純。

語《り》「それから車で螢を送った」

純の車

町を歩く。

五郎その車を急に止まらせ、扉を開けてとび出していく。

純「どしたの？」

五郎（ちょっと待て、という仕草）

市場

五郎とびこみ魚屋の前へ。
男「らっしゃい！」
荒巻鮭を五郎、選ぶ。
五郎「コノ大きいの。——イヤ小さいの。——イヤ大きいの——ア、中くらいの」

崖の上

車来て止まり、三人下りる。
五郎、荒巻きを螢に渡す。
五郎「先生に持ってって」
螢「いい！　そんなこと」
五郎「持ってって！　気持ち！」
螢「——スミマセン。じゃ」
五郎「うン」
螢、二人に手をふり歩きだす。

間。
五郎「(急に)螢!」
螢(ふり向く)
五郎「——(泣きそうに)いつでも富良野に帰ってくるンだぞ」
螢。
間。
行きかけ、もう一度父のところへ来る。
螢の目に初めて涙が浮かんでいる。
螢「(かすれて)父さん、私、ひとりの時はね——本当は毎日自分を責めてるの」
五郎「——」
螢「だけど今はね——。どうしようもないの」
五郎「——」
螢「ゴメンナサイ」
五郎「——(かすれて)ウン」
螢「——」
パッと身をひるがえし、診療所へ向かって歩いていく螢。
その手に下げた荒巻鮭。
風と雪。
音楽——チェロの旋律、低くイン。B・G。
五郎。
純。
語《り》「父さんはそれきり口をきかなかった」

雪の国道

走る純の車。
語《り》「富良野まで八時間の長い帰りを、父さんは一言もしゃべらずに通した」

富良野

語《り》「富良野に着いたのはもう夜だった」

純のアパート・駐車場

自分の車へ移る五郎。
純「父さん」
五郎「——」
純「よかったら冬の間だけでも、こっちに一緒に住まないか」
五郎。
——返事せず車に乗りこむ。

スタート。
テールライトが遠ざかる。
じっと見送って立っている純。
音楽——いつか消えている。
正吉の声「それで螢ちゃん元気だったのか」
間。
純「元気さ。イキイキしてやがった」

アパート

テレビでやっているJリーグ。
純と正吉。
正吉「シュウちゃんが何度も電話してきたぞ」
純「————」
正吉「電話してくれって」
純「————いいよ、放っといて」
正吉。
正吉「お前、シュウちゃんに何かいったのか。声、変だったぞ」
純。
正吉。
正吉「何かお前あのこと」
純「(強く) いいっていってるだろ、もうその話は!!」
音楽——静かにイン。

空知川

川霧がのぼっている。

霧氷

語《り》「翌日から一級の寒波が来た」

石の家

五郎、水道と格闘している。
坐って見ているアキナ。
五郎「凍っちゃいましたよォアキナちゃーん。これじゃお風呂に入れませんよォ!」
アキナ耳を立て急に走りだす。
ふり返る五郎。
雪の中を上がってくるシュウ。
五郎「よォ」
シュウ「どうしたの?」
五郎「水凍らした。風呂につかりたいのに全然水が出ん!」

パイプに雑巾当て、お湯をかける。
見ているシュウ。
シュウ「温泉行こうか」
五郎「(見る) 温泉?」
シュウ「吹上温泉って知ってる?」
五郎「イヤ」
シュウ「山ン中の沢に温泉が湧いてンだって。天然の露天風呂」
五郎「――行ッこうッ!!」

雪の山道

霧氷の中を下りてくる二人。
シュウ「(キャッキャと) こんなとこなンだ。最高!」

吹上温泉

湯気と申し訳程度の脱衣所。
五郎「(ぼう然) これだけ?」
シュウ「みたい! キャーッ、ワイルド!」
パッパと大胆に服脱ぐシュウ。
唖のみ、コソコソ服を脱ぐ五郎。
ザブーン!!

風呂

湯気。
シュウ「ウワァ! 最高!」
五郎「イヤ気持ちいいなァ!!」

沢

霧氷に夕闇が迫っている。

風呂

目を閉じ低く唄っている五郎。
――急に目を開け、
五郎「エ?――何かいった?」
シュウ。
――かすかに笑って見せた。
シュウ「本当いうとね。――もうお父さんと会えないかもしれないの」
五郎「(見る) ――どうして」
シュウ「――」
五郎「どっかへ引っ越すの?」
シュウ。

シュウ「わかんない。でも――純君とダメみたいだから」
五郎「――何かあったの？」
長い間。
シュウ「（急に笑って）少し楽しい夢見すぎちゃった」
五郎。
シュウ「大した夢じゃなかったのよ」
間。
シュウ「買物カゴ下げてスーパーに行って」
間。
シュウ「油コシの紙とか――小鳥の餌とか――トイレの洗剤、――彼の靴下。（笑う）つまんないもンばっかり一生懸命買って」
五郎。
シュウ「それから時々お父さんのところに、――クッキー作って、二人で届けて」
五郎「――」
シュウ「そんな――本当に、――夢みたいな夢」
五郎「――」
音楽――かすかにイン。B・G。
五郎「どうして駄目なンだ」
シュウ「――」
五郎「何があったンだ」
シュウ「――」
五郎「どうしても駄目なのか」
シュウ「――」
間。
シュウ「昔のことがね――ひっかかってるみたい」
五郎「昔のこと？」
シュウ「私の」
五郎「――」
シュウ「人にいいたくない昔のこと」
五郎「――」
シュウ「それを純君が――気づいたみたいで」
五郎「――」
間。
シュウ「いったっていいのよ別に私は。だけどそれを聞いて純君どんなに」
二人急に同時に顔をあげる。（音楽――中断）
山道を下りてくる客の足音。
五郎「びくつくこたァない――」
客たちの影が近づいてくる。
五郎「（低く）娘ってことにしよう」

近づいた二人の影。——立ち止まる。
間。
声「お邪魔していいですか」
五郎「ア、どうぞ！　娘と二人きりですから」
二人、コソコソ相談しているが、
声「じゃお邪魔します！」
体を寄せている五郎とシュウ。
間。
声「失礼」
男二人がザブンと入ってくる。
湯気が舞う。
声1「ウォ——いい湯だァ！」
声2「最高だなこりゃ。イヤついこないだここのこと聞いてよ」
五郎「エ？」
湯気の中から現れてくる和夫と新吉の首。
二人「エ!?」
静寂。
雪が梢からハラリと落ちる。
無気味な沈黙。
新吉「イヤいいいとこですなァ！」
間。
五郎「イイトコデスナァ！」
間。
和夫「こちらへは？　よく？」
五郎「いやッ。初めてで」
和夫「わたしらも」
三人「（意味なく）ハハハハ」
間。
新吉「最高ですなァ」
五郎「イヤア全く」
間。
新吉「人にあんまし、知られたくないですなァ」
間。
五郎「ア、ハイ、同感。全く同感！」
シュウ「お父さん、私ゆだっちゃうから」
五郎「ア！　ウン。スイマセン、アノ、娘が出ますンで」
和夫「ア、コリャ気づかず」
新吉「コッチ向いてます！」
和夫「ハイ！　コッチ向きました！」
ザブッ。

自動販売機

やって来た車、半分スリップして停車する。
和夫と新吉出て飲物を買う。
飲む。
間。
和夫「何者だ」
新吉「うン」
和夫「娘っていったゾ」
新吉「おれたちだって気づかないで、娘っていってトボケる気だったンだ」
和夫「そうだそうだ！」
新吉「いったいありゃあ何者だ」
間。
和夫「きれいな娘《こ》だったな」
新吉「うン」
間。
新吉「どこが」
和夫「エ？」

麓郷・中畑家

新吉と和夫の車が帰ってくる。
溜息つく二人。
和夫「じゃな」
下りかけて足止める。
物陰に憮然と立っている五郎。
新吉——も車から下りてくる。
間。
和夫「よオ」
五郎「うン」
間。
新吉「どうした」
五郎「——煙草、ある？」
新吉、煙草をやる。
和夫、火をつけてやる。
間。
五郎「純のナニなんだ。うン」
二人「——うン」
間。
五郎「なかなかよいナニだから、オレもまァ、——ナニなンだが——柱時計がもともとナニで、——うちにもまァ時々、ああして、ナニして」
新吉「ちょっと待て全然わからない」

五郎「――」
　間。
和夫「つまり純のガールフレンドか」
五郎「――ウン」
　間。
新吉「柱時計ってのはアノ、どういう意味よ」
五郎「柱時計ってのはお前、柱にかける、古いタイプの」
新吉「そらわかってら」
和夫「ああいうふうに、あのお嬢さんと、いつもお風呂に入っちゃうわけ？」
五郎（懸命に言い訳を考える）
　間。
新吉「純はこのこと知ってるの？」
　間。
　五郎――苦悶。
五郎「ああ駄目だ！　この経過、説明できない！　筋は話せてもニュアンスがしゃべれない！　駄目だ！（突如土下座）お願い！　純には黙ってて！」
語り「そんなことは全然知らなかった」

作業

　ゴミ集めの純。
語り「シュウとはあれきり逢っていなかった」
音楽――シュウのテーマ、イン。Ｂ・Ｇ。

町

　ゴミを出すシュウ。回収する純。
語り「顔を合わせてもお互いに避けた」

リサイクルセンター

　働く純。
語り「悪いのは明らかにぼくのほうだった」

雑誌の束

　風にヌードがはためいている。
語り「けれどそのことを認めて謝る大人の度量がぼくにはなかった」

働く純

語り「そういう自分の情けなさへの自覚も、シュウを避けている原因だったと思う。シュウちゃんごめん。おれは結局――」

電話のベル。
音楽──ゆっくり消えていく。

窓（早朝）
凍てついた窓の氷の華。
電話のベルが鳴っている。

純の部屋
純、寝床から時計を見る。
六時ちょっと過ぎ。
純「（とる）──ハイ」
声「純君？　私」
純「──れいちゃん！」
れいの声「まだ寝てた？」
純「どうしたンだいったい。こんな朝早く」

れい
れい「そっち冷えてる？」
純「──ああ」
れい「こっちも。天気よさそうだけどすごく冷えてる」

純
純「──どうしたンだ」
間。
れい「私ね、今日の午後お嫁に行くの」
純。
れい「彼が急に転勤で東京に行くの。それで」
純。

れい
れい「本当は手紙をね。今までかかって書いてたの。でもどうしてもうまく書けないから」

純
ゆっくりと坐りこむ。
れい「純君のことと っても好きだったわ」
純「──」
れい「たぶん。まだ、今も」
純。
間。
純「いいのかそんな──。結婚する日に」
れい「大丈夫。今だけ。後はしまって心に鍵かけとく」

音楽――低く入る。B・G。

れい

れい「それにこの前傷つけたこと。ゴメンナサイ」

純「――」

れい「コロンの話しちゃったでしょう?」

純

れい「コロンつけるのやめなさいって」

純「――」

れい「自分の仕事にコンプレックスなンて持つのやめてって、生意気いったでしょ。ゴメンナサイ」

れい

れい「でも純君には、ずっとすてきでいて欲しかったから」

純

煙草を探って口にくわえる。

純「ありがとう」

間。

純「あれからおれ一度もコロンつけてないンだ」

間。

れい「うれしい――」

純。

――煙草に火をつける。

れい「ねえ?」

純「ああ」

れい「いつかずっと先に――二十年くらい先に、――私が子ども連れて、――純君も子ども連れて――、ばったりどっかで逢えたらうれしいね」

純「――」

れい「札幌か――富良野か――」

長い間。

純「もしもし」

れい「――」

純「もしもし、どうしたンだ」

れい「今ね、本当はとっても恐いの! 恐くてすごく心細いの! 本当は誰かにそばにいて欲しいの! そばにしっかりついてて欲しいの」

純。

純「おぼえてるか。昔、東京と札幌で時間決めて一緒にビデオよく見たの」

れい

れい「おぼえてる！」
純「卒業って映画見ただろう？」
れい「見た！　ダスティン・ホフマンが結婚式場から昔の恋人奪っちゃう話」
純「あれ、やってやろうか」

純

れい「やって！（笑う）」
　純も、笑う。
純「式、どこで挙げるンだ」
語《り》「れいちゃん――」

鏡台

　純の顔。
語《り》「れいちゃんが結婚する」

アパート・階段

　純、下りてくる。

語《り》「れいちゃんが永久に――手の届かないとこに行っちゃう」

同・駐車場

　純、車にエンジンをかける。
　ブラシを出して外へ廻り、フロントグラスの雪をはらう。
　ワイパーにはさまっているメモ。
　音楽――消えている。

メモ

『逢ってください。
　今夜六時から北時計にいます。ずっと待ってます。
　シュウ』

駐車場

　純。
　メモを丸めてポケットに入れる。

作業

語《り》「れいちゃんのことでいっぱいだった。忘れよう忘れようと仕事に励んでも、れいちゃんの声が耳から離れず」

リサイクルセンター

石上「カラジシ！」
うずくまり、腹を抑えている純。
石上「どうした」
純「――（苦痛の顔）」

環境管理課

腹を抑えて入る純と、石上。
男3「どしたの」
石上「何かに当ったらしくて」
男3「大丈夫か」
石上「午後から誰か――代ってやれますか」

同・表

頭を下げつつ腹を抑えて車に乗る純。
苦し気に車をスタートさせる。

走る車内

角を曲がって――。
純、急にシャンとなる。
音楽――軽快にイン。

国道

純の車がすっとばす。

同・車内

もりもりパンをかじっている純。

高速道路

フロントグラスに飛ぶ景色。

札幌

雪が舞っている。
音楽――消えて。
突然叩きつける鐘の音。

教会

オルガンの音とともに扉が開く。
盛装した男女がわらわらととびだす。

やがて――
新郎新婦が中から現れる。

同・庭

木立の一角にしんと純がいる。

教会

雪の中に米粒がまかれる。
ウェディングドレスのれい。
まわりをとりまく大人たちの笑顔。

庭

木立ちの陰から見つめている純。

教会

用意された車に送りこまれる新郎新婦。

庭

純。
語り「不思議に気持ちの落ちこみはなかった。淋しさはあったけど、落ちこんではいなかった」

駐車場

止めてあった車へ歩く純の顔。
語り「変な話だけど、れいちゃんへの愛情が、はじけて別のものになった気がした。別の、もひとつの、もっと深いものに」
車に乗ってエンジンかける純。
走りだす。
語り「れいちゃん。おめでとう。――きれいだったよ」
音楽――「I love you」イン。以下に。

走る車内

純。
語り「螢。元気か。今日、れいちゃんが結婚した」

記憶

教会にいた花嫁姿のれい。
語り「その姿をオレはソッと見にいったンだ」

モンタージュ

これまでのれいとの記憶。

語り「卒業って映画で、ダスティン・ホフマンが花嫁を式場からさらっちゃうンだけど。おれは黙って見ていただけだった。――ダスティン・ホフマンにおれはなれなかった」

記憶

落石《おちいし》の断崖に歩み去った螢。

語り「螢。お前は笑うンだろうな。お前は本当に人の家庭から、欲しいものをマジにさらったンだからな」

ヘッドライト

高速道の闇を切り裂く。

語り「いいとか悪いとかそれはべつとして――お前の勇気は、――おれには眩しすぎ」

アパート

純、入る。

正吉と待っていた五郎、立ち上がる。

音楽――消える。

五郎「どこに行ってた」

純「――」

五郎「このまますぐに北時計に行け。シュウちゃんが待ってる」

純、シャツを脱ぎ洗濯機に放りこむ。

洗剤を入れスイッチを押す。

純「父さん、あれはもういいンだ、終ったンだよ」

五郎「どうして」

純「――おれが悪いンだ。もうすンだンだ」

純、洗面所へ。

五郎「純、お前悪いと思ってるのか」

純「――ああ」

五郎「じゃあ行ってどうして謝らないンだ」

純（石鹸でゴシゴシ手と顔を洗う）

五郎「純」

間。

五郎「ゴミの車に乗るようになってから、お前年じゅう手を洗うようになったな」

純「――」

五郎「お前の汚れは石鹸で落ちる。けど石鹸で落ちない汚れってもンもある」

純「――」

五郎「人間少し長くやってりゃ、そういう汚れはどうしたってついてくる」
純「――」
五郎「お前にだってある」
純「――」
五郎「父さんなンか汚れだらけだ。そういう汚れはどうしたらいいンだ。え？」
純。
間。
五郎「行ってあげなさい。行ってもいいちど、全部さらけ出して」
純「遅いよ」
五郎「――どうして」
純「――いってた時間は六時なンだ。もう三時間もたっちまってるし、それに北時計は九時までだから」
五郎「(腕をつかむ) 一緒に行ってやる」

走る車

フロントグラスに雪の粉が舞う。

同・車内

運転する五郎、突然愉し気に大声を出す。

五郎「見ろ見ろ見ろ見ろまだ灯がついてる！」

「北時計」

その灯。
窓辺にポツンといるシュウの姿。
五郎の声「あ！　ホラァ！　いるよォ！　まだいたでしょう!!」
しのびこんでくるムード曲。

同・店内

入る純。
声「いらっしゃいませ」
シュウ。
その前に黙って立つ純。
シュウ。
――にっこりと純を見上げる。
シュウ「手紙書いてたの。置いてこうと思って」
純(坐る)
男「何にいたしましょう」
純「すみません。コーヒー」
男「かしこまりました」

男去る。

シュウ、手紙を手にとる。

シュウ「(ニッコリ) 読んだげる」

純「———」

シュウ「(読みだす) かくしてごめんなさい。東京での私のことを書きます。中学出るころ炭坑が閉山して、東京に出て一人でパン屋さんにつとめました。パン屋さんのつとめはのんびりしてたけど、お金はいつもピイピイでした。ある日駅前の電気屋さんのウインドウに小さくてステキなCDデッキ見つけて、欲しくて毎日見に行ってました。何日か目に店のおじさんがニコニコ出てきて私に笑いました。映画に出る気ない？　いいお金になるよ。胸がもうドンドン音たてて鳴りました。約束の日におじさんと新宿の事務所に行きました。そこには何人か男の人がいてカメラテストをするからといわれました。少しスカートをめくってみせて。やさしいお兄さんが笑っていいました。少しスカートをめくってあげました。膝の上までめくってくれない？　めくりました。もっと上まで。パンティの線まで。いいか。エイッ、てめくってあげました。そしたら今度は私の胸をさして、ちょっとブラジャーを外してみようか」

純、シュウの手から手紙をひったくる。

シュウ。

純、その手紙をゆっくりと裂く。純のその目に涙がにじんでいる。

キラキラ光る目で見つめているシュウ。

純。

純「(かすれて) 今度の日曜。——山部山麓デパートに行かないか」

シュウ。

シュウ。

純「CDデッキの、出物があるンだ」

間。

その目から突然涙が吹き出す。

シュウ「ウン。——行く！」

音楽——静かにイン。

白銀の山々

螢の声「父さん。この前はわざわざすみませんでした。いろいろおさわがせし、ご迷惑かけたこと、ホントにホントにごめんなさい」

石の家

ポンプを直している五郎。

螢の声「昨日偶然に二通の手紙がホタのところに届きました。一通は先生の奥さんからの手紙です。あの奥さんは、昔さんざんお世話になった学生時代の婦長さんです。婦長さん私に書いてきました。迷惑かけるけどよくしてあげてって。（間）もう一通はお兄ちゃんからです。お兄ちゃんから手紙をもらったのは初めてみたいな気がします。お兄ちゃんの字はすごく汚く、乱暴で、——だけどとってもあったかくて——。（間）ホタは泣きました。何だかわからないけど、オンオン声たてて泣きました。ホタは悪い子です。でも、父さんお願い！　私をどうか見捨てないでください。（間）この前は鮭をありがとう。先生がひどく恐縮してました。（間）父さん、愛してます。螢」

語り「それがこの冬の出来事だ」

音楽——静かにイン。

リサイクルセンター

働く純。

語り「シュウとはその後うまくいってる。彼女はもっと父さんのところに、ぼくが行くべきだと時々怒る。彼女は父さんをとっても好きらしい」

石の家

雪ハネを手伝うシュウと純。

五郎。

語り「十勝岳の山腹に吹上温泉という男女混浴の露天風呂があるから、今度父さんと三人で入ろうなンて、ドキッとすることをいいだす始末」

作業

生ゴミを収集する純。

語り「日本の女性は近頃大胆で」

音楽——中断。

純の手がフッと固定している。

生ゴミに出されている一本の荒巻鮭。

純。

——ゆっくりとそれを手にする。

石の家

五郎が一人石臼をひいている。
柱時計がボンと鳴る。
石臼ひく手をフッと止め、五郎ぼんやり柱時計を見る。
音楽――テーマ曲、イン。

雪の世界

その中に煙突から煙を上げている、小さな五郎の石の家。
音楽――盛りあがって。

エンドマーク

北の国から'98時代

落石《おちいし》・初夏

診療所から螢が出てきて、小走りに走る。

崖の道

螢、かけおりる。

海岸

一台のトラックが止まっている。
その脇で、海を見ながら缶ジュースを飲んでいる正吉。
螢来る。

正吉「よう」
螢「どうしたのォ急に！」
正吉「根室に仕事があって帰りなンだ」
螢「びっくりしちゃったァ」
海。
正吉「元気か」
螢「うン元気。富良野は？」
正吉「あぁ、みんな相変らずだ。草太兄ちゃんとこの清吉おじさんが去年死んだのは聞いてるンだろ？」
螢「うン。聞いてる。——父さんどうしてる？」
正吉「おじさん最近炭焼きに凝っちゃってる」
螢「炭焼き？」
正吉「完次知ってるだろ。ホラ、チンタの兄貴の中津の完次」
螢「あっ、完ちゃん」
正吉「完ちゃんのやってる有機農法の手伝いで、堆肥作ったり炭焼きしたり。あっ、その完ちゃんが結婚するんだけどさ、その相手がなんとチンタのつき合ってた相手！」
螢「チンタの？」
正吉「チンタ、また恋人とられちまってよ。それも兄貴に！　もう最悪！　なのにまだ未練たらたらでよ」
螢「お兄ちゃんは相変らずゴミの収集？」
正吉「あぁ、もうあいつはベテランだ」

螢「お兄ちゃんどうした？　例の彼女」
正吉「シュウちゃんか？　うまくいってるよ、向うの両親に会えっていわれて、あいつビビって逃げまくってるンだ」
二人笑う。
螢「正ちゃんは」
正吉「何が」
螢「まだお兄ちゃんと一緒に住んでるの？」
正吉「そうだよ」
螢「まだ？」
正吉「何が？」
螢「結婚」
正吉「いねぇよ相手が。ずーっと空家だ」
海。
鷗が空を舞う。
潮騒。
正吉の声「螢ちゃん」
螢「――」
正吉の声「ずっとこっちにいる気なのか？」
潮騒。
正吉の声「もう富良野には帰ってこねぇのか？」

海を見つめている螢の横顔。
音楽――テーマ曲、イン。
タイトル流れて。

1

麓郷

　軽トラが着いて、純が下りる。
　荷台から、リボンをかけた鏡台を抱えおろす。
　ビニールハウスから出てくる完次と、花嫁のツヤ子。
ツヤ子「うわぁ、うれしい！」
純「これお祝い。いってた鏡台」
完次「悪いなわざわざ」

完次の新居・寝室

　鏡台を運びこむ純とツヤ子。
ツヤ子「とりあえず、ここに置いて？」
純「オーケー。アレ？」
　ベッドに寝ているチンタ。
ツヤ子「今お茶いれるから（居間へ）」
　純、チンタをゆり起こす。
純「何やってんだお前」
チンタ「寝ちゃった」
純「非番かよ」
チンタ「明け番だ」
純「いくら兄貴のぅちだからってお前、新婚家庭だぞ。少しは遠慮しろ」
チンタ「本当はあいつ、オレと結婚するはずだったンだぞ」
純「今頃いったってもう遅いだろ」
チンタ「ツイてねぇ！　全くオレはついてねぇ！」
完次の声「純！」
純「おぅ！」
完次の声「お茶入ってるぞ！」
純「ありがとう。（チンタに）行こう」
チンタ「（ブツブツ）全く、兄貴にまで恋人とられて。オレの人生もう真っ暗だ」

同・居間

　お茶を飲む四人。
完次「その時計、草太さんがくれたンだ」
純「派手だなァ」
完次「あすこはスゲェよ、牛と畑で。こないだいってたけど、今や七十八町歩だってよ」

純「そンなに拡げてどうするンだ」
完次「やり手だよ、草太さんは。離農者の土地をどんどん引き取って」
純「去年はずい分出たらしいな、離農者」
完次「この界隈で十二軒だぜ」
純「――――」
完次「オレにもどんどん土地を増やせって」
純「おたくは今どのくらいだ」
完次「三十町ほどだ。多すぎるンだ。土地が増えたからって借金してだからな」
純「無農薬の畑は増やしてるのか？」
完次「あぁ、おたくのオヤジさんの世話になってな。だけど草太さんには怒られてるンだ。有機農法なンて時代錯誤だって。あぁ（立つ）ちょっと来てみろよ」

畑

畝の間に土中から薄く煙が上がっている。

二人。

完次「わかるか、これ。お前のオヤジさんのアイデアだ。畑で直接炭を焼いてンだ。伏せ焼きの原理だ。これで土壌が凄く変るンだ。オヤジさんに三年やってもらったおかげでこの区画は完全に農薬がぬけたぜ」

手にした土を見つめている純。

語り「有機農法をやっている農家の間で、父さんはこのところ妙に重宝がられているらしい」

石の家周辺

堆肥場。
語り「草太兄ちゃんの牧場から出る牛フン、中畑木材からもらってくる木クズ、それに近くの家から出る生ゴミを混ぜて、父さんはコツコツと堆肥を作っている」
堆肥をかき混ぜる五郎。
語り「父さんの体にはここ何年も堆肥の匂いが染みついている」

炭焼き窯《がま》（土窯）

語り「それに加えて去年から父さんは炭を焼くことに夢中になりはじめた。炭を焼くったってキレイな炭を作っているわけじゃない。父さんの作ろうとしているのは土壌改良のための消し炭に近い炭と、炭焼きの過程で出る木酢液《もくさく》だ」

炭焼き窯（伏せ窯）

語《り》「そのために父さんは、いろンなやり方の炭焼きに挑戦し、何度も失敗をくり返しているらしい」

窯から炭をかき出す五郎。

脇で見ている純。

語《り》「父さんの体には堆肥の匂いに加え、炭焼きの匂いが染みついてしまった」

五郎「（笑って）アハハハ、また失敗。ハハハハ。こないだはうまくいったンだ。ウン。完ちゃんもすごく喜んでくれた。ウン。（明るく）人に喜んでもらえるってことは純、金じゃ買えない。ウン。金じゃ買えない」

音楽——低くしのびこむ。

語《り》「本当にそのとおりだとぼくは最近、父さんの行動が少しわかるようになってきた」

ゴミ車

働く純。

ゴミを出しにきた主婦たちが声をかける。

「ご苦労さま」

「ありがとう」

語《り》「ゴミ収集の仕事をして三年。何度も嫌になり、疑問を抱き、もうやめようかと投げ出しそうになり、それでもこの仕事を続けてこれたのは、ゴミを出しにくる町の人たちからお礼の言葉を投げかけられるからだ。くじけそうになるぼくの気持ちをかろうじて支えてくれてきたものは、人に喜ばれている、そういう意識であり」

純の声「どうしたンだ」

正吉の声「チンタの野郎にまたキップ切られた」

純のアパート

テレビを見ている正吉と純。

純「駐車違反か」

正吉「あいつ、なんだってこのごろあんなに厳しいンだ」

純「しょうがねえよ。ツヤちゃん兄貴にもってかれたから

あいつ、最近荒れまくってんだ」

正吉「全く、八つ当たりもいいかげんにして欲しいよ」

純「正吉」

正吉「あっ」

純「今度の日曜日とうとう行くンだ」

正吉「どこに」

純「上砂川」

正吉「上砂川？」
純「いったろ？　シュウの両親が上砂川にいるって」
正吉「(見る)何しに行くンだ」
純「何しにってお前――」
正吉「申し込みにいくのか」
純「そんなお前、いきなりそこまでいくか」
正吉「じゃあ何しに行くンだ」
純「だから――要するに――ごあいさつだ」
正吉「ごあいさつか」
純「ウン、ごあいさつだ。(大きくため息をつく)こういう場合何てあいさつすりゃいいンだ？」
正吉「とりあえずアレだ――はじめましてっていうわけだろ」
純「はじめましてか」
正吉「それから――(考えて)私黒板純といいまして――怪しい者ではありません」
純「ちょっと待て、オレ、怪しいか？」
正吉「あっちから見りゃ、やっぱ怪しいだろ」
純「――(ため息)」
正吉「お前大体何を着ていく気だ」
純「何をって普通じゃいけねぇのか？」
正吉「お前の普通じゃまずいだろ」
純「どうすりゃいいンだ」
正吉「ワイシャツにネクタイはつけてかないとな」
純「ネクタイ？　そんなものオレ持ってねぇよ」
正吉「待てオレのがある、あれ貸してやる、自衛隊のだけどかまわねぇだろ」
純「上着もいるのか？」
正吉「上着かスーツくらい、この際買え」
純「いくらぐらいするンだ」
正吉「アサミツで買やぁ二千円ちょっとで――お前革靴持ってるか」
純「スニーカーじゃだめか」
正吉「スーツにスニーカーでどうなるンだ」
純「(ため息)ごあいさつってのはそんなに大変なもンなのか」
正吉「そりゃまあ手続きってものは――何だって大変だ」

アサミツ

服を選ぶ純。

語《り》「アサミツっていうのは本来作業服屋であり、したがって値段は破格に安く。スーツなんかも一応置いてあり」

靴流通センター

靴を選ぶ純。

語《り》「だけど革靴が意外と高く――」

純の部屋

鏡の中に現れる純の盛装姿。

脇に正吉。

純「どうだ」

正吉「うン」

間。

純「センス悪くねぇか」

間。

正吉「気にするな。センスの悪さは犯罪にはならねぇ」

車走る

山合いの三十八号線を走る。

走る車内

運転している純。

語《り》「つぎの日曜、ついに出かけた。初めて締めたネクタイは、誰かに首を絞められているようで。シュウは一足先に昨日から上砂川に帰っており」

上砂川

純の車が町外れを行く。

語《り》「地図に描いてあったシュウの実家は、上砂川の町の外れにあった」

シュウの家の前

純、身づくろいし、車を下りる。

助手席から土産の酒を取り出し、ドアに鍵をかけて玄関に立つ。

大きく息を吸う純。

ブザーを押す。

中ですさまじい足音がまき起こる。

扉がバンと開く。

十人近い子どもが、純を見つめて息をのむように立っている。

純。

子どもたち、つぎの瞬間嵐のように奥へかけ去る。

純。
　シュウが出てくる。
シュウ「いらっしゃい」
純「こんにちは」
シュウ「どうぞ」
　シュウ、純を奥に案内する。

茶の間

　二人入る。

シュウ「(小さく) そこに座って」

純「(窒息しそうな声で) ハイ」

シュウ「ちょっと待ってて」

純「ハイ」

　シュウ去る。

　純。

　大きく息を吸い、急にギクッと後ろをふり向く。入り口いっぱいに立っていた子どもたち、無言でパッと去る。

　純、ため息をつく。

　お茶のセットを持ったシュウに続いて、シュウの長兄、その嫁、シュウの次兄、その嫁、シュウの姉、その夫、そしてシュウの父入り、無言で席に着く。

シュウ「黒板純さん」

純「初めまして。黒板純といいます」

　父、周吉──極端にシャイな男らしい。

　無言で胡坐《あぐら》をかき、煙草をくわえて火をつける。

シュウ「父さん」

純「黒板純といいます。怪しい者ではありません」

周吉「───」

　不気味に長い間。

シュウ「どうぞ」

　紅茶のセットを純の前に押し出す。

　純。

純「(かすれて) いただきます」

　受皿ごと紅茶を手に取って飲もうとする。

　だが緊張のあまり、カップと皿がカタカタと音を立てて止まらなくなる。

　何とかせんとするが駄目である。

　やむをえずカップと皿をテーブルに置く。

　手を離すが、その音がまだ鳴っている。

　ギクリと顔を上げる。

　周吉の手のカップと皿が同じようにカタカタ音を立て

ている。
語り「その後のことはほとんど覚えていない。ぼくはほとん
ど意識不明の状態だったように思う」

テレビ・野球

語り「気がついたときテレビはダイエー日ハム戦をやってお
り、ここの家族はぼくを無視して野球に熱中している
わけで」
シュウにつつかれて顔を上げる純。
純「エ」
シュウ、目で姉を指す。
純「(ハッとして) スミマセン、ハイ?」
姉「ゴミの収集の仕事をしてるの?」
純「ア、ハイ」
姉「そうすると、市の職員?」
純「イエ、アノ——臨時職員です」
姉「あぁ」

テレビ・野球

部屋

純、つつかれてシュウを見る。
シュウ、目で次兄を指す。
純「(ハッとして) ア、ハイ」
次兄「オヤジさんは農家?」
純「ア、ハイ」
次兄「何町歩ぐらい」
純「イエ、アノ、土地は。——堆肥作ったり、炭焼きした
り——ハイ。さえないことばかりやっており」
テレビの野球、どっと盛りあがる。
野球に全く集中している一家。
シュウ。
純。
テレビを見ている周吉。
純。
語り「半分以上意識不明、頭真っ白、昏睡状態のまま時間が
ノロノロと進行してくれた」

庭

夕闇が迫っている。
純の声「(小さく) そろそろ失礼する」

玄関

純、靴をはく。

　一族総出で見送りに立っている。

語り「帰るときだけ、みんな優しかった」

同・表

　純とシュウ出る。

シュウ「(チラと純を見て)ちょっと待ってて、途中まで送る」

純「いいよ」

シュウ「いいの待ってて」

　シュウ、中へ。

　純、深呼吸をし、車へ歩く。

　キイを開け、車に乗ってエンジンをかける。

　ハンドルにもたれてグッタリとなる。

　純の全身に疲労が吹き出す。

　ふと。

　純の視線が一点に止まる。

　その視線。——

　シュウの家の前に生ゴミの袋が出されている。

　純。

　間。

　ノロノロと車を出、歩いて生ゴミの袋をつかむ。

　トランクを開けて、中へ収める。

　もう一つ。

語り「なんで一体そンなことをしたのか、自分の行動がよくわからない。(間)それが、サービスのつもりだったのか。あるいはこの家への抵抗だったのか」

　ドキンとする。

　裏口から出てきたらしい父親、純の行動をジッと見て立っている。

純「(慌てて)ア、イヤ、ちょうど、ついでだったもンで」

語り「何がついでだ!」

　外出の用意をしてとびだしてくるシュウ。

　車に走りかけ、その場のようすに足を止める。

周吉「(シュウに、ボソリ)そこまで乗せてって」

シュウ「———」

純「ア、どうぞどうぞ」

走る車の中

周吉「ア、ソコ」

カラオケボックス・前

周吉、車を下り一歩行きかけてすぐもどる。

周吉「（シュウに）お前歌嫌いか？」

カラオケボックス

絶唱する周吉。

語り「それからの二時間は意識はあった。意識はあったけど、何とも変な夢を見ているような二時間だった。誘ったくせにシュウのオヤジさんは、ぼくにもシュウにもひと言も口をきかず、ただひたすらに歌いまくった。ぼくらに歌えとすすめるでもなく、しゃべりかけもせず、ニコリともせず、歌の途切れるのを恐れるかのように、二十二曲も歌い通したンだ、決して歌が上手いわけじゃなかった。そして、じゃあといい、突然消えた」

ヘッドライト

闇を切り裂いて走る。

語り「それからぼくはシュウの育ったという、上砂川の炭鉱の跡に行った」

立坑の跡

闇に浮き上がっている。

同・下

車の中にいる純とシュウ。

虫の音。

シュウ「変な人でしょ、お父ちゃん」

純「――」

シュウ「昔からずっとあんな調子なの」

純「――」

シュウ「炭坑夫一筋で四十年やってきて、炭鉱がつぶれて放り出されて」

純「――」

シュウ「放り出されたからって何もいわないで」

純「――」

間。

虫の音。

純「おたくの人たち、どう思ったのかな」

虫の音。

シュウ「アガッた？」

純「ほとんど全然覚えてないンだ」

シュウ「結構愛想よくしてたわよ」

純「ウソだろ」
間。
純「富良野には明日帰ってくるのか？」
虫の音。
シュウ「わからない。話があるって兄さんがいってるから」
間。
純「何の話？」
シュウ「ちょっと」
間。
シュウ「帰ったらすぐに電話するから——待ってて」
純「——あぁ」

アパート

正吉と純。
正吉「どうだった」
純「どうもこうもねぇよ。まいったぜ」
正吉「どういうふうに」
純「だってお前親戚が大勢出てきてよ、それがほとんど野球ばっか見てンだ。ほとんど何もしゃべりかけねぇし、それで何となく観察してンだ」
正吉「——たまンねぇな」
純「たまンねぇよ」
間。
正吉「見込みありそうか」
純「全然ねぇな」
正吉「——」
純「ただ——オヤジさんて人が変な人でな、帰りにカラオケに誘ってくれた」
正吉「見込みあるじゃんか」
純「誘ったけどお前、こっちの面も見なきゃ全然口をきこうともしないンだ。下手な歌をお前立て続けに、二十二曲も聞かされた」
間。
正吉「お前も歌ったのか」
純「だって歌えともいわねぇンだもん」
正吉「——」
純「歌えっていわれたら尾崎歌おうと思って、『十七歳の地図』の歌詞一生懸命思い出してたのに、全然歌えとも何ともいわねぇンだ」
正吉「フォーム」
純、仰向けにひっくり返る。

純「何となく不吉な予感がするぜ」

太陽

ギラギラと照りつける。

働く純

語《り》「生ゴミの収集の仕事にとって夏は最もしんどい季節だった。ゴミはすぐに腐り悪臭を発した。いい加減な縛り方や破れた袋は、ぼくらにとってほとんど地獄だった。しかし人々は夏でも生きており、だから遠慮なく毎日ゴミは出た」

畑

はいつくばっている出面《でめん》たち。

語《り》「農家はもっと大変だった。天気と、せっかちな作物の発育に彼らはこの季節ぶんまわされていた」

夜の畑

トラクターの作業灯のライトが動く。

語《り》「夜遅くまで彼らは働いた」

純の声「(叫ぶ) 完次!」

トラクター

完次がエンジンを止める。

純走ってきて。

純「オヤジ来てるか」

完次「さっきまでいたンだけど、(見廻して) あぁ、何か取りに行くっていってたな」

純「大変だな。何時まで働くんだ」

完次「今夜は三時ごろになりそうだ」

走るゴミ車

語《り》「シュウからの連絡はあれ以来なかった。一度アパートに電話してみたが、シュウはまだ富良野に帰ってないみたいだった」

働く純

語《り》「あの後、シュウの家族の中で何が語られ何が起こったのか、暗い予感がぼくを包んでいた。ゴミ収集というぼくの職業、シュウの実家の人々はそれを、果たしてどのように受けとめたのだろうか。だけど。この歳月にこの職業の中でぼくは何度か世間の人から小さな差

別のようなものを感じ、傷つきそうして強くなってい
たンだ」

夕暮れの町

仕事を終えて歩く純。

語《り》「ぼくは自分の仕事に対して、誇りを持ちつつあったよ
うに思う。だから」

アパート

純帰ってくる。

語《り》「もし仮にシュウの家族がそのことについてとやかく思
うなら、それはそれでいいと考えていた。シュウさえ
しっかりしてくれていれば」

麓郷交差点

バスが着き、雪子が下りてくる。

石の家

炭焼き用の薪を割っている五郎。
顔を上げる。
牧草の中の道を女が逆光で上がってくる。
五郎手をかざし、そっちを見る。
近づいてくる女――雪子。
五郎の顔。

五郎「(口の中で)雪ちゃん!」

雪子手をふり、五郎に近づく。

五郎「(ぼう然と)イヤァ! どしたの。大介は?」

雪子「(首ふる)ひとり」

五郎。

間。

突然笑って、雪子の荷物を取る。

五郎「入って! サ、入って入って。とにかく中へ」

同・中

柱時計がボーンと時を打つ。
お茶をいれている五郎。

五郎「イヤァ、びっくりした。連絡もしないでいきなり来
るンだモン」

雪子「ゴメンナサイ」

五郎「(笑って)いいのいいの。全然オレはかまわない」

雪子「義兄《にい》さん、今晩泊めて欲しいンだけどな」

五郎「(笑って)そンなこといちいち断わらないでよォ。

オレ下に寝るから、上の部屋使って」
雪子「アリガト」
五郎「今ちょうど表はベランダ作ってて。ア、今夜ベランダでメシ食お。いいよォ！　芦別が真正面に見えて。そうだ、雪ちゃんここの風呂知らンでしょ、すぐわかす。うン、最高！　屋根つきの露天風呂。試して。すぐわかす」
五郎、表へとびだそうとする。
雪子「義兄さん」
五郎「あ？」
雪子「私も一人になっちゃった」

芦別岳全景

遠く夕日に染まっている。

石の家全景

虫の音。
風呂を焚いている五郎。
風呂に入っている雪子。
五郎「雪ちゃん――きいていいか？」
雪子「――」
五郎「一人になったってどういうことなの？」
間。
雪子「（風呂の中から）別れたのよ、正式に」
五郎「――」
雪子「昔、あの人を奥さんからとったでしょ？」
五郎「――」
雪子「（ちょっと笑う）今度は私とられちゃった」
五郎「――」
雪子「自分のしたことは、もどってくるみたい（ちょっと笑う）」
五郎。
五郎「大介は？」
間。
雪子「当然ついてくると思ったのよ、私に」
五郎。
五郎「父親のほうを選んだのか？」
雪子「――ウン」
間。
五郎「それは雪ちゃんがこっちに来るっていったからか？」
雪子「そうじゃないの」

五郎「――」
雪子「あの子、おばあちゃン子なのよ」
五郎「――」
雪子「おばあちゃんたちと離れたくないンだって」
五郎「――」
間。
雪子「（ちょっと笑う）ショックだったわ。まさか、子どもに捨てられるなンて」
五郎。
間。
雪子「そのまま私、羽田に行って飛行機にとび乗ってこっちに来ちゃったの」
五郎。
虫の音。
焚き口に火が燃える。
雪子「（笑う）義兄さん私――姉さんとおンなじ状況になっちゃった」
五郎。
音楽――静かな旋律で入る。
五郎、ゆっくり立ち上がり家の中に入る。

同・家の中

五郎入って、しばらくジッと立つ。
雪子のバッグを取り、ゆっくり二階への階段を上がる。

牧草地

オートバイのライトが照る。

家の前

オートバイが着いて、草太が下りる。
草太「（ドナる）おじさん！」
できかけのベランダへとび上がり、風呂のほうへ。
草太「いい身分だな。こんな時間からのんびり風呂に、おじさん！」
のぞきこむ。
音楽――中断。
雪子の声「キャッ!!」
草太「ア、失礼」
草太、仰天し、ベランダから地べたへ転げ落ちる。
そのままオートバイにとび乗って去る。
入り口からフライパンを持った五郎出て叫ぶ。
五郎「草太！　何だオイ草太！　どうした！」

中畑木材

　とびこむ草太。
　顔を上げる和夫とみずえ。
草太「おじさんの家に女がおった」
和夫「——女くらい来とったっておかしくないべ」
草太「それが、——オラ見ちまった。風呂に入ってた」
　みずえ。
みずえ「シュウちゃんが遊びにきてたんじゃないの？」
草太「ちがう！　年増だ！　背中の肉が年増だった！」

草むら

　蚊に喰われつつ、ホフク前進してくる草太と和夫。

　草の陰から石の家をうかがう。

石の家（ロング）

　ベランダで食事をとっている五郎と雪子。

草むら

　草太、和夫をつつき。

草太「（小声で）いるべ、いるべ、ほら！　シュウちゃんじゃないべ。——（目をむく）エ!?（とび上がる）雪ちゃん！」

　草太、猛然と石の家へ走る。

草太「（走る）ズルイベ、ズルイベ！　おじさんズルイベ！　いやァ、雪ちゃん、いつ来た！　一人か!?　子どもどうした。亭主と置いてきたか。アハハ、いいことだ！　大いにいいことだ。ついでに別れちまえ！　このままずっといろ！　おじさんどうした、変な顔して！」

　電話のベル。

純の家

　純、電話をとる。
シュウの声「シュウ」
純「——今どこ？」
シュウ「富良野。ついさっき着いたところ。明日、会える？」
語《り》「シュウから久しぶりに電話のあったのは、ちょうどその晩のことだった」
　カーステレオから流れる音楽。

河原

止まっている車の中にいる純とシュウ。

純「ずい分日にちかかったな」

シュウ「ゴメン」

純「あっちで何かあったのか？」

間。

カーステレオの音楽。

シュウ「こないだはごめんなさい。折角わざわざ来てくれたのに」

ムード曲。

間。

純「何かいってた？　うちの人たち」

シュウ。

――ちょっと首をふる。

純。

純「オレの仕事が気に入らなかったンだろ」

シュウ、見る。

純、日をそらす。

ムード曲。

純「(ちょっと笑って) 首の廻りにアセモできちゃったぜ」

シュウ「――――」

純「生まれてはじめてネクタイしたから」

シュウ (ちょっと笑う)

間。

純「(つとめて明るく) 何か話があるみたいだな」

シュウ「――――」

純「いっていいよ。オレわりと叩かれ強いから (笑う)」

シュウ「――――」

純「(小さく) 気に入らなかったンだろ。兄さんたち、オレのこと」

シュウ「違うの」

純「――――」

シュウ「上砂川に帰ってこいっていうの」

純。

シュウ「兄さんの会社で働けっていうの」

純。

シュウ「コンビニの店長なの。上の兄さん上砂川の」

純「――――」

シュウ「しばらくそこで働けっていうの」

純。

間。

ムード曲。

純「行くのか」
シュウ「――」
純「行きたいのか？」
シュウ「行きたいわけないじゃない」
純「だって行くンだろ」
シュウ「――」
純「そう決めてきたンだろ」
　ムード曲。
シュウ「そんな言い方すると、私、泣いちゃうから」
純「――」
シュウ「私だって必死に抵抗したンだから」
　純。
　煙草に火をつける。
純「オヤジさんは何ていってるンだ」
シュウ「お父ちゃんはそういうとき何もいわない」
　間。
純「どうして兄さんたち、そんなこと急にいいだしたンだ」
シュウ「――」
純「要するにオレと離れろってことか」
シュウ「ホントに好きなら、離れていたって愛情は簡単に変らんだろって」
純「――」
シュウ「お願い！　純、少しだけ、そうさして！　会うなっていってるわけじゃないンだから！　富良野から上砂川まで一時間ちょっとだし」
純「少しってどのくらいだ」
シュウ「――」
純「半年か。――一年か」
シュウ「――」
純「それとももっとか」
シュウ「――純」
純「三年か。――それ以上」
シュウ「待ってる自信ない？」
純「――」
シュウ「時間が長かったら、純どっかほかに――誰か好きな娘《こ》つくっちゃいそう？」
　間。
純「お前はどうなンだ」
シュウ「――」
純「自信あるのか？」
シュウ「あるわ――あるつもり」

純「つもりか」
シュウ「(泣きそうに) 純、私――わかって欲しいの。私たちみんなに試されているんだと思うの。悔しいけど私たち、試されているんだと思うの。だから私、意地でも見せてやりたいの。私の気持ちはそんなことぐらいで、しばらく離れて暮らすぐらいで、そんな簡単に変らないと思うの」
純「――」
シュウ「あなたは変る？」
純「――」
シュウ「変ると思う？」
純。
音楽――しのびこむ。

川

滔々《とうとう》と流れている。
語《り》「滝里・野花南《のかなん》・上芦別・平岸・茂尻・歌志内・上砂川。富良野から上砂川への国道沿いの景色が、ぼくの頭をどんどん走っていった。あの道をぼくはシュウに会うためにこれから幾度となく通うのだろうか」

雨

叩きつけている。
生ゴミを収集する純。
語《り》「毎日朝からゴミと闘い、汚臭にまみれ、ヘトヘトに疲れ、その身体のどこに、一体どのくらい、ぼくに力が残っているだろうか」

太陽

ギラギラ照りつける。
働く純。
語《り》「シュウ！　おれはお前のことが好きだ！　本当に、切ないほどお前が好きだ！」

働く純のモンタージュ

語《り》「でも今お前が富良野を離れ、おれと離れた世界に住んだら、お前にしたっておれにしたって、知らず知らずの間に変っていくンじゃないのか。かつてれいちゃんがそうだったように」
五郎の声「純」
音楽――中断。
ゴミ袋を下げたまま、純顔を上げる。

純「雪子おばさん」
　五郎と雪子が笑って立っている。

赤ちょうちん（夜）

　カウンターで、ビールを飲みメシを食っている三人。
雪子「たくましくなったわァ、純。見違えちゃった」
五郎「純、おばさんな、こっちに住むことになったンだ」
純「ホント！」
雪子「運よく仕事も見つかったのよ」
純「ホント!?　どこで働くの？」
五郎「ホラ、完次の嫁さんが結婚するまで働いていたニングルテラスってあるだろう。クラフトマンたちが集まってる。あすこのろうそく屋で働くことになったンだ」
純「ああ！　あすこ！」
五郎「アパートも見つけたンだ、若松町に」
純「もう引っ越したの？」
五郎「イヤまだ家にいる。二、三日うちに引っ越すんだ」
純「おばさん（胸を叩いて）家具のことオレにまかして。テレビ、冷蔵庫、電化製品、テーブル、ソファ、そういうもんオレ集めるの天才。オレにまかして」
雪子「（笑って）おばさんそんなにお金ないのよ」
純「お金いらない。全然いらない。タダで集める。オレにまかして。アレ？　大介も一緒なンでしょ」
雪子「（笑って）大介は東京。お父さんの所」
純。
　魚を食いかけたまま雪子を見て固定。

引っ越し

音楽――軽快に叩きつけて入る。
雪子のアパートに荷物を運びこむ純と五郎。
語《り》「つぎの日曜、父さんとぼくは雪子おばさんの引っ越しを手伝った」

山部山麓デパート

　粗大ゴミの山。
　粗大ゴミの山を探して歩く雪子、純、五郎。
語《り》「山部山麓デパートには、相変らず様々な商品があった」
語《り》「商品の種類も三年前とは明らかに大きく変化していた。あのころ流行の最先端だった電化製品が出されはじめていた」

アパート

語《り》「しかもそれはまだ直せば使えた。使えなくなったから捨てられるのではなく、時代に遅れたから放り出されたという哀れな品々がここには溜まっていた」

働く純。

手を止める。

純。

語《り》「なぜだかわからない。そのとき唐突に、シュウのオヤジさんの顔がかすめた」

歌う周吉（イメージ）

シュウの声「炭坑夫一筋で四十年やってきて、炭鉱がつぶれて放り出されて」

アパート

純。

シュウの声「放り出されたからって何もいわないで」

歌う周吉

粗大ゴミの山

雪子のアパート

持ちこまれたその家具。

語《り》「時代に遅れる」

純。

語《り》「そして捨てられる」

純。

雪子「純」

純、顔を上げる。

雪子、バッグから携帯電話を出す。

雪子「悪いけどちょっと頼まれてくれる？」

純「どうしたの」

雪子「呼び出してほしいの大介を。多分おばあちゃんが出ると思うから」

純「――」

雪子「私の番号いってやったのに、あの子ちっとも電話してこないのよ」

純、黙って電話を雪子の手から取る。

純「何番？」

雪子「短縮に入ってる。００だけでいい」

純、ボタンを押し、相手の出るのを待つ。
年配の女の声が出る。
女の声「もしもし」
純「大介君お願いしたいンですが」
女の声「失礼ですがどちら様でしょう」
純「フラノの――黒板と申します」
女の声「――大介は今塾に行っております」
純「――アノ、ナ何時ごろお帰りですか」
女の声「お友だちの所に廻るっていっておりましたから、ちょっと何時かわかりません」
純「――そうですか。じゃあまたかけます」
向うからチンと電話が切られる。
純「いないって」
雪子「そう。――ありがと」
携帯電話を取りバッグにしまう。
急に懸命の笑いをつくって。
雪子「ねぇこのソファいいじゃない？　ほとんど使ってないみたい」
音楽――軽快に叩きつけて入る。

山々（前富良野岳）

夕映えに染まっている。
稜線をとばしてくる一台のジープ。

丘陵

ジープ来て止まり、草太と雪子出る。
草太「見ろ見ろ雪ちゃん、あそこまでずっとだ！　その道からあっちまで、全部オイラの牧草地だ！　まだあるぞ」

別の稜線

雪子の手をとって走る草太。
草太「まだあるぞ、こっちだ！　な？　あの下一帯の人参畑、玉ねぎ植えてるこっちの畑、これもオイラのだ！　ここだけで大体十二町歩ある」
雪子「すごい！」
草太「すごいべ！　な、すごいべ、七年だ！　七年でオイラここまで拡げた」
雪子「おじさん亡くなって何年たつの？」
草太「一年だ。だけど実質七年前から、オイラのやり方でやりだして伸びた」

走る車の中

草太「雪ちゃん今は、時代が変ったンだ。昔の農業とは農業が違う？　科学を使ったデッカイ金儲けだ。オイラそのためにはバンバン借金して資本を投下する」

畑

大型機械を操縦する草太。

助手席に雪子。

草太「な、すごいべ！　この機械二千三百万した！　ここらじゃオラしか持ってねぇ。この機械一つで何十人分の仕事をやってくれる？　トロトロやっとったら自然に追いつかん。金かけてもすぐに取り返してくれる？」

牧舎

牛たち。

歩く草太と雪子。

草太「変ったべ牛舎も、あのころとは全然。コンピューターで管理しとるンだ。そういう時代だ？　時代が違うンだ」

草太の家

仏壇。

清吉の遺影に焼香する雪子。

茶を出すアイコ。

音楽──ゆっくり消えていく。

草太「だからな、オイラおじさんが信じられん。どういうつもりであんなことしてるンだか。堆肥だの、炭焼きだの、無農薬だの。あんなことしとってなんになるンだ。都会の連中は無農薬だとよいようにいうが、雪ちゃんどうする？　東京のスーパーで野菜の棚に、虫喰いだらけのホーレン草とツヤツヤしたホーレン草が並んどったら、雪ちゃんどっちを買う？　だけどありゃァ農薬でツヤツヤなんだ。虫は恐いからそういうのは喰わン。だけど都会の消費者は、みんな見た目にキレイなほうを選ぶ。そういうもンだ、ウン。そういう時代だ」

アイコ「お茶どうぞ」

雪子「アリガトウ」

草太「純にも何度もオラ誘っとるンだ。いつまでもゴミの仕事なンかしとらンで、オラの仕事を一緒にやれって。

したっけあのバカ言う事きかん。仕事に呼んでやっとるのに、臨時職員でゴミを拾っとる」
雪子「――」
草太「雪ちゃん、純にいってやってくれ。アイツはだんだんオヤジに似てきた。あんなことしとったら結婚もできンぞ」

純のアパート・入口（夕方）

純が帰ってきて扉を開ける。
挟んであった紙が落ちる。
拾い上げる純。

その紙

シュウの字の走り書き。
『急に帰ることになりました。改めて電話します』
音楽――衝撃音。

シュウのアパート・下（夜）

純がポツンと立っている。
語り「その晩遅くアパートへ行ったら、シュウの部屋の灯が消えていた。今朝引っ越したと、管理人がいった」

純。
――しのびこんでくる、ヘソ祭りの音頭。

空知川

真夏の陽光にキラキラと流れる。
その橋を渡っていくゴミ収集車。
語り「螢の話を、いきなり聞いたのは、ヘソ祭りの始まるその日の昼だ」

通り

純が生ゴミを車に放りこむ。
和夫の声「純！」
純「おじさん」
車を下りて、急ぎ近づく和夫。
純「？」
和夫「（顔を近づけて）螢、来たか？」
純「螢？」
和夫「今朝方いきなり電話してきて、駅前の喫茶店でお茶飲んだンだ」
純「――」
和夫「この話オヤジには絶対内緒だぞ」

純「エ、エエ」
和夫「金を貸してくれってアイツいうンだ」
純「金を?」
和夫「お前に連絡とったのかってきいたら、お前にもオヤジにも伏せといてくれっていうから、どういう事情だってオラきいたンだ。だけどアイツはなんにもしゃべらん。黙って金だけ貸して欲しいちゅうンだ。それはできンってオラいってやった。貸してもいいが秘密は嫌だって。そしたらアイツ、わかったって笑った」
純。
和夫「アイツ何だか様子が変だったぞ」
純。
音楽——鋭く突き刺して入って、砕ける。

ニングルテラス・森のろうそく屋

同・店内

様々なろうそくが火を灯している。

どんぐりのろうそくを作っている雪子。

戸の開く音に顔を上げる。

雪子「いらっしゃい——螢!」

螢「びっくりしちゃったァ。おばさんがこっちにいるなンて——わァ、かわいい! おばさん、これここで作ってるの?」

魅入られたように屈みこみ、ろうそくの炎を見つめる螢。

どことない螢の変貌に、仕事をやめてゆっくり立つ雪子。

しのびこんでくるムード曲。

コーヒー店・チュチュの家

雪子と螢。
雪子「何年ぶりかしら? 螢に会うの」
螢「(笑って)忘れちゃった」
雪子「根室のほうに住んでるンですって」
螢「ちょっと前まではね」
雪子「違うの? 今は」
螢「今はね」
雪子「今は、どこ」
螢「札幌」
雪子「義兄さんそンなことといってなかったわ」
螢「父さんたちにはまだ知らせてないの。——おばさん」

雪子「?」
螢「(ちょっと笑って) 今日来たこと父さんやお兄ちゃんに黙っててくれる」
　雪子。
雪子「いいわよ」
螢「アリガト」
雪子「誰に聞いたの? 私がここで働いてること」
螢「中畑のおじさん——ねぇ。おばさん今お金いくら持ってる?」
雪子「お金?——そんなに持ってないわ。——どうして?」
　螢。
　間。
　——ちょっと笑って首をふる。
雪子「螢」
螢「——」
雪子「どうしたの?」
螢「——」
雪子「何かあったの?」
　間。
　螢。

螢「おばさん、いつかの人、別れたンだって?」
　ふたたびしのびこむヘソ祭りの音頭。

町

　ヘソ祭りの準備が進められている。
　その中を急いでゆく純の足。
語《り》「正吉から事務所に電話の入ったのは、仕事を終えて帰った直後だった」

喫茶店

　純、入る。
　奥の席にいる螢と正吉。
　純、席に着く。
純「どうしたンだ」
螢「しばらく」
　女、注文をとりにくる。
純「コーヒー」
　ムード曲。
正吉「遠慮しようか?」
純「いいよ、いてくれ」
正吉「——」

純「(螢に) 正吉にどういう用があったンだ」
正吉「イヤ」
純「(螢に) お前にきいてるンだ」
ムード曲。
螢「どうしたの、お兄ちゃん。久しぶりに会ったのに」
純、煙草を出し、口にくわえる。
純「中畑のおじさんを呼び出したそうだな」
螢「――――」
純「父さんにもオレにも伏せてくれっていったって」
螢「――――」
純「正吉を呼び出したのも、金借りるためか?」
正吉「純」
純「ちょっとお前は黙っててくれ」
正吉「――――」
ムード曲。
純「いくらいるンだ」
螢。
螢「いくらなら持ってる?」
純。
純「ここで待ってろ (立つ)」

喫茶店・表

純出て、急ぎアパートへ歩きだす。
正吉、追ってくる。
正吉「少しならオレもある。オレの机の引出しに」
純「ここにいてくれ!」
純、行きかける。
正吉の声「(叫ぶ) 螢ちゃん!」
純、ふり返る。
喫茶店から走りだし、逃げ出すように角を曲がる螢の後ろ姿。
正吉、追いかける。
純、慌てて追う。
喫茶店からとびだす女。
女「お勘定、お勘定」

通り

いきなり叩きつけるヘソ踊りの音頭。
ヘソ踊りが始まっている。
その中を。
螢を捜して走る、純。
そして正吉。

圧倒的な踊りの群衆。

草太の牧場（夜）

牛の子どもが誕生する。

同・牧舎

汚れた草太が、その助手と来る。

草太、大声で助手に指示しつつ入り口のほうへ向かって歩く。

その足が止まる。

草太の顔。

草太「螢じゃねぇか！」

螢「――」

草太「(明るく螢をポンと叩いて) 何だこのヤロウ。色っぽくなりやがって！」

螢「――」

同・事務所

螢と草太。

汚れた服を脱ぎ、着がえている草太。

草太「いやァよく来た！　お前少しやせたか？　ちゃんと食ってるのか？　用って何だ？」

螢「――」

草太「――何だオイ。どうした」

螢の目に涙がゆれている。

草太。

草太「まあ、落ち着こう。オラも今日は疲れた。牛が三頭も産まれやがって」

螢「(小さく) 草太ニイチャン。お金貸してくれない？」

草太「オォいいぞ。いくらだ。今いくらあっかな」

螢「できれば二十万」

草太「何だそんなもンか。そんなら大丈夫だ。一服させろ。すぐ用意する」

螢「アリガト」

草太「(笑って) 気にするな。昔の草太兄ちゃんとは違う。いつでもドンと来い。そのくらいのことなら――」

草太、言葉を切り、螢を見ている。

螢の目にまたしても涙がゆれている。

草太、無言で煙草に火をつける。

間。

螢「お兄ちゃん、このこと父さんやうちのお兄ちゃんには」

草太「わかっとる。いわん。いわんで欲しいンだべ？」
螢「―――（ちょっとうなずく）」
間。
螢「（涙の中でかすかに笑う）情けないね、私。いいトシして」
間。
草太「なんでお金いるンだ」
間。
螢「お兄ちゃん」
草太「イヤいい、いうな。いわんほうがいい。オラ口が軽い。秘密の守れん性分だ。いわんほうがいい、うン。いったらイカン」
螢「―――」
草太「なんに使うンだ」
螢「お兄ちゃん私札幌に出たの。札幌で一人でやり直すことにしたの」
間。
草太「彼氏はどうしたンだ。根室で一緒に暮らしとったンだべ」
間。
螢「終った」

間。
草太「そうか。終ったか。うン」
螢「―――」
草太「モノには必ず終りってモンがある。うン」
螢「―――」
草太「札幌に行って、看護婦やっとるンか？」
螢（首ふる）
草太「じゃあ何やっとるンだ？」
螢「まだ決めてない。だけど看護婦はしばらくやらない」
草太「だけど看護婦の免許あるンだべ。看護婦だら今引く手あまただって聞いとるぞ」
螢「（ちょっと笑う）いっちゃおうかな」
草太。
間。
草太「オラ口軽いぞ」
間。
螢「知ったらしゃべっちゃう？」
草太「コトにもよるな」
螢（笑う）
草太。
草太「しゃべれ？」

螢「―――」
草太「しゃべって楽になれ？」
間。
螢「赤ちゃんがいるのよ」
草太（見る）
螢「今、このお腹に」
草太「―――」
螢「別れた人の赤ちゃん」
間。
草太「相手は何ていってるンだ」
螢「相手にはいってない。いう気ない」
草太「―――」
螢「だけど―――一人で私産むの。決めたの。産んで、育てるの私」
草太。
長い間。
草太「牛乳飲むか？」
螢「？―――（首ふる）」
草太「飲め？　とりたてだ。（立つ）子ども産んだばかりの牛の乳だ。栄養つけろ。待ってろ。とってくる」
音楽―――静かな旋律で入る。

牧場

虫のすだき。
ポツンと灯のともっている事務所の窓。

事務所

湯気の立つ牛乳を両手でしっかり支えている螢。
草太「オレ以外誰が知ってるンだ」
螢（首ふる）
草太「うン」
螢「―――」
草太「しゃべらンほうがいい。五郎おじさんには知れンほうがいい」
螢「（ちょっと笑う）いずれはわかっちゃうことだけどね」
草太「―――」
間。
螢「（ちょっと笑う）父さんどんな顔するンだろうな。私がいきなり赤ちゃん見せたら」
間。
突然電話が鳴る。
草太、とる。

草太「誰から――イヤ、来とらンていってくれ。――オラもおらンていえ」
電話を切る。
間。
草太「純からだ。お前が来とらんかってきいてきた」
螢「――」
間。
草太「泊まってくな、今夜は」
螢「(首ふる)札幌に帰る」
草太「――そうか」
螢「――」
草太「よし。そンならオラが札幌に送る」
螢「(びっくりして)いいよォ、そんなこと」
草太「(立つ)かまわんかまわん、とばしゃ二時間だ。オラが送ってく。オラに送らせろ」

闇

ヘッドライトの光芒が切り裂く。

走る車内

草太。
草太「ホタ。――お前、よく決心した。うン――オラお前のこと、見直した」
螢「――」
草太「このことはお兄ちゃん誰にもしゃべらん」
螢「――」
草太「困ることができたら何でも相談しろ」
螢「――」
草太「オラは味方だ。うン。オラは味方だ(声がふるえる)」
螢。
チラと草太を見る。
草太の目に涙がゆれている。
螢。
その目から涙が吹き出す。

2

雨

地べたを叩きつけている。

畑

雨が叩きつけている。

語り「ここ何年も続いている異常気象の低温多湿が、今年は大丈夫かと思っていたら、八月に入って突然始まった。作物の欲しい気温は上がらず、断続的に雨ばかり降った」

農道

五郎の車が来て止まり、五郎下り立って急ぎ畑へ。

ジャガイモ畑

その一角にかがみこんでいる完次。

五郎近づく。

完次しゃがんで、ジャガイモの葉をつかんだまま顔を上げる。

完次「おじさん、疫病だ」

五郎。

グルッと広大な畑を見廻す。

五郎「どのくらい拡がっとる」

完次「わからねぇ。つい今調べはじめたとこだ」

五郎。

五郎「あっちのほうを調べてこよう」

完次「頼みます。オレはこっちから調べる」

五郎「（静かに）見逃すなよ。一枚でも見逃すなよ。見逃したらたちまち拡がるぞ」

畦

雨が叩きつける。

その中を走る五郎の足。

畑

完次が屈みつつ、疫病の葉っぱを点検して歩く。

ジャガイモの葉

雨に叩かれているその葉の上に、疫病の斑点がくっきりと出ている。

畑

（ロング）

五郎が疫病を点検して歩く。

雨

D型ハウスに叩きつける。

D型ハウス・内

　ポリタンクに液体を調合している完次。
　走りこむ五郎。

五郎「奥の畑は多分まだ大丈夫だ」
完次「手前は東側もチョボチョボ出てる」
五郎「どのくらいの広さだ」
完次「手前が一町歩。——東が四反ほど」
五郎「病原菌が根にいく前に全部枯らすしかしょうがねえな」
完次「そのつもりだ」
五郎「その液は何だ」
完次「ニンニクの汁だ」
五郎「ウン。どのぐらいある」
完次「どうかな。せいぜい一町分ギリギリ」
五郎「周りを多めに枯らしちまったほうがいいぞ。伝染《うつ》ったら最後だ。完次、二町歩はあきらめろ」
完次「もうあきらめてる」
五郎「ニンニクの足らン分は木酢《もくさく》液で試してみよう。取ってくる（立つ）」
完次「おじさん」
五郎「？」
完次「草太さんとこに連絡せンでいいかな」
五郎「——」
完次「奥の隣接地は草太さんとこの畑だ。もしもあっちへ疫病が伝染ったら」
五郎「あいつにいったら農薬を使われるぞ」
完次「——」
五郎「そしたら折角作り直した土が、元の木阿弥になっちまう」
　完次。
　五郎。
　完次。
五郎「大丈夫だ。疫病はまだ奥までいってない」
　完次。
五郎「（外へ）木酢液を取ってくる」

炭焼き小屋

　煙突の下から木酢液の一斗缶を取る五郎。
　隅に積んである別の一斗缶も持って、車のほうへ運び出す。

畑

雨がやみ、雲間から陽光が照っている。
ニンニク液を噴霧する完次。

D型ハウス

木酢液を薄め、調合する五郎。
純の声「疫病が？」
チンタの声「ああ、無農薬の畑は出やすいンだ」

道(街)

駐車違反のキップをチンタに切られている純。
純「大変じゃんか」
チンタ「大変だよ。ツヤ子もこの先苦労するぜ。ハイ、キップ」
純「オイ、マジ？　勘弁してくれよォ」
チンタ「ダメ。法律は法律。友だちでもダメ。これから注意してちょうだい。じゃ(敬礼してパトカーへ)」
純の声「チンタァ！」
シュウの声「純、変りはありませんか。黙って引っ越してごめんなさい」

働く純

シュウの声「兄さんの命令で、昨日からこっちのコンビニで働きだしています。勤務時間は十時から五時。私を強引に連れもどしたことについて、兄さんたちは結構後ろめたく思っているみたい。とくに父さんはしきりと私に気をつかっています」
音楽——イン。B・G。
シュウの声「純、ひとつだけいいたいことがあるの。この前最後に逢ったとき、あなたしきりと気にかけてたでしょう。うちの人たちがあなたのこと気に入らなかったンじゃないかって。そんなことはありません。それと。これも気にしてたみたいだけど、うちの家族の名誉のためにこれだけははっきりいわせてください。純の今の職業のことで問題があったって思ってるなら、それは絶対思い過ごしです。うちはもともと炭坑夫の一家、この仕事が上とかあの仕事が下とかそういうふうに考える人たちじゃありません。兄さんたちはただ私のこと、一人だけ歳の離れた妹のことが、兄として気になって仕方ないのです。時間があったら電話ください。二十四時間あなたを待って、私の電話は空けてあります。

富良野の純へ

六十キロの所にいるシュウより」

町

夕暮れ。
仕事帰りの正吉が歩く。
正吉、一軒の喫茶店に入る。

喫茶店

正吉、入る。
奥の席から手を上げる草太。
草太「座れ。何飲む。仕事帰りだべ。ビールでも飲むか。おじさんビール、あ、ビールねぇな。じゃ、よそ行くか。いいか。コーヒーでいいか。おじさん、そンじゃコーヒー一つだ」
正吉「急用って何なの」
草太「今話す。落ち着け。おいらいつになく落ち着いてる。うン」
正吉「――――」
ムード曲。
草太「オラと会うこと純にはいってねぇな」
正吉「いってないよ」
草太「うン、それでいい。これは絶対、人にいったらいかん話だ」
正吉「――――」
草太、煙草を口にくわえる。
火をつけ、懸命に言葉をさがす。
間。
突然。
草太「おじさん、コーヒー後で持ってきて！　今ちょっと二人で大事な話あるから――うン」
ムード曲。
間。
草太、急にグイッと正吉のほうに身をのり出す。
草太「いいか正吉、これから話すことはお前にとって大事な話だ。この話、絶対人にしゃべるな。純にもしゃべるな。そのことを約束しろ」
正吉「――――」
草太「約束しろ」
正吉。
正吉「わかった」
草太「うン」

間。
草太「これからオラが計画したことをいう。おいら珍しくよく考えた。こんなに考えたのは一生で初めてだ。だからおいらのいうとおりにしろ。黙っておいらのいうことに従え」
正吉。
――笑いかけ。
正吉「どうしたの兄ちゃん」
草太「お前、結婚しろ」
正吉「――」
草太「相手は螢だ」
正吉「――」
草太「結婚しろ」
正吉。
――笑いだす。
正吉「何だよ兄ちゃんヤブから棒に」
草太「笑うな。これは笑いごとではない。笑ってる時間はねえ。マジな話だ」
正吉。
草太「正吉。お前螢がきらいか」
正吉「そんなことはないけど」
草太「そうだべ、好きだべ。本当は惚れとったべ」
正吉「兄ちゃん、だけど螢ちゃんには根室の落石にちゃんと相手が」
草太「そいつとは終った」
正吉「――」
草太「今は一人だ。お前にとっては絶好のチャンスだ」
正吉「――」
草太「いや正確にいうと一人というか――それにしてもお前には最高のチャンスだ。ただし小さな問題がある」
正吉「――」
草太「あいつの腹に今赤ンぼが入っとる」
正吉「――」
草太「その野郎の子どもだ。別れた男の。だけどそのことをあいつはそいつに教えてもいねぇ。そいつは知らねぇ。螢は勝手に一人で産む気だ」
正吉。
音楽――低く不安定なリズムで入る。
草太「この話は誰も知らン。オラしか知らン」
正吉「――」
草太「この前螢に打ち明けられた」
正吉「――」

草太「打ち明けられて、オラ感動した。あいつの決断にオラ感動した」
正吉「――」
草太「近ごろの若いもンは間違って子どもができるとすぐ堕ろすだの何だのと考える。だけどできたもの、それはもう生命《いのち》だ。立派に一つの、新しい生命だ。誰の子だろうと、うちの牛だら、関係なく産んで育てようとする。それが女だ。女ちゅうもンだ。蛍は女の道をとる気だ。生命への責任ひとりでとる気だ」
正吉。
草太「だからオラ、あいつを応援するといった。あいつの味方になってやるといった。しかしだ」
正吉「――」
草太「ここに一つちょっとした問題がある。五郎おじさんだ」
正吉「――」
草太「おじさんはここまで男手一つでああやって蛍を育て上げてきた。おじさんにとって蛍は宝だ。何よりも何よりも大事な宝だ。だけどおじさんは古い人間だ。蛍が――いきなり父親のおらん赤ンぼ抱いて帰ってきたら――」
正吉「――」
草太「どうなると思う」
正吉。
草太「おじさん、一体どうなると思う」
正吉。
間。
草太「オラが思うに、卒倒するな」
正吉「――」
草太「心臓麻痺か、脳溢血起こすな」
正吉。
音楽――低く続いている。
草太「そンなことになっていいと思うか」
正吉「――」
草太「おじさん殺していいと思うか」
正吉。
間。
草太「そンでおいらの考えたことはだ。お前が蛍と結婚することだ」
正吉「――」
正吉。
草太「お前が密かに蛍とデキてて、腹に子どもまで仕込ンじまった。螢の腹に今いる赤ン坊は、じつはお前がこさえちまった子だ。そういう話にしてみんなをだませば、万事円満に解決する」

正吉。

草太「どうだ」

正吉「――」

草太「最高の解決策だべ」

正吉「――」

正吉。

――ノロノロと煙草をくわえる。

音楽――消えて。

店内のムード曲よみがえる。

正吉「(かすれて) だけど兄ちゃん、そンな簡単に――。だいいちホタちゃんが納得するかどうか」

草太「正吉――」

間。

草太「オマエ何のために自衛隊にいた」

正吉「――」

草太「国を守るために自衛隊にいたンだべ」

正吉「――」

草太「国を守るっちゅうことは、家庭を守るっちゅうことだ」

正吉「――」

草太「お前にとって黒板家は家族だ」

正吉「――」

草太「最終的に家族を守ることがオマエら自衛隊にいたもンの勤めだべ」

正吉。

――無言で煙草を吸っている。

音楽――イン。

語《り》「そんなことは全然知らなかった」

純の声「どうしたンだ」

純のアパート

純と正吉。

正吉「オレ明日札幌に行ってくるわ」

純「仕事か?」

正吉「――あぁ。――いや」

純「――泊りか?」

正吉「イヤ日帰りだ。だけどもしかしたら――ちょっとお袋に会ってくるかもしれない」

純「うン」

正吉、ゆっくり服をかえはじめる。
純の声「聞いたか？」
正吉「何」
純「完次ンとこのジャガイモ畑に、疫病が出たらしい。この間、チンタが話してた。あいつの畑──」
間。
純「正吉」
正吉「──」
純「聞いてンのか」
正吉「──え？」
純「──変な野郎だ」
正吉。
いきなり叩きつける都会の騒音。

札幌

同・一角

街角に潜むように立っている正吉。
目の前にあるビジネスホテルの通用門。
その通用門から三人の清掃会社の女が出て、待っていた車へ歩く。
その女の一人は螢である。
正吉。

ある通り

清掃会社のビルの入口から、件《くだん》の三人の女が出てくる。
女たち、すでに私服に着がえている。
螢。
みんなと別れて歩きだす。
しばらく歩いて。
その足が止まる。
立っている正吉。
しのびこんでくるムード曲。

喫茶店

螢と正吉。
螢「あぁ、びっくりした」
正吉「──」
螢「どうしてわかったのォ」
正吉「──」
螢「草太兄ちゃんか」
正吉「──」

螢「やっぱりね。ホントにおしゃべりなンだから」
正吉「オレっきゃ知らねえよ。それは信じてあげてくれ」
間。
螢「それじゃ、話は全部、知ってるわけだ」
正吉「――あぁ、聞いちまった」
間。
螢「そういうコトなのよ」
正吉「――」
螢「それで？」
正吉「――」
螢「私の様子見にきたの？（笑う）」
正吉「違うよ」
間。
正吉「結婚してくれ」
螢「――」
正吉「オレの嫁さんになってくれ」
螢「――」
正吉「オレと一緒になってくれ」
間。
螢。
笑いだす。

螢「おかしいね、正ちゃんて、相変らず」
正吉「――」
螢「何よ、いきなり現れたと思ったら」
正吉「――」
螢「聞いてるンでしょ、草太兄ちゃんから。私お腹に子どもいるのよ。私これからその子を産むのよ」
正吉「いいじゃねぇか。それをオレたちの子どもにすりゃ」
間。
螢、笑いだす。
ケラケラと笑いだす。
正吉も一緒に笑いだす。
二人、笑いやむ。
螢「そんなに簡単にいわないでよォ」
正吉「――」
螢「草太兄ちゃんになンかいわれて来たンでしょう」
正吉「いや草太兄ちゃんは――関係ねぇンだ。これは元々――オレン中にあったンだ」
螢（笑っている）
正吉「冗談じゃねえンだ」
螢「――」

正吉「考えたンだ。いや、ホントはあんまり考えてもいねェンだ。答えは昔からとっくにあった気がするンだ」
螢「――」
正吉「ほかの女と付き合ったことはあったけど――。いつも昔からどっかで螢ちゃんと――将来一緒になるってことが長いことオレの夢だった気がするンだ」
螢「――」
正吉「だけど、その夢はあくまで夢で、――口に出しちゃあいけないってオレ、――自分で自分を抑えてた気がするンだ。だから」
螢「――」
正吉「ずーっとそのことがオレの中にあって、草太兄ちゃんからこの話聞いたとき、螢ちゃんさえオーケーしてくれたら」
螢「正ちゃんやめて？」
正吉「――」
間。
螢「嬉しいよ、とっても」
正吉「――」
螢「だけど」
正吉「――」
螢「いいから」
正吉「――」
螢「気をつかってくれなくていいから」
正吉「気なンかつかってるか、これを見てくれ」
一枚の古い年賀状を出す。
正吉「おぼえてるかこれ。昔、あの火事で焼けちまった丸太小屋で、オレが一緒に暮らしてたころ、正月に純や螢ちゃんとこには年賀状が来たのにオレには誰からも来なかった。そしたらホタちゃんがオレ宛にこれを、この年賀状を送ってくれた」
螢。
正吉「うれしかったな。――本当にうれしかった」
螢「――」
正吉「多分オレあのころからホタちゃんをずっと」
螢「正ちゃんアリガトウ。――この話もうやめて。気持ちだけ本当に――充分もらったから」
叩きつけるマーチ。

札幌
北の盛り場。
開店祝いの花輪が並んでいる。

一人の女が、その花輪から、よさそうなのを選んでは、どんどん花を抜き取っている。
女――笠松みどり。
傾いた木札を真っ直ぐ立て直し、花束を抱いて行こうとする。

正吉の声「母さん」

ギクリと足を止めるみどり。
ふり向く。
立っている正吉。
みどり。

みどり「(慌てて) 札幌じゃお前、取っていいことになってるンだよ。お祝いの生花は縁起もンなンだから」
正吉「――――」

間。

みどり「久しぶりじゃないか」
正吉「――――」
みどり「生きてたのかい」

スナック

カウンターだけの小さなお店である。
取ってきた花を花瓶に生けているみどり。

みどり「どうしてるンだい」
正吉「何とかやってるよ」
みどり「いくつになった」
正吉「もうじき二十八だよ」
みどり「まだひとりかい」
正吉「相手ができたら母さんにいうよ」
みどり「でもつき合ってる娘《こ》――いるンだろ」
正吉「――――」
みどり「いるっていってたじゃないか。シンディ・ローパーそっくりだとかいうの」
正吉「あれはとっくに別れたよ」
みどり「そうかい。今はどうなのさ」
正吉「――――」
みどり「(明るく) ダメだよ、あんた。年中恋はしてなくちゃ。母さんだってまだ頑張ってるンだから、ハハハハ」
正吉「じつはな。――身を固めようかと思ってるンだ」
みどり「(見る) いるのかい、相手が」
正吉「――あぁ」
みどり「約束できたのかい」
正吉「それが――」

みどり「―――」
正吉「なかなか大変そうなンだ。相手をこれから説得するのが」
みどり「おとせてないのか」
正吉「今のとこはな」
みどり「(笑う) 情けないねぇ、いい年こいて」
有線から流れている「百万本のバラ」
みどり「女はみんな待ってるンだよ」
正吉「―――」
みどり「いいと思ったら押しの一手だね」
正吉。
間。
みどり。
――正吉を見て、ニヤッと笑う。
みどり「この曲知ってるかい。「百万本のバラ」っていうンだ」
正吉「―――」
みどり「ほれた女に町中のバラをさ、百万本贈って口説いたっちゅう見上げた男を唄った歌さ」
正吉。
みどり「男はそれくらい強引でなきゃね」
店内に流れている「百万本のバラ」。
正吉。
花を生けているみどり。
正吉「バラって一本いくらするンだ」
みどり「四、五百円はするンじゃないかい」
正吉「―――」
正吉、カウンターから電卓を引き寄せ計算する。
目をむく。
正吉「四億から五億かかるじゃねぇか!」
「百万本のバラ」以下に流れて。

国道

走る車。

同・車内

正吉。

イメージ(フラッシュ・インサート)

螢。

走る車内

正吉。

国道

走る正吉の車。

正吉

イメージ

螢。

走る車内

正吉。

その目がフッと窓外を見る。

車窓

咲き乱れているオオハンゴン草。

正吉

車窓

どこまでも続くオオハンゴン草。

山間部

オオハンゴン草が咲き乱れている。

その中に止まっている正吉の車。

車からゆっくり出て、オオハンゴン草の中に立つ正吉。

「百万本のバラ」消えていって。

完次の声「純！」

麓郷

ゴミ収集車を止め、弁当を食べている純と相棒。

完次「(近づく)トマトもいできた。食ってくれ」

純「ありがとう。どうだ」

完次「ジャガイモに疫病が出ちまってな」

純「そうだってな。まだ拡がってるのか」

完次「今ンとこ一応くい止めた」

純「お前少し最近やせたンじゃないか？　うちのおやじも心配してたぞ。働きすぎだ。気をつけろ」

完次「大丈夫だ」

行きかけた完次、フッと立ち止まる。

完次「オオハンゴン草のこと、なんかお前聞いてるか？」

純「オオハンゴン草？」

完次「漢方か何かにアレ売れるのか？」
純「どうして」
完次「正吉がここんとこ、あっちこっちでオオハンゴン草刈ってやがるンだ」
純「正吉が」
完次「大黄の根ッコが漢方になるってのは前に誰かから聞いたことあるけど、あいつどっかに卸してるンじゃねえのか。ナンかこっそり情報つかんで」
純「聞いてねぇなぁ」
相棒「オオハンゴン草が金になるなら、そこらじゅうお前――銀行みてェなもンだぜ」
五郎の声「オオハンゴン草？」

石の家・炭焼き窯《がま》

五郎「イヤオレは知らねぇ」
純「――――」
五郎「オオハンゴン草が何かになるのか」
純「イヤそれがナンだかよくわからねぇンだよ」
五郎「それより純」
純「？」
五郎「まぁちょっと上がれ」

同・ベランダ

お茶を飲んでいる純と五郎。
五郎「二、三日前シュウちゃんから手紙をもらったンだ」
純。
五郎「今、上砂川に帰ってるンだって？」

芦別岳

夕日に映えている。

石の家・ベランダ

五郎「何があったンだ」
純「――――」
五郎「話したくなきゃあ話さんでもいいが」
間。
純「べつに何もないよ」
五郎「――――」
純「実家からそうしろっていわれたらしいンだ」
五郎「――――」
間。

五郎「お前、実家にあいさつに行ったたって？」
純「――あぁ」
間。
五郎「――緊張したろォ」
純「――あぁ」
五郎「ウン。――あれァ緊張する。あんなたまらんもンはない」
純「――――」
間。
五郎「どうだったンだ、それで、実家は」
純「――べつに」
間。
五郎「歓迎されたか」
純「歓迎――とまではいかなかったンじゃないかな」
五郎「ウン」
純「――――」
五郎「娘が男を連れてくりゃお前、そりゃたいがいは歓迎しねぇもンだ」
純「――――」
五郎「オレなんかお前、母さんもらいに初めて行ったとき、いきなりホースで水かけられた」
二人、ちょっと笑う。
間。
純「オヤジさんてのが変な人だったよ。オレにひと言も口きかないンだけど、カラオケボックスに誘ってくれたンだ。そこでも全然オレのこと見ないで一人で勝手に歌いまくってるンだ。歌いながらつぎのボタンを押してさ、一人で延々二十二曲だぜ」
五郎「数えてたのか」
純「だってほかにやることないンだもン」
五郎「――そうか」
純「――――」
五郎「ウン――そりゃあなかなか素敵なオヤジだ」
純「――――」
五郎「それでお前シュウちゃんと連絡はとってるのか」
純「――――」
間。
五郎「終ったわけじゃ、べつにないンだろ」
間。
純「そういうふうには思ってないよ」
五郎「そうか。――ウン。ならいい」
純「――――」

五郎「それなら、いいンだ」
純。
音楽——低く入る。

走る車内

運転する純の顔。
語《り》「決してよいという状態じゃなかった。このまま放っといたらぼくらの間は、どんどん遠くなりかすんでいく気がした。だけど。こっちから連絡することを、ぼくは意地になって我慢していたンだ。向うから一度、手紙をもらっただけだった。その後音信は、プッツリ絶えていた。だけどもぼくは、意地になっていた。向うが勝手に離れていったンだから、連絡するなら向うからすべきだ」
音楽——中断。
純、外を見て車を止める。

荒地

正吉がひとり黙々とオオハンゴン草の花を刈っている。
純「(出る）正吉！」
正吉ふり返り、ニヤッと笑う。
純「何やってンだお前、そんなもん刈って」
正吉ニコッと笑い、作業を続ける。
正吉「いいンだ。オレの趣味だ。放っといてくれ」
純「——(口の中で）おかしいンじゃねぇか」
正吉「(刈りつつ、口の中で）四千二百三十一、四千二百三十二、四千二百三十三、四千二百三十四、——」
「百万本のバラ」しのびこむ。

イメージ

螢がアパートの戸を開ける。
届けられた大量のオオハンゴン草。

荒地

真剣な表情で、花を刈る正吉。
「百万本のバラ」盛りあがって。

スーパー

人が群れている。
語《り》「お盆の休みが富良野に来ると、この町の人口は急にふくれ上がる」

駐車場

人と車があふれている。

語り「札幌や内地に出ている人たちが、休みの間だけ帰ってくるからだ」

車、車、車。

語り「スーパーマーケットの駐車場にはよそのナンバーの車が目立った」

畑

人気ない。

語り「この二日だけは農家さんも休んだ」

アパート・部屋

一人テレビを見ている純。

語り「正吉も泊まりがけでどこかに遊びに出かけた。正吉は近ごろよく外泊する」

純、テレビに飽き、畳に寝転がる。

語り「ぼくはシュウからの電話を待っていた。しかし電話はいっこうに鳴らなかった。こっちからかけようかと何度も思ったが、弱気に思われるのがしゃくなのでやめた。休日はぼくには、かえって苦痛だった」

ゴミ収集車

生ゴミがどんどん放りこまれる。

語り「お盆が終るとゴミがどっと出た。過疎の町の束の間の団欒のツケが、ぼくの仕事に重くのしかかった」

純の声「どうしたンだ」

アパート（夜）

テレビからふり向く純。

キチンと正座している笑顔の正吉。

純「？」

純、テレビを消す。

純「何だ一体」

正吉「話があるンだ」

純「（笑う）どうしたンだよ」

語り「話があると正吉がきり出したのは、お盆が終って二日めの夜である」

正吉。

正吉「じつは——子どもがデキちまった」

純、びっくりして座り直す。

純「ホントカヨオ」

正吉「ホントだ」
純「調べたのかよ」
正吉「調べた」
純「確実か」
正吉「確実だ」
純「アタァ！——イヤ、オレも、前、一回、ミスしたこと
　あってよ。——今何ヵ月」
正吉「うン」
純「早く堕ろさなきゃヤバくなるぜ」
正吉「結婚したいンだ」
　純の顔。
　間。
純「(息をのんで) マジかよォ！」
正吉「マジだ」
　間。
純「相手はどこの娘《こ》」
正吉「じつは、螢ちゃんだ」
　純の顔。
　正吉の顔。
　純の顔。
　長い間。
　純、膝を崩し、テレビをつける。

テレビの画面

　お笑い。
　しばらく。
　——消される。

部屋

　ふたたびゆっくり向きなおる純。
　正吉。
　間。
純「冗談だろ」
正吉「本当だよ」
　間。
純「だってあいつは今落石に」
正吉「そいつとはとっくに終ったンだ」
純「——」
正吉「今は札幌に一人で住ンでる」
　純。
　音楽——鉄槌のような衝撃で入る。
　砕けて低いB・G。

正吉。
畳に両手をつく。
正吉「申し訳ない」
間。
純「(突如叫ぶ) 妹だぞ!!」
正吉「―――」
純「たった一人のオレの妹だぞ!!」
正吉。
――平伏したまま。
長い間。
純「いつデキたンだ」
正吉「根室に働きに行ってたときだ」
純「油断もスキもありゃしねぇ!」
正吉「―――」
純「友だちの妹に。そういうこと、アリかよォ!!」
正吉「―――」
間。
純「どっちが誘ったンだ」
正吉「もちろんオレからだ」
純「―――」
純、ふいにウィスキーを取りに立つ。
取りかけ、急にもどってきて正吉の頭をペチャペチャ叩く。
ウィスキーとグラスを持ってくる。
座りこみ、ドクドクとウィスキーをつぐ。
思い直して、もう一つグラスを持ってくる。
正吉の前にバンと置く。
正吉、待っていたようにグラスにウィスキーをつぐ。
純。
純「どうしようもねえやつだな」
正吉「結婚さしてくれ」
純「―――」
正吉「兄さんと呼ばしてくれ」
長い間。
純、仰向けにひっくり返る。
純「冗談じゃねぇぜ!」
正吉「こっちも冗談じゃないンだ」
長い間。
純、バッと身を起こす。
純「それで――あいつにその気はあるのか」
正吉「その気とは」
純「(怒鳴る) 結婚する気に決まってるだろうがッ!!」

正吉「ある」
　純。
正吉「じつは今、そばで待たせてる」
純（目をむく）
正吉「北時計で待ってる。会ってやってくれ」
　純。
正吉「お願いだ。兄さん」
　純。
　間。
　いきなり座布団を叩きつける。
純「（叫ぶ）そうなれなれしく兄さんなンて呼ぶなよなァ!!」
　ムード曲――低くしのびこむ。

北時計

　その灯。

同・店内

　顔を上げる螢。
　前に立つ純。
　螢。
　純、螢の真向いに座る。
純「（ウェイターに）コーヒー」
　ムード曲。
　間。
螢「――まじ」
純「（ポツリ）信じられねぇよ。まじかよお前ら」
　間。
純「それで、本当に子ども産む気なのか」
螢「産むよ」
純「あぁ、そう（口の中で）全く！　信じられねぇ！」
　純、螢を見る。
　螢、ニコッと笑う。
　純、目をそらして煙草に火をつける。
純「父さんに何て説明したらいいンだ」
螢「あたしがいうわよ。兄ちゃん気にしないで」
純「気にしますよ」
螢「――」
純「どういうふうにいうつもりだ」
螢「そのままいうっきゃしょうがないでしょ」
純「――」
螢「おめでたい話なンだもの。いいじゃない」

純「おめでたすぎらァ。順序がずれてるぜ」
螢「それはいえるね（クスッと笑う）」
純「よく笑えるな。お前。こういうのを世間じゃフシダラっていうンだぞ」
螢「アハハハ、そうだよね。フシダラか。いえてる」
　コーヒーが来る。
語り「ほとんど圧倒されていた。螢――。ぼくの中では螢は、ランドセルをしょって、いつもぼくの後を追いかけて走ってくる仔犬のような存在だったンだ。しかし。今目の前にいるこの妹は、螢ではなくて別の螢だった。仔犬は突然生々しい女となり、母親となって目の前にいた。そうなンだ。ぼくを否応なく圧倒してくるのは螢の中の母親だった。螢は明らかにぼくよりベテランの、経験豊かな人間としていたンだ」

ヘッドライト

　走る。
語り「その晩のぼくはショックのあまり、ほとんど混乱していたように思う」

プリンスホテル

　車の行く手にそびえているその建物。
語り「とりあえずぼくは二人のために、一流ホテルに部屋をとってやった」

同・フロント

　前金を払っている純。
語り「何でこいつらにここまでしてやらなきゃいけなかったのかと、後になってひどく腹が立ったが、その晩の気分では兄という立場上、それもある種のつとめのように思え」

夜の道

　走る純の車。
語り「そんな夜正吉と二人でいても、何をしゃべったらいいかわからず」

駅

（翌日）
　汽車が着く。
語り「その晩正吉が報告したらしく、翌朝正吉のお袋さんが来た」

駅・表

完全に逆上してとびだしてくるみどり。

語り「お袋さんは、完全に取り乱していた」

アパート

中へ入るみどり。

一直線に正吉に突進し、半狂乱で正吉を殴る。

純、懸命に割って入って。

純「やめてください！　おばさん！　暴力はいけません!!」

みどり、突然床に土下座する。

みどり「（半泣きで）申し訳ありませんッ！　このバカ（正吉を殴る）――母親がさんざん五郎さんに迷惑かけて、顔向けできないの知ってながら、こともあろうにその娘さんに（正吉を叩く。半泣きで）知らなかったンです！　アタシ全然知らなかったンです！　子どもがデキたなンてこのバカいいやしないし、結婚したい相手がいるなンて、相手の名前も教えないから！　私まで乗せられて一緒になって百万本のオオハンゴン草なンて（殴るだけでは済まず、立ち上がってけとばす）このバカヤロウッ！　恩知らずッ！　人でなしッ！」

純「おばさんホントに！　ホントにもうわかったから！　螢ッ！　お前も」

ぼう然と螢を見る。

無言でオレンジを食べている螢。

音楽――イン。

麓郷・石の家・畑

ジャガイモの葉っぱを点検している五郎。

身体を起こして腰を伸ばす。

つぎの畝へ向かおうとして、ふと目を凝らす。

草原

ボケた映像でやってくる三人の姿。

畑

五郎目をこすり、もう一度見る。

草原

ボケていた映像がしだいにはっきりする。

神妙にやってくる純、螢、正吉。

畑

五郎。

その顔にみるみる歓喜の表情。

ジャガイモの中を五郎走りだす。

五郎「ホタルゥ――ッ!! 螢でしょッ!」

芦別岳

遠くにそびえている。

ベランダ

トマトを食べている一家三人。

ゆで上がったトウキビを持って中から出る五郎。

五郎「もぎたてッ! 今そこでもいで来たトウキビッ! 食べてッ! うまいよォ! 今年のは最高。サッ! 食べてッ! (興奮) どうしたのよォもうッ! 驚かすンだからァ! 元気ィあちらの――ナニのほうもお元気」

純「父さん」

五郎「ア」

純「正吉が、話あるらしいンだ」

五郎「話? (笑う) 話は後で聞くよ。サッ! とりあえずトウキビ食べてッ! オレの丹精した無農薬のトウキビッ!」

正吉「おじさん」

五郎「あ?」

正吉「――」

五郎「(笑いだす) 何だよォ三人とも。リラックスしてよォ」

正吉「螢ちゃんに、結婚を申し込んだンです」

五郎「へ?」

正吉「螢ちゃん受けてくれました」

五郎。

正吉「おじさんの許可が欲しいンです」

五郎。

五郎「けど、アノ――こいつには――落石に。――あちらは」

螢「終ったわ、とっくに」

五郎。

正吉「じつは――もうお腹に――ぼくの子どもがいます」

五郎。

純。

正吉「すいません。話が後先になってしまいました」
五郎。
正吉「オヤジさん。螢ちゃんをぼくにください」
五郎。
螢。
純。
正吉。
五郎。
間。
五郎の目にみるみる涙がふき出す。
純。
涙を拭いもせず、五郎うなずく。
小刻みにうなずく。
何度もうなずく。
そのままツイと立ち、急いで中へ入りかける。
急にもどって正吉の手を両手でにぎり、何度も何度も
笑顔でうなずく。
螢の手を両手でにぎり、何度もうなずく。
行きかけもどって、純の手をにぎる。
何度もその手をふり、中へ走りこむ。
純。

——チラと螢を見る。
うつむいている螢。
正吉。
純。
突然。
中から嗚咽《おえつ》がもれてくる。

家の中

令子の遺影の前に座り、獣のように泣いている五郎。
語《り》「富良野に来て十七年。多分——。父さんがこんなにも
ストレートに、感情をさらけ出し、喜びで泣くのを、
ぼくは初めて見たンじゃないかと思う」
音楽——テーマ曲、イン。

ベランダ

純。
語《り》「父さん。泣いてくれ。(声つまる)どうか、——存分
に泣いてください」
螢。
語《り》「あなたがそこまで喜ぶ姿を——生まれて初めて、ぼく
は見ています。(間)父さん。——思い切り泣いてく

　　だ さい」

芦別岳

　夕映えに染まっている。

語り「それからいきなり、酒盛りになった」

ベランダ

　純と螢が懸命に招いている。

語り「顔を出せないと、陰に隠れていた正吉のお袋さんも現れた」

　ポカンと見ている五郎。

草原

　草の中からペコペコとはうように現れるみどり。

　五郎の前にいきなり土下座する。

　五郎、大笑いでみどりを起こす。

道

　雪子がやってくる。

語り「連絡したらすぐ雪子おばさんが来た」

＊

　中畑夫妻、来る。

語り「中畑のおじさんとおばさんも来た」

ベランダ

　酔っぱらっている五郎の姿。

語り「子どもが先にデキちまったとか、父さんになンて伝えようかとか、全ての心配は一挙にふっとンだ。そんなことは父さんの喜びの前では、ちっぽけな小さな事柄みたいだった。八時ごろ、完次の嫁さんが来た」

　懐中電灯を持って走ってくる完次の嫁、ツヤ子。

五郎「(酔っている) オォ、ツヤちゃんか！　あがってくれ！　うちはな今大変な」

ツヤ子「おじさんすぐ来て！」

五郎「――どうしたンだ」

ツヤ子「奥の畑に疫病が出て！　草太さんが機械で今農薬を！」

　五郎。

音楽――叩きつけて入る。

完次の畑

　車が着いて、ツヤ子と五郎、純、急ぎ出る。

大型トラクターの光芒が走り、完次の畑に草太が農薬を撒いている。
畑の隅にぼう然と立つ完次。
走ってくる五郎たち。
五郎「どうしたンだ」
完次「(ぼう然) あっちの畑に疫病が出て、隣接地だから草太さんに知らせたらいきなりトラクターで乗り入れてきて、うちの土地に農薬撒きはじめたンだ。オレの畑に病気伝染《うつ》す気かって」
五郎「――」
完次「五年かけてようやく生き返らした土が――また死んだ土にもどっちまった」
五郎。
純。
音楽――
語り「そうしていきなり富良野に秋が来た」

紅葉

川面

霧がわいてくる。
語り「気温が突然グンと下がった」
音楽――ゆっくり盛りあがって砕ける。

後編

1

音楽——

紅葉

畑・収穫

人参工場

人参が洗われる。

畑

ジャガイモが収穫される。
ベルトで流されるそのジャガイモ。

別の畑

機械作業による玉ネギの収穫。

語《り》「畑に収穫の秋が来たころ、螢が富良野にもどってきた」

石の家

螢が室内を片づけている。

語《り》「結婚式は一月と決まり、それまで父さんと一緒に住むと、これは螢が自分からいいだした」

同・ジャガイモ畑

五郎がジャガイモを収穫する。

語《り》「父さんはいかにも嬉しそうだった」

アパート・下

純と正吉、車に乗りこむ。

語《り》「正吉もぼくも毎晩のように夕めしを食いに父さんの家に通うようになった」

ベランダ

食事をする四人。そして、雪子。

語《り》「ときには雪子おばさんが、その夕食に一緒に加わった。雪子おばさんは時折フッと、淋しそうな顔を見せることがあったが、本当にそれは何年かぶりのわが家の団欒の復活だったように思う。もし、この団欒にシュウがいてくれたら父さんはホントに幸せそうだった。

音楽――ゆっくり消えていって。

丘陵

一台の車がとばしてくる。

草太の牧場・表

車が着いてシンジュクが下りる。

急ぎ牧舎へ。

牧舎・裏

フォークで干草を扱っている草太。

草太「どうした」

シンジュク「ちょっと、話があるンす」

草太「いやあいいべ」

シンジュク「――」

草太「(手を止める) 何だよ」

シンジュク「今中畑の和夫さんとこで妙な話を聞いてきたンす」

草太「?」

シンジュク「五郎さんとこの、螢ちゃんのことです」

草太「――それがどうした」

シンジュク「先輩、変なこといったそうですね」

草太「――」

シンジュク「螢ちゃんの腹にいる赤ン坊が、実際は正吉の子どもじゃないって」

草太「――」

シンジュク「それは本当の話なンスか」

草太。

草太「ちょっと、座るべ」

草原

腰下ろしている草太とシンジュク。

草太「誰にもいうな」

シンジュク「――」

草太「本当の話だ」
シンジュク「――――」
草太「だから、五郎おじさんにも純にも内緒で、おいらが画策して正吉とくっつけた」
間。
シンジュク「信じられねえ！」
草太「おれも最初は信じられなかったンだ。螢のやつ一人で産むっていうから」
シンジュク「おいらがいってるのはそのことじゃないスよ！　どうしてそういう大変なことをペラペラ人にしゃべるのかってことスよ」
草太「べつにペラペラしゃべっちゃいねえよ。中畑の和夫さんにしゃべっただけだべ」
シンジュク「一人にしゃべったってことは、たちまち噂になるってことでしょうが。現に和夫さん、おいらにしゃべってンだ」
草太「シンジュク」
シンジュク「何スカ」
草太「お前、おいらに説教する気か」
間。
シンジュク「先輩。少し最近おかしいンじゃないスか」
草太「オイ」
シンジュク「何スカ」
草太「お前、ケンカを売りにきたのか」
シンジュク「――売ってもいいけど。オイラ勝ちますよ」
間。
草太「ハハ。冗談々々。平和にしゃべるべ」
シンジュク「――――」
草太「イヤ、あれはつい口がすべったンだ。よそではしゃべっとらん。お前もしゃべるな」
シンジュク「――――」
草太「とにかくオイラ螢だけは、きちんと倖せに結婚さしてやりてえンだ」
立つ。
草太「(行きかけて）ああシンジュク、おまえ完次の新居の工事やったべ」
シンジュク「やりましたよ」
草太「工事の代金全部取ったか」
シンジュク「いや」
草太「早く取っとけ。こげつくぞ」
シンジュク「――なぜ」
草太「あいつンとこはひでえことになっとる。多分この暮で（親指を下に立てる）こうなるべ」
　行きかける。
シンジュク「先輩」
草太「あ?」
シンジュク「先輩このごろ評判悪いスよ」
草太「――」
シンジュク「先輩が好きなようにやるのはいいけど、自分のやり方を人にまで押しつけちゃ、やりすぎっていわれてもしょうがないンじゃないスカ?」
草太「――」
シンジュク「完次の畑拡げさせたのも先輩が強引にすすめたからでしょ?　本当は小さくやっていたいンだって、あいついつだったかボヤいてましたよ」
草太「農家のことに口出すなよシンジュク。あいつには農業がわかってねえンだ。今の時代には今の時代の、農業経営のやり方があるンだ。それがあいつにはわかってねえのさ」
　音楽――静かな旋律で入る。

雪虫

語り「十月十日。今年初めて雪虫を見た」

畑

　蒸気が上がっている。
語り「冷たい空気が流れこみはじめ、霜注意報のサイレンが鳴った。そうしてたちまち冬がやってきた」
　音楽――盛りあがって。

雪

ニングルテラス

　雪が積もっている。

同・森のろうそく屋

　ろうそくを作っている雪子。
　そばで見ている純。
語り「雪子おばさんから初めてその話を聞いたのは、おばさんの店に寄ったときだ」
雪子「(作業しつつ)純」
純「ん?」
雪子「ちょっと変なこと聞いていい?」
純「何」

間。

雪子「螢のお腹にいる赤ちゃんのこと」

純「?」

雪子、ろうそくの作業をしながら、

雪子「こないだ義兄《にい》さんがここに来たとき、義兄さん急に変なこというのよ。——あれはほんとに正吉の子どもなンだろうかって」

純「どういうことさ」

間。

雪子「もしかしてあれは落石《おちいし》で一緒にいたもとの人との間にできた子で、正吉は全部そのことを知ったうえで螢に結婚を申し込んだンじゃないかって」

純。

純「そんな——」

純。

音楽——鈍い衝撃で低く入る。

ろうそくを作っている雪子。

純「父さんがそういったの?」

雪子「そうなの」

純「——」

雪子「まさかって私笑ったンだけど、義兄さんなんにもいわないのよ」

間。

純「どうしてそんな変なこというンだろう」

雪子「——」

純「父さん、なんでそんなこといったンだろう」

雪子「純」

純「——あぁ」

雪子「そんなことってあるわけないよね」

純「——あぁ」

雪子「なんかそういうこと、あんた聞いてる?」

純「聞いてないよオレは」

雪子「——」

純「そんなバカな話」

語《り》「しかし」

音楽——ゆっくりと高まって続く。

窓外

雪が降っている。

語《り》「雪子おばさんのいったその言葉は、ぼくの心に突然小さな白い窓みたいな隙間を開けた。隙間はたちまちどんどん拡がった」

テラス・回廊

雪の中を歩く純。

語り「螢の子どもが正吉の子どもじゃない！」

同・駐車場

車に乗りこみエンジンをかける純。

語り「考えてみれば、初めて正吉にいわれたとき、たしかにフッと頭をかすめた小さな不思議な違和感があった」

走る車窓・雪

語り「夏の始まる前正吉はたしかに、一時期仕事で根室に行っていた。帰ってきて螢に逢ったといった。だけどそのときの逢ったという話は、ちょっとだけ寄ったというニュアンスだった。そこで二人に何かがあったという、そういう感じでは決してなかった。正吉に初めて告白されたとき、そのことを瞬間フッと思った。だけどあまりのショックの中で、そんな疑問は消しとんでしまった。だけど」

アパート・階段

上がっていく純。

語り「父さんがおばさんにもらしたというように、いわれてみればたしかにおかしい」

アパート・表

純と正吉の表札。

語り「それまで正吉に気配はなかった」

アパート・内

純入って、一人部屋に立つ。

語り「二人で一緒に住んでいたのだから何かあったらわかるはずだ。正吉にそんな気配はなかった」

除雪車

運転する正吉。

語り「正吉。もしかしてお前はオレに、重大なことを隠しているのか」

音楽——ぐいぐい盛りあがって、終る。

窓外

雪。

正吉の声「まいったぜ」
純の声「何が」

アパート

純と正吉。
正吉「草太兄ちゃんが結婚式仕切るってどんどん勝手に盛りあがっちゃってるンだ」
純「――」
正吉「時夫さんと広介まきこんでよ。おれらがきいても教えないっていうし、派手なのいやだって何度もいってるのに、当事者は黙ってろって意見いわせねえンだ。スピーチまでやるって練習してンだぜ」
純「正吉」
正吉「――ああ」
純「最近おやじに逢ってるか」
正吉「三日前めし食った」
純。
純「どうしてた」
正吉「炭焼きまた始めてた。元気だったぜ」
純「――」
正吉「なぜ」
純「う？　いや、――ただちょっときいただけだ」

炭焼き窯《がま》

煙が上がっている。

語《り》「雪が降りはじめて父さんはまた、本格的に炭焼きを再開した。去年は完次が手伝いにきていたが、今年は姿を見せなかった。父さんは一人で奮闘していた」

火口をジッと見つめている五郎。

その顔に。

和夫の声「螢の子の話、草太に聞いたよ」

記憶

フッと顔を上げた五郎。
和夫「螢もずい分大胆なもンだな」
五郎「（笑って）しょうがねぇだろ。今の子だ」
和夫「相手には全然いってないンだって」
五郎「相手？」
間。
和夫「――え？」
五郎「相手って、正吉のこと？」
和夫「――」

間。
五郎「正吉にいってないって——何のこと」
間。
和夫。
五郎。
和夫「(狼狽) いや。あ、そうか。なぁンだ。——勘違いしてた。ハハ、イヤイインダイインダ」
五郎。
五郎「中ちゃん」
和夫「違うンだ違うンだ。さて行かなくちゃ」
五郎「相手って一体誰のことといってンだ」

炭焼き窯《がま》
五郎。
燃える火に薪を突っこむ。
音楽——低くイン。

石の家・表
五郎ゆっくりもどってくる。

同・内
五郎、部屋に入り雪をはらう。
その目がフッと固定する。

同・階段
五郎ゆっくり二階へ上がる。

同・二階
螢の部屋になっている。
机の前にゆっくり立つ五郎。
机の上に置かれている螢のバッグ。
五郎。
恐る恐るバッグを取り、中を調べる。
母子手帳を取り出す。
ページをめくる。
その手が固定する。

母子手帳
そこにおされた役所の印。
根室市役所——。

石の家・二階

五郎の顔。
　——ページをくる。

波濤

落石の岸壁に砕ける。
音楽——中断。

石の家・二階

五郎「ハイ!」
　慌てて母子手帳をバッグに押しこむ。
　ドドッと階段を下へおりる。
五郎「螢?——帰ったのォ?」
　静寂。
　扉が風であおられている。
　五郎。
　ノロノロと扉を閉める。
　柱時計がボーンと鳴る。
　ゆっくりその時計をふり返る五郎。
　その目がフッと机に飾られた令子の遺影に固定する。
　五郎——ゆっくり遺影に近づく。
　静かに笑っている令子の遺影。

柱時計

コチコチと時を刻んでいる。

上砂川（夕刻）

コンビニエンスストアに灯がともっている。

コンビニエンスストア

レジで働いているシュウ。
シュウ「いらっしゃい——（口の中で）お父さん!」
　店の入り口に立っている五郎。

食堂

赤ちょうちんに灯が入っている。

同・中

粗末なカウンターの片隅に、並んで座っている五郎とシュウ。
五郎「元気かい」
シュウ「うん、元気。——黙って来ちゃってごめんなさい」

五郎「びっくりしたよォ。純のやつなンにもいってくれないから」
シュウ「私がいけないの。黙って急に引っ越しちゃったから」
五郎「――」
シュウ「純、怒ってる?」
五郎「どうして」
シュウ「――」
五郎「怒ってなンかいるもンか。淋しがっちゃあいるようだが」
シュウ「――」
演歌。
五郎「富良野には当分帰ってこないのかい?」
シュウ「しばらく。――仕事もやめてきちゃったし」
五郎「淋しいな」
シュウ。
シュウ「だけどお父さん、必ず帰るわ。ちょっとの間だけ。ちょっとだけ許して」
五郎「許してなンてシュウちゃん――ただオレは勝手に淋しいだけだ」
演歌。

間。
シュウ「炭焼き、やってる?」
五郎「あぁ」
演歌。
間。
五郎「あいつ、――お宅に――、ごあいさつに伺ったンだって」
シュウ「(うなずく) 来てくれた」
間。
五郎「うまくあいさつできたのか、あいつ?」
シュウ「(笑って) したわ」
五郎「アガってただろう」
シュウ「ものすごくアガってた (笑う)」
間。
五郎「シュウちゃん」
シュウ「?」
五郎「あいつがごあいさつに伺ったことと、シュウちゃんがこっちに帰ることになったことと、――関係あるのか」
シュウ「――ないわ」
五郎「うン」

シュウ「――」
五郎「それで。――その後、――うまくいってるのか」
間。
シュウ「そのつもりだけど」
五郎「そうか」
シュウ「――」
五郎「うン。イヤ。そんならいいンだ」
シュウ「――」
五郎「ただ――」
シュウ「――」
五郎「あいつは照れ屋だし。――意地を張るタチだから。だから――、どういうか、コノ――自分の気持ちを、ソノ――素直にうまく伝えられンタチだし。だから――。本当は逢いたくてたまらんくせに、自分のほうから連絡するのが――照れくさいちゅうか、恥ずかしいちゅうか。けど。――あいつは君が。――大好きなンだ」
シュウ「――」
五郎「見てりゃアわかる。うン。そりゃ見てりゃア、誰にだってわかる、うン」
シュウ「――」
五郎「だから」
シュウ「――」
五郎「できたらシュウちゃんのほうから、あいつに連絡してやってくれると――。そんなことオレが頼むのも妙だが」
シュウ「わかった」
五郎「――」
シュウ「うン。必ず連絡する」
五郎「――ありがとう」
間。
シュウ「お父さん」
五郎「――あぁ」
シュウ「純が私のこと嫌いだっていっても、私、絶対離さないから。――大丈夫」
五郎「――」
シュウ「お父さんのことも離さないから」
五郎「――」
五郎。
焼き魚をつついている。
五郎「このごろ、あいつよく家に来てくれるンだ」
シュウ「――」

五郎「螢が家にもどってきててな」
シュウ「――」
五郎「じつはな」
シュウ「――」
五郎「螢が正吉と結婚することになったンだ」
シュウ「ホント!?」
五郎「あぁ。だから四人でよくメシを食う。オレンとこの家のあのベランダで。あぁ、出来上がったンだあのベランダ」
シュウ「おめでとォ！　ほんとォ！　正吉君と！」
五郎「あぁ」
シュウ「よかったね」
五郎「全くだ――正吉に感謝しとる」
シュウ「ほんとォ」
間。
五郎「四人で一緒にメシ食っとるときにな」
シュウ「――」
五郎「オレはときどきフッと思うよ」
シュウ「――」
五郎「こんな幸せはおいら今までに――なかったように思えるから、だから――それ以上の幸せを望むちゅうことは神様に対して申し訳ないちゅう気もするけど。だけど――ときどき思っちまうンだ」
シュウ「――」
五郎「あんたがこの場にいてくれたらなって」
シュウ。
間。
五郎「純も同じこと思っとるンだろ」
シュウ。
五郎「ときどきぼんやり、ほかのこと考えとる」
シュウ。

麓郷（夜）

夜道を急いで来る完次とツヤ子。
語《り》「そのころ一つの深刻なドラマが麓郷の片隅で始まっていることを、ぼくはまだ全然知らなかったンだ」

部落会館・表

何台もの車が止まっている。
扉を開けて中に入る完次とツヤ子。

同・内

二人入る。
車座になっている近隣の農家たち。
草太、広介も。
その前に立つ二人。
立ったまま無言で頭を下げる。
音楽――衝撃音短く。
男1「おやじはどうした」
完次「おやじは――勘弁してください」
間。
男2「どうするンだ一体。こんなに借金ふくらましちまって」
完次「――」
男2「誰も肩代わりできんっていっとるぞ」
うつむいたまま突っ立っている完次。
同じくツヤ子。
草太「ここまで来ちまったら終《しま》いだわ完次」
完次。
草太「連帯保証したここにいるもン誰も、お前の借金の肩代わりできねぇっていってる」
完次。
草太「有機農法だの無農薬だの、お前農業を甘くみすぎたな」
完次。
広介。
草太「ま、これ以上みんなに迷惑かけたくなかったら、家も土地も置いて裸一つで、ここからさっさと出てくとだな」
完次「（かすれて）待ってください！　オレは――オレの土地は全部あきらめていいです。だけどおやじの――じいさんからずっとやってた土地は」
男3「遅いよ完次。もうどうしようもねぇ」
完次「――」
男3「オラたちの気持ちも、少しは察してみろ」
広介。
完次。
――その手がブルブルふるえている。
ツヤ子の手がソッと完次の手をにぎる。
音楽――衝撃音。
純の声「どうしたンだ」

純のアパート・下

広介「完ちゃんとこが大変だ」

純「――」
広介「農事組合も見放した」
純「――どうなるンだ」
広介「離農するっきゃしょうがねぇだろう」
純「――」
広介「草太兄ちゃんの厳しさ初めて見た。家も土地も置いて裸一つでここから出てけってかみさんのいる前で完次に言い切った」
音楽――衝撃。
砕けてB・G。

走るヘッドライト

麓郷街道の闇を切り裂く。
語《り》「ショックだった」

走る車中

純。
語《り》「二、三年前には土地を拡げ、父さんの手を借りて有機農法にここ何年も燃えていた完次。今年は結婚し、新しい家を建て、いつも明るく張り切っていた完次。その完次がそこまで追いこまれていた」

完次の家・表

車を止めて、下りる純と正吉。
家のほうへ
語《り》「ここらでは通称クミカン――組合勘定といって、農協に所属する組合員は、種から苗から肥料から農薬まで農協を通して一切を仕入れている。その支払いは帳面に残り、年度末、収穫と相殺された」

完次の家・内

ツヤ子と五郎が座っている。
純と正吉入る。
通夜のような雰囲気。
語《り》「その年天候不順などが起きて思うとおりに収穫が伸びないと、それは借金として帳面に残った。そうした借金を農協からするとき、近隣の農家が集まってつくる農事組合が連帯保証した。だから一軒の農家がつぶれると、周囲の農家が被害を受けるのだ」

同・表

ツヤ子出る。

パトカーが着いてチンタが下りる。

ツヤ子「チンタ――」

チンタ「聞いたよ。兄さんは」

ツヤ子「今組合長の家に行ってる。入って」

チンタ「まだ勤務中なンだ。後で来る」

同・家の中

語《り》「しばらく待ったが完次は帰ってこず、ぼくらは父さんの石の家へ移った」

石の家

黙りこくっている一家、正吉。

語《り》「ここ何年も手伝ってきた完次の家の突然の悲劇に、父さんはショックを隠せないみたいだった」

純「何時だ」

螢「十一時」

純「(正吉に) そろそろ帰るか」

正吉「あぁ」

純「父さん行くわ」

五郎「――」

純、正吉立つ。

純「じゃあな」

表へ。

同・表

雪原を歩きかけ、足を止める二人。

懐中電灯の灯が下から上がってくる。

純「(中へ) 誰か来たぜ」

息を切らして上がってくるツヤ子。

正吉「ツヤちゃん」

ツヤ子「うちの人来てませんか」

純「いいや」

螢「(中から出る) 誰?」

正吉「ツヤ子ちゃん」

螢「どうしたの」

正吉「来てないかって完次が」

五郎「(出る) どうしたンだ」

ツヤ子「(泣きそうに) 完ちゃんがいないの」

五郎「いないって」

ツヤ子「さっきからあちこちに連絡してるンだけど――誰の家にも行ってないの」

五郎。

純。
音楽——突然切り裂くように入る。Ｂ・Ｇ。

闇

ヘッドライトが切り裂いて走る。

中畑木材

戸が叩かれる。
灯がつき、中から出てくるみずえ。

完次の家・表

車が着いてとびだすチンタ。

D型倉庫

ガラガラと開けられ、懐中電灯の灯が中を捜す。

別の倉庫

開かれ、調べられる。

物置

懐中電灯の光が、置いてあるトラクター、農機具を照らす。

畑地

懐中電灯を掲げた五郎が、畑の隅々を捜して歩く。

川

懐中電灯で正吉が捜す。

完次の家・居間

純があちこちに電話をかけている。
チンタ「（ポツリ）おやじのときと同じだぜ」
ギクリふり返ったツヤ子と純。

同・表

和夫が車で駆けつける。

時計

コチコチ時を刻んでいる。

道

懐中電灯で窓外を照らしながら、純の車がゆっくりと進む。

森

チンタ車を止め、森の中へと懐中電灯を照らす。

時計

一時を廻っている。

居間

和夫。
チラッと時計を見て低く、
和夫「一応警察に連絡しとくか」

道

純の車がゆっくりと来る。

純の車・車内

純、目をこらし、周囲を見ている。
その目が止まる。
ブレーキかける純。
車からとびだす。

雪原の彼方から懐中電灯の灯が走ってくる。
純、目をこらす。
正吉の声「純——!」
純、猛然とそちらへ走る。
正吉ゼイゼイと息を切らして来る。
純「——」
正吉「この奥の廃屋にいる」
純「(かすれて)大丈夫か!」
正吉「おやじさんとチンタがついてるから大丈夫だ。——
完ちゃんこれを手ににぎってた」
正吉の手にある農薬のビン。
純。
正吉「飲む気だったらしい。農薬だ」
純、猛然と走りだす。
車に走り激しく車をスタートさせる正吉。
正吉「車を貸してくれ! ツヤちゃんを呼んでくる」
音楽——鋭く入って。

廃屋

純とびこむ。
チンタに抱きしめられ、声もなく体をふるわせている完次。
そばにぼう然と立っている五郎。
五郎の目から流れている涙。
純。
語り「それがその晩の出来事だ」
音楽——はじけて終る。

雪

夕暮れの中に降っている。

清掃事業所

純の清掃車が帰ってくる。

同・駐車場

純と相棒下り、事務所へ向かう。
純の足が突然固定する。
雪の中に立って純を見ているシュウ。
純。
シュウ、ニコッと笑い小さく手をふる。
しのびこんでくるクリスマスソング。

焼肉屋

店内に流れているクリスマスソング。
コンロにシュウが肉をのせる。
純「元気だったのか」
シュウ「ウン元気。ごめんね、全然連絡しないで」
純「それはこっちも——おたがいさまだ」
シュウ「何度も電話をかけようと思ったのよ。だけど純の声聞いたら、きっと私、自分の気持ちが崩れて——折角決めた兄さんたちとの約束破って、こっちにとんで帰ってきちゃいそうだから」
純「——」
シュウ、モゾモゾと小さな包みを取り出す。
クリスマスプレゼントの包装とリボン。
シュウ「クリスマスプレゼント。ちょっと早いけど」
純。
純「オレは何も用意してねぇよ」
シュウ「いいのこれはクリスマスバレンタイン」
純。
純「嬉しいな——開けるぜ」
純、包みを開ける。
中から緑色の無地の皮表紙のノートが出てくる。

純「ノートかよ」
　中をめくり、ドキンと手が止まる。
　シュウ、肉をひっくり返しながら、
シュウ「私の言葉、純にささげる」
純「────」
シュウ「上砂川に行ってから毎晩書いてたの。純に電話がかけたくなる度に、その気持ちをおさえてここに書いたの」
純「────」
シュウ「だからね──これがあれからの気持ち」
　純。
　──。
　のろのろとページをめくる。その手を止めて。
純「(ポツリ) 絵も書いたのか」
シュウ「うン。絵は昔から好きだったから」
純「────」
シュウ「眠れない晩は絵を書いたの」
純「(ページをめくって) 眠れない晩がいっぱいあったンだ」
シュウ「うン。いっぱいあった」
純「──オレもけっこう、そういう夜あったぜ」
　演歌。
シュウ「そういう夜は何したの」
純「酒食らった」
　二人、笑う。
純「嬉しいな。ゆっくり読ましてもらうよ」
シュウ「お肉食べれるわよ」
　シュウ、焼けた肉を純に取ってやる。
　純、ノートを包み、脇へ置く。
シュウ「螢ちゃん帰ってきてるンだって」
純「そうなンだ」
シュウ「会いたいな」
純「お前まだ会わしてなかったっけ」
シュウ「まだ」
純「あいつ正吉と結婚するンだぜ」
シュウ「そうなんだってね」
純「(見る) どうして知ってンだ」
シュウ「(ちょっと笑う) こないだお父さんが上砂川に見えたのよ」
純「おやじが？」
シュウ「晩ごはんごちそうになったわ」
純「おやじなんもいってなかったぜ」

シュウ「密会だもン」
純（見る）
シュウ「嫉妬した？」
純「ちょっとな。——油断もスキもありゃしねぇ」
シュウ（笑う）
　肉を食う二人。
純「（食いつつ）聞いたか」
シュウ「何を」
純「信じられねぇよ。螢のやつ妊娠してやがったンだ」
　シュウ箸を止め、純を見る。
純「七ヵ月だぜ、もう。正吉の野郎！　どいつもこいつも油断もスキもありゃしねぇ」
シュウ「螢ちゃん彼がいたンじゃなかったの」
純「それはもう終ったって簡単にいいやがるンだ。全くオレの妹とは思えねぇよ」
　シュウ——肉をつつきながら。
シュウ「（ポソリ）いいな、そういうの」
純「何がいいンだ」
　食べる二人。
　演歌。
純「（食べつつ）今夜は帰るのか」
シュウ「（食べつつ）純に従う」
　演歌。
純「（食べつつ）泊まっていけるのか」
シュウ「（食べつつ）純に従う」
　音楽——静かな旋律で入る。

雪

　しんしんとまた降りだしている。

モーテル・ネオン

　雪の中にあるそのネオン。
語《り》「それから島の下のモーテルに行った」

同・駐車場

　二、三台の車が待機している。
　純の車がその後に着く。
語《り》「驚いたことにモーテルは満員で、順番待ちの車が並んでおり」

車内

　純とシュウ。

語り「過疎の町にも幸せな仲間がこんなにたくさんいるということは、何となくほのぼのとぼくらを明るくし」
純「寒くない？」
シュウ「大丈夫」
シュウ、純の肩に首を寄せる。
間。
語り「そのせいかどうか、ぼくは突然、心にあったあのひっかかりをシュウに打ち明けてみたくなったンだ」
純「おやじ、なんか、いってなかった？」
シュウ「何を」
純「螢の腹ン中にいる子どものこと」
シュウ「――なんにも」
純「――」
間。
純「じつはな――おやじ、うたぐってるらしいンだ」
シュウ「何を」
間。
純「螢の腹の子が果たしてホントに正吉の子どもなンだろうかってことをさ」
シュウ、びっくりして純を見る。
シュウ「どういうこと」
純「もしかしたらホントは正吉の子じゃなくて、別れた前のやつの子じゃないかってことさ」
シュウ。
純「どう思うお前」
シュウ「――」
純「考えられるかそンなこと」
シュウ「――」
純「だとしたら螢と正吉は、それを承知でグルになってオレたち全員をだましてることになる」
シュウ「――」
純「そんなことってありうると思うか」
間。

窓外

雪が落ちている。
雪の中を一台の車が去り、車一台分前へ移動する。
純も。

車内

シュウ「正吉君だったらやるかもしれない」
純「――」

シュウ「あの人すごく男っぽいから」
　純。
純「オレも何となくそんな気がするンだ」
シュウ「――」
純「あいつはそういう男っぽいとこあるし、それに――今にして思うと、ずっと前から螢のこと真剣に好きだった気がするンだ」
シュウ「――」
純「ずっと前からたしかにそうなンだ」
シュウ「――」
純「表にはあんまり出さなかったけど、考えるとあいつオレ以上に螢を」
　車が一台出て、前へ移動する純。
　間。
シュウ「だけどもし万一そうだったとしても、――螢ちゃんオーケーするもンだろうか」
　純、見る。
シュウ「正吉君全部知ってるンだろうし」
　純。
シュウ「螢ちゃんどういう気持ちなんだろう」
　純。

　間。
　さらに一台車が出、懐中電灯で誘導される純。
　音楽――イン。

部屋の窓

　雪が降っている。
語《り》「それからぼくらはやっと部屋に入れ、久方ぶりに一つになった。五ヵ月ぶりのシュウの身体は小鳥のように暖かくふるえた」

月光

　窓に差している。
語《り》「それはもう三時を廻っていたと思う。ぼくはふと目覚め、シュウを起こさぬようベッドを抜け出して、シュウからもらったクリスマスプレゼントの緑の皮表紙のノートを開いた」

室内

　窓辺でそっとノートを開く純。
語《り》「そこにはぼくを狼狽させるようなシュウの言葉がいっぱいつまっていた」

ノート

『純に逢いたい！
純に逢いたい！
純に逢いたい！
――』

室内

純、ゆっくりとベッドをふり返る。
幸せそうに寝ているシュウの寝顔。
音楽――

麓郷・夕暮れ

雪の中にシンと静まりかえっている。
語り「完次の一家が富良野から消えたのは、それから三日後のことだった」

完次の家・表

車を止めて見ている純。
語り「麓郷からまた一つ、農家の灯が消えた」
間。
正吉の声「完次の持ってた三十町歩の土地な」

純のアパート

純と正吉。
正吉「その三分の一の十町歩近くを、草太兄ちゃんが引き取ったらしいぜ」
純「――」
正吉「新築のあの家とか、それからトラクターや倉庫なんかも、タダみたいな値段で兄ちゃん取ったらしい」
純「誰に聞いたンだ」
正吉「チンタだ」
純「――あいつ、どうしてる」
正吉「落ちこんでるよ。こいつばかりは警察だってどうしようもねえって涙ためてた」
純。
間。
正吉「じつはな、二、三日前結婚式の打合わせしたとき、兄ちゃんオレたちにあの家すすめるンだ。新婚にぴったりの家だ、安く貸すぞって」
純「――」
正吉「まいったよ」

純「――」
正吉「ついでにオレにこんなこともいうンだ。仕事がどんどん大きくなって手が足りないから手伝わないかって」
純「――」
正吉「お前ンとこにも何度も来たンだろ」
純「――あぁ」
正吉「また来るぞ。兄ちゃんあきらめてねぇぞ」
間。
純「あの家借りるのか」
正吉「冗談じゃねぇや」
純「――」
正吉「そんなことできるか」
語り「何だかむしょうに哀しかった」

働く純

粗大ゴミの収集。
語り「草太兄ちゃん、一体どうしちゃったンだ。お兄ちゃんのことは子どものころから、いつも好きだったし憧れていた」

トラック

山部山麓デパートに入っていく。
語り「今だって決して嫌いになったわけじゃない。だけど」

山部山麓デパート

粗大ゴミの山を下ろす純と相棒。

語り「仕事を大きくすることに燃え、金をもうけることしかいわなくなった兄ちゃんのことを、ぼくはどうしても尊敬できない。草太兄ちゃん。お願いだ。このままだとオレは、兄ちゃんのことを」

純、一点を見て手を止める。

間。

ゆっくりそっちへと歩きだす。

立ち止まる。

語り「見慣れた家具たちが捨てられていた。完次の家の新婚家庭の居間に、幸せそうにいたいくつもの家具だ」

純の顔。

語り「完次とツヤちゃんの幸せが、いらなくなったと捨てられていた」

音楽――衝撃。

炭焼き場

火口に薪が突っこまれる。

五郎と純。

五郎「(ポツリ) そうか。——あの家具を粗大ゴミに出したか」

純「——」

五郎「(ちょっと笑う) 捨てるンだったら引き取りゃよかったな」

純「欲しいンだったら運んでくるぜ」

五郎「(笑う) 引き取ってもお前置く場所がないよ」

間。

五郎「だけどな純」

純「——」

五郎「草太のことを悪く思うな」

純「——」

五郎「あいつはあいつで一生懸命なンだ」

純「——」

五郎「蛍の結婚式のことにしたって」

純「だけどオレときどき許せなくなるよ」

五郎「——」

純「人の仕事を平気でケナすし、父さんのやってることについてだって、よそ行ってあちこちで悪口いいまくるし」

五郎「——」

純「最近の兄ちゃんは少しおかしいよ」

五郎「(笑って) 純やめとけよ。それ以上いうとお前が人の悪口いってることになるぞ」

純「——」

五郎「悪口ってやつはな、いわれてるほうがずっと楽なもンだ。いってる人間のほうが傷つく」

純「——」

五郎「被害者と加害者と比較したらな、被害者でいるほうがずっと気楽だ。加害者になったらしんどいもンだ。だから悪口はいわンほうがいい」

純「——」

五郎「オレのやってることは時代に合わン。それはよくわかっとる。草太のいうとおりだ。けどな」

純「——」

間。

五郎「今年の春、完次がオレンとこにとんできて、おじさん見てくれってミミズを見せたンだ。オレの畑にミミズがもどった。おじさんありがとう、ミミズがもどったって」
純「――」
五郎「あの野郎、涙をためてやがるンだ」
純「――」
五郎「何年もずっと農薬使ってあいつの土はほとんど死にかけてた。それを堆肥とか炭を使ってようやくあすこまで元にもどした。ミミズがいたことが何よりその証拠だ。あいつはホントに嬉しそうだった。オレももちろんすごく嬉しかった。けどな、オレがホントにそのとき嬉しかったのは、ありがとうってあいつにいってもらったことなンだ。その言葉が何より嬉しかった」
純。
火を見つめている五郎。
五郎「考えてみるとさ、今の農家は、気の毒なもンだとオレは思うよ。どんなにうまい作物作っても、食ったやつにありがとうっていわれないからな」
純。
五郎「誰が食ってるか、それもわからねぇンだ」
純。
五郎「だからな。おいらは」
純「――」
五郎「小さくやるのさ」
純。
五郎「（笑う）ありがとうって言葉の聞こえる範囲でな」
純。
語《り》「草太兄ちゃんに呼び出されたのは、そのすぐ翌日の夜のことだ」

富良野飲食街・夜

スナック

店内に流れるジングルベル。
カウンターに並んでる草太と純。
純「兄ちゃんの気持ちは嬉しいよ。でもオレ今は、ゴミの仕事をやっていたいンだ」
草太「いくつまでやる気だ」
純「わからないよ。だけど」
草太「一生ゴミまみれで暮らす気か」
純「兄ちゃん」
草太「しかもお前待遇は臨時職員だべ。それでいつ所帯を持てるンだ」
純「そういうけど兄ちゃん、オレはこの仕事が好きになってるし」
草太「そりゃあいい、かまわん。けど聞け、いいかよく聞け、今度またオラ土地を拡げた。牧草地だけでもう百町歩だ、来年はまた増やす気だ。オラとこの牛は注目されだしとる。需要が伸びとる。三年前とは比較にならン伸びだ。今が勝負だ。オラ人手がいる。いや人手ちゅうても出面《でめん》ではない。一緒にずーっとやってく相手だ。今でも人は十人ほどおるが全然足らン。今度土地を増やすとますます足らン。今日だってさっき――ア、そうだ純、明日ちょっと手を貸せ。完次のところから引き取ったトラクターを町の修理屋に運ばにゃならン。引き取ったはいいけど半分壊れとるンだ。安いと思ってエライもン引き取った。手がいる。明日手伝ってくれ」
純「(低く) いやだ」
草太「仕事終ってからでいい。ちょっと手伝え」
純「(キッパリ) 絶対いやだ」
間。
草太 (見る)
純「完次の持ちもン動かすのは断わる」
草太。
――ジッと純を見ているが、フッと目をそらす。
煙草を取り出し口にくわえる。
草太「(カウンターの中に) もう一杯おかわり」
クリスマスソング。
草太「そうか」
純「――ゴメンナサイ」
草太「トラクターのことはいい。それは何とかする。だけど」
純「兄ちゃん、オレは最近の兄ちゃんのやり方がわからないよ」
草太「――」
純「兄ちゃんは最近絶対おかしいよ。まるで人間が変ったみたいだよ」
草太「――」
純「そりゃあ成功してるってことはすごいと思うよ。それは思うよ。だけど――だからって成功するためなら何してもいいのかって――そんなにまでして成功したいのかって」
草太「――」
純「このままだとオレ、兄ちゃん嫌いになりそうだ」
草太「――」

純「兄ちゃんからどんどん離れていきそうだ」
草太「――――」
純「兄ちゃんのことオレは――尊敬してたのに」
草太「完次のことをいってるのか」
間。
純「もちろんそれもあるよ。だけどそのことばかりじゃないよ」
草太「完次のことなら被害者はこっちだ」
純「――――」
草太「あいつがこさえた農協への借金は半端な数字じゃなかったンだ」
純「――――」
草太「あぶないぞってオラ何度も注意した。なのにあいつは忠告無視して無農薬なンかにのめりこみやがった」
純「――――」
草太「無農薬ってのはお前、金がかかるんだ。人手もいるンだ。ちょっとした天候にもすぐ左右される。北海道のでっかい畑に――土も良くなきゃ、しかも過疎って土地で、無農薬なンてなぁ土台無理なンだ。それを
――」
純「――――」
草太「誰にふきこまれたかそんなやり方に、まるでガキみたいにのめりこみやがって」
純「そのガキみたいな完次の土地を、結局十町歩も手に入れたンだろ」
草太「借金してだ」
純「――――」
草太「オラだってたっぷり借金ふやしたンだ。完次の失敗尻ぬぐいするために」
純「――――」
草太「ただオラの借金は完次のとは違う。しっかり生かす見通しがあってだ」
純「家はどうやって生かすのさ」
草太「――――」
純「あの家が何で必要なンだ」
草太（見る）
純「家の中の家具やさっきいってたトラクターや」
突然脇から男の声。
男「五千円に叩いたちゅうトラクターかね」
草太。
――ゆっくりと男を見る。
頑丈そうな町の男。

草太「あんた。——誰よ」

男「完次とちょっとつながりのあったもンだ」

草太「——」

男「完次に農地の拡張をすすめといて、失敗したら骨までしゃぶるか」

草太「——」

男「立派なもンだ。わしら真似できねぇ」

　草太。

　純。

　間。

　草太、突然ヘラヘラ笑いだす。

草太「(ヘラヘラ) 農協に文句いえ？　クミカンに文句いえ？　今の仕組みに文句いうンだな。オラ今流にやってるだけだ」

　男、いきなり草太を殴る。

　純、懸命に分けて入る。

純「やめてください！　やめてください！」

　男、席にもどる。

　草太も服をはらい席にもどる。

　出されたグラスを一口グイと飲み、
草太「(笑って) カッカするなよおじさん。おいら農家はそうでもしなきゃ今の世の中生きていけねぇンだ。(ママに) 勘定つけといて」

　表に行きかける。

　急にもどって、いきなり男を一発でのして去る。

　純、慌てて表へ。

同・表・路地

　純、とびだす。

純「草太兄ちゃん！」

　スタスタ遠ざかる草太の背中。

　クリスマスキャロルが叩きつける。

ニングルテラス

　雪。

　クリスマスの飾りつけ。

　ウィンドウの商品を見て歩く純。

語り「翌日シュウへのプレゼントを買いに、仕事帰りにテラスに寄った」

　賑わう人々。

　その人ごみの中をブラブラ歩く純。

同・森のろうそく屋

語《り》「雪子おばさんの店は混んでおり」
　買物客で賑わっている。
　電話のベルが鳴っている。
　純入る。
　ラッピングしつつふり向く雪子。
雪子「あ純、悪い。取って」
　純、電話を取る。
純「(取る) もしもし、森のろうそく屋です。——父さん。
　どうしたの」
　電話を聞いている純。
　その顔がみるみる蒼ざめる。
　一切の音が消滅する。
　純の全身がガクガクふるえだす。
　雪子ふり向く。
純「(かすれて) 場所はどこ」
　純。
純「すぐ行く」
　電話を切って、純とびだす。
雪子「純!」
　追って外へ。

同・表

　純もどる。
　出てきた雪子と向かい合って立つ。
雪子「——どうしたの」
純「(かすれて) 草太兄ちゃんが——八幡丘で——倒れた
　トラックに——つぶされて死んだって」
雪子 (息をのむ)
純「一人で——一人でトラクター運ぼうとして」
　音楽——強烈に叩きつけて入る。B・G。

同・駐車場

　純の車がスリップしてスタート。

道

　純の車が雪の中をとばす。

八幡丘の道

　サイレンを鳴らしながら救急車が止まる。

道

純の車とばす。

純の車・車内

運転する純。
オンオン泣いている。
助手席で口をおさえている雪子。

八幡丘・現場

パトカーと救急車。
横転したトラックと放り出されたトラクター。
ぼう然と立つアイコ。
五郎に取りすがって泣いている螢。
狂ったように走ってくる正子。
着いた除雪車からとび下りる正吉。
純の車が着く。
純と雪子、転げ出る。
五郎を見つけて走る雪子。
近寄ることもせず立ちつくす純。
音楽――

2

草太の家・表

入口に貼られた忌中札。

同・玄関

たくさんの履物であふれている。

同・居間

草太の遺体。
線香が煙を上げている。
口を押さえて座っているアイコと正子。
チンタが来て焼香。

同・隣室

シンジュクと時夫が葬儀屋と打合わせ。
電話をかけているみずえ。
無言で座っている近親者。広介。
その片隅にいる五郎、螢、正吉。

窓の外を見ている純。

その顔に。

みずえの声「そうなンです。——八幡丘のカーブで——誰も目撃者がいなくて詳しいことはわからないンですけど、トラックに積んでたトラクターがずれて。——直しに下りたンじゃないかっていうンです。そこへトラクターの重みでトラックが横倒しになってきて——。ハイ——。ハイ——。ハイ。イエ一人です。草太さん一人で——手伝いは誰もいなかったらしいンです」

純。

間。

顔を伏せ、立ち、そっと外へ向かう。

チラと見る五郎。

螢がそっと立ち、ろうそくの灯をかえる。

同・表

純が出てくる。

車が着いてやってくる僧侶とその弟子。

避けるように闇のほうへ歩く純。

牛舎

その入口へ純が来る。
壁にもたれて頭を打ちつける。
柱に寄りかかり天を仰ぐ。
その目に涙がまたしてもわく。
五郎の声「純」
立っている五郎。
純、父親に背を向ける。
五郎「枕経が始まる。中へ入ンなさい」
五郎行きかける。
純「父さん」
五郎「?」
純「草太兄ちゃんに頼まれたンだ。——トラクター運ぶから手伝ってくれって」
五郎。
間。
純「断わったンだ、オレ」
五郎「——」
純「嫌だって」
五郎「——」
間。
純「オレが手伝ってりゃ」

五郎「——」
純「オレが手伝ってりゃ」
五郎「——」
純「（かすれて）兄ちゃん一人で——こんなことにならずに——」
間。
五郎。
——純の肩に手をかけて。
五郎「中へ入ろう」

居間

枕経があげられる。
人々。

隣室

ポツンとうつむいたまま歯をくいしばっている純。

居間

枕経を聞きつつソッとその純をふり返る五郎。

雪

草太の家に降っている。

草太の家・玄関

花屋が花を運んでくる。
入れ違いに表へ出る五郎。

牛舎前

五郎来て、牛舎の事務所に入る。

同・事務所

五郎入って扉を閉める。
電話の前に行きつつポケットからノートを出す。
ページをくって番号を調べる。
ボタンを押す。
すぐに相手が受話器を取る。
シュウの声「はい」
五郎「シュウちゃんか」
シュウ「お父さんだァ」
五郎「こんな時間に申し訳ない。じつは、事故があって、草太が死んだ」
シュウ「エ？（息をのむ）」

五郎「純がそのことで——動揺しちまってる」
シュウ「——」
五郎「悪いけど、今からタクシーでこっちに来て、純のそばにしばらくいてやってくれないか」
シュウ「わかった、すぐ行く」
五郎「申し訳ない、こんな時間に」
シュウ「場所は？」
五郎「わかるか。草太の家だ」
シュウ「わかる」

雪

しんしんと降っている。

居間

遺体枕元。
合掌している和夫とみずえ。
終って。アイコに、
和夫「それじゃ明日の朝また来るから」
アイコ（頭を下げる）

草太の家・表

牧場を出て行く人々の車。

時計

一時を廻っている。

雪

丘の道

雪。
その中から一台のヘッドライトが近づく。

牧場・入口

車が着いて、シュウが下りる。
車のライト、消える。

居間

チャイムが鳴る。
アイコ立っていく。
新しい線香に火をつける蛍。
うつむいたままの純。
間。

アイコの声「純」
　純が顔を上げる。
　シュウが入ってくる。
　純。
　――のろのろと立ち上がる。
　無言でシュウを遺体の前に導く。
　座る二人。
　純、そっと遺体の顔を隠した布を上げる。
　じっと見るシュウ。
　間。
　純、ふたたび布で草太の顔をおおう。
　シュウ、線香に火をつけ合掌する。
　うつむいている純。
　合掌を終えるシュウ。
　遺体の前から、後へ退く。
純「(低く) 螢――シュウだ」
シュウ「シュウです」
螢「螢です」

台所

　螢がお茶をいれている。

居間

　純とシュウ。
　間。
純「どうして知ったンだ」
シュウ「お父さんから連絡もらったの」
純「――」
シュウ「あなたのそばにいてやってくれって」
　間。
シュウ「(小さく) 大丈夫?」
純「――あぁ」
　間。
純「タクシーで来たのか」
　短い間。
シュウ「父さんが送ってくれた」
　純、見る。
純「帰ったのかお父さん」
シュウ「車で待ってる」
純「――」
シュウ「車ン中で勝手に寝てるから。何時になってもかまわないって」

螢がお茶を運んでくる。

螢「どうぞ」

シュウ「すいません」

螢去る。

茶をすする二人。

純「オレのことなら大丈夫だよ」

シュウ「――――」

純「わざわざ来てくれて――ありがとう」

シュウ「――――」

純「お茶を飲んだら、引き上げて」

表

純とシュウが出てくる。

二人黙って、車の所まで歩く。

シュウ、車の窓をコツコツとノックする。

周吉は熟睡しているらしい。

もう一度コツコツとノックする。

周吉、慌てて目覚めたらしい。

いきなりホーンが鳴りドタンバタンと慌てて動いて、

周吉助手席のドアを開ける。

シュウ、チラと純に笑う。

シュウ「(小さく)寝ぼけてる」

助手席のほうへ。

純、閉められたままの窓に向かって、

純「すいませんわざわざ」

シュウ、チラと手をふって車の中へ。

車、バックして柱にぶつかる。

慌てて回転してそのまま去る。

見送り、頭を下げている純。

居間

純、もどってくる。

アイコと雪子。

純「螢は」

雪子「おばさんの家で休ましてる」

雪

時計

三時を廻っている。

居間

遺体の前にいる純と雪子。
間。

雪子「昨夜遅くにね、お店閉めようとしてたら草太さん一人でニングルテラスに来たのよ」
純「――」
雪子「お店でしばらく話してったわ」
純「――」
雪子「最初は螢のことばかり話して。あいつの結婚式には命かけてるって。――草太さんらしいでしょ、命かけてるなンて」
純「――」
雪子「だからね、私、フッときいてみたの。いつかあんたにきいたことあったでしょ。螢のおなかの赤ちゃんのことで」
純「――」
雪子「草太さん何か知ってる気がしたから」
純「――」
雪子「あの人珍しく返事しなかったわ。返事しないで――、急にいいだしたの。純を何とかしてやりたいンだって」

純。

雪子「螢はこれで何とかなった。正吉にまかせたからもう安心だ。後は純のことだ。純がとっても心配だって」

純。

雪子「あいつが自分をどう思おうと自分にとってあいつは弟だ。だから自分はあいつが心配だって」

純。

雪子「いつもと全然ちがうのよ草太さん。泣いてるンじゃないかって私思ったわ。だから私笑って――」

雪子、言葉を切る。
純。
――その目から涙が吹き出している。

雪子「（かすれて）純――」
純「――」

間。

雪子「ごめん、こんなこと。こんなとき私――」

純。
その口から嗚咽《おえつ》がもれる。
それは――まるで獣のような、身も世もない慟哭《どうこく》に変化してゆく。

寺

シンと静まった寺の境内に、ずらり並んだ数々の花輪。
受付にポツンと立っている純。
中から流れてくる読経の声。

語り「草太兄ちゃんの告別式はその翌々日行なわれた」

火葬場

語り「火葬場は九線のどんづまり。草太兄ちゃんに会うためにかよった八幡丘の道の入口にあった」
煙突から煙が上がっている。
煙。
螢、ポツンと小さく呟く。

螢「草太兄ちゃんが、煙になっちゃった」
純「――」
間。
純「――螢――正吉のこととお前――ホントに好きなのか」
間。
螢「――どういう意味？」
純「――いや――」
長い間。
螢「――好きよ」
純「――」
螢「だって正ちゃん――大きいンだもん――」
純。
螢「見たことないくらい、大きいンだもん」
純「――」
間。
純「――そうか――ウン――そうか」

煙突

煙が上がっている。

夜

その中に雪が降っている。

語り「その夕方からまた雪になった」

富良野（日中）

語り「雪はそれからしばらくの間、断続的に富良野に降り続いた」

除雪車

ライトをつけて雪をはねていく。

語り「正吉は早朝から深夜近くまで除雪作業にかり出され

た」
　運転する正吉。

ゴミ処理

　働く純。
語り「ぼくもふたたび仕事にもどった」

松飾り

語り「暗い正月が走るように過ぎ、松の内もすんでおかざり
　もとれた」

牧場

　雪が降っている。
語り「成田のおじさんとシンジュクさんから急にその話を持
　ち出されたのは、正月に入ってしばらくしてから。草
　太兄ちゃんの家に集まったときだ」

草太の家・居間

　集まっている人々。
　シンジュク、純のそばへ来て肩を叩く。
新吉「お前と正吉に話があるンだ。ちょっと残ってくれな
　いか」
　純と正吉立ち上がる。
　時夫と広介、そばへ来て、
二人「おれたちそろそろ失礼します」
新吉「オゥ」
時夫「純」
純「はい」
時夫「おれたちもちょっと相談あるンだ。明日の夜でも時
　間とれるか」
純「はい」
時夫「じゃあ七時に——そうだな『炉ばた』で会うか」
純「わかりました」

同・別の部屋

　純、正吉、シンジュク、新吉、アイコ、正子。
新吉「話っていうのはな、ここの牧場の今後のことだ」
純「——」
シンジュク「アイちゃんともいろいろ相談したんだ」
純「——」
シンジュク「草太は生前お前と正吉に、ここを手伝っても
　らいたがってたらしいな」

純。

正吉。

新吉「そういう話、あったンだろ草太から」

純「――はい」

新吉「正吉は」

正吉「ありました」

新吉「どうだお前ら、やってみる気ないか」

純。正吉。

音楽――鋭いリズムで入る。

シンジュク「いきなりこんな話持ち出されてもそりゃァ、素人のお前らが戸惑うのは当然だ。ただ幸いにここには押切や袋や仕事のわかった連中がいる。現場はとりあえず、やつらが進めてくれる。問題は今後の全体の運営だ」

新吉「アイちゃんとオレたちでここ一週間、ここの帳簿をあらってみたンだ」

純「――」

新吉「たしかに今のとこ成績はいいが、恐《こわ》いほど規模を拡大しちまっとる。アイちゃんも正直びっくりしとった。草太はほとんどワンマンだったからな。アイちゃんも中身は知らなかったンだ」

シンジュク「じついうと借金も相当なもンだ。拡大のための資金が農協から出とる。それも一部は何年か前のかなりの高利の借入金だ。ちょっとオレたちにゃ信じられん額だ」

新吉「純」

純「――はい」

新吉「お前らにいきなりこれを全部引き受けろってそういう無茶をいってるわけじゃない。運営面はワシらが引き受ける。会社組織にするべきかどうか、そりゃ今後のワシらの問題だ。ただ、なんつってもこの牧場は清吉さんと草太がつくり上げたもンだ。身内がおらンと心配だってアイちゃんも、それに正子さんもいっとる」

純。

シンジュク「どうだお前ら。――考えてくれンか」

音楽――ゆっくり高まって。

草太の家・表

雪の中へ出てくる純と正吉。

母屋のほうへゆっくり歩きだす。

五郎の声「それでなんて返事した」

石の家

暖炉に赤々と火が燃えている。
五郎、純、正吉。
螢が台所からお茶を持ってくる。

純「返事はしてないよ」
五郎「うン」
純「どう思う、父さん」
五郎「——なんともいえン」
純「——」
五郎「ただ」
純「——」
五郎「農業っちゅうもンは甘いもンじゃない」
純「——」
五郎「何よりワシらに予測できん天候ちゅうものに左右される。計画どおりにいかン仕事だ。だけどそんなこと世間は考えてくれン。それに——」
純「——」
五郎「今の連中は草太に限らず稼ぎを拡げようと規模を大きくする。けどそりゃ掛かりが多くなるちゅうことだ」
純「——」
五郎「分子が大きくなりゃ分母も大きくなる。二百分の百も二分の一も同じだ。リスクもそンだけ大きいちゅうことだ」
純「——」

五郎、出された茶に手を伸ばす。

五郎「答えはお前らが考えりゃいい。けど甘くないちゅう、それだけは確かだ」

暖炉に燃える火。

石の家・表

雪あかりの中へ歩きだす純と正吉。

道

黙々と歩く二人の顔。
音楽——

飲食街

『炉ばた』の看板。

語《り》「翌日七時に『炉ばた』へ行ったら、時夫さんと広介さんはもう飲んでいた」

カウンターの上にノートがボンと置かれる。

純「何ですか」

時夫「草太の書いた螢ちゃんたちの結婚式のシナリオだ」

純「シナリオ！」

ノートを開く。

思わず眉をしかめ、ノートに顔をくっつける。

語《り》「字とはいえないような汚い字だった」

時夫「読まんほうがいい。字が汚すぎて肩がこる」

広介「うン」

時夫「去年からオレら巻きこまれとったンだ。とにかくこれはイベントだからって。絶対内緒でド派手にかますって。だから草太がああなった以上、オレらその遺志を継がンならンわけだが」

純「チョッ、待ってください！　それはアノ、そのことに関しては草太兄ちゃんの遺志は継がなくても——正吉と螢も派手なこと嫌いだし」

広介「そう簡単に変えるわけにゃいかン」

時夫「うン。オレらも最初は派手すぎるっていってセーブする側にまわっとったンだが、草太がこんなことになっちゃった以上、死んだもンの気持ちを裏切るわけにもいかんから」

純「派手ってどういうふうに派手なンですか」

時夫「まず打上花火が二十発だ」

純「花火！」

時夫「旭川の業者にもう発注済みだ」

純「コ、断わってください！　そんなことすぐにストップしてください」

広介「そうはいかン」

時夫「ばんえい競馬の馬も借りてある」

純「馬！」

時夫「そのソリに乗って、花嫁と花嫁の父が麓郷からずっと麓郷街道通って北の峰までパレードする」

純「凍りますッ！　この時季そンなことしたらソリの上で二人とも凍っちまいます」

時夫「七輪を置くから大丈夫だっていってた」

純「無理ですッそんなもん！　凍りますッ」

時夫「前にばんえいの馬が三頭、後に最新型のトラクターが二台、その後に仲人の乗るキャデラックのリムジン」

正吉の顔

正吉「冗談じゃないよッ!!」

螢の顔

螢「お願いお兄ちゃん！　そンなこと絶対やめさして！
　そンなことやるなら私式に出ない！」

石の家・居間

純「オレも絶対やめてくれっていったンだ。そんな派手なことオレたち嫌だって。だけどあの二人全然ゆずらなくて、折角あンだけ張り切りまくってた草太兄ちゃんの計画無視したら、草太兄ちゃん絶対祟《たた》るって」

町

　歩く時夫の裾をつかみ、引きずられながら進む五郎。

五郎「ホントに。お願い。そういうこと。どうか。お願い。穏便に」

語《り》「けれども死せる草太兄ちゃんの遺志は、想像以上に熱く燃えており」

石の家

　扉が開けられる。
　螢出る。
　その目に涙がたまっている。

純「どうしたんだ」

　螢、無言で内部を示す。
　純入り、ドキンと立ちすくむ。
　花嫁衣裳が飾ってある。

螢「貸衣裳屋さんがとどけにきたの。草太兄ちゃんが頼んだって。お金ももういただいてますからって」

　純。
　螢。
　正吉。
　火のそばにジッとうずくまっている五郎。
　音楽——静かな旋律で入る。

同・表

　純と正吉出て、歩きだす。

同・駐車場

　二人車に乗る。

麓郷街道

　二人の車が走る。

同・車内
間。
正吉「（ポツリ）兄さん」
間。
純「その言い方、まだやめてくれ」
正吉「――――」
純「身体中なんだかかゆくなる」
間。
正吉「オレだって必死にいってるンだ」
間。
正吉「純」
純「――あぁ」
正吉「草太兄ちゃんがオレたちの結婚を、――そんなに喜んで張り切ってくれてたなら」
純「――――」
正吉「オレァ少しぐらい恥ずかしくてもいいぜ」
純「――――」
正吉「二度は嫌だけど一回だけなら。この際思いきって我慢してもいいぜ」
純「――――」
間。
純「二度は嫌だってお前――この先も結婚するつもりかよ」
間。
正吉「そういうつもりでいったンじゃねえよ」

純のアパート・部屋
布団を並べて寝ている正吉と純。
どこかで、犬の遠吠え。
純「眠れねぇのか」
正吉「――あぁ」
純「心配するな。まだ時間はある。何とかあの二人を説得する」
正吉「そのことじゃねぇンだ」
純「――――」
正吉「純」
純「あぁ」
正吉「あのこと考えたか」
間。
純「牧場の話か」
正吉「あぁ」

間。
純「お前は考えたか」
正吉「考えてる毎日」
間。
純「答えは出たか」
正吉「答えはまだ出ねぇ」
純「──」
正吉「だけど」
純「──」
正吉「何だかこれは草太兄ちゃんのくれた──。っていうより何ちゅうンだ。神様のくれた──運命かなっていう感じもするンだ」
純「──運命か」
正吉「あぁ」
間。
正吉「お前は知らねぇけどオレの場合は、──ホントいって一生の目的っていうか、──自分をこう本気で賭けてくものが、見えてなかった気がするンだ」
純「──」
正吉「それが──螢ちゃんをもらうことになって。──自分が所帯を持つってことになって。オレのためにも、家族のためにもそういうものを持たなくちゃいけないンじゃないかって。地に足をつけなくちゃいけないンじゃないかって」
純。
間。
純「オレも地に足ついてないように見えるか」
正吉「──わからねぇ」
純「──」
正吉「だけどオヤジさんの生き方を見てると、オレもお前もまだまだ全然地に足ついてるとはいえねぇンじゃねぇのか」
純「ウン、そりゃそのとおりだ。オレもそう思う」

窓外

またチラチラと雪が降りだす。
純の声「正吉」
正吉の声「──あぁ」
純の声「螢のこと、お前、──本当にいいンだな」
正吉の声「何いってンだ。こっちが先にいいだしたことだ」
純。

純の声「ウン。——あいつは——」
　間。
純の声「無茶苦茶な女に見えるけど——あれでもあいつなりに苦労してるンだ」
正吉の声「——わかってる」
純の声「オヤジもオレも、お前に対しては——本当に、心から感謝してるンだ」
　間。
正吉の声「どういう意味だ」
　間。
純の声「それだけの意味だ」
正吉の声「————」
　間。
正吉「純」
純「——ああ」
　間。
正吉「いつだったか草太兄ちゃんに、おれははっきりいわれたことがある。お前にとって黒板家は家族だろうって」
純「————」
正吉「そういわれてオレは、すごくうれしかった。元々オレはそう思ってた」
純「————」
正吉「だから——。余計なこと考えるな」
純「————」
正吉「螢ちゃんのことは、まかしとけ」
　純。
　間。
純「よろしくたのむ」
正吉「——わかってる。引き受けた」
　音楽——

石の家・炭焼き小屋

　夜中にシンシンと雪が降っている。
　五郎が一人炭を焼いている。
　五郎煙を見、火口にふたをする。
　ふたの隙間を粘土で固める。

石の家

　五郎帰ってきて雪をはらう。
　中を見て手を止める。
五郎「どうしたンだ」

螢「今夜から下で寝ることにしたの」

並べて敷いてある二つの布団。

五郎。

五郎「(暖炉に向かいながら)花嫁衣裳はどうした」

螢「上に飾った。父さんお風呂は」

五郎「うン、ちょっと入ろうかな。身体が冷えてる」

螢「今焚き直す」

五郎「いいよ、お前は冷えンほうがいい」

螢「大丈夫よ、あったかくしてるから」

風呂の焚き口

螢「(焚きつつ)ぬるくない?」

五郎の声「いやァいいお湯だ」

螢、火を焚く。

五郎の声「いよいよあと三日か」

螢「――――」

五郎の声「ついに来たなぁ」

螢「――――」

五郎の声「腹の子どもは順調か」

螢「うン順調。最近時々お腹をけりだした」

五郎の声「そうか。――とうとうおいらもじいさんか、アハハハ」

五郎、低く歌を唄う。

螢「一つきいていい?」

五郎「何だ」

螢「――父さんと母さんが結婚した夜、父さんたちどんな話をした?」

五郎。

五郎「バカヤロ、忘れた。そんな昔のこと」

ランプ

灯がともっている。

居間

並んだ布団の中の五郎と螢。

間。

螢「聞かせて」

五郎「何を」

螢「どんな話したか。父さんと母さんが」

五郎「まだそんなこといってンのか」

螢「知りたいもン」

間。

五郎「本当いうとな。オイラ母さんを怒らしちまったンだ」
螢「どうして」
五郎「それが――なぜだかよくわかンねえンだ」
螢「――」
五郎「とにかくオイラ――やたら倖せで、――ホント何だか夢みたいだったから、――とりあえずたたみに手をついて、アリガトウゴザイマスってお礼いったンだ。結婚してくれてアリガトウゴザイマスって。そしたら何がアリガトウなンだって、母さんいきなり怒りだしやがった」
螢「(笑いだす) そりゃア怒るよ」
五郎「(びっくりして) どうして怒るンだ」
螢「どうしてって、だって」
五郎「オイラ心からそう思ったンだ。オラみたいなチンケな男のところに、母さんみたいなステキな人が来てくれて。だから、心から、アリガトウっていったンだ」
螢「――」
五郎「何で怒ったのか今もってわかンねえ」
間。
螢「そっちの布団に行っていい?」
五郎「――アあ。来い」
螢。
――五郎の布団へ入る。
間。
螢「母さん多分いいたかったのよ。父さんのほうがステキなのに、何でそっちから礼をいうンだって」
五郎「バカいえ! オラは最悪の男だ。いいかげんだし、目はたれてるし」
螢「父さんはス、テ、キ、で、す!」
五郎「おちょくりやがって」
柱時計がボーンと鳴る。
螢「ア、けった。父さん、触ってみて、ホラ」
五郎「――」
間。
螢「わかる? 動くの」
五郎「――ああ! 動いてる」
間。
五郎「お前、――落石の先生のこと、もう完全に忘れることできたか」
間。
螢「できた。忘れた」

五郎「────」
螢「父さん（何かいいかける）」
五郎「そうか。そんならいい。うン。それでいい」
間。
五郎「ああ、また動いた」
螢「父さん──（声がつまる）」
間。
五郎「どうした」
螢「父さんのこの匂い、──絶対に忘れない」
五郎「────」

山

くっきりと晴れ上がっている。
語《り》「そしていよいよその当日が来た」

市内・バス停

札幌からのバスが着き、みどりが降りてくる。
迎える純と正吉。
語《り》「札幌からの一番のバスで正吉のお袋が到着した」

貸衣裳屋

語《り》「それから正吉につき添って、頼んでいたタキシードを借りに貸衣裳屋に三人で行った」
鏡の中に現れるタキシード姿の正吉。
口にハンカチをあて涙ぐんでいるみどり。
純「カッコイイ！」
語《り》「ホントはホテルのボーイみたいだった」
同じく全くボーイのごときタキシード姿の純。

麓郷街道

純の車、とばす。
語《り》「あれから何度も時夫さんたちを説得し、馬のパレードは勘弁してもらった」

麓郷

語《り》「だけど花火は草太兄ちゃんがすでに発注してしまっており。和夫おじさんやシンジュクさんまでけっこうその話にのってしまう始末で」

石の家・下

車が上がる。

語り「どうもこの辺りに住んでる人はお祭り好きなのが欠点
であり」

同下・雪原

石の家へ向かう純。

石の家

純入る。
オゥ！　と一瞬足を止める。
綿帽子に白無垢姿の螢がいる。
そばに着付を手伝ったらしい雪子。
羽織袴姿で座っている五郎。
純「綺麗じゃンか！」
雪子「綺麗でしょ」
語り「初めて見る螢がそこに立っていた」
螢、突然床に正座して、父親のほうへ向き直る。
五郎慌てて膝を正す。
純と雪子も床に座る。
螢「（ゆっくり）お父さん、お兄ちゃん、それからおばさ
ん。（間）永いことありがとうございました。（間）螢
は――。ずっと勝手ばかりしてきたけど。一日だって
お父さんたちのこと、忘れたことはありませんでした。
（間）これからも決して忘れません」
五郎。
間。
螢「ここで暮らした八つからのこと――ホントによかった
と思ってます。（間）できるなら螢はあのころの螢に、
もう一度もどりたいと思ってます。（間）正ちゃんと
これからは仲良く暮らします。（間）お父さん、ホン
トにありがとうございました」
頭を下げる螢。
無言でぎこちなく頭を下げる五郎。
純。
雪子。
音楽――静かに入る。
語り「仲人役の中畑のおじさんとおばさんがそれからぼくら
を迎えにきた」

同・表

語り「おじさんはぼくたち三人を、石の家の前に立たせ、記
念写真を撮ってくれた」
写真を撮られる一家三人。

パシャッ（画面静止）。
語り「そうしてぼくらは式場へ向かった」
みずえに手を取られ雪の中を行く蛍。
後に従っている和夫と純。
父が来ないので純ふり返る。
和夫「何やってンだおやじ。純、呼んでこい」
純、急いで石の家へもどる。

石の家

純のぞく。
純「何してンの父さん、急いで」
五郎何かを懐に押しこみ、あたふたと慌てて雪駄をつっかける。

同・表

五郎急ぎ出る。
とたんに、雪原の一画から打ち上げ花火がボーンと上がる。
ポカンと口開いて見上げる五郎。
続いて一発。
さらに一発。
和夫「お前に対する草太のお祝いだ」

花火

麓郷にこだまする。

石の家・下・駐車場

五郎、和夫、純が下りてくる。
ギクッと足を止める五郎。
リムジンのストレッチが雪の中に待っている。
和夫「さっきいきなり札幌から来たンだ。これも草太が手配してやがった」
五郎「中ちゃん」
和夫「あ」
五郎「こりゃ何だ、バスか」
和夫「（笑って）バスじゃねぇよ。最高級車だ」
五郎。
五郎「わざわざ札幌から呼んだのか」
和夫「そうだ。草太のプレゼントだ」
五郎のコメカミがピクリと動く。
五郎「（怒って）何ンてことしやがンだ。もったいねぇ！」
和夫「（笑って）五郎」

五郎「これはオレへのあてつけか」
和夫「え？」
　間。
五郎「オ、オレだってオレなりにできる範囲で娘に対してはやってるつもりだ！　ここまで他人にデ、でしゃばられる筋はねぇ」
和夫「（笑って）待てよ五郎。死んだもンに文句いったって」
五郎「オレはやめた！　行かねぇ！」
　さっさと石の家のほうへもどる。
和夫「（仰天）オイ、待て、五郎！（追う）」
純「父さん！（追いかける）」
　憤然と帰っていく五郎の後ろ姿。
　懸命に追いかける和夫と純。
　音楽――いつか消えている。

石の家・全景

語《り》「それからの説得は大変だった。こんな大事な日に、いつになく父さんはなぜかプッツンと切れており、さっさといつもの作業着に着がえ炭焼きをするといいだす始末で」

　作業服姿の五郎、急ぎ出る。
　慌てて追いかける和夫と純。
五郎「だからお前ら勝手にやりゃいいだろ。オレは行かンといってるだけだ」
和夫「そんなわけいくか！　お前は花嫁の父なンだぞ」
純「父さん頼むよ！　冷静になってよ」

炭焼き場

　火をつけようとする五郎。
　消す和夫。
　また火をつける五郎。
　また消す和夫。
語《り》「説得するのに二時間半かかった」

神社

　挙式。

同・内

　参列者の席にいる純。
語《り》「式の間中父さんはずっと涙も見せず、不機嫌そうだった。それが緊張からくるものなのか、さっきの怒りの続きによるのか、ぼくにはちょっとわからなかった」

ドッと笑う声。

披露宴会場

笑いと拍手。

シンジュクのスピーチが終る。

雛壇に座っている螢と正吉。

語り「披露宴はこれも草太兄ちゃんの決めた北の峰の会館で進行した。父さんはますます不機嫌そうだった」

無言で食べて飲んでいる五郎。

不安げにチラと盗み見る純。

＊

客の珍妙なる余興。

笑いと拍手。

ぐいぐい飲んでいる五郎。

純。

時夫「(司会) ありがとうございました。えー。ここでみなさまに一つのことをご報告しようと思います。花嫁の螢さんには幼いころから、草太兄ちゃんと兄のように慕っていた北村草太という男がおりました。じつを申しますと草太兄ちゃんは今日ここにいる新郎新婦を実質的に結びつけた人であり、今日の結婚式、披露宴の段取りもほとんどとり仕切っておりました。今日のこの宴を、ご家族を除けば草太兄ちゃんほど楽しみにしていた人はおられなかったろうと思います」

純。

目を閉じている五郎。

時夫「草太兄ちゃんは今日この席で最後にスピーチをする予定でありました。しかし」

螢と正吉。

時夫「ここにおられるほとんどの方がご存知のように、草太兄ちゃんはこの日を待たずに事故でこの世を去りました」

純。

目を閉じている五郎。

時夫「北村草太さんの未亡人アイコ夫人をご紹介します」

静かな拍手。

アイコ、マイクの前に立つ。

アイコ「螢ちゃん正吉くんおめでとう。ごめんね。うちの人——最後までみないで逝っちゃって。無責任だよね。(笑う) でもあの人そういう人だからさ」

会場にひろがるしのびやかな笑い。

アイコ「でもあの人ホントに螢ちゃんの結婚——嬉しくて嬉しくてたまらなかったンだ。去年からもうスピーチの練習、夜中にこっそりやってたンだよ」

純。

五郎。

アイコ「じつはね。二、三日前草ちゃんの部屋整理してたら、カセットから草ちゃんの声が出てきたの。今日のスピーチ、練習してる声」

アイコ、バッグからカセットテープを出す。

会場ざわめく。

アイコ「(螢に)かけてもらってかまわない?」

螢(うなずく)

アイコ「録音状態あんましよくないけど」

アイコテープを時夫のところへ持っていく。

時夫それを受け取り、すでにデッキを用意していた広介に渡す。

広介、テープをセットする。

時夫、デッキにマイクを近づける。

シンとする場内。

草太の声がいきなり流れだす。

草太の声「エ——。正吉、螢おめでとう!　お前らが出来上がって——。出来上がってはおかしいか。なンだ。エ——。お前らが一緒になることになって。——兄ちゃん嬉しいッ!　涙が出るくらいホントに嬉しい。だけど(間)きっといちばん喜んでるのは、五郎おじさんだとおいらは思う、ウン。おじさんはホントに喜んでると思う」

純そっと父を見る。

目を閉じている五郎。

草太の声「螢ッ!(間)お前忘れたらバチが当たるぞ!(間)お前が今生きて——いっちょまえになって——腹に赤ンぼ仕込ンぢまって——正吉っていう素晴らしい男つかんで——幸せのてっぺんに今いられるのは、みんなお前のオヤジさんのおかげなンだ」

純。

五郎。

草太の声「あのころのことよくおいら覚えてる。布部の駅に迎えに行ったときオヤジさんに連れられて出てきたお前ら——もやしみたいでこまっしゃくれた純と、腹がプクッとまだ出っ張った、幼児体型のちっこいお前」

螢。

その目に涙があふれている。

草太の声「そのお前らを二人かかえてオヤジさんがどんなに苦労してきたか。パイプの水を解かしていたオヤジさん。夜中にお前らの寝ている脇でお前らの服をつくろっていたオヤジさん。弁当作って届けてたオヤジさん」

純。

五郎。

間。

草太の声「あぁ、だめだ酒くれ。ハハ。思い出してたら涙出ちまった」

音楽――テーマ曲イン。

五郎の口から嗚咽がもれだす。

純。

そっとハンカチを出し五郎に渡してやる。

正吉もぬれた目でハンカチを取り出し、そっと螢に手渡してやる。

音楽――ゆっくりと高まって。

雪

夜の中にふたたび降りはじめている。

ホテル・表

リムジンが着いて、螢と正吉が下りる。

語《り》「それから螢たちをホテルに送って、ぼくらは町の飲屋にくり出した」

『くまげら』・座敷

爆笑の渦。

向き合い、上半身裸になってハチャメチャなカッポレを踊る五郎とシンジュク、和夫。

酒をついで廻るみどり。

完全に酔っぱらった一同の宴。

純。

語《り》「父さんは完全に酔っぱらってキレており、陽気っていうより、――変になっていた。口ではいえない感謝の気持ちを、父さんはみんなに示したいらしく、せめて自分を笑って欲しいと父さんはハチャメチャに踊り狂っていた」

純、ソッと立つ。

同・階段

そっと下りる純。

語り「いや。もしかしたら父さんは蛍を手放したその淋しさを、必死に忘れようとしていたのかもしれない」

音楽――静かな旋律で入る。

同・階下

公衆電話をかけている純。

純「シュウ?――あぁ、無事終った。何とかうまくいった。『くまげら』で今飲んでる。――いや。――おやじは完全にキレちまってるよ。――踊ってるンだ。酔っぱらっちまって。(間)呼びゃあよかったって思ってるよ、お前を。おやじもホントは呼びたかったらしいンだ。だがおれが何となく遠慮しちまって。(間)そういってくれると安心するよ。(間)いや蛍たちはもうホテルだ。おれはこれからおやじを送ってく。今夜は石の家に泊まってやるンだ。おやじ一人じゃ可哀相だからな。(間)頼むよ。おやじ淋しがってるから」

麓郷

タクシーが走ってくる。

タクシー・車内

口を開けだらしなく眠っている五郎。

突然小さく寝言をいう。

五郎「令子」

ギクリと見る純。

石の家・下

タクシーが帰っていく。

五郎を抱えて家へ歩く純。

雪原

五郎ヨロヨロと歩きつつ、しゃべりまくる。

五郎「(ロレツの廻らない口で)考えたンだ、ナ、父さん考えた。炭焼きの煙突から煙が出るだろ? あの出る煙を利用してな、くんせいの装置を作ろうと思うンだ。わかる? くんせい。――昔木のうろでやったやつ。ホラ覚えてる? 最初の廃屋で」

純「わかった父さん、明日聞くから」

石の家

もつれるように入る二人。

五郎そのまま板の間に倒れる。

純「今布団敷く。ちょっと待ってて。駄目だよ寝ちゃあ。すぐ敷けるから」

純、布団を出す。

五郎かすかにいびきをかきはじめる。

純「だめだよ父さん、ちょっと起きててよ」

父の身体を抱き起こそうとする純。

その手がフッと固定する。

五郎の乱れた懐から四角いものが顔を出している。

純。

そっとつまんで引っぱり出す。

それは令子の遺影である。

純。

そっと父親の身体を床に置き、遺影をいつもの棚に置く。

棚から笑っている令子の顔。

スヤスヤと眠っている五郎の顔。

純。

エンドマーク

石の家

夜の中に小さな灯がともっている。

北の国から'02遺言

保育所

走ってくる螢の子ども快《かい》。

迎えにきた螢にとびついて抱かれる。

螢の語《り》「あれからの四年間に起こったことを、何から話したらいいのだろう。お兄ちゃんならうまく伝えてくれるかもしれない」

螢のアパート・台所

快を遊ばせつつ食事を作る螢。

螢の語《り》「でもそのお兄ちゃんは今富良野にいない。私の夫である正ちゃんもいない。二人とも富良野にいられなくなって消えた」

同・寝室

快を寝かしつつ、自分も添い寝している螢の顔。

螢の語《り》「今でも私は時々ひとり、草太兄ちゃんの夢を見る。夢の中でいつも草太兄ちゃんに恨みごとをいおうと口を開きかける。すべてはお兄ちゃんのせいなのよ。お兄ちゃんが死んだからいけないのよ、と。でも」

草太

底抜けに明るく走ってくる草太。

螢の語《り》「夢の中に出てくる草太兄ちゃんは、例によってこっちにはおかまいなしに、勝手なことを笑顔でまくしたて、気にするな、なンて私の肩を、力いっぱいバンて叩いて大笑いしてそのまま消えちゃう。すると私はお兄ちゃんへの恨みをなぜかひと言もしゃべれなくなり、涙をためて目をさますのだ」

螢の顔

螢の語《り》「草太兄ちゃんから引きついだ牧場を正ちゃんとお兄ちゃんが潰してしまったとき、父さんは私に笑っていった。純や正吉の責任じゃない。それは草太の責任でもない。今の時代の運命みたいなもンだ」

稲の穂

その上を風が過ぎてゆく。

螢の語《り》「収穫間際の農作物がひと晩の嵐で全滅するみたいに、そういうふうに神様が決めたンだ」

その声、純の語りに代っていく。

純の語《り》「――そういうふうに神様が決めたンだ」

牧場

純の語《り》「とても無理だからと正吉もぼくも牧場を継ぐことを何度も断わった」

牛舎の牛たち

純の語《り》「だって兄ちゃんは牧場を拡げすぎ、その借金も凄かったからだ。だけどまわりにやいやいいわれ、結局ぼくらは引き受けてしまった」

トラクター

運転する純。

純の語《り》「正吉が一応代表者になり、最初の一年は何とかいった」

石の家・前

牧柵。その中に遊ぶ羊。

純の語《り》「ぼくらは牧場の仕事を愉しみ、羊を飼いたがってた父さんのために、ジンギスカンの肉になりかけてた羊を七頭、誕生日のプレゼントとして父さんに送った」

雪子の家・中

紡ぎ車を回す雪子。

純の語《り》「雪子おばさんはその羊の毛で、毛糸を紡いで織物を織りだした。でもその秋がピークだった」

牧場

点々と置かれているパッケージされた牧草。

純の語《り》「バブルのころの兄ちゃんの借金がそのころの金利のままぼくらを圧迫し、うちの牧場が危ないという噂が急にあちこちでささやかれはじめた」

歩く正吉

純の語《り》「飼料やその他の必要なものを現金でないと売って

くれなくなり、前から働いていた押切さんと袋さんが、
ある日姿を消してしまった」

牧場

放置された農機具。重機。
純の語《り》「それがほとんど決定打になった。正吉は必死で金策に回ったが農協もほかの金融機関も急にぼくらに冷たくなり、ある日とうとうあの破局が来た」

牧場

車急停車し、とび出す純。

純の語《り》「蛍からの電話でかけつけたときはもう、牧舎にいたはずの三〇〇頭の牛の最後の一頭が運び出されるところだった」

もうもうたる砂塵の中、牛がトラックに追いこまれる。

かけ寄り、男にすがりつく純。

男、無視してトラックをスタートさせる。

砂塵。

家の前に口を両手でおさえ、ぼう然と立っている蛍。

純の語《り》「ぼう大な借金の返済能力がぼくらにないと見た農協が、ほかの債権者が手を打つ前に、いち早く牧場をカタにとり、わずか三時間でアッという間に全ての牛を引き出して近隣の牧場に分散させてしまったのだ」

牛のいない牧舎

純の語《り》「ほかの債権者の押しかける中で、一切を取られてぼくらは破綻《はたん》した」

草太の家

表に板切れが×の字に打ちつけられている。
純の語《り》「正子おばさんとアイコさんは家を追われて富良野から消え、ぼくと正吉は借金を分担して今後少しずつ返すという約束で二人別々に富良野を離れた。正吉は蛍にも居場所を教えず、しかし債権者の銀行口座に月々きちんと金を送っているらしい」

病院

看護婦として働いている蛍。

純の語《り》「蛍は看護婦として一人働きだし、快と小さなアパートに住んでいる。そう。あの後すぐ生まれた蛍の男の子はココロヨイと書いて、カイ、と名づけられた。それからもう二年近い歳月がたち、快は今三歳の秋を

迎えている」

石の家

羊と快を遊ばせている五郎。

純の語《り》「父さんの今の何よりの愉しみは、その快と一緒に遊ぶことらしい」

音楽——テーマ曲、イン。

タイトル流れて。

1

保育所

「ジイジイ！」と叫んで走ってくる快。

下がりっ放しの目で抱き上げる五郎。

麓郷街道

五郎の車すっとばす。

ご機嫌の五郎の唄がもれている。

石の家

牧柵の脇を上がってくる五郎と快。

夕暮れ

炭焼きの準備をしつつ快を遊ばせている五郎。

同・下

蛍の車止まり、憤然と下りる蛍。

「ママ！」と走る快。

その快を抱き上げると、物もいわず車に連れこむ螢。

五郎あわてて走り寄る。

螢「(窓あけ)黙って連れてくのやめて頂戴って、何度いったら父さんわかるの！　今度やったら警察呼ぶわよ！　この誘拐魔!!」

ガーッとスタート。

五郎「(あわてて追いつつ)ごめん！　あの、つい――あ、螢！　雪子おばさんとこの大介が今日来るンだと！　螢!!」

ニングルテラス・ローソクの店

働いていた雪子、フッと顔あげる。
十六歳になった大介が、無表情に立っている。
雪子「大介！――元気!?」
大介「――」
雪子「ちょっと待ってね。今店閉めるから」

雪子の家（夜）

電気がともっている。
雪子「(夕食作りつつ)面白いでしょ。このうち。わかる？　五郎おじさんが作ってくれたの。使ってある材料全部廃棄物よ。捨ててあるものだけで作っちゃったの。そっちの角はホラ、電話ボックス。そっちはいらなくなったスキーのゴンドラ。それにね――」
大介「――」
雪子「大介？」
大介「――」
雪子「聞いてるの？」
ケイタイをカチャカチャいじっている大介。
雪子。
音楽――低い旋律で入る。

夕食

食事しつつ、チラと大介を見る雪子。

大介、全く無表情に食事する。

雪子「お代りは？」

大介のケイタイ鳴る。

大介パッと立ち、ケイタイを見つめて外へ出る。

雪子の家・表

車がついて五郎が下りる。

五郎「大介え!!　大きくなっちまやがって！　いくつにな

ったンだ。え？」
肩を抱こうとするのをするりと抜けて、メールをしながら五郎から離れる。

紡ぎ車

がカラカラと回る。その窓の外――

表

月光の下で切り株に座り、メールに夢中の大介。

雪子の作業場

毛を紡ぎつつ、
雪子「（低く）全然口をきこうとしないのよ」
五郎「――」
雪子「ケイタイばっかりカチャカチャやってて」
五郎「――」
雪子「困っちゃったわ。何だかすっかりあの子変っちゃって」
五郎「――」
雪子「学校にも全然行ってないらしいの」
五郎「――」
雪子「兄さんあの子――、どうなってンのかしら」

同・表

五郎、出る。
大介のそばに立つ。
五郎「大介――」
大介「――」
五郎「どうしたンだ」
大介「――」
五郎「何かあったのか」
大介「――」
五郎「何かあるンならおじさんにきかしてくれ」
大介の脇へ座ろうとする。
大介するりと立って家のほうへ。
五郎「大介――」
音楽――盛りあがって終る。

石の家（翌日）

炭焼き用の材を造っている五郎。
和夫「五郎！」
ふり向く五郎。

和夫がすみえを連れてくる。
和夫「わかるか？　すみえだ」
五郎「――すみえちゃん！」
すみえ「おじさん。しばらくです」
五郎「イヤイヤイヤイヤ、きれいになっちまって。札幌で保母さんやっとるって？」
すみえ「うン。でもこっちにもどってこようと思って」
五郎「もどってくるンかい！　イヤイヤそりゃあいい」
すみえ「おやじさんだんだん齢だからね」
和夫「何いってやがる！」
すみえ「これが有名な石の家!?」
五郎「ボロ家だ！」
すみえ「羊も飼ってンだ！　家ン中見ていい？」
五郎「ああ。汚ねえぞ！」
すみえ、スキップして羊を見ながら石の家へ。
五郎「よかったじゃねえか和夫ちゃん！」
和夫、ひどい渋面で五郎を炭焼き小屋の中へ引っぱる。
五郎「？」
和夫「何がいいもンか！　あいつ男連れてきやがった」
五郎「男!?　結婚するンかい！」
和夫「結婚してオレの跡継がせるっていうンだ」
五郎「最高じゃねえか、お前いずれはそうしたいって」
和夫「そらそうだけどお前、デキチャッタ婚だ」
五郎「デキチャッタ婚て何だ」
和夫「デキチャッテンだよ！　すでにもう子どもが！　腹ン中に！」
五郎「アラ！」
和夫「許せるかお前、おれに断わりもせず！」
五郎「ウフフフ」
和夫「何だその笑いは」
五郎「新郎妊婦のご入場だな」
和夫「ふざけるな！」
五郎「気に入らねえのか相手が」
和夫「当りめえだ！」
五郎「どんなやつだ」
和夫「秀才だってンだ」
五郎「いいじゃねえか！」
和夫「いいかバカ、北大の理工科出てるってンだぞ！」
五郎「アラ」
和夫「何だかやたら明るくって馴々しくって、テンション高くて」
五郎「みずえちゃんは何ていってンだ」

和夫「それがすっかり気に入ってやがる。女はバカだからすぐたらしこまれる。今夜はお祝いの食事だっていいやがる。おれ一人じゃあとてももたねえ。つき合え！」
声「お父さ――ん!!」
和夫「ア。来た！　いいか、今夜つき合えよ！」
バイクにまたがって突入する清水正彦。
和夫「ああ――いらっしゃい。これアノ」
正彦「五郎おじさんですね！　清水正彦です！（いきなり両手で握手）」
五郎「ああ」
正彦「お目にかかれて光栄です！　今お母さんに案内されておじさんの建てられたあの、雪子おばさんの家拝見してきました。いやア、あれはすごい！　あの発想はものすごい！　あれは現代への警鐘です。文明社会への強烈な風刺です！　話には聞いてたけどおじさんは本当に凄い人です！」
五郎「（ブッブツ）イヤ凄いってナンモ。金がなかったから捨ててあるもンをただ拾ってきて組み立てただけで」
音楽――へんなコード。

中畑家

晩さん会。
一家に五郎が加わって。
正彦「（独演）いやあれには本当、脱帽しました！　お父さん、お父さんは木材を扱ってらっしゃる。そして今ぼくはそれを継ごうとしてる。しかし！　お父さん実際には木材界は厳しいでしょう！」
和夫「厳しいです」
正彦「安い外材がどんどん入ってくる。国産材は高すぎる。大体木材には限度がある」
和夫「（くさって）ハイ」
正彦「逆に今日本にあり余ってるもの。何だと思いますお父さん！」
和夫「サア」
正彦「ゴミです！　廃棄物です！　捨てられたものです！　これはただです！　金をつけるから持ってってくれってなもンです！　おじさんはそこへ目をつけた！　えらい！　お母さん」
みずえ「ハ？」
正彦「お父さんたちは、ぼくらが結婚して住む新居を建ててくださろうと思ってるらしい。木造はやめましょう！」

みずえ「それは――」

正彦「廃材は結構。しかし新しい材を使うのはもったいない。やめましょう！」

和夫「しかしうちは木材屋だから」

正彦「いけません！　もったいない！　やめましょう！　五郎おじさんにお願いして、廃棄物だけで作っていただきましょう！　そのほうが面白い！　なあすみえ！」

すみえ「うン面白い」

みずえ「面白いわねそれ」

和夫「あ、いや。しかし私の立場としては」

正彦「お父さん（チャッチャチャッチャッと舌打ちしながら指をふる）立場。面子《めんつ》。そういうのなし。ア!!」

一同（ギョッと見る）

正彦「あすこの電気。バイオ発電を考えましょう！」

和夫「バイオ？」

正彦「クソです」

五郎「クソ？」

正彦「そうです。ウンチです」

和夫「ウンチで発電が出来るンですか」

正彦「出来ます。新時代のエネルギーです」

五郎と和夫、顔を見合わせる。

音楽――入る。B・G（つぎのシーンのバックに流れる）。

和夫「しかし、どうやってクソから電気を」

正彦「（和夫にグイと親指を立てる）いい質問です」

和夫（ムッとする）

正彦「クソを集めて発酵させます。するとメタンガスが発生します。それを集めると火がつきます。現に中国の奥地などではそういうガスをパイプでコンロにつなぎ、火をつけて煮たきに使っています」

みずえ「くさくないンですか」

正彦「その場合は多少くさいみたいです。けどそのガスを利用してですね、古い自動車のエンジンを回せます。その回った力でこれまた捨ててある発電機を動かせば、まちがいなく電気が起こります」

五郎「ちょっと質問していいですか」

正彦「どうぞ何でも」

五郎「オレラ科学が全くダメなンすが――それはつまり、たとえるなら、オナラとゲップで電気を作れるってことですか」
正彦「(親指立てる) いいたとえです。そのとおりです」
和夫「しかしガキのころ、風呂ン中で屁をして、牛乳瓶にためて火をつけてみたが、つかなかったぞ」
正彦「発酵しきってなかったンです」
五郎「ハハア」
正彦「こわれた自動車のエンジンはあるでしょう」
五郎「そらすぐ手に入ります」
正彦「発電機も?」
五郎「あります」
正彦「ならすぐやりましょう! 絶対出来ます! クソはありますか」
五郎「人間のですか」
正彦「牛・馬・羊・人間なンでも——ア!」
一同 (ギョッとみる)
正彦「富良野に観光客は年間どのくらい来るもンですか」
みずえ「さァ今、二〇〇万ていわれてますけど」
正彦「二〇〇万! もったいない! ああもったいない! 二〇〇万もの観光客がいて、皆さんはそいつらの落とす金ばかり気にしてる。観光客の確実に落とすもの! それはクソです! 金よりクソです! お父さん、これは次世代の事業になります」
五郎「あの、もう一つ」
正彦「何でもどうぞ」
五郎「そのクソガスは爆発しますか」
正彦「(親指立てる) いい質問です。充分、致します」
五郎「すると、そこら中クソだらけですか」
音楽——はじける。

土場

憤然と歩く和夫と五郎。
和夫は完全に頭に来ている。
和夫「何がクソ発電だ、冗談じゃねえ!」
五郎 (考えこんで歩いている)
和夫「あれが婿か!? エ? 五郎! あんなのに家継がして中畑木材はどうなるンだ!」
五郎「——」
和夫「大体あいつの(親指立てて) これが気に入らねえ。イイ質問デス。冗談じゃねえ! 人を見くだしたあの態度は何だ! 冗談じゃねえ。全く冗談じゃねえ!」

道

五郎が一人考えつつ帰ってくる。
　ふと立ち止まる。

雪子の家・表

大介が丸太に座り、カチャカチャケイタイをいじっている。
大介。
顔あげる。
立っている五郎。
大介、ケイタイを急いでかくす。
五郎「オイ」
大介「――」
五郎「クソ発電ってお前知ってるか」
大介「――」
　間。
五郎「知らねえだろう」
大介「――」
　そのまま闇の中へ消えてゆく五郎。
　ポカンと見ている大介。
音楽――静かな旋律で入る。B・G。

病院

　働く蛍のショットのつみ重ね。
蛍の語《り》「正ちゃん。あなたから手紙が来なくなってもう半年がすぎています。手紙を出しても返ってくるし。一体今どこにいるンですか。白石さんと室伏さんからは、毎月末にあなたからきちんと借金返済の送金があったこと、領収書が送られてきますから、生きてるンだなってことだけはわかります。でも、どうして私に居場所までかくすの？　最後の手紙にあなたが書いてきたように、これ以上私たちに迷惑をかけたくないという気持ち。本気だったらすごく心外です」

保育所

　快を迎えにくる蛍。
蛍の語《り》「私はずっと、あなたの帰りをここでいつまででも待っています」

道

　快の手を引いて蛍が来る。

蛍の語《り》「快の気持ちもきっと同じです。快は三歳六ヵ月。誰かとおしゃべりがしたくてしようがないみたいです。

それをいいことに父さんは毎日——」
偶然のように角から現れる五郎。
五郎「アラ！　今帰り？　偶然逢っちゃった」
螢「毎日偶然ね。カックン、じいじいにバイバイは？」
快「バイバイ」
五郎「ア、バイバイ！」
ポツンと残されて手をふる五郎。

図面（バイオ発電）

テラス（石の家）
図面を見ながらブツブツ何かいい、考えこんでいる五郎。
自動車の音に、ふと目をあげる。
一人の女性が道を上ってくる。
音楽——消える。
五郎、——ゆっくり立ち、手をかざす。
五郎「（口の中で）シュウちゃん！」
石の家へ歩きつつ手をふるシュウ。
音楽——衝撃音。

2

石の家・テラス（中でも可）
茶をいれている五郎とシュウ。
五郎「しばらくだったな」
シュウ「ウン。ごめんなさい」
五郎「元気だったのか」
シュウ「ウン。元気」
五郎「何年ぶりだ。ここへ来たのは」
シュウ「三年七ヵ月。羊飼ったのね」
五郎「ああ、もう三年になる」
シュウ「サホーク」
五郎「よく知ってるな」
間。
五郎「純とは連絡してるのか」
シュウ「——（首ふる）」
五郎「いつから」
シュウ「牧場の事件の、ちょっと後から」
五郎「——そうか」

シュウ「純君、今富良野にいないンでしょ?」
五郎「ああ」
間。
シュウ「牧場のことがあったから?」
五郎「——うむ」
シュウ「———」
五郎「みんなに迷惑かけちまったからな」
シュウ「——(うなずく)」
間。
シュウ「お父さんのとこには連絡あるの?」
五郎「たまにな。——本当にたまにだ」
五郎、シュウの湯飲みに茶をついでやる。
シュウ「アリガト」
茶を飲むシュウ。
——フッと笑う。
シュウ「なつかしい」
五郎「何が」
シュウ「お父さんの体の——焚き火の匂い」
五郎、あわてて自分の袖をかぐ。
五郎「くさい?」
シュウ「(首ふる) いい匂い」

五郎「悪いな。三日ほど風呂に入ってないンだ」
シュウ。
シュウ「お風呂たいてあげようか」
五郎「とんでもない!」
シュウ「たいたげる!(立つ)」
五郎「いいよ!」
シュウ「いいから! 私にたかして!」
音楽——静かな旋律で入る。

夕陽が

芦別連山を染めている。

風呂・焚き口

薪をくべているシュウ。
シュウ「どう?」
五郎「ああ!——いい湯だ! たまらん!」
間。
シュウ「(ポツリ) もっと毎日、——こうやってお風呂たいてあげたかった」
五郎「おらもたいて欲しかった。時々来てくれ」
間。

シュウ「もう来れないの」
五郎「――」
シュウ「神戸に行くの」
五郎「――」
シュウ「お嫁に行くこと、決まったの」

風呂の中

五郎。

五郎「そうか」
シュウ「――」
五郎「そいつは――」
シュウ「――」
五郎「淋しくなるな」
シュウ「ゴメンナサイ」
五郎「いや。――おめでとう！」
シュウ「ありがとう」

焚き口

間。

シュウ「本当は――ここに来たかったの」
五郎「――」
シュウ「純君と二人で、この麓郷で、――お父さんにこうやってお風呂をたいて――」
五郎「――」
シュウ「私がいけないの。私が悪かったの。純君のいちばん辛い時期に、――何の力にも私なれなくて、――逢っても純君の辛い顔見て――それがだんだん苦しくなって――もうやめようって、私からある日」
五郎「(笑って) やめろよシュウちゃん。もうすんだことだ」

風呂の中

五郎「どっちが悪いなンて、そんなこたァないンだ」

間。

五郎「それで、――結婚する人はいい男か」

間。

シュウ「うン、いい男」
五郎「オイラよりもか」
シュウ「お父さんにはかなわない」
五郎「顔もオイラにかなわんか」
シュウ「顔はあっちの勝ち」

五郎「なら相当にいい男だ」
シュウ（笑う）

焚き口

シュウ。
シュウ「ねえ」
五郎「ああ」
シュウ「純君に手紙書いたの」
五郎「――」
シュウ「純君今どこにいるの？　居場所教えて」
間。
五郎「教わってどうなるンだ」

風呂の中

五郎「もう忘れろよ」
間。
シュウ「そうだね」
音楽――いつか消えている。

焚き口

シュウ。

五郎「渡したいならオラが送ってやる。テラスの上にでも置いときなさい」
間。
シュウ「ウン。そうする」
シュウ。
――バッグからゆっくり手紙を出す。
音楽――イン。

石の家・表

湯上がりの五郎、出て牧柵の彼方を見る。
シュウの去っていく後ろ姿。
五郎。
ゆっくりとテラスに歩く。
テーブルの上に小さな手紙。
その上にチョコンと石がのっている。
手にとる五郎。
その時ふいに、五郎の下腹部に痛みが走る。
五郎、手紙をとり、よろよろと中へ。

同・中

入った五郎、腹をおさえたままうずくまる。

――。
痛みがゆっくりと去っていく。
肩で息をつき、水を飲む五郎。
その脇に置かれたシュウの手紙。
音楽――消える。

純の語《り》「(入る)富良野にはもう一年半帰っていない」

同・風車

回っている。

語《り》「あれから稼ぎのよい仕事を求めて、それこそ各地を転々とした」

郵便局・窓口

送金する純。

語《り》「でも。ぼくの負担した一五〇〇万という借金は、とても返せる額なンかじゃなかった」

ライン

モダンタイムスのように働く純。

語《り》「稼ぎのよい仕事なンて、めったにそこらにあるもンじゃない。最初のうちは月に三万ずつ、それでも返す金を送ってたンだけど、一五〇〇万÷三万÷十二＝四十二年間という気の遠くなるような年月を考えたら、あほらしくなって送金をやめた」

廃棄工場

轟々と燃える炉に、廃網を放りこむ汗だらけの純。

語《り》「今は、北海道の最東北、知床半島のつけ根の町羅臼《らうす》で、廃棄物処理の仕事をしている」

音楽――テーマ曲、イン。

処理場

同僚・熊倉寅次と収集車に乗りこむ純。
走りだす。

語《り》「父さんと螢にしか居場所は知らしてない。正吉とも富良野で別れたきりどこにいるのかお互い知らない」

走る車の中

運転する純。

語《り》「牧場破綻のときの嵐みたいな日々。味わった屈辱、人の冷たさ。とにかくあれ以来顔見知りの人から、ただかくれたくてぼくは生きてきた。今合わす顔はこの熊倉の寅ちゃん」

助手席で陽気に唄っている寅次。

港

船がつく。

舫《もや》い綱を放る佐久間拓郎。

語り「その親友で漁師の佐久間の拓ちゃん」

綱を受けとめて杭に巻く純。

魚

魚函に放りこまれる。

語り「人のいい拓ちゃんは使ってない番屋を、ぼくに無料で住居に貸してくれ、おまけに一人で淋しいだろうと、しょっちゅう夕食にさそってくれる」

拓の家

拓郎とその妻みね子。祖父母。三歳になるその子ども鉄馬。

そこに純が加わっての明るい食卓。

語り「だけど、拓ちゃんの一家といると、ぼくの心にはうれしさの反面、淋しさと孤独がいつもつきあげる。富良野に残してきた父さんのこと、螢のこと。三つになったはずの快のこと」

純「え？」

拓「（笑って）聞いてなかったのかよ。鮭だよ」

純「鮭？」

拓「鮭がな、川に上りはじめたって」

純「――ああ」

夜道（海沿いの道）

純が帰ってゆく。

語り「ついに三十になっちまったぼくは、最近痛切に思うことがある。家庭が持ちたい――！　仕事から帰ったとき待っていてくれる、やさしいぬくもりと匂いが欲しい！」

番屋

浜に立っている。

純、中へ入り、灯をつける。

語り「だけどそんなこと今のぼくには望みようのない夢のまた夢だ」

同・内

ストーブの前でかがみこんでいる純。

音楽——静かに消えてゆく。

純、ポケットからケイタイを取り出す。

真剣な顔でボタンを押す。

語《り》「今のぼくの唯一の愉しみは、夜中にケイタイの出会い系サイトで、顔の知らない誰かを呼び出し、むなしい会話を交わし合うことだ。借金も返さず見知らぬ人と、むなしい交信をぼくはしている」

羅臼港

朝の活気。

埠頭

船が着く。

市場

セリ。

埠頭

廃網をトラックに積みこんでいる純と寅。

市場から

魚函を運び出し、軽トラに積んでいる一人の娘。高村結《ゆい》。

そのすぐ後ろで働いている純たち。

結、手をすべらして魚函から魚をこぼす。

ふり返る純。

結、チラと舌を出し純に笑う。

純。

——車に乗りこんでスタートさせる。

走る収集車

運転する純と助手席の寅。

純「鮭が上ってきてるンですって?」

寅「ああ、来てるべな。ホレ見ろ。あの山」

山

走る。

寅の声「(車窓に)オジロワシやらオオワシがそろそろ海岸に集まってきてるべ。この時期になると山から来るンだ?」

川

鮭がピチャピチャと遡上する。
音楽――静かな旋律でイン。

川岸

それを見て立つ純。
その近くに群らがっている小学生。
女の先生の声が説明する。
声「鮭はね、四年間も遠くの海まで回遊してるンだけど、四年たつと必ず故郷の川にね、絶対忘れないでもどってくるンだって」
子どもたち「へえ」
声「川なンてここらにいっぱいあるのに、どうしてちゃんと自分の生まれた川を、鮭はおぼえているンだろうね」
子ども「お母さんが待ってる！」
声「それはちがうンだな。お母さん鮭は卵を生むとね、力を使い果たしてやせて死んじゃうの」
子ども「かわいそう！」
声「かわいそうだよね。だけどその死がいはね、ホラ、オジロワシとかオオワシとか、カモメやカラスの餌になって、その食べカスや鳥たちのフンが川のまわりの森を育てるの」
純。
その顔色がフッと変る。
ふり向く。
説明している女の先生。
それはあの涼子先生である！
涼子「それに死がいから流れた養分がね、川の流れで海にもどって、海の小さな生き物たちの餌になるの。すごいでしょう？　だから鮭はね、卵を生んでただ死ぬんじゃなくて」
涼子しゃべりやみ、近くに来た純を怪訝《けげん》に見る。
じっと見ている純。
純「涼子先生――じゃないですか？」
涼子「――」
純「純です！　富良野の――黒板純です！」
間。
涼子。
涼子「純君――！」
音楽――消えている。

語《り》「二十年ぶりに会う涼子先生だった！　涼子先生は少し老けたけど、あのころのままの先生だった！」
音楽——軽快にイン。

国道

つっ走る純の車。
語《り》「先生は羅臼から六十キロばかりの中標津《なかしべつ》の学校に赴任しており、その日学校の課外授業で、鮭の遡上を見に偶然羅臼に来ていたンだ！」

回想（フラッシュ）

過去のいくつかの涼子のショット。
語《り》「先生！　なつかしい涼子先生！」

運転する純

語《り》「つぎの日曜、先生に逢いに、ぼくは羅臼から中標津へ走った」

中標津

涼子の家を探してくる純。
音楽——消えてゆく。
車をとめて、家の前に立つ。
扉をあけて涼子がとび出す。
涼子「純君！　よく来たわ！　さ、入って！」

家の中

上がる純。
涼子「ちょうど教え子がもう一人来てるの。その子も羅臼に今住んでるのよ！」
奥から出た女性、びっくりしたように純を見る。
純も。
涼子「紹介するわ。黒板純君。こちらはね、昔斜里にいたころの教え子、高村結ちゃん」
二人「————」
涼子「——知ってるの？」
ドッと笑う声。

同・居間

鍋がグツグツ煮えている。
囲んでいる純、結、涼子。そして涼子の夫水谷彰。
彰「UFOに乗っていっちゃったのか！」
純「いや。あのころ、おれたちマジにみんな、そういうふうに思ってたンスよ」
彰「(笑う) それは正解かもしれないな。この人はまさに宇宙人だから (笑う)」
結「でも本当にUFOを見たの!?」
純「見た! それは絶対」
涼子「私、本当に円盤に乗ったの」
結「それでどこ行ったの?」
涼子「ずっとあっちのほう」
彰「一度きこうと思ってたンだ。本当のところあんたは誰なンだ」
笑う一同。
笑いつつ鍋をつつく純。
語り「その晩の夕食は愉しかった。本当に——。久しぶりに。螢——。おれは本当に久しぶりに、昔父さんとお前と暮らしてた、あのころの食卓を思い出してたンだ」

同・表

涼子夫妻に送られて乗りこむ純と結。
語り「その日、羅臼に帰る結ちゃんを、ぼくは車で送ることになった」

夜の中

車のヘッドライトが切り裂く。
純の声「びっくりしたな」
結の声「私もびっくりした」

車の中

純「何年前に教わってたの?」
結「うーん、十五年くらい前になるかな」
純「おれはほとんど二十年前だ」
結「じゃ、先輩だ」
純「うン。(お道化《どけ》て) 尊敬しろ」
結「うン、尊敬する (笑う)」

ヘッドライト

闇を切り裂いてゆく。
純「そのころ、涼子先生もう結婚してたの」
結「アツアツだった。水谷先生と」
純「じゃアその後に結婚したンだ」
結「みたい。二人とも変人だったの。でも生徒には人気があった」
純「いい人だな。旦那さん」

結「ウン。いい人。とっても」

車から下りて手をふる結。
車スタートし、テールランプが消えてゆく。

番屋

帰ってくる純。
語《り》「帰ったら父さんから手紙が来ていた」

同・内

封を開く純。
語《り》「開いたら父さんの手紙はなくて、シュウからの手紙が中に入っていた」

シュウの手紙

純の手がためらい、
——そして開く。
シュウの声「純君。元気ですか？　純君のこと今も時々、夜中にキュ——ンて思い出してます。いい時間だったよね。ありがとう。私——。来月結婚します。純君が倖せになれますように。おやすみなさい。
シュウ」

車の中

二人。
結「だけどこのごろは不漁つづきでしょ。だから夜中にコンビニでパートしてる」
純「そうか」
結「魚の加工場」
純「結ちゃんは？　どこで働いてるの？」
純「コンビニってどこの？」
結「緑町の。知ってる？」
純「橋の前だ」
結「そう、そこ」
間。
結「純ちゃんはどこで働いてるの？」
短い間。
純「ゴミの処理場だよ。峯浜にある」
結「——」
語《り》「それから結ちゃんを町の中で下ろした」

町

番屋

純。

——手紙を持ったままじっと動かない。

純、その手紙をストーブの火にくべる。

純。

酔った漁師の絶唱が入る。

カラオケ

〽ラウスにタラはまだ来ない

ラウスにスケソウまだ来ない

それでもオイラ

それでもオイラ

今日も海に出る

明日がある　明日がある

明日があるのサ!!

合唱している店内の客たち。

その中にいる拓郎と純。

純「(モゾモゾ) 明日早いからオレ帰ります」

拓「うン」

同・表

店内の合唱が流れている。

純、外へ出て歩きだす。

夜道

純が歩いてくる。

浜ぞいの道へ歩きかけ、ふと足を止めふり返る。

その目線にコンビニの灯が見える。

コンビニ

レジで働いている結。

ふと目をあげる。

結「アラ」

入った純、ちょっと照れたように結に目で挨拶し、そのまま弁当のケースへ。弁当を一つとってレジへ持っていく。

結、それをとり、値段をちょっと見て、弁当を持ったままケースへ歩く。

純「?」

結、ほかの弁当ととりかえて帰ってくる。

袋に入れて純に渡す。

純、金を出そうとする。

結「(低く) いい」
純「(低く) え?」
結「しまって。早く。それ、後五分で賞味期限切れだから」
純「いや」
結「いいの！ 早く」
純「いや、でも」
結「いいから！」
店長「(来る) どしたの」
結「四六〇円です！」
純 (払う)
結「(低く) ドジ!!」
純「――――」
語り「やっと気づいた」
　音楽――「恋」イン。

同・表

　出て、逃げるように歩く純。
語り「コンビニで売っている弁当には、賞味期限というものがあり、期限を過ぎたものは捨てることになっており」

弁当

　開かれる。
語り「でも期限を過ぎて三分や五分で、いきなり悪くなるはずはなく」

番屋

語り「つまり結ちゃんはそういう商品を、ぼくにこっそりくれようとしたわけで」
　弁当を食べる純。

前浜の川口を

　鮭が上る。
　群らがっているカモメの群れ。
語り「鮭の遡上が最盛期を迎え、孵化場を置いてない小さな河川では、知床の森の奥を目ざして秋アジがどんどん上っていった」

クナシリ

語り「天気の良い日がずっとつづき、番屋の目の前、二五キロの先にロシア領クナシリがはっきりと見えた」

コンビニ（夜）

さり気なく雑誌を立ち読みしている純。

語《り》「ぼくはといえばあの晩に味をしめ、時々深夜コンビニに行って、人気のなくなった時間を見すまし、結ちゃんからこっそり賞味期限切れの弁当をもらった」

そっと弁当を手渡す結。

番屋（深夜）

語《り》「ぼくの目的が弁当そのものでなく、結ちゃんと会話を交わすことにあったのは明らかだ」

弁当食べている純。

ケイタイが鳴る。

相手を確かめ、メールを始める。

語《り》「だからそれまでハマッていた、出会い系サイトで知らない人と会話することも、急に色褪《いろあ》せて、つまらなく思えた」

ケイタイを終り、電源も切る。

語《り》「ぼくの中で結ちゃんの存在が、急に大きくなりはじめていた」

コンビニ・表

深夜。

勤務を終えて出てくる結。

歩きだす。

その足が止まる。

角に立っている純。

結、近づく。

結「どうしたの？」

純「――いや」

結「お弁当ならとっといてあったのに」

純「いや、そうじゃなく、――送ってってやろうと思ってさ」

結「――」

純「家、どっち？」

間。

結、黙って山手のほうを指す。

歩きだす二人。

道

歩く二人。

純「いつも、――悪いな」

結「お弁当？」
純「うン」
結「いいのよ。どうせ捨てちゃうンだから」
純「――」
結「まだ食べられるのに、もったいないじゃない」
　間。
純「怒られないのか」
結「見つかったら叱られる」
純「――」
結「最初のときはちょっとあわてたわ。ちょうど店長が出てくるンだもン」
純「あンときは、何だか、オレわからなくて」
結「（笑う）いいのよ、店長も賞味期限切れのもの、こっそり持って帰って食べてンだもン」
　間。
純「加工場のほうは、働きにいってンのか」
結「午前中」
純「――」
結「このごろは漁が少なくてパートの人も頼めないから、ほとんど家族だけでやってるの」
純「家族でやってンだ」
結「零細企業よ」
純「何て加工場？」
結「高村水産。栄町よ」
　歩く二人。
純「休みってあるのか」
　歩く二人。
結「純ちゃんは？」
純「日曜日は休みだよ」
結「――私もそうよ」
語《り》「つぎの日曜日、ドライブに行った」
　音楽――軽快にイン。B・G。

山道（羅臼・宇登呂道路）
　峠への道を上っていく車。

車内
　しゃべりまくっている明るい純。
　うなずき、聞いている結。
語《り》「何をしゃべったかよく覚えてない。とにかくぼくは自分じゃないぐらい、しゃべりすぎるぐらいよくしゃべり、結ちゃんはほとんどしゃべらずに、でもあたたかく話を聞いてくれた」

知床連山

語り「富良野の話。父さんの話。草太兄ちゃんの話。その牧場を潰しちまった話。草太兄ちゃんのおしゃべりの霊が、その日ぼくにはのり移ってたのかもしれない」

海

語り「そうしてそれから結ちゃんと逢う日が、少しずつ少しずつ増えてってたンだ」

ひかりごけ

肩寄せ合って見ている二人。

語り「拓ちゃんと寅ちゃんが番屋に来るまで」

音楽――砕ける。

番屋・前浜（夕暮れ）

焚き火に当っている三人。

純「何スか話って」

寅「うン」

間。

純「？」

拓「お前、ありゃやめろ」

純「何スかやめろって」

拓「お前が今つき合ってる女だ」

純「――」

拓「こないだも二人で、ひかりごけ見にいってたろ」

純「ア、いや、つき合ってるって」

寅「知ってンのかお前。あれは一応人妻だ」

純「エ？」

寅「まァ人妻っていったって、亭主がよそに女つくって、釧路に逃げて二年近くなるから、まァひとりっていいやァひとりっていえるけど、籍はまだ抜いてねえ。高村の嫁だ。高村の家に住んだまんまだしな」

純。

音楽――衝撃。砕けて鈍いB・G。

拓「その高村のおやじってのがさア、ここらじゃみんな、トドって呼んでんだけど、有名な荒いおやじでよ、これがあの嫁をえらくかわいがってて、逆に伜を叩き出したもンさ」

寅「トド撃ちの名人でな」

拓「トドってわかる？」

純「ア、ハイ」
拓「こんなでかいやつ。それを（撃つ真似）名人」
寅「とにかく荒い。カラオケバーにそのトドが入ると、みんな一瞬シーンとする」
拓「いつかもその嫁にチョッカイ出した若い漁師がよ、仲間もろとも半殺しにされて流氷の海に叩きこまれた」
寅「あンとき一人死んだんじゃなかったっけ」
拓「いや、死にはしなかった。でもトドは警察に引っぱられた」
寅「そういう女よお前。ありゃやめたほうがいい」
純「――」
　純――薪を火に入れる。
　その手がブルブルふるえている。
　音楽――ゆっくり盛りあがってつづく。

番屋

　純入って、扉にしっかり鍵をかける。
　そのまま、ぼう然と立ちすくンでいる。
　音楽――消えていって。
螢の声「お兄ちゃん、ご無沙汰しています。そっちの具合はどうですか。今日はちょっと心配なことがあったので手紙を書いてます」

車を運転する螢

螢の語《り》「父さんがこのごろ、自分では人にいわないンだけど、どうも体調があんまりよくないみたいなンです」

中畑木材・土場

　車が着いて下りる螢。
　炭焼き用の枝材を、軽トラに積みこんでいる五郎と和夫。
螢の声「精密検査を病院で受けてって、何度頼んでもいうことをききません」

同

　もめている五郎と螢。
　脇に和夫。
螢の声「一昨日も約束した病院の予約を、結局すっぽかしてしまいました。お願いですからお兄ちゃんからも」
五郎「（ヘラヘラ）大丈夫だって！　ここんとこあんまり痛まないし」
螢「父さん、いくつになったって思うの？」

五郎「六十七よ」
螢「六十七ったらすぐ七十でしょ」
五郎「六十七と七十はちがうよオ」
和夫「定期検診お前受けてンのか」
螢「そんなもン全然受けてないわよ！」
和夫「そりゃまずいぞ。うちの女房だってお前、定期検診で発見されたから初期癌の手術で間に合ったンだ」
五郎「(笑って) 今ね、よい療法をやってるから大丈夫」
螢「療法って何」
五郎「成田の新ちゃんに教わったの」
和夫「新吉に？」
螢「どんな」
五郎「梅干しをね、丸ごと、種も飲みこむの」
螢「梅干しを!?　種ごと」
五郎「何日かやってるけど、具合いい」
螢「種はどうなるの！」
五郎「溶けるの」
五郎「溶けるの」
和夫「溶けるか!?」
和夫「あのかたいのが!?」
五郎「溶けるンだって。新ちゃん年中やってるっていうもン」
螢「私は溶けるとは思いませんね」
五郎「溶けるの！(笑う)」
和夫「あんなゴリラみたいなやつの胃袋とお前の胃袋じゃ絶対ちがうぞ」
五郎「(笑って) 和夫ちゃん全く無学なンだからア。胃液って何でも溶かしちゃうのよ？」
螢「わかった。じゃあいい。(車へ歩く) 検査するまで快とは絶対逢わせませんからね」
螢、車へ乗る。
五郎「(あわてて追う) ちょっと待って！　螢！　それとこれとは別だろうが！　螢!!」
車スタート。
ちょっと追いかけるが、あきらめる五郎。
和夫「(近寄って) やっとけよ五郎。——絶対早目にやるべきだ」
五郎。
五郎「(情けなく) 検査って、痛いことするンだろう？」
和夫「(笑って) 何が痛いもンか。やっとけ。すぐすむ。ときにな。今雪子さんの家の脇にお前が建てかけて止まっとる家な。あれ、螢ちゃんの住む家なンだろう？」
五郎「それが、螢のやつ、要らんていいよる。町に住むほうが便利だからって」
和夫「うン」
五郎「あいつオイラから快を離す気だ」
和夫「うン」
五郎「何だ」
和夫「金を払うから、すみえたちの新居にあすこを至急建ててもらえンか」
五郎「——いいけど、あれは拾ってきたもンだけで建てとる家だぜ」
和夫「いいンだそれで」
五郎「(笑う) したっけ和夫ちゃん、あんたんとこは木材屋だべさ」
和夫「拾ってきたもンのほうがいいっていうンだ」
五郎「誰が」
和夫「あの、クソが」
五郎「正彦さんか」
和夫「みずえやすみえまでそれにのっちまって。みずえなンかお前はりきっちまって、粗大ゴミの山に今日も出かけとる」

五郎。
——突然クックッと笑う。
和夫「(ムッと) 何よ」
五郎「婿さんをもらうのも大変だな。電気はやっぱりクソでやるかい」
和夫「五郎」
五郎「ア？」
和夫「冗談は顔だけにしとけ」
音楽——ガンと叩きつけて。

病院

音楽——衝撃。

同・検査待合

看護婦「黒板五郎さん！」
五郎「(恐怖) ア、ハイ！」
看護婦「洋服を脱いでこれに着換えてください！」
音楽——衝撃。

廊下

歩く看護婦と、蒼白について歩く五郎。

五郎「(恐怖) カ、看護婦さん、バリウムってオイラ、飲んだことないンだけど」
看護婦「バリウムはやりませんよ。胃カメラやりますから」
音楽――衝撃。

小部屋

看護婦「これをなるべく喉の奥のほうにね。そのまま五分くらい飲みこまないで我慢してください」
恐怖にひきつった顔で、口を少し開けている五郎。
看護婦「もっと大きく。大きく開いて、そう」
液が流しこまれる。
看護婦「飲みこまないでね。そのまま我慢して」
音楽――衝撃。

3

内視鏡室

ボロボロ涙を流している断末魔の五郎。
その口につっこまれた胃カメラ。
五郎を抑えている看護婦二人。
医師「楽にしてくださァい。楽にしてねェ」
五郎「ウ、ウ、ウ、ウ、オエ!」
突然、医師が小さく、
医師「ン?」
五郎「ウ、ウ (泣いている)」
医師、カメラをのぞいているが、急に看護婦の耳に何かささやく。
看護婦、あわただしく動いて別の器具をとりに走る。
医師「(変にのんびり) ちょっと苦しいけど我慢してねえ。血の塊みたいなもんが見えるから、ちょっと調べますよォ」
カメラの入口を何やら操作。
医師「(小さく) 何だこりゃ」
看護婦、モニターをのぞきこむ。
看護婦「――!」
医師「何かこれ、異物に見えるけど」
五郎「ウ、ウ、ウ!!」
看護婦の手のひらに指で必死に何か書く。
看護婦「何? エ、なに? (医師に) 何かいってます!」
手のひらに書かれた文字を読む。

看護婦「（読んで）ウ――メ――ボ――シ？」
必死で書く。
看護婦「タ――ネ？――何!?　黒板さん梅干しの種を飲んだの!?」
五郎（必死で書く）
看護婦「（読む）キ――ク――ト――イ――ワ――レ――タ」
医師「梅干しの種を飲んじゃったの!?」
五郎（泣きつつうなずく）
医師「三個ありますよ！」
五郎（うなずく）
医師「とにかく一つ、取りますからねッ」
医師、看護婦に小声で指図。
看護婦、器具を渡す。
医師その器具をカメラの管に入れる。
五郎の細い目が、とび出しそうに丸くなる。

病院・廊下

小走りに来る螢。
検査室からとび出してくる五郎。
螢をつきとばし、憤怒の形相で一方へ歩く。

階段

かけ下りる五郎。
螢「（追いつつ）父さん！　父さん！」
五郎は完全に頭に来ている。

病院・入口

螢「（追いかけて）父さん！」
五郎「――!!」
五郎、バンと表へ出る。

土場

怒り狂って急ぐ五郎と、噴き出しそうな顔で追いかける和夫。
和夫「だからいったろう！　梅干しの種が溶けるわけないって！」
和夫を押しのけていく激怒の五郎。

成田鉄工

和夫「あいつもう怒っちまって口きかねえンだ」
新吉「しかし梅干し、おれはきくけどなア」

和夫「ばかやろ。お前と一緒にするな！　五郎はああ見えてデリケートなンだ」
新吉「それで、原因は梅干しだけなのか」
和夫「いや、どうもほかにもまだあるらしい。明日もう一度検査があるって」
音楽——無気味なリズムでイン。B・G。

診察室

血液をとられている五郎。

廊下

とった小便のコップを持って小走る五郎。

レントゲン室

胸部のレントゲンをとられている五郎。

検査室

心電図をとられている五郎。

MRI室

入口で首をふり、恐怖に入室を拒んでいる五郎。
説得している看護婦。
螢が走ってきて五郎を怒鳴る。

MRI

ガッ、ガッ、ガッと機械が移動する。
音楽——無気味に盛りあがって、切れる。

診察室

MRIの写真を、じっとチェックしている医師の鋭い目。
五郎。
医師、カルテに何か書く。
五郎。
——さすがにいささか不安になっている。
書いている医師。
五郎「(オズオズと）先生——」
医師「(書きつつ）ハイ」
五郎「オイラ——やっぱり——何かあるンスか」
間。
書いている医師。
やっと顔あげて、

医師「いや。今のところ。——しかし念のため、全部調べましょう。来週、火曜の朝、来れますか？」
五郎「ハイ。けど——今度は何の検査を」
医師「大腸ファイバーをやらしてください」
五郎「それは——どういう」
医師「お尻からカメラを入れるだけです」
五郎「尻から！」
医師「胃カメラよりもずっと楽ですよ」
五郎（唾をのむ）
医師「火曜の朝九時。よろしいですね」
五郎（うなずく）
医師「その朝は何も食べないように」
五郎「（かすれて）先生」
医師「ハイ？」
五郎「それは——同じ物なンですか？」
医師「？——どういう意味ですか？」
五郎「つまり——口からさしこむやつも、尻から入れるのも同じカメラを、洗い直して使いまわすンで？」
間。
医師「（目を丸くして）ちがいますよオ。全く別物です」
音楽——ふたたび無気味に入る。B・G。

同・廊下

五郎出てきて沈鬱に歩く。

階段

五郎、下りてくる。
五郎に不安が兆《きざ》している。

一階・廊下

考えこんで受付へ歩く五郎。
その五郎の通過した廊下のベンチに、気づかず座っているうつむいた和夫。
向かいの部屋の扉が開き、看護婦が出て和夫に何かいう。
和夫、その扉の中に消える。
音楽——無気味に盛りあがって終る。

すみえたちの家・現場付近

正彦、シンジュク、成田新吉が、バイオ発電の装置をつくっている。
少し離れて、新居の現場で廃材による板壁の間に、断熱材（段ボールに紙屑をつっこんだもの）を入れている五郎。

正彦「（明るく来る）いやアむずかしい！　やり出したらなかなか理屈どおりいかない！　クソで発電なンていわなきゃよかった。でもやる！　おれはやるぞオ！　お茶いかがです」

五郎「――――」

正彦「どうしたンです」

五郎「いや」

二人飲む。

五郎「（ポツリ）北大さん」

正彦「（笑って叩く）いやですよおじさん！　正彦って呼んでくださいよ」

五郎「オイラ、学がないンできくンですが」

正彦「――何です」

五郎「いやね、――いやこれは別にオイラの話でなく、――ちょっと知合いのことなンですがね」

正彦「何です」

五郎「いやつまりそいつがちょっと体調が悪くて、病院に検査に行ったわけですよ」

正彦「フムフム」

五郎「そしたら、そんな大したことないはずなのに、ばかに細かく検査されて、もう一度来てくれ、来週また来てくれって、えらい大事になっちゃってね」

正彦「なるほど」

五郎「本人としては腹からここいらが時々痛むって程度だったのに。――アレですか。病院の検査って普通そんなにかかるもンなンですか」

正彦「いや。普通はそんなにかからんでしょう」

五郎「（不安に）ですよねえ」

正彦「――――」

五郎「すると、アレですかね。そいつ、相当に悪いンですかね」

正彦「その可能性はありますね」

五郎。

正彦「どういう検査されたっていってました？」

五郎「いや、病院中ぐるぐる――回されたみたいで」

正彦「胃カメラも」

五郎「ハイもちろん。今度は尻からもカメラ入れられるって」

正彦「ああありゃ辛いンだ」

五郎「辛いンですか！」

正彦「ケツから空気入れられますからね。腹がもうパンパンになっちまって。ホラ、おじさん昔やりませんでした？　カエルのケツからストローつっこんでプーッて吹くと、カエルがパンパンにふくれ上がっちゃう」
五郎「やりました！」
正彦「あれと同じ状態ですよ」
　五郎の顔。
正彦「そらちょっとヤバイなア。いくつですその人」
五郎「六十七――かな。大体おいらと同じだから」
正彦「顔の肌つやどうですか」
五郎「昔みたいにはよくないです」
正彦「癌じゃなきゃいいですがね」
　五郎。
音楽――低く入る。B・G。
　――さり気なくお茶を飲む。
正彦「医者ははっきりいわないからなァ」
五郎「何をですか」
正彦「もしも癌でも本人にはですよ」
五郎「そうなンですか!?」
正彦「十中八、九いいませんね。本人がショックを受けますから」
五郎「じゃあ何ていうンです」
正彦「いい質問です。ぼくの友人の医者がいうにはですね。〝大したことはないですね。ま、ちょっとポリープがありますけど。まァ心配はいりませんよ〟てなことをことさら明るくいってやるンだそうです。ただその場合患者さんの目をですね、なかなか直接見れないそうですよ。ウソついてるからどうしても目をそらす」
　五郎の顔。
正彦「そのまま本人にはかくし通して、家族だけ呼んでそっと知らすンです」
音楽――不安定につづく。

夜の土場

　五郎、暗鬱に帰ってゆく。
螢の語《り》「無知な父さんがそんないいかげんな話で、じつは深刻になっていたなンて、私は全然思ってもいなかった」

大腸スコープ

　尻からつっこまれて目を剝いている五郎。
螢の語《り》「翌週火曜日、ばかに素直に、父さんは検査をまた受けに来た」

廊下

陰鬱に待っている五郎。
仕事中の蛍、通りかかって、
蛍「（明るく）父さん。辛かった？」
五郎「——（恨めし気に見る）」
看護婦「黒板さん！」
五郎（パッと立つ）
看護婦「診察室へどうぞ」

診察室

五郎入る。
音楽——消える。
医者「（顔あげず）どうぞ」
五郎、座る。
さり気なく医者をじっと観察する。
医者「（カルテに何か書きつつ明るく）大したことはないですね」
五郎の顔。
医者「ま、胃に少しただれが見られますが、全然心配はいりませんよ。少しお薬出しときましょう」
五郎の顔。
書きつつ、全く五郎を見ない医者。
五郎「（かすれて）先生——」
医者「（書きつつ明るく）何ですか」
間。
五郎「私の目を——見てください」
医者「（顔あげる）目がどうかしましたか？」
五郎（凝視）
医者「何なら眼科に紹介しますが」
間。
五郎「私の息子は今——富良野におりません」
医者「——は？」
五郎「呼びもどしたほうがよろしいでしょうか」
医者。
五郎。
医者「——なぜですか？」
音楽——イン。B・G。

受付待合

座って精算を待っている五郎。

螢、来る。
螢「よかったね。きいた。大したことないって」
五郎（螢をじっと観察）
螢「検査全部済んだから今夜はごほうび。保育所に快をひきとりに行って。うちにご飯が用意してあるから、あの子が眠るまで遊ぶことを許可します（行きかける）」
五郎「――（低く）螢」
螢「ん？」
間。
五郎「今日はお前、バカにやさしいンだな」
螢「――そうお？」
五郎。
五郎「何かお前、本当に聞いてないのか」
螢「何を？」
五郎「――」

保育所

快の手を引いて五郎が出る。

螢のアパート

五郎と快がかくれんぼをしている。
五郎「もういいかい」
快「マアダダヨ」
五郎「もういいかい」
快「モウイイヨ！」
五郎、探す。
かくれている快。
そのいくつかのショットのつみ重ね。
快「モウイイカイ！」
五郎「もういいよ！」
快、探しまわるが五郎見つからない。
快「じいじい！」
五郎「もういいよ！」
探しまわる快。
五郎「もういいよ!!」
声のする風呂場へ行く快。
ふたをした風呂桶の中にかくれている五郎を発見。
快「ミッケ！」
キャッキャとはしゃぐ快。
音楽――消えていって。
螢の語《り》「その日の私は最悪だった」
女の声「笠松さん！」

入院病棟

ふり返る螢。

一人の中年女・三沢夫人、近寄る。

三沢夫人「笠松さんの奥さんだろ」

螢（軽く会釈）

螢の語《り》「その顔にかすかな記憶があった。つぶれた牧場の債権者の一人だ」

病室

寝ている三沢じいさん。その脇にその家族。

三沢夫人「あんたのご主人が白石さんと室伏さんとこに、月々きちんと金を返していることは聞いてますよ。えらいもンだってみんないってるよ。だけどうちとこの借金返済はね、あんたの兄貴が月々三万ずつ返す話になってンだけどね、最初の半年ほど送ってきただけで、後はぱったり。どうなってンのこれ」

螢「――スミマセン」

三沢夫人「一五〇〇万だよ、あんたいい？　月三万ずつ返されたって、利子除いても四十年かかる話だよ。それでもあの人方にゃムリだっていって、うちのじいちゃんが月三万て話にしてやったンだろ？　あんたもたしかにいたよねあの席に。それが半年来ただけでぱたり。これじゃ誠意もへったくれもないよね。人の善意をふみにじるみたいなもンだ」

螢「申し訳ありません」

三沢夫人「どこに今いるンだか知らないけどさ、兄貴に連絡して伝えてやってよね。三沢が本気で怒ってますって」

螢「――――」

三沢夫人「これじゃ富良野には、いつまでたっても兄貴帰ってこれないよね」

螢「――申し訳ありません。必ず伝えます（最敬礼）」

寝ている三沢じいさん。

廊下

急ぐ螢。

螢の声「全く！　お兄ちゃんたら!!」

病院・表

悄然と出てくる螢。

夜道

歩く螢。

アパート

螢、入る。

同・中

螢、座りこみ、こめかみを抑える。

間。

のろのろと立って寝室をのぞく。

快の布団がからである。

音楽――消える。

螢「カイ！――カックン！」

トイレの戸を開ける。

快はいない。

螢「カックン！――カックン!!」

快はどこにもいない。

ぺたんと座りこむ螢。

間。

こみあげた怒りでバッと立つ。

螢「全く!!」

麓郷街道

螢の車が走る。

同・車内

怒りの螢。

石の家・下

車が止まり、憤然と出る螢。

同・中

螢とびこむ。

螢「いいかげんにしてよねッ」

布団からもぞもぞ起きだす五郎。

螢「何度いったら父さんわかるの！　黙ってつれ出すのはやめてってて――」

布団をバッとはぎ、言葉を切る螢。

五郎「（キョトンと）快は来てないよ。寝かしつけてから帰ってきたもん」

螢「――!!」

間。

五郎「!!——快がいないの!?」
螢「——」
　音楽——鋭く切り裂いて入る。B・G。

麓郷街道

　ヘッドライトが闇を切り裂く。

同・内

　五郎と螢。

アパート

　とびこむ五郎。

同・表

螢「(歩きつつ) 快！——快!!」

アパート内

五郎「快！　快！」
　螢とびこむ。
　五郎、首ふる。
　螢——電話をとり、一一〇番を回す。

螢「すみません！　子どもがいなくなったンです！　帰ってみたら。——あ、こちら末広町の」
五郎の声「(ひそやかに) 螢！」
螢「ア、ちょっと待って！」
　五郎の声のする風呂場へ走る。
　風呂桶の中をのぞく。
　螢。
　——急いで電話へ。
螢「いました。すみません (切る)」

風呂桶

　中で丸くなってスヤスヤ眠っている快。
　——。
　螢の手がそっと抱き上げる。
　音楽——終る。

アパート・居間

　布団でスヤスヤ眠っている快。
五郎「快はお前を脅かそうとしたンだよ」
螢「——」
五郎「夕方あいつとかくれんぼしたとき、おれが風呂ン中にかくれたンだ。それをあいつが、真似したンだな」
螢「――」
間。
螢「(叫ぶ) あの子に変なこと教えないでよ！」
五郎「――悪かったよ」
間。
螢「そうじゃなくても疲れ果ててンのに！　これ以上余計な心配させないでよ！」
五郎「――スミマセン」
螢「正ちゃんは居場所も教えないし、お兄ちゃんはお金を返してないし。知ってた父さん!?　今日私病院で三沢さんていう債権者の奥さんにつかまって、さんざん厭味いわれたンだから！　お兄ちゃんお金返してないンだってよ！　最初の半年ほど返してきただけで、後は全然梨のつぶてだって！　いいかげんにしてよ！　どうしてそこまで私が怒られなくちゃいけないのよ！　お兄ちゃんにバチンといってやってよ！」
螢の目に涙が浮かんでいる。
五郎。
五郎「わかった」
螢「わかってないわよ父さん全然。私がどのくらいしんどい思いしてるか！　誰も全然わかってないわよ！」
間。
五郎、もぞもぞと立ち上がる。
五郎「純にはちゃんと手紙を書くよ」
螢「――」
五郎「しかしな、なんかのまちがいだと思うぜ」
螢「――」
五郎「返せないなら返せない理由が、あいつのほうにもきっとあるンだろう。それを断わらずに返してないなンて――純は絶対そんなやつじゃない」
螢「――」
五郎「それは恐らく何かの手ちがいだ」
五郎、表へ。
螢。

同・表

五郎、出て歩きだす。
とび出す螢。
螢「ゴメンナサイ (追う)」
五郎「――(歩く)」
螢「私今日、疲れて――いろいろあったから」

五郎「――（歩く）」
螢「もう今からじゃバスないわ。今夜はうちに泊まってって」
歩く五郎。
急に立ち止まり、ギラリとふり向く。
五郎「あいつはそんな無責任なやつじゃない！　それは絶対何かの手ちがいだ！」
五郎の目にキラキラ涙が光っている。
螢。
純の語《かた》り「手ちがいじゃなかった」

番屋（夜）

五郎の手紙を読んでいる純。
語《かた》り「ぼくが返金を怠っていたのは、ただ、なげやりな無責任からだ」
音楽――静かにイン。B・G。

海

――闇の中の前浜。
語《かた》り「月々三万という金額が送れないかといえば嘘になる。それに近い額をぼくは先月も、ケイタイ電話の通話料に使った」

番屋

メールをしている純。
語《かた》り「結とのひそかな交信に使うためだ」

ケイタイ

交信の文字が光る。

『何シテタ？』

『何モシテナイ』

『コノトコロ、逢ッテイマセンネ』

『ソウデスネ』

『ナゼデスカ？』

語《かた》り「拓ちゃんたちに脅かされてから、結に逢うのがぼくは恐かった。そのおっかないおやじさんのこともあったし、結がまだ人妻だということもあった」

番屋

メール打つ純。

語《かた》り「だけど結のことはどんどん頭をしめ、ひそかにメールで交信することを始めた。交信代はばかにならなかった。だから、――父さん」

メールを終えて、息をつく純。

語り「手ちがいなンかじゃありません。返そうと思えば返せるはずなのに、――要するにぼくがダメだからです」

戸を叩く音。

純――。

戸を開ける。

結が立っている。

音楽――消える。

純「(びっくりして) どこでケイタイ打ってたンだ」

結「(笑って) すぐそこ」

純「――」

結「メールより直接逢うほうがいいでしょ?」

純「――ああ」

結「――入っていい?」

純「――どうぞ」

同・中

入る二人。

結「番屋に一人で住んでたンだ」

純「――ああ」

結「淋しくない?」

純「最初は――ちょっとな。それに海の音が気になって」

結「――馴れた?」

純「ウン」

間。

結、立って押入れの戸を開ける。

純「ア、そこだめ!」

結「(笑う) 洗濯物がたまってる。洗ってあげる」

純「ア、イヤ」

結「水、どこ?」

純「表だけど、イヤ本当に」

海

番屋・前

結が純の洗濯物を洗う。

流木を集めて、焚き火をしている純。

結、洗いつつ、ちょっと笑って、

結「逢おうとしない訳、当ててみようか」

純「エ?」

間。

結「いつ知ったの？」
純「──何を？」
結「私が一応まだ人妻だってこと」
純「────」
　間。
結「（ちょっと笑う）やっぱりそのことか」
　間。
純「だってまずいだろう？　そういうことなら」
結「────」
純「先方の家に──まだ住んでンだろう？」
　間。
結「義父《ちち》のこと聞いたの？」
純「父って」
結「今の父。亭主の父親」
純「──ああ」
　結。
　──洗いつつちょっと笑う。
結「恐い人だって？」
純「────」
　結、笑う。
結「本当は恐い人じゃないンだけどな」

純「────」
　間。
結「私の死んだ父が親友だったのよ。だから特別にかわいがってくれるの」
純「────」
結「母も死んで私──ひとりだから」
　間。
純「ご主人とは──、正式に別れてないンだろ？」
結「籍はね」
純「────」
結「私に本当にいい人が見つかったら──いつでも抜いてやるって義父はいってるわ」
純「────」
　間。
結「純ちゃん覚悟ある？」
純「え？」
結「私をお嫁さんにしてくれる気ある？」
純「────」
結「そういうつもりでつき合ってくれてる？」
　純。
語《り》「ドキドキした」

純、流木を火にくべる。

語り「これは明らかにプロポーズであり」

洗濯している結の横顔。

語り「普通、結婚の申し込みは、男からするものとぼくは思っており」

結「義父がね」

純「え？」

結「近々逢いに来ると思うわ」

純「何だって!?」

結「メールで純ちゃんと交信してるの、義父に一昨日見つかっちゃったのよ」

純「エ？　イヤア。ソレハ――。アレ?――ウワア」

純、ガタガタとふるえだす。

音楽――衝撃。砕けてB・G。

前浜（朝）

のどかな海面に小舟が一隻。

番屋・表

寝起きの純、出てきて歯を磨く。

何気なく小舟を見て目をこらす。

顔を洗う。

急にその手が止まる。

もう一度目をこらす。

小舟の中から双眼鏡でじっとこっちを見つめている男。

純「(口の中で) トドだ――!!」

音楽――はじける。

4

番屋（朝）

すばやくめしをかっこんでいる純。情けなくふるえているその体。

戸のすき間からそっと海を見る。

海

さっきの小舟はもういない。

番屋

急いでめしを終え、服を着がえる。

そのときケイタイの音楽が鳴る。

純「(ボタンを押し) ハイ」
結「結」
純「ア！　あの、さっき」
結「義父が逢いたいって。海岸に温泉湧いてるとこあるでしょ。あそこに今いるって。待ってるって」
純「あ。けど」
結「がんばって！」
切れる。
純、あわてて結につなごうとするが、向うは電源を切ってしまっている。
音楽――衝撃。砕けて、B・G。

温泉・前

純の車来て、純下りる。
そっとのぞく。

温泉

海岸の浜に湧いている。
その中に身をつけ、背中を見せているトドこと、高村吾平。
純。
――オズオズと近づき、トドの背中に立つ。
トドの背中。
純「(意を決するが、かすれて) 黒板純と申します」
トド「――」
純「ええ。――黒板です」
トド「――」
純「ええ」
トド「(背中のまま) 何をグズグズしてる。入れ！」
純「ハ！」
純、どこで服を脱ごうかうろうろする。
トド「そこで脱ぎゃあいい。お前の服など誰も持ってかん！」
純「ハ！」
純、しかたなく服を脱ぎ、
純「失礼シマス」
トドと並ぶ形で温泉へつかる。
間。
音楽――消えている。
間。
トド「くには富良野だと？」
純「ハイ」

トド「そっちには今誰がいる。家族は！」
純「ハ。アノ、父と、妹が」
トド「父上は何をしとられる」
純「ハ。何もしてません。イヤ、いろんなことしてます。
　イヤ、何もしてません」
トド「どっちなンだ！」
純「ハ。つまり。稼ぎになることは何もしてなくて。でも、
　畑をやったり、堆肥をつくったり、羊を飼ったり、家
　を建てたり」
トド「いろんなことやってるじゃねえか！」
純「ハ。でも仕事といえる稼ぎはないわけで」
トド「金を稼ぐだけが仕事じゃねえ！」
純「ハ！」
　間。
トド「妹は何してる」
純「看護婦です」
　間。
トド「借金があるって？」
純「ハ、イエ！　ア！　ハイ！」
トド「何で作った！」
純「ハ！　牧場経営に失敗して」
トド「いくら！」
純「ア、ハイ。自分の負担分は一五〇〇万」
トド「フン！」
純「――」
トド「返してるのか」
純「それが――」
トド「はっきりいえ！」
純「ハ。じつは月々三万ずつ返す予定が――今は全く返し
　ておりません！」
トド「ケイタイに使う金はあってもか」
純「申し訳ありませんッ」
トド「おれに謝って何になる！」
純「ハ！」
　間。
トド「うちとこの嫁とは、もうやったのか」
純「イエ！　とんでもない！　やってません！」
トド「本気じゃねえのか!!」
純「イエ、本気です！」
トド「なら、なぜやらねえ！」
純「イエ、ソノ。あちらは人妻ですし。じつは最初はその
　ことを自分、――全く知らなかったわけで」

トド「人妻だと知って尻ごみしたのか」
純「イエ。ちがいます！　イヤ。ちがいませんけど」
トド「どっちだ！」
純「イヤ、要するに、自分としては、物事にケジメをきちんとつけるタチで」
トド「うそつけ！」
純「ハ！」
トド「けじめつけるやつが人妻とコソコソ、メールの交換を深夜にするか！」
純「ハ！」
　間。
トド「本当はやったな？」
純「イエ！　やってません！」
トド「うそつきは大きれえだ！」
純「本当に!!　神かけて、まだやってません！」
　間。
トド「まだ、と来たか」
純「――」
トド「そんじゃいずれはやる気だな」
純「そりゃア――、きちんと――ナニが――ナニすれば」
トド「フン!!」
　トド、ザブンと湯から出る。
　身をすくめている純。
トド「(体を拭きつつ)トドのキンタマを見たことあるか」
純「ハ!?――イエ」
トド「今度見せてやる。家に来い！」
純「ハッ!!」

ケイタイ

　メールが交わされる。
『ドウダッタ？』
『ビビッタ』
『ウマクイキソウ？』
『タブン、ダメソウ』

富良野

　山々の紅葉。
　音楽――テーマ曲イン。
螢の語《り》「正ちゃん。元気ですか。体、むりしていませんか。今、どこにいるンですか。何をして働いているンですか」

快

螢の語《り》「快はますますおしゃべりになり、パパという言葉を時々しゃべります。パパはどこ？　とか。いつ帰るの？　とか」

病院・廊下

歩く螢。

螢の語《り》「その度に私はドキンとします。正ちゃん。これだけは本当に知りたい」

病室

患者の脈を計っている螢。

螢の語《り》「あなたがこれだけ長いこと、私たちを放っておけるのは、――――。快があなたの子じゃないからですか」

ナースセンター

記録つけている螢。

螢の語《り》「あなたは私たちの結婚生活を、本当に続ける気があるンですか」

音楽――消えてゆく。

螢の語《り》「もしもその気がないのなら。もしも重荷と感じているのなら」

フト顔あげる。

ガラスの外に、ガウン姿のみずえが立って手をふっている。

螢、急いで出る。

螢「どうしたの？」

みずえ「（笑って首ふる）検査入院」

病室

窓際のベッドに外を見て座っているみずえの笑顔。

みずえはいつもより化粧が濃い。

椅子に座っている螢。

螢「すみえちゃんの結婚式、いつになったの？」

みずえ「四月の予定」

螢「四月か」

みずえ「お父さんにお世話になってるのよ。あの子たちの新居作ってもらってるの」

螢「捨ててあるもので作ってるンだって？」

みずえ「（笑って）そう」

螢「ちゃんと木造で作りゃいいのに」

みずえ「あのほうがいいってすみえたちもいうのよ。私もああいう建て方に賛成」
螢「木材屋さんなのに」
みずえ「(笑って) でもね、考えてると愉しいのよ。道歩いてて捨ててあるもの見ると、つい変なこと思っちゃうの。あらこれも使える。これも使える」
螢「五郎病だ」
みずえ「そう、五郎病。螢ちゃんも頼んで建ててもらったら」
螢「黙ってても父さんそのうち建てるわ。快を少しでもそばに置きたいンだから」
二人笑う。
みずえ「私ね、こないだ夢見たの」
螢「どんな？」
みずえ「今の、雪子さんの家と、今度建つすみえたちの家のまわりに、同じような拾ってきたもので作った家が何軒も何軒も建ってるの」
音楽――美しい旋律でかすかにイン。B・G。
みずえ「螢ちゃんの家や、純君の家や。それからもっと、知らない人の家も。みんなとってもセンスいい家なんだけど、よく見ると全部、廃棄物だけで建てられた家なの。そういう家がぐるっと広場を取り囲んで。その広場はヨーロッパの広場みたいに、全部敷石が敷きつめてあってね、それがよく見ると道路をはがしたアスファルトなの。ホラよく見るじゃない、道路工事で掘り返してるアスファルト。あれをね、小さく敷石みたいに割って、ジグソウパズルみたいに組み合わせてあるの――」
この声、以下にずり下がって。

病院・廊下

診察室から和夫が出る。
中に一礼して玄関へ歩く。
みずえの声「それでその広場で快クンや、それから純君の子どもや、すみえの子どもや、みんながキャッキャッて遊びまわってて。『拾ってきた町』って看板が立ってるの」
音楽――高くなり以下につづく。

同・表

駐車場へ歩く和夫。

駐車場

車のキイをあけ、乗りこむ和夫。
座席に座って、大きく息をする。
煙草を出して口にくわえる。
その手がかすかにふるえている。
エンジンをかける。

麓郷街道

紅葉の中を走る和夫の車。
そのいくつかのショットのつみ重ね。

中畑木材

和夫の車が着く。

山が

夕映えに染まっている。

工場現場

五郎が働いている。
雪子が小走りに出て五郎のところへ。
雪子「兄さん」
五郎「おお、どうした」

音楽――消えてゆく。
雪子「もうあきれちゃって物がいえない！」
五郎「何だ」
雪子「大介よ！　兄さんいってやってよ！」
五郎「どうしたの」
雪子「あんまり何もしゃベンないから、ゆうべ夜中まで問いつめたのよ。何がしたいの。なぜここにいるのッて。そしたら――恋人を待ってるっていうのよ」
五郎「（嬉し気に）ほう！　あいつにも恋人がいたンだ」
雪子「それが兄さんちょっとちがうのよ！」
五郎「違うって」
雪子「もう半年も付き合ってるけど、顔も見たことないっていうのよ！」
五郎「ン!?」
雪子「つまり、ケイタイの出会い系サイトってあるでしょ」
五郎「何それ」
雪子「メル友よ！」
五郎「何それ」
雪子「（焦《いら》ついて）つまり、――ケイタイの字だけで交信してて、声も聞いたことのない相手だっていうのよ！」

五郎「―――（ポカンと雪子を見ている）」

雪子の家

五郎、雪子、大介。

五郎「ちょっと説明して大介。おじさんばかだからさっぱりわからん」

大介「―――」

五郎「要するにお前のその恋人っていうのは、まだ逢ったこともしゃべったこともないっていうわけ？」

大介「―――」

間。

五郎「わかンない。おじさんさっぱりわかンない」

大介「―――」

五郎「だって、見てない。きいてない。触ってない。それで――どうやると好きになれるの」

大介「―――」

間。

五郎「その子いくつなの」

大介「―――」

雪子「十八だって」

五郎「住所はどこなの？」

雪子「それも知らないンだって」

大介「―――」

雪子「その娘とこっちで逢う約束したンだって。だけど待っても来ないらしいの」

大介。

五郎。

雪子「あんたその人にだまされてるンじゃないの？」

大介、パッと立ち表へ。

五郎「大介！　ちょっと待て！」

同・表

行こうとする大介。

つかまえる五郎。

作業していた和夫がふり返る。

五郎「大介、それは絶対おかしい。好きならどうして今まで逢わないンだ」

大介「だから、富良野で。ここで逢うって」

五郎「だけど来ないンだろ？」

大介「―――」

五郎「そら変じゃないか」

大介「――――」

間。

五郎「普通お前、男が女に惚れるってことは、相手の顔や、相手の声や、相手の匂いや、――コノ、触った時の肌の具合や」

大介「いやらしいなァッ!!」

五郎「ア。イヤ、だけど。普通はそうよ」

大介「古いよッ」

五郎「そうかなァ。だけどケイタイで字だけ交換して。どうして声で直接しゃべらんの?」

大介「――――」

五郎「会話すりゃもっと相手がわかるじゃない。人間はしゃべることが出来るンだから」

大介「――――」

五郎「逢って話しゃア余計にわかるでしょう。好きもきらいもその後なンだから」

大介「――――」

五郎「半年間ずっとつき合ってたってお前、住所も知らん、顔も知らん、声も知らんで好き合ってるなんて、そんな変な話、おいらにゃどうしても」

大介「(突然激しく)むかつくなッ!!」

ふり向いた和夫。

五郎。

大介「だからおじんはやだっていうンだ! いうことが古すぎて話にもなンねえよ」

五郎。

五郎「そうかァ――?」

大介「今はそうやって人を好きになるの! おじさんの時代とは形がちがうの!」

五郎「だけど知らない人なンだろう?」

大介「知ってる人!」

五郎「逢ってなきゃ知らないって普通いうぜ」

大介「今の世の中では知ってるっていうンだよ!」

五郎「そうかァ?」

大介「だせえな! こんな、ゴミばかり拾ってきて、こんなことやってっから、遅れちまうンだ! 愛の形が変ったンだよ! おじんの時代とは時代がちがうンだよ!」

突然、和夫、大介にとびかかり、一発はりとばして胸ぐらをつかむ。

和夫「(かすれて)愛なンて言葉を気易く口にするな! 何もわかってねえ鼻たれ小僧が!!」

五郎「(びっくりして) 和夫ちゃん」

　分けて入ろうとするが、はねのける和夫。

和夫「それに、時代とか、おじんていうのもな！　おじんていうならおれと勝負するか！」

大介「───」

和夫「エ!?　勝負するか！」

大介「(冷笑) ダサすぎるよ、おじさん」

　和夫、大介をつき放す。

和夫「そうか」

　和夫、行きかけ、急にふり向いて大介の手からケイタイをもぎとる。

大介「ア！」

　和夫、川へ歩く。

　追いすがる大介。何かわめく。

　和夫、無視して大介のケイタイを大きく川の中へ放る。

　大介、狂ったように叫んで川の中へ。

　和夫、そのまま建築現場へ。

　ぼう然と見ている五郎。

　とび出してくる雪子。

　狂ったように叫んでいる大介。

建築現場（すみえたちの家）
　五郎、入る。
　段ボールに紙を丸めてつめ、断熱材をつくっている和夫。
五郎「和夫ちゃん」
　作業する和夫。
五郎「(笑う) ありゃ少しやりすぎだ」
和夫「───」
五郎「どうしたンだ」
和夫「───」
五郎「何だか今日はいつもとちがうぞ」
　作業する和夫。
五郎「そんなにつめるな。仕事はのんびりやりゃァいいンだ」
和夫「(低く) のんびりできねえンだ」
　五郎。
五郎「何だ」
和夫「時間がねえンだ」
　五郎。
五郎「(異常を察して) どうした」
　間。

和夫「(作業しつつ) 女房の癌が再発した」
五郎の顔。
和夫「医者は春までもつまいっていいやがった」
五郎。
和夫「急いで建てねえと間に合わなくなっちまう」
五郎「――」
和夫「あいつはこの家を――愉しみにしてンだ」
和夫の目から涙が吹き出す。
音楽――イン。
五郎。
五郎「みずえちゃんは――。そのことに気づいているのか」
間。
和夫「わからねえ。――多分」
五郎「――」
和夫「わからねえ」
五郎「――」

雪虫

舞っている。
螢の語《り》「翌日、初めて雪虫を見た」

山

山頂が少し白くなっている。
螢の語《り》「富良野の秋が、終ろうとしていた」
音楽――盛りあがって。

後編

1

螢の語《り》「雪子おばさんの所の大介君がひっそりと富良野を去っていったのは、十月の末の寒い夜だった」

富良野市街

人気ない通り。

語《り》「そのことを私は後で知らされた。そんなことより」

救急車（夜）

病院の救急外来に着く。

語《り》「同じ夜、私にはショックなことが起きた」

ナースセンター

月田、電話を置き、螢に、

月田「急患。二〇一にベッド空いてたわね。木本先生に連絡とって」

エレベーター

開いてストレッチャーの患者押し出される。

つき添っている和夫。

二〇一号

ベッドを作っていた螢ふり向く。

ストレッチャー入る。

螢「（口の中で）おじさん――」

和夫「（低く）急に苦しみだしちまって」

廊下

点滴機器を持って小走る月田。

エレベーター

とび出しながら白衣をつける医師木本。

時計の針が

コチコチと動く。

ナースセンター

木本治療を終え、もどってくる。

病室二〇一

注射器などを手に出てくる螢。

ナースセンター

螢、入る。

木本「知り合いだったのか」

螢「(うなずく) おばさんみたいな人です」

木本「(うなずく) 聞いてたの?」

螢「いえ」

木本「ウン」

螢「――」

木本「癌が肝臓に回っちゃってる」

螢「――」

木本「ご主人にはひと月前告知した。本人は、ご存知ない」

螢。

音楽――鈍い衝撃。

受付ロビー・喫煙室

並んで座っている螢と和夫。

和夫「おやじさんには、もう知らしたンだ」

螢「――」

和夫「元気なうちに、すみえの花嫁姿を見せようと――。それで、――今五郎に――二人の新居を急いでもらってる」

螢「――」

和夫「どこまで事情を知ってるのか、――知合いがみんな、――頼みもせんのに――毎日やってきて手伝ってくれてる」

螢「――」

和夫「何ていっていいか」

螢「――」

和夫「何もいえん」

螢。

現場

十人近い人間がとりついて、新居の工事が黙々とすすんでいる。
釘を打っている正彦。
溶接をしている成田新吉。
水力発電の配線をしているシンジュク。
アスファルトで石畳みを作っている五郎。
それらを手伝っている近在の男女。
しのびこんでくる演歌。

飲み屋（麓郷）

酒を飲んでいる五郎と新吉。

新吉「（ポツリ）ゆうべまた緊急で入院したらしい」
五郎「――」
新吉「どうも進行が速いみたいだな」
五郎「――」

演歌。

新吉「五郎さんはどこも悪くないのか」
五郎「――いや。いいとはいえん」
新吉「（見る）やっぱりな」
五郎「（見る）どうして」
新吉「近ごろどうも顔色につやがない」

間。

新吉「あんた、遺言ってもう書いたか」
五郎「（びっくりして）遺言!?」
新吉「ああ」

間。

五郎「だってあれは、財産のある人が書くもンだろう？」
新吉「ばかいえ。誰だって書いとかにゃいかん」

間。

五郎「あんた、書いたのか」
新吉「当り前だ。六十すぎたら書くのが筋だ。書いたどころかもう何度となく書き直しとる」
五郎、ポカンと新吉を見ている。
音楽――静かにイン。B・G。
新吉「あれはな、一度書いてみると、結構ハマる。また新しく書き直したくなる」
五郎「――」
新吉「長男には一文《もん》も遺してやらんぞとか、娘はやさしいからうんと遺すとか。（飲む）それが時々事態が変る。あのヤロー、今日のあの態度は何だ、あいつに遺す分は六〇パーセントカットだとか」

五郎「――」
新吉「そんなこと考えるのがなかなか楽しい。五郎さんもぜひ書け」
五郎「したっけ。おいらには遺す財産なんか」
新吉「ちがう。そういう問題ではない。これはな、要すればオレの生前、やつらがおれにどういう態度をとったか、――それに対する勤務評定みてえなもンだ」
五郎「勤務評定か」
新吉「そうよ。おれが死んじまった通夜の席で、あいつらは初めて遺言を開け、自分がなんぼの点数だったか初めてそれを知って愕然とするンだ」
五郎「ハハア」
新吉「おれはその様子を天井裏のフシ穴からじっと観察してニンマリとする」
五郎「自分の葬式を天井裏から見るのか」
新吉「それがおれの夢だ。誰が香典をいくら包んだか。そこまで見届けて往生する。考えただけでわくわくしねえか」
五郎「うン。ちょっとする」
新吉「なら書け。早く書いとかんといかん」
五郎「ケドおいら手紙だってロクに書けんのに」
新吉「いい先生を紹介する」
五郎「先生?」
新吉「昔布礼別中の校長だった山下先生っていう人格者がいる。これが遺言のベテランだ」
音楽――消えている。
新吉「おれはこの人に添削してもらってる」
間。
五郎「なンかそういう書式があるンかい」
新吉「書式なンかいいンだ。文章の書き方だ。とにかく紹介する。まず一つ書け。それを持って行こう。おれもそうした。とりあえず書いてって、添削してもらうンだ」

石の家

紙に『遺言』の文字。
五郎、いつになく真剣に頭をひねって書く。
五郎の声「ユイゴン。おいら、ガンらしい。長くない――気がする。――そこで――ユイゴンを書く。残してやるものは――。ナンモない」

山下先生の家

じっとその文を見ている山下。
五郎と新吉。
間。
山下「素朴でいいじゃないですか」
五郎「ア！　イヤ――そうですか」
山下「文に心がこもってます。余計な修飾語が何もない」
五郎「ハア」
山下「ただ――」
五郎「ハ？」
間。
山下「のこしてやるものはあるはずです。それをよく考えてみてください。つまらんものでも後でトラブルの種になります」
五郎「なるほど」
山下「書き直して三日後に見せてください」
五郎「わかりました。それでアノ先生、一つだけ。入門させていただいたアノ、お礼といいますか、謝礼の件ですが」
山下「それですが一つお願いがあります」
五郎「ハ」
山下「私を入門させてください」
五郎「ハ？」
山下「あなた今麓郷で、捨てられてあるものだけを使って家を建てておられると成田さんから聞きました。ぜひその建て方を教えてください」
五郎「いやア教えるなンて」
山下「この時代にすばらしいことをなさる方だと、成田さんに聞いてかねがね尊敬しておりました。ぜひその方面を、ご指導いただきたく」

現場

釘を打つ山下。
五郎「お上手じゃないですかア！　その調子ですよォ！」
音楽――軽快なリズムで入る。B・G。

石の家

書いている五郎、
五郎「(ブツブツ)羊は三頭、純にやる。二頭蛍で一頭は雪子さん。ん？　ア！　快がいた！」

現場

ダンボールに紙つめる山下。

五郎「あ！　押しこんじゃダメ！　つめて入れたら空気の層がなくなる！」
山下「ア、ハイ！」

山下家

山下「羊にあなたこだわりすぎてます。もっとほかにも何かあるでしょう。それに誤字が多すぎます。古い辞書を一冊あげましょう」
五郎「ア。イヤソンナ——恐縮です！」

辞書

五郎、ひいている。
五郎「(ブツブツ) バタくさい——はたくび——はたぐも——はたけ、あった！　ン？　ハ、——タ、——ケ」

現場

五郎「メジはもっときちんと！　あわてないできちんと！　下手だなア！」
山下「スミマセン」
汗だくで、アスファルトの石だたみにメジを入れている山下。

山下家

山下「以前の素朴さが欠けてきましたね。読む人に受けようというイヤラシサが出てきてる」
五郎「ハ！」

現場

クレーンでゴンドラが下ろされる。
五郎「下ろして！　下ろして！　もうちょい！　山下先生！　ヒモを引っぱる！　ア！　引っぱりすぎ!!　ダメ！　もどす！」
一人の男が近くで見ている。
それは羅臼の、あのトドである。
音楽——砕ける。
五郎、走ってきて置いてある廃材を持とうとする。
トド「アノ」
五郎「アノじゃない！　そっち持って!!」
トド「ハ！」
五郎「セエノ！」
二人、廃材を運ぶ。

＊

ふたたびゴンドラが、つり上げられ下ろされる。懸命に働く数人の男たち。
五郎「上へ！　上へ！　よしＯＫ!!　下ろす！　下ろす!!　山下先生そっちの紐引いて！　そこのオッサン合ってる!?　指示して!!」
トド「（あわてて）オーライ！　もうちょい！　オーライ！　ア、行きすぎ!!」

夕陽

芦別岳を染めている。

現場

ゴンドラと梁が上がり、家の形態がやや出来ている。
「ご苦労さーん！」
「おつかれ――！」
三々五々帰ってゆく人々。
五郎「先生、ごくろうさんでした」
山下「いやア毎日勉強になります」
五郎「雪がそろそろ来そうだから、おいらもうちょっとやっていきます。ア、そんで例のあっちの宿題のほう、今回、ちょっと延ばしていただければ」
山下「それはだめです」
五郎「ハ」
山下「人間いつ死ぬかわかりません。こっちはこっち。あっちはあっちです」
五郎「――心得ちがいでした。申し訳ありません！」
山下、去る。
五郎、最敬礼で送り、もどろうとする。
「ん？」となる。
物陰でまだアスファルトを貼っているトド。
五郎「あんたまだいたンですか」
トド「――ウ」
五郎「帰っていいですよ今日は。ご苦労さん」
トド「――ウ」
五郎「お茶飲みますか？」
やかんを持ってきて座りこむ。
五郎「ところであんた、どちらの方？　和夫ちゃんとはどういう関係の」
トド。
――汗をふき、やっと腰を上げる。
トド「いや、わしはただ、見物に来た旅行者で」
五郎「（お茶を吹き出す）スイマセン！　知らねえもンだ

からおいら、てっきり働きに来た人だと思って！　イヤイヤイヤ――申し訳ありません！」

間。

トド「(座る) あんた――。凄いな」
五郎「――ヘ？」
トド「あんた、凄い人だ」
五郎「――何をおっしゃる！　ア、サ、お茶を！」

つぐ。

トド「これは全部、――そこらに捨てられてあったもンでしょう？」
五郎「ハハ。――ハイ。お恥ずかしい」

雪がかすかに降りはじめる。

トド「さっき手伝っとった方々は」
五郎「ここらの近所の連中ですよ。手間返しいいましてね。お互い人手を貸し合うンです」
トド「――日当は？」
五郎「そういうことはしちゃいかんのですわ。働いてくれた分は働いて返す。金やら物で返すのはなし。オ、雪が降ってきた」
トド「――」
五郎「あなたお泊まりは？」
トド「いや、まだ、決めてません」

間。

五郎「内地からですか」
トド「いや、奥地です」
五郎「ハハ。ここも奥地ですよ。――うちに来ますか？」
トド「エ？」
五郎「雪が降ってきちゃ仕事にならんから、――どうです。うちに来て一杯やりませんか。汚いとこだが――宿がまだなら泊まってきゃあいい。町のホテルは金がかかります」

間。

トド「あんた――凄い人だな」
五郎「(笑って) よしてくださいよ」
トド「申し遅れました。私、高村いうもンです」
五郎「あ。こりゃ忘れとった。黒板です。みんな五郎と呼びます」

石の家

二人近づく。
足を止めるトド。

トド「この家は――！」

五郎「(笑う) イヤもう近所で笑われとります」
トド「これもあんたが自分で作られた」
五郎「ここらは畑から石が出るンで、捨ててある石を、頂戴してきて。ハイ」
音楽——静かにイン。B・G。

暖炉に

火が燃える。
ランプの灯のもとで、向き合い飲んでいる五郎とトド。
トド「お生れもこちらですか」
五郎「開拓民の末裔ですよ。おやじもおふくろもとうに死にましたが」
間。
トド「さっき、手間返しといわれましたが」
五郎「ハ?——ああ」
トド「漁村ではあれをもやいといいますな」
五郎「ほう」
トド「内地では結といいましてね。結ぶという字を書いてユイといいます」
五郎「そうですかァ」
トド「まだここらには残っとるンですなァ」

薪がはぜる。
トド「失礼ですがお仕事は」
五郎「(笑う) いやァそのお仕事が。何となくフラフラ喰べております」
トド「何となくフラフラ——喰べられるもンですか」
五郎「喰えますな」
トド「ハハア」
五郎「金にしようという気がなければ喰えます」
トド「——ホホオ」
間。
トド「ご家族は? お一人でお暮らしですか」
五郎「かみさんは——死にました。伜と娘と——娘のところに孫がおりますが、町のアパートに住んでおります」
間。
トド「息子さんは」
間。
五郎「今は離れたところにおります」
トド「——」
五郎「可哀想な伜で。——借金が出来て富良野におれんようになったンですよ」

間。

トド「どうして借金をつくったンです」

五郎「人の借金を背負ったンですよ。伜の責任とはいえンのです」

トド「――」

五郎「兄貴のように慕っとったもンが死んで、その牧場を継がされたンですよ。ところがそこがえらい借金をかかえとって。――倒産です」

トド「――」

五郎「まァ人生にはいろいろあるですよ。おや。(窓を見る)雪が本降りになってきましたな。酒ありますか?」

トド「ハイ、まだ」

五郎「あ。風呂に入ってください。ハハ。この風呂だけは自慢できる」

音楽――盛りあがって静かにつづく。

白い画面

純の語《り》「夢を見ていた」

純の唸り声。

語《り》「またあの夢だ」

画面、ゆっくりと像を結んでくる。

草太。

ケタケタ笑いながら、寝ている純に馬のりになり、その首をしめている。

語《り》「夢というべきか。怪奇現象というべきか」

草太「(笑って首しめる)コノヤロ。コノヤロ」

純「ウ、ウ、ウ」

草太「どうしてフラノに帰らねえコノヤロ(ケタケタ笑う)。どうしてフラノに帰らねえ!!」

語《り》「だってお兄ちゃんのせいじゃないか! お兄ちゃんの借金のせいじゃないか! そういいたいンだけどお兄ちゃんの幽霊は、ボクにしゃべらせずひたすらいつも首をしめてくるンだ。そうしてケタケタ笑いつづける。こんな明るい幽霊ってあるのか」

純、はね起きる。

番屋

草太の姿は消え、ケイタイのベルが鳴っている。

純、あわててケイタイをとる。

純「もしもし」

結「結」

純「ああ――」
結「義父《とう》さんが明日の朝舟で海に出るから、純ちゃんに一緒につき合えって」
純「ア、でも明日、おれ仕事が」
トド「（急に代る）仕事なぞいい！　明日の朝五時に迎えにゆく」
ガチャンと切れる。
純「ア！」

海（早朝）

語《り》「その翌朝、ウムをいわさず、トドにひきずられてぼくは海へ出た」
小舟が出てゆく。
中に乗っているトド、ジイヤン、そして純。
音楽――叩きつけて。

2

海

走る小舟、
語《り》「冬の海に出るのは初めてだった」

舟の中

純。
語《り》「身を切られるような寒さだった。舟はトド撃ちに使う小さな舟で、操縦しているのは、いつもトドと組んでいるジイヤンという、恐ろしく無口な人だった」

陸地

語《り》「舟は陸に沿ってぐんぐん進み、道路は切れて雪をかぶった知床の荒々しい山だけが見えた」

舟

トド「海は初めてか」
純「ア、ハイ、冬は」
トド「これからスケソウが最盛期になる」
純「ハイ」
トド「もっとも以前の十分の一も来ん。とりすぎだ」
純「――」
トド「とれるだけとって、そこへロシアのトロール船まで来て、根こそぎさらって海を枯らした」

純「――」
トド「海もたまらん。これだけ森がしっかりしとるのに、
　バブルのつけが今来とるンだ」
純「アノ、――トドはいつ来るンです」
トド「もう間もなくだ。流氷が来る前にトドは来る」
純「アノ、前、誰かに聞いたンですけど、トドはハーレム
　を作るって本当ですか？」
トド「百以上のメスに一疋のオスだ。あれはたまらん。女
　とやるのは大好きだがあすこまでやるのはしんどすぎ
　る。繁殖期の後はオスはゲッソリだ」
純「――ハア」
トド「嫁ともうやったか」
純「いえ！　まだやってません！」
　間。
トド「お前のおやじさんは流氷を見たことがあるか」
純「いえ――ないと思います」
トド「ないならどうして呼んでやらん」
純「――ハイ」
トド「ここまでお前を育ててくれたンだろうが。お前が金
　出して呼んでさしあげろ」
純「――ハア」
トド「金がないならわしが貸してやる」
純「イエ。金くらい――何とかなります」
トド「お呼びしろ」
純「――ハ」
トド「――」
純「わかりました。呼びます。ありがとうございます」
　間。
トド「もうじきこの海に、流氷が来る。流氷が来たら、す
　ぐお呼びしろ」
　純。
純「――ハイ」

海

　流氷が来る前の静けさの海。
語《り》「父さん。ご無沙汰してすみません」

番屋

　燃えているストーブ。
語《り》「同封したこの金は、――。羅臼に父さんに来てもらう
　金です」
　純。

語り「ぜひ、流氷を見て欲しいンです」

石の家

暖炉に火が燃えている。

五郎。

語り「占冠《しむかっぷ》まで車で行って、車を置いて石勝線に乗ると、釧路まで片道六五一〇円で行けます」

――手紙を読んでいる。

語り「釧路の駅前から羅臼行きのバスが出ていて、三時間半ほどかかりますけど、片道のバス代が四七九〇円です」

すみえの家・現場（夜）

五郎、内装にかかっている。

語り「それで来るのがいいと思います。日にちが決まったら教えてください。羅臼では役場前で下りてください。そこへ迎えに行っています。とりあえずこれだけ送りますが、帰りの交通費は、来たとき渡します」

顔あげる五郎。

入って立つ和夫。

五郎。

五郎「どうした」

和夫。

――座りこみ、煙草に火をつける。

煙を吐いて、――大きく息を吸う。

和夫「みずえが――。春まではもつまいっていわれた」

五郎。

間。

和夫「それで――」

五郎「――」

和夫「すみえの結婚式を――。来週中にやろうと思うんだ」

五郎「――（うなずく）」

間。

和夫「悪いが、式には誰も呼ばん。お前も呼ばん」

五郎「――（かすれて）ああ」

和夫「あいつはもう――人に見せられん」

五郎「――」

間。

和夫「（かすれる）家の完成は、後どのくらいだ」

間。

五郎「一週間で、何とか形にする」

和夫「頼む！」
五郎「――（うなずく）」
和夫「悪いな」
五郎「――」
間。
和夫「あいつはこの新居を――愉しみにしとる」
五郎「――」
和夫「痛みが薄れると、この家に入れる――台所用品とか――家財道具とか――そんなことばかり――おれにメモさせる」
五郎。
間。
和夫「あいつの具合のいいときを狙って――」
五郎「――」
和夫「出来上がったこの家を見せてやりたい」
五郎。
――うなずく。
何度もうなずく。
和夫「そんときは悪いけど――。みんなを外してくれ」
五郎「――（うなずく）」
和夫「悪いけど五郎。――お前もだ」
五郎「――わかった」
間。
和夫「それだけだ。本当に――。本当にすまん」
頭を下げて去ろうとする。
五郎「（かすれて）和夫ちゃん」
和夫「――」
五郎「ここのことはみんなオレラにまかせろ。お前はみずえちゃんに出来るだけついていてやれ」
和夫「――」
五郎「仲間がみんな、本当によくやってくれる。全部お前の――。普段の人徳だ」
和夫「――」
和夫。
――一礼して涙をため、去る。
五郎。
間。
ふり向く。
隣室との境に、シンジュクが立っている。
ペンチとコードを持ち、シンジュクはポタポタ泣いている。

夜明け

音楽――静かな旋律で入る。Ｂ・Ｇ。

石の家・表

仕事を終った五郎が帰ってくる。

同・内

五郎、暖炉に薪をくべ、火をつける。
しばらくそのまま動かない。
五郎の声「純。お前の招待状受けとった」

番屋

手紙を読んでいる純。
五郎の声「――うれしかった。送ってくれた金を使って、おれはこの冬羅臼へ行かしてもらう。流氷を見るのは初めてだ。今やってる仕事が終ったら」
戸の開く音にふり返る。
洗濯物を持って結が入る。
結「ウウサム！」
純「悪いな。火にあたれば」
結「遅いから今日は帰る」
純「富良野のおやじから手紙が来たンだ。流氷が来たら羅臼に来るって」
間。
結「私のこといったの？」
純「まだいってない」
結「――ドキ、ドキ」
結、純の額にちょっとキスして表へ去る。

同・表

出る結。
止めてあった車の所へ歩く。
乗りこみエンジンをかける。
スタートする。
その姿を。
――少し離れた場所から見ている車の中の一人の男。
間。
ゆっくり車をスタートする。
音楽――衝撃音。

町

飲み屋の看板。

同・内

件《くだん》の男、入る。

カウンターからふり向く三人連れの男。

男1「よォ。帰ってたって？」

男2「今こいつから話きいてよ」

カウンターに座る男。

小上がりからその男をじっと見ている寅次。

音楽――衝撃音。

拓郎の家

拓郎「トドの息子が!?」

寅「弘だ。まちがいない。今、ハマナスで仲間といた」

音楽――衝撃音。

番屋

純。ケイタイにうなずいている。

純「わかった。ありがと。――気をつけるよ」

電話を切った純。

――ふるえだし、扉に鍵をかける。

音楽――衝撃。砕けて、B・G。

前浜（朝）

漁船が帰ってくる。

埠頭

漁船から網があげられる。

女たちが網から魚を外している。

その中にいる結。

結、働きつつフッと顔をあげる。

例の男――結の夫高村弘、物陰からニヤッと笑いかける。

結、目をそらして仕事をつづける。

道

結と仲間の女工、魚函をかかえて工場へ歩く。

離れて尾行《つけ》ている弘。

気づいているが無視している結。

高村水産

ベルトの前で働いている結。

同・裏

魚函を片づけに出てくる結、足が止まる。
積み上げてある空函の陰からフラリと現れる弘。
結。

弘「(笑って) 避けるじゃねえか」
結「――――」
弘「帰ってきたぜ」
結「――――」
結、行こうとする。
弘「待てよ」
結「話があるならお義父さんとしてください」
弘「待てって (手をつかむ)」
結「(その手をぴしりと払う) やめてよ!」
弘。
結「あなたとはもう関係ないはずでしょ」
弘「戸籍上はまだ夫婦のはずだがな」
結「いいかげんにしてよ! 自分から勝手に出ていって」
弘「(笑う) もどってこようかなって思ってンだ」
結「勝手なこといわないでよ! 私は全然そんな気ないわ!」
弘「――――」
間。
弘「男が出来ると強気になるンだな」
結「――――」
弘「誰だあいつは。どこのガキだ」
結「――――」
弘「話つけようか? おれが直接。人の女房に手を出すなって」
結「(ギラッと見る) そんなことしたらただじゃおかないわよ」
弘「(笑う) ほう面白えな。どうしようってンだ」
結「――――」
弘、結の手をつかむ。
弘「ま、トンガらないで話しようぜ。三平の所に泊まってるから今夜」
結「(手をふりほどく) お義父さん呼びましょうか? 中にいるわよ」
弘「――――」
結、そのまま平然と中へ入る。
取り残されてじっと立つ弘。
音楽――無気味なリズムで入る。B・G。

処理工場・表

トラックから廃網を下ろしている純。

そのケイタイのベルが鳴る。

純「(とって) うン――うン――うン――」

語り「電話は結ちゃんからだった。別れたご主人が帰ってきていて、何するかわからない人だから――気をつけるようにっていってきた」

運転する純

語り「ドキドキしていた。気をつけろったって、――どうすりゃいいのか」

草原

純のトラック走る。

語り「ぼくは本来、平和主義者で」

番屋 (夕暮れ)

入った純、――一瞬足を止める。

音楽――中断。

中にいる男たち。

つぎの瞬間一発ぶん殴られ、えり首をつかんで浜に放られる。

浜

腹を蹴られて呻《うめ》く純。

見下ろして立つ三人の男。

弘「てめえか。人の女房に手を出してンのは」

純「――ドナタデスカ」

いきなり蹴られる。

立ち上がらされて殴られる。

無抵抗の純。

たちまちボコスコに殴られ蹴られ、綿クズのように浜の砂利に倒れる。

突然。

何かが吠えて事態が変る。

今まで暴力をふるっていた若者たちが、凄まじい力に今度は殴られる。

殴られ、はねとばされ、蹴とばされて散る。

アッという間に静寂が返る。

地べたに倒れ、呻いている純。

その脇に見下ろして立っているトド。

間。

トド「だらしねえ野郎だ！　少しは闘え！」
純「――」
トド「人の女房をぶんどりてえンなら、それくらいの覚悟と気概ぐらい持つもンだ！」
純「――」
トド、去る。
砂利に手をついて懸命に立とうとする純。
立てない。
純の目から情けなく涙が流れる。

夜

番屋の灯が海に写っている。
ガンガンと戸を叩く音がする。

番屋・内

うずくまっている純のひどい顔。
結の声「（ガンガン）いるンでしょ！　純ちゃん！　いるンでしょ！　開けて！」
純「――」
結の声「ちょっと開けてよ！　純ちゃんお願い！（ガンガン）純ちゃん！」
ガンガン。
純「かんべんしてくれよ」
結の声「なぜよ！」
純「顔がひどすぎて――見せたくねえンだよ」
結の声「見せて！　やられたの!?　あいつにやられたの!?」
純「――」
結の声「純ちゃんお願い！　開けて！　怪我見せて！」
純「――」
結の声「病院に行かなくて大丈夫なの!?　骨折れてないの!?」
純「――」
結の声「純ちゃん！　お願い」
純「結ちゃん。あの人今どこにいるンだ」
結の声「――どこにって」
純「あんたのご主人だ。居場所教えてくれ」
間。
結「どうするの」
純「どうもしねえよ。――話しに行くンだ」
結の声「話すって？」
純「おれもうやなンだ。コソコソしてるのいやなンだ」

結の声「――」
純「おれは今までずっとそうなンだ！――面倒なことから年中逃げて、――向かおうとしないで黙って避けて――、そうやってずっと――生きてきたンだ。そういうやり方――もういやなンだ！」
結の声「――」
純「殴られてもいいからもう一度ちゃんと――」
結の声「――」
純「逃げずに会って、話したいンだ！」
音楽――低い旋律で入る。B・G。
結の声「そんなこと大人しくきく人じゃないわよ」
純「きいてくれるまで話すよ」
間。
結の声「あの人仲間の家にいるのよ。またやられるわ」
純「やられてもいいよ。――やられても話すよ」
間。
結の声「わかった。それじゃ私も行く」
純「いいよ。一人で行きたいンだ。あの人のいる場所だけ」
結の声「ダメ。一緒に行く。絶対一緒に行く。私もきっぱり話つけたいから」

純「――」
純。
間。
のろのろ立って戸を開ける。
立っている結、純の顔を見て、一瞬声をたてかける。
――おさえて。
結「一緒に行く」
ふり向き、歩きだす。
追おうとし、ギョッとする純。
結、――後ろ手に猟銃をかくしている。

走る車内

運転する結。
助手席の純。
純「(真剣に) 鉄砲はまずいよ」
結「いいの。あの人はそういう相手なの」
間。
純「実弾、入ってるの？」
結「入ってるわ」
間。
純「鉄砲、前に撃ったことあるの？」

結「トド撃ちに行ったわ。免許もとってるわ」
　間。
純「だけど人間だと――殺人になっちゃうよ」
結「撃ちゃしないわよ。脅かすだけよ」
純「――」
　間。
純「結ちゃん、――キレる人？」
結「時々。――ごくたまに」
　間。
純「やっぱり鉄砲は車に置いとこ？　ね？――ね？」

三平（仲間）の家

　ガラリと戸の開く音にふり向いた弘とその仲間三平。

　二人とも純同様、化物のような顔。

三平「てめえ！　何しに」

　声をのむ。

　純と、その後ろに銃を下げた結。

　純、その銃を抑えて前に立つ。

純「ち、ちがいます！　ただ、おれおだやかに、話しにきただけです！　それにアノ、もともとオレがいけなかったンです！　結ちゃんが結婚してるなンて全然知らないで！　本当です！　神かけて誓います！　絶対本当です！　知ったのはそれから大分後で。けどそのときはもう、――どうしようもなくて。ア!!　やってません!!　何もやってません!!　ホント清らかにオレ、何もやってません！　ですから――！　お願いします!!　あらためてオレ、――お願いします！　ア。忘れてました、スミマセン！　オレ、黒板純っていうンです！　逃げもかくれもいたしません！　三十一歳独身です！　絶対結ちゃんを倖せにします！　結ちゃんをください！　オレと結婚、さしてください！」

　結の銃口が少しずつ上がって、ぴったり弘に向けられている。

純「お願いします！　このとおり、（土下座）お願いします!!」

音楽――ゆっくり盛りあがってつづく。

番屋

語り「翌朝起きたら、番屋の前浜から海鳴りの音が消えていた」

前浜

流氷におおいつくされている。

語り「そして羅臼に流氷が来た」

音楽――盛りあがって、終る。

3

流氷

語り「流氷は翌日から海をおおい、羅臼の景色は一変した。知床の山からオジロワシやオオワシが獲物を求めて下りてきた」

海

出漁する漁船。

語り「風向きによって流氷は、アッという間に沖へ去り、翌朝またぴしっと港いっぱいを埋めていたりした」

バス

『羅臼行』。雪の中を来る。

語り「父さんが富良野からやってきたのは、そんな二月の凍《しば》れる夕方だ」

バス停

下り立つ五郎。

待っていた純に無言で握手。

五郎「どうしたその顔」

純「いや、ちょっところんで」

走る車内

流氷の海を見ている五郎。

語り「久しぶりに見る父さんは、前よりかなり老けたように思えた」

番屋前

海を見て立っている五郎。

純「(出る) めしの用意できたぜ」

五郎「(海を見たまま) いやァー凄い!――こりゃア凄い!」

純「凄いだろう?」

五郎「あすこに見えるのがロシア領か」

純「ああ、クナシリだ」

五郎「そうすっとその間に、国境線があるわけだな」
純「──ああ」
間。
五郎「国境線てのは何かい。赤いヒモかなンか張ってあるンかい」

番屋内

鍋をつつき、酒を飲む二人。
純「体の具合どうなンだい」
五郎「うン」
純「体調悪いって螢に聞いたぜ」
五郎「うン、まァ別にどうってこたない」
純「──快は？」
五郎「かわいいぞォ！　喰べちゃいたいくらいだ」
純「喰べないでよ」
笑う二人。
純「正吉は相変らず連絡してこないの？」
五郎「うむ」
純「───」
五郎「そのくせ借金は、きちんきちんと返しているらしい」
純「───」
五郎「お前のほうはどうなンだ」
純「──おれはさぼってる。返してないンだ」
五郎「──うン」
純「全く、われながらどうしようもないよ」
間。
五郎「三沢のじいさんにこの前会ったンだ。お前の借金の話をしたら、そんなこと忘れたって笑っとったぞ」
純「───」
五郎「じいさんこの前倒れてな、起きられなくなってベッドに寝たきりだ」
純「───」
五郎「お前に会いたいって、涙ためとったぞ」
うつむいている純。
五郎「あの人は本当、仏様みたいな人だ。借金のことはともかく、お前、──会うだけ会ったらどうだ」
純。
間。
うなずく。
何度もうなずく。
純「父さん、そのことな。おれもずうっと考えてたンだ」

五郎「――」
純「このままじゃいけないいって最近ずっと思ってて――。
　何だか逃げてた気がしてきたンだ」
五郎「――」
純「おれいつも逃げてた。そう思うンだ。今までずっと逃げてた気がするンだ。だけど最近思いはじめたンだ。逃げたって始まらない。何も変らない」
五郎「――（見る）」
　音楽――静かにイン。B・G。

番屋

　布団を並べている二人。
純「（ポツリ）富良野に帰ろうかって思ってるンだ」
五郎（見る）
純「帰って――今度こそ、――身をかためようかって」
五郎「――」
　間。
純「じつはさ――」
五郎「――」
純「一緒になりたい人がいるンだ」
　五郎。
純「明日その人に会って欲しいンだ。その人と、その人の父親っていう人に」
　五郎。
純「いや、父親っていっても本当の親じゃなく、じつはその人のご主人の親なンだ。本当いうとその人結婚してるンだ」
　五郎の顔。
　音楽――消える。
純「じつは去年の秋鮭の遡上を見にいって、涼子先生に偶然会って、先生の家でその人に会って」
五郎「待て待て待て待て!!」
　五郎ムックと起き上がる。
　純。
五郎「お前の話。――わからない！」
純「イヤ」
五郎「鮭とその人とどういう関係なの！」
純「イヤ、鮭はもういいよ」
五郎「人妻っていった!?」
純「いったよ。だけど」
五郎「人の奥さん!?」
純「まだ正式にはね、けど」

五郎「いかん！　純！　それはいかん！」
純「ちょっと聞いてよ」
五郎「（無視）姦通罪ってお前知ってる!?」
純「カンツー」
五郎「姦通罪よそれ！　不義密通よ!!　それはダメ、絶対!!　それは許さん!!」
純「ちがうよ！　待ってよ！」
五郎「ダメ！」
純「ちがうの！　聞いて！」
五郎「ダメ!!」
純「あのね、つまりね」
語り「説明するのに一時間かかった。涼子先生のとこで会ったこと。コンビニの弁当のこと。トドのこと。結ちゃんの亭主の現れたこと。暴力をふるわれたこと。そこに話し合いに行ったこと」

＊

五郎。

——酒を飲んでいる。

純。

語り「結ちゃんが猟銃をつきつけたことは省いた」

——飲んでいる。

語り「父さんはやっと理解したみたいだった。理解したみたいだけど。——父さんは黙っていた。そして。ふと見たら涙をためていた」

五郎。

語り「どうして泣いているのか、わからなかった。相手が人妻だというショックからか。シュウのことを急に思い出したのか。それともぼくが身をかためるといったので、嬉し涙を流していたのか。——とにかく父さんは、涙をためていた」

海

白々明け。流氷は消えている。

下着姿の五郎、ひどい顔で出てふるえ上がり、何度もつづけざまにクシャミする。

ふとふり返る。

道を下りてくる結。

五郎、仰天して中へとびこむ。

番屋

五郎とびこみ、寝ている純をゆり起こす。
五郎「（表さし）来た！」

純「ン？——何が」
五郎「人妻！——じゃないかと」
　五郎、鏡の前へ走り、水をつけて懸命に髪をなでつける。
　純、大あわてで布団をたたみ服を着る。
　ノック。
純「ア、ハイ！　今！」
　ようやく戸を開ける。立っている結。
純「早いな」
結「ゴメンナサイ」
純「紹介する、これ、おやじ。——高村結さん」
結「結です。すみません、朝早くから」
　五郎。
五郎「（突如変貌。極度に愛想よく）ア、ナンモナンモ！
　さ、さ、どうぞ！」
結「いえアノ、——（小声で）純ちゃんちょっと（外へ）」
純「？（外へ）」

同・表

結「（低く）義父《とう》さんが昨日から帰らないの」
純「帰らないって？」
結「昨日の朝トド撃ちに行ったきり。昼には帰るっていって出たンだけど」
純「——」
結「純ちゃんのお父様が見えるっていったら、トド撃ってきて喰わすンだって、ジイヤンと二人で出かけたのよ。昨日の朝流氷が沖に出てたから」
　音楽——鈍い衝撃。砕けて低いB・G。

番屋

　とびこみ、ヤッケ着る純。
五郎「どしたの」
純「トドが帰ってこないンだって」
五郎「トドって、——海にいる？」
純「後で説明する（とび出す）」

車

　とび乗って走る純。
語り「流氷は風向きですぐ移動する。昨日港いっぱいに入っていたものが朝になると全部消えてたりする」

港

人が集まっている。

語り「トド撃ちは流氷の合間を縫って、流氷とともに来るトドを待つ」

埠頭

走ってくる拓郎。

語り「その舟は漁船とは比較にならない小さなものだ」

漁協

漁業無線でしゃべる男。

語り「流氷の間にはさまれたら、ひとたまりもなく押しつぶされる」

海

語り「天候が悪く、視界もよくなかった」

漁船

荒天の海を行く。

語り「何バイかの漁船が操業を休んで荒天の中、トドの船を探した」

巡視艇

語り「海上保安庁の巡視艇も出た」

海

吹雪が流れてくる流氷に舞っている。

語り「視界不良でヘリも飛べず、捜査隊は夕方には引き揚げてきた」

埠頭

語り「トドたちの遭難は確実となり、夕方のニュースでそのことが流れた」

浜（夜）

巨大な焚き火をたく猟師仲間。純。

語り「みんなは浜に流木を集めそれに火をつけて大きな焚き火にした。沖にいる遭難者に港の場所を知らせるためだ。遭難があるとここらの漁村では、こういう迎え火を何日も何日も延々とたきつづけて帰りを待つらしい」

浜への道

凉子先生が急いで来る。
語り「八時すぎ中標津から凉子先生がテレビのニュースを見
てかけつけてくれた」
純「先生！」
凉子「結ちゃんは？」
純「家のほうにいます。みんな集まってるから」
凉子「あんた大丈夫？　ああ先生。寒くない？」
純「大丈夫です。じつは今おやじが富良野から
来てるンです」
凉子「お父さんが？」
純「一人で家に放っぽっといてあるンで、よかったら行っ
て相手になってやってくれませんか」
凉子「わかった。家って？」
純「案内します」

番屋

戸を開ける五郎。
五郎「どうなった」
純「まだ見つからない。父さん、わかるかい？――凉子先
生だよ」
凉子「お久しぶりです」
五郎「先生――！」
純「オレもう一度あっちへもどるから」
凉子「こっちは大丈夫よ」
五郎「イヤイヤ伜がお世話になってるみたいで」

焚き火

もどってくる純。
語り「焚き火の所にもどったら、ほかの人たちの姿は見えず、
結ちゃんのご主人がたった一人で、ポツンと焚き火に
流木をくべていた」
弘。
――チラと純を見るが、そのまま無言で火の脇に座る。
――純も。
間。
純「おやじさん絶対帰ってきますよ」
弘「――」
純「あの人そんなヤワな人じゃないです」
間。
弘「（低く）気休めをいうな」
純「――」
弘「あっちじゃみんな無責任に、勝手なことをいい合って

ら」
純「――」
弘「ダメだっていうやつ。まだ生きてるってやつ。――クナシリに渡って助かってるってやつ」
純「冗談じゃないです」
間。
弘「あの晩は全くぶったまげたぜ」
純「――」
弘「結のやつ、本当にぶっ放すかって思った」
純「――」
弘「ビビッた」
間。
弘「あれからあいつと夜明けまで話した」
純「――」
弘「あいつにゃ負けた」
純「――」
弘「もともと何のかのいえる立場じゃねえンだ」
純「――」
弘「おれが勝手にとび出したンだから」
純「――」
弘「でもなァ――」

純「――」
弘「いや、もうよそう。男らしくねえ。――お前にゆずる、倖せにしてやってくれ」
純「――スミマセン」
間。
弘「何時だ」
純「――十時十五分だ」
間。
弘「寒いだろうなおやじ」
純「――」
弘「火がありゃいいが」
間。
弘「風が動いてるな」
純「――そうですか」
弘「明日の朝は多分、流氷がまた入ってくる」
間。
純「この焚き火、沖から見えるンでしょうか」
間。
弘「見えると思わなきゃお前、迎え火たいてる意味がねえだろうが」
純「――ハイ」

間。

弘「(立つ) ちょっと流木探してくる」

純「オレも行きましょうか」

弘「お前はここで火の番してろ」

弘、暗闇に去ってゆく。

語り「ご主人の背中は、淋しそうだった」

海

語り「海は、たしかに少し風が出て、——しかし海鳴りは聞こえなかった」

番屋の灯

トタンをゆする風の音。

同・内

ストーブの前の五郎と涼子。

涼子「あれから本当に二十年経つんですね」

五郎「ハイ」

涼子「まだこれくらいの、子どもでしたもの」

五郎「育ちました」

涼子「ホント」

間。

涼子「螢ちゃんは」

五郎「あいつはもう子どもが一人いますよ」

涼子「ホント！ 今どこに」

五郎「富良野です。看護婦をやってます。ああ！ おぼえてないですか笠松の正吉」

涼子「おぼえてますよ！」

五郎「あいつと結婚したンですよ」

涼子「ホントオ！」

間。

五郎「十年ひと昔っていいますが、——二十年たつといろいろあります」

涼子「——」

五郎「いろいろあって、ま、当然ですが」

涼子（うなずく）

風の音。

五郎「一つおききしていいですか」

涼子「何ですか」

五郎「純が今つき合っとるらしい——娘さんのことです」

涼子「ああ結ちゃんね。私が紹介したンです。私の教え子で、とってもいい娘」

　五郎。
五郎「人妻だって聞きましたが」
涼子「（笑う）人妻――っていうか、元人妻ね。もっとも
　籍はまだ脱けてないみたいだけど」
五郎「先生」
涼子「――？」
五郎「おいら――その昔――女房に男を作られて」
涼子「知ってるわ」
五郎「――」
涼子「でもそれとは事情がちがうのよ。結ちゃんのご主人
　は女こさえて、二年前に逐電しちゃってるのよ。実質
　的にはもう別れてるのよ」
五郎「しかしアノ――まだ籍が脱けてないと」
涼子「（笑う）下らないことにこだわるンだなァ」
五郎「――」
涼子「好き合ってるンだからそれでいいじゃない」
　間。
涼子「それともバツイチじゃいけません？」
五郎「とんでもございません！　あいつだって実際は――
　バツがいくつも――ハイ」
涼子「（微笑）これまで散々苦労してきた娘だから――、
　純ちゃんと一緒に、苦労できると思うわ」
　間。
五郎「ありがとうございます」
涼子「――」
五郎「もったいないお話です」
語り「明け方、火のそばでふと気がついたら、港いっぱいに
　流氷が入っていた」

流氷（早朝）

　びっしり前浜を埋めつくしている。
　ふるえつつ、焚き火に流木をくべる純。
　毛布をかぶって動かない弘。
　五郎、来る。
五郎「どうだ」
純「ウン」
五郎「大丈夫か」
純「ああ。（低く）父さん、この人、彼女のご主人だよ」
　五郎、反射的に逃げかけ、辛うじて踏みとどまる。
五郎「ソウカ」

海

語り「海は昨日と一変していた。荒天はおさまり、クナシリから太陽が上ろうとしていた。六時ごろ結ちゃんが朝めしを運んできた」

浜

結、来る。

結「(五郎に) 来てくだすってたンですか」

五郎「いや、ついさっき」

結「すみません。あったまるから、めし上がってください」

結、ブタ汁をみんなによそう。

結、弘を起こし、ブタ汁をさし出す。

弘、怪訝に五郎を見る。

五郎、深々と頭を下げる。

汁をすする三人。

五郎「この流氷は厚いもンなンですか」

結「厚いですよ」

五郎「よくああやって船が出ますね」

結「ここらの船は鋼鉄船ですから、へさきを流氷にのりあげて船の重みで割るンです。のりあげてはバックし、のりあげてはバックし」

結、弘を見る。

結「——どうしたの?」

沖の一点を見ている弘。

その手から——

ブタ汁の容器が地面に落ちる。

立ち上がる弘。

目をこらしている。

結もその目線を見、ゆっくり容器を置く。

純も立ち上がる。

前浜沖

流氷の上に動いている小さな点。

そこへ向かって、漁船が氷を割り近づいていく。

浜

弘、堤防へ向かって走る。

結も。

純も。

五郎ふり向く。

止まった車からころがるように走ってくる拓郎。

拓郎「(叫ぶ) トドが生きてたぞ!! トドが帰ってきた!!」

音楽――圧倒的に流れこむ。

流氷

その上を真っ白に凍ったトドとジイヤンが、足場を選びつつぐいぐい歩いてくる。

堤防

突端へ向かって走る、弘、純、結。

流氷

二ハイの漁船がトドたちに近づき、氷にのりあげて停止する。

船から仲間が流氷へとび下りる。

堤防突端

息をのみ見ている純たち。

流氷

漁船の上へ収容される二人。

浜

見ている五郎。

埠頭へ

走る拓郎。

堤防

純と結も埠頭へ走る。

港

漁船がもどってくる。

そのへさきに仁王立ちのトド。

岸壁

みんなが走り寄る。

五郎も。

近づいてくる漁船。舫《もや》い綱を放る。

漁船の舷側からとび下りるトド。かけ寄る一同。

そのトドを見てギョッとする五郎。

トド、背中のリュックを外しつつ、みんなの手をふり払い、異様な顔で笑いながら、五郎の所へまっすぐに近寄る。

トド「（歩きつつ）いやァ！　よくみえた！　トド撃ってきた！　今夜はトド鍋だ!!　いやァしばれたッ!!」

ぼう然と見ている純と結。

そして五郎。

トドその五郎の肩に手をかけ、押し倒すように倉庫のほうへ歩く。

顔を見合わせる純と結。

結、すぐ追って走る。

純も追おうとし、ふと目を止める。

堤防突端

弘の背中がポツンと立っている。

岸壁

純。
音楽——はじける。

高村家・居間

トド鍋がグツグツ煮えている。まくしたてているトド。

トド「岬のちょっと先だ！　三頭おったうちのでかいのを撃った！　当った！　当ったはいいが船寄せたときはもうブクブク沈みよる。モリ撃った！　水中一メートルより先だ！　それで必死にたぐり寄せたンだ!!　ところが野郎潜ろうとする。そこへ流氷がどんどん来よった！　流氷の下へ入られたら最後だ！　それでそれで——」

五郎、くわれて飲みつつ聞いている。

隣りの男「（ニコニコささやく）富良野から来られたらびっくりされるでしょう。あんたらの所の人は農耕民族だが、ここらのもんは狩猟民族だから」

叩きつける歌。

カラオケバー

肩組み体をゆすり、絶唱しているトドと五郎。

トド「〽ラウスに　トドはまだ来ない！

ラウスに流氷まだ来ない！

それでもオイラ！

それでもオイラ！

今日も舟を出す！

明日がある！　明日がある！

明日があるのさ！

ホレ、五郎さん唄え！」

五郎「(あわてて)〽ア、アーアアアア。
ア、アーアアア!
ア、アーアアア。
ア、アーアアア!」
純と結とがポカンと見ている。
その純のケイタイがプルプルと鳴る。
純、ケイタイをとり耳に当てるが、うるさくて聞こえない。
表へ。

同・表

中の音が表にもひびいている。
純「もしもし。――うん。――うん――」
純の顔色がスッと変る。

カラオケバー

入った純、人ごみをつっ切って歌っている五郎のもとへ。
その耳元に口をつけささやく。
純「中畑のおばちゃんがなくなったって」
五郎「エ!?」
関係なく絶叫しているトド。

同・表

なだれ出る五郎、純、結。
酔ってからみつくトドを必死に抑える結。
結「おとうさん! おとうさん!!」
トド「どうしておれにつき合えねえンだ! 祭りはこれからだ! どうして逃げるンだこの野郎!」
結「ちがうのおとうさん!(純たちに)行って! かまわないから!」
トド「逃げたらこれきりだぞ! 黒板のおやじ! 五郎! 息子! なぜ逃げるンだ嫁泥棒!!」
タクシーに二人を押しこむ結。
しきりと恐縮する五郎を抑える純。
タクシー、スタート。
トド「逃げるなこのタコ! 嫁泥棒! 男ならつき合え! 朝までつき合え!!」
舞う雪の中へ遠ざかるタクシー。
音楽――

4

富良野岳

　真っ白に雪をかぶっている。

語《り》「二年ぶりに見る富良野の景色だった」

　音楽——テーマ曲、イン。

麓郷交差点

　バスから下りる五郎と純。

語《り》「麓郷は全く変っていなかった」

中畑家

　『忌中』札がはられ、鯨幕と花輪に包まれている。

語《り》「ただその中で——また富良野から、世話になった人が一人消えた」

みずえの遺影

語《り》「おばさん。さんざんお世話になりながら、——何もできなくてすみません」

回想

　いくつかのみずえのショット。

語《り》「ぼくがこっちに来た子どものころから、目だたないけどおばさんはいつも、——やさしく、——あったかく——ぼくらの面倒を見てくれました。ぼくはおばさんに——。本当になンにも——」

中畑家・居間

　焼香を終える純。

　和夫に手をつく。

和夫「わざわざ帰ってきてくれたのか」

純「——」

和夫「すまんな」

純「——（うつむいたまま首をふる）」

同・事務所

　飲んでいる一同。

　正彦と五郎。（音楽——消えて）

正彦「（ボロボロ泣いて）結婚式にはお母さん、結局出ることができなかったンです」

五郎「―――」
正彦「でも写真見て、――とってもうれしそうで」

＊

成田新吉とシンジュク。
新吉「折角新居が建ち上がったのにな」
シンジュク「見にきたンですよおばさん、わざわざ病院から」
新吉「いつ」
シンジュク「一週間くらい前の夜中ですよ。電機工事をオレがやってたら」
新吉「本当かい」
シンジュク「和夫さんと婿さんとすみえちゃんが三人で、かかえるようにしてそっと夜中に。おれ見ちゃいけないと思って裏にひそんでじっとしてたら、おばさんの嬉しそうに笑う声が聞こえて。最高ねえって」

玄関

花が運びこまれる。
雪子が受けとって判をつく。

台所

純入る。
賄いをしている螢とすみえ。
すみえ「純ちゃん！」
純「（うなずく）大変だったな」
すみえ「事務所にみんないるわ」
純、うなずき、行こうとして、働いている螢の姿を見つける。
純「螢」
螢「――お兄ちゃん」
純「今夜お前ンちに泊まっていいいか」
螢「そうして」
純「話があるンだ」
螢「私も」
雪子「（入る）アラ、純、いつ来たの」
純「ご無沙汰してます」

事務所

新吉たち葬儀屋と打合わせをしている。和夫が来て加わる。
隅の席で五郎、――ぼんやり窓外の雪を見ている。
声「進んでますか？」

五郎、ふり返る。
いつのまにか隣席に座っている山下。
五郎「ア！　いや――あれきり。二、三日旅に出てたもンで」
山下「（うなずく）こういうことがふいに起こります」
五郎「――ハア」
山下「それにしてもこちらは――あまりにも若すぎた」
五郎「全くです」

雪

窓の外に降っている。

事務所

窓外を見ている五郎。
山下「私、あれから考えました。あなたの文章に何が欠けてるか」
五郎「――ハア」
山下「死という実感が欠けてるンです」
五郎「――ハア」
山下「あなたどっかで、自分はいつまでも、死なないもンだとそう信じてる」
五郎「――ア、イヤ」
山下「だけどあなたもいつかは死にますよ」
五郎「――ハイ」
山下「死んだ後の世界を想像しなさい。自分の死んだ後のこの麓郷を」
五郎。
山下「そこで生きてる息子さんや娘さんや、――それからお孫さんの遊んでる姿を」
五郎。
山下「そうすりゃあきっと彼らに遺したい、本当の心の文章が書けます」
五郎「――ハイ」
山下「それが正しい遺言ってものです」
五郎「――ハイ」

雪子の家

雪子と純。
雪子「私全然知らなかったのよ。どうもなンだか変だと思った」
純「――」
雪子「去年の夏はみずえさんまだ元気で何度もこの家に遊

びにきてたのよ。すっかりこの家に感心しちゃって」
純「この家、全部、父さんがつくったの？」
雪子「そうよ。いろんなものあちこちから拾ってきて」
間。
純「電気はどうしてンの？」
雪子「水力発電よ。裏の川に小さな水車作って」
純「――凄いな」
雪子「裏にもう一軒建ってるでしょ。あれ出来たとこ。すみえちゃんたちご夫婦の新居。みずえさんに頼まれて、お父さんたちが」
ノック。
雪子「ハイ」
五郎「（のぞく）和夫ちゃん来なかったか」
雪子「いいえ。どうしたの？」
五郎「いないンだ（外へ）」
純も外へ。

同・表

純「（出て）どうしたの？」
五郎「いや、みんなまだ集まって飲んでいるのに、気がついたら和夫――」
言葉を切る。
五郎の視線。

すみえの家

に、かすかにポツンと灯がともっている。

同・家の中

五郎と純のぞく。
新居の隅にうずくまり、一人声たてず嗚咽《おえつ》している和夫。
音楽――かすかにしのびこむ。B・G。
そっと戸を開けて――
背後に立つ純と五郎。
五郎「（低く）和夫ちゃん――」
和夫。
――顔向けず涙を拭って、
和夫「悪いな、――折角――こんないい家建ててもらったのに――」
五郎「――」
和夫「見にきたンだ。あいつ――、ひどく喜んでた」
五郎「――」

和夫「(ふるえる)ありがとう」

間。

五郎「(かすれる)みんなが建てたンだ。──おれの力じゃない」

純。

背を向けたままの和夫。

和夫「(泣き笑いで)あのバカ、きれいに整理して行きやがった」

五郎「────」

和夫「自分がおらんでもわかるように、──判こはどこ──通帳はどこ──保険証はどこ──、何がどこ──。子どもにもわかるようにきちんと整理して──表《ひょう》にしてちゃんと──説明して行きやがった」

五郎。

純。

間。

和夫「ずい分気を使ったつもりだったのに、──やっぱりあいつ──気づいてやがった」

五郎。

和夫「気づいてることを気づかれまいと──、あいつのほうが気を使ってたンだ」

純。

五郎。

和夫「あのバカ全く──。あのバカ、全く──」

音楽──静かにつづいて。

螢のアパート

語《り》「その晩おそく町へ出て、螢のアパートに泊まることになった」
(音楽──消える)

同・内

快の寝顔。
のぞきこんでいる純と螢。
間。
純「かわいいな」
螢「触ってごらんそっと」
純「──(さわる)」
螢「こんな肌って──たまンないよ」
純。
純「──本当だ」
間。

螢「私たちも昔、こんな肌してたのかな」
　純。

隣室

　入って茶をいれる螢。
螢「お兄ちゃんも早くお嫁さんもらって、子どもつくりなさい。責任感湧くわよ」
　入って立つ純。
語り「ズシンと来た」
　卓袱台《ちゃぶ》の前に座る二人。
純「正吉からは全然手紙来ないのか」
螢「全然」
　間。
螢「お兄ちゃん本当に、居場所知らないの？」
純「知ってたら教えるよ」
　間。
純「だけど月々借金は、きちんきちんと返してるンだって？」
螢「そう」
純「そっちから居場所つかめないのか。振込先をしらべるとか」
螢「やろうとしたけど駄目だった」
　間。
螢「最初のうちは手紙がいつ来るかって、ポストが毎日気になったわ」
純「――」
螢「でももうあきらめた」
純「――」
螢「きっとどっかにいい人ができたのよ」
純「――（ちらと見る）」
　間。
螢「お兄ちゃん、三沢さんに借金返してないンでしょ」
純「――」
螢「家族の人にいやみいわれたわ」
純「――」
螢「知ってる？　おじいちゃん、寝たきりになってるの」
純「（うなずく）――そのことは今回ちゃんとするつもりだよ。その覚悟してこっちに来たンだ」
螢「会うの？」
純「――ああ」
螢「会ってどうするの？」
　純。

純「これからのことをもういちど話し合うつもりだよ。今までみたいに逃げてばかりいないで」

螢「(笑う) できるのかな」

間。

純「こっちに帰ることを考えてるンだ」

螢。

螢「帰ってくるの？」

純。

純「結婚しようと思ってるンだ」

螢。

螢「冗談でしょ」

純「本気だよ」

螢「――誰と」

純「羅臼で知り合った女性だよ。父さんにもこないだ紹介した。結っていうンだ」

間。

螢「どうやって食べるの」

純「――――」

螢「こっち不景気で仕事なンてないよ」

間。

純「雪子おばさんのあの家見て思ったよ。父さん流にやれば何とか生きられる」

螢「お兄ちゃんの考え、目茶苦茶だな。職もないのに結婚するなンて」

純「結婚もしないのにお前子どもつくったじゃねえか」

間。

螢「(フッと笑う) それはいえるね」

純「螢、おれな」

螢「――？」

純「ずっと長いことおやじ見ていて、――ああいうおやじがいやだいやだって――そのことにずっと反撥してて。――だけど――最近、おれ思うンだけど――おれの中にはやっぱりおやじの血が、否応なくたしかに流れてて、――それは思うに、反撥することじゃなくて、むしろすてきなことなンじゃないかって――」

螢「――――」

純「うまくいえねぇな」

螢「わかるよ」

純「――――」

螢「私も自分のこと、最近そう思うもン」

間。

螢「その人どんな人？」

純「――バツイチだ」
螢「私と同じだね」
純「まァそうだ」
螢「子どもがいるの!?」
純「いねえよ!」
　間。
螢「わかンないよ（笑う）」
純「お前、いやらしい小姑になるなよ」
螢「そうか。お兄ちゃんもとうとうお嫁さんもらうのか」
　間。
螢「そうか。お父さん喜んだでしょう」
純「――」
螢「近ごろ何となく弱気になってて、ア！　こないだ私お父さんとこで、とんでもないもン発見しちゃった」
純「何」
螢「遺言」
純「遺言――!?」
螢「お父さん書いてるらしいのよ。お風呂たこうと思ったら焚きつけの中に、書き損じの下書きが丸めて入ってたの。気づかないふりして燃しちゃったけどさ」
純「――」

音楽――低い旋律で入る。B・G。

石の家

紙に書かれた『遺言』の文字。

その前で、筆を持ち、考えこんでいる五郎。

山下の声「死んだ後の世界を想像しなさい」

五郎。

山下「自分の死んだ後のこの麓郷を」

五郎、紙に向かい、書く。

五郎の声「オイラがいなくなった後のことを書く。純――。お前は結ちゃんと結ばれて――。勝手にやれ。螢――。お前も勝手にやれ」

間。

五郎の声「快――。お前の成長する姿が見られないのはたまらない。ジイジイのことを忘れないでくれ。ジイジイはいつもお前のことを――」

五郎の目から涙がポロポロこぼれる。

それはしだいに嗚咽に変る。

勝手な自分の空想の中で、嗚咽は大きく、止まらなくなる。

突然腹を立て、書いていた紙をクシャクシャに丸めて、思いっきりチーンと鼻をかむ。
五郎の鼻が墨で黒くなる。
音楽――静かに以下のシーンへ。

朝

語り「翌朝、牧場の跡地へ行った」

牧場

人気ない。

語り「牧舎はそのまま放置されており、見捨てられたまま昔のとおりあった」

放置された機械

語り「なつかしい機械が残されたまま錆つき、雪に半分埋もれていた」

草太の墓

手を合わせている純。

語り「草太兄ちゃん、許してください。あのころお兄ちゃんのふくらました夢を、こんな形でぼくは潰しました」

草太の家

入口に×の字に板がうちつけられ、風雨にさらされて廃屋寸前になっている。

語り「正子おばさんもアイコさんも、今は富良野を去りました。そうしてぼくは――。そうしてぼくは――」

音楽――消えてゆく。

三沢家・表

ポツンと山間に立っている。
純、その前に立ち大きく息を吸う。
意を決し、玄関へ。

純「ごめんください」
静寂。
純「ごめんください」
静寂。
純「ごめんください！」
中でコトリと音がする。
純。
そっと少しだけ戸を開けてのぞく。
ドキンとする。

同・中

ベッドからこっちを見ている老人。
三沢。
純。

純「おじいちゃん——」
三沢「（口がもつれる）オオ——」
純「ご無沙汰してすみません！　黒板純です」
三沢「オオ——！」
「上がれ上がれ」と手をふって招く。
純「失礼します」
純上がり、ベッドの脇へ。
そのまままたたみに両手をつく。
純「すみません！　あのときおじいちゃんが、折角やさしくいってくれたのに、月々の返済をオレ、さぼってました！　これからは毎月必ず返します！　今までのことは許してください！」
三沢「——」
純「本当に返します！　約束します！　おれ、もう逃げません！　絶対返します！」
三沢（ヒラヒラと手をふる）
純「ハ？」
三沢「——純タン」
純「——ハイ」
三沢「コッティニ——カエッテキタノカ」
純「ハイ」
三沢、うなずく。
何度もうなずく。
三沢「ヨカッタ」
純「——ハイ」
三沢「オレノ——トトデ——アンタガ——フラノニ——カエレンヨウニ——ナッタカト——イトゥモ——心ニ——ヤンドッタ」
純「——」
三沢「ヨカッタ。——ヨカッタ」
純「——すみません！」
三沢「ワシ——コノトオリデ——カダダガ——ダメンナッタ」
純「——」
三沢「ヨカッタ、——ゴロタンモ——ヨロコンドロウ」
純「——はい」
三沢「ワシハ——ワシハ——」
純「——」

三沢「純タン、トゥマン。モウガマンデキン。——トンベン、タチテクレ」
純「ハ？　トンベン？」
三沢「トンベン。トンベン!!」
　純。
純「ア！　小便ですか!?」
三沢（何度もうなずく）
純「わかりました！　トイレに行きましょう！」
三沢（ベッドの下をさし、手をヒラヒラさせる）
純「エ!?　あ、シビン。わかりました！　ハイ!!」
　純、尿瓶《しびん》をとり、布団をめくって中へ入れる。
純「失礼します！——大丈夫ですか!?——これでいいですか!?——ハイ大丈夫です。やってください！」
　三沢老人。
　——かなり長いこと我慢してたらしい。
　目を閉じ、延々と小便をする。
　その閉じた目から涙がこぼれる。
三沢「トゥマンナ。トゥマンナ」
純「——」
三沢「トゥマンナ——スマンナ」
　間。
純「終りましたか？」
三沢「——（うなずく）」
純「ちょっと待ってください」
　純、ティッシュをとり、汚れた部分を拭いてやる。
三沢「トゥマンナ。トゥマンナ」
　純、尿瓶をとり、布団をきちんとかけてやる。
純「ちょっと待っててください」
　純、尿瓶を持って部屋を出る。

トイレ

　純尿瓶の尿を流す。

台所

　純、入る。
　手拭いを水にぬらしギュッとしぼる。

部屋

　純もどる。
純「手を拭きましょう」
　拭いてやる。
三沢「（小さく）トゥマンナ。——トゥマンナ」

純、しわだらけのその手を拭く。

三沢の目から涙がポロポロこぼれている。

三沢「トゥマンナ——トゥマンナ」

純「——（拭いてやる）」

純。

語り「どうしようもなく熱いものが、ぼくの心につきあげていた」

音楽——静かな旋律で入る。B・G。

語り「かつてこの人は、いつも黙々と、奥さんと畑で働いていた。その奥さんをなくしてからも、この人は全く変らなかった。この人はいつも土の匂いがした。あの日、牧場を倒産させたとき、この人は家族の反対を押し切って、一五〇〇万の借金の返済を月々三万で許してくれた。なのにその好意を、ぼくは裏切った。おじいちゃん！　そんなにあやまらないでください！　あやまらなくちゃならないのはぼくです。こんなことするぐらい、毎日でもします！　毎日来ます！　これから毎日、オレ来ます！」

音楽——盛りあがってゆっくりつづく。

走る車の中の純

語り「多分そのときぼくの中にはっきり、富良野に帰ろうという気がかたまったのだと思う。それまでぼくは借金の返済を、金のことだけで考えていた。だけど——金のことはもちろんとして——それ以前の心の、——誠意の問題があったンだ」

純の顔。

音楽——なくなる。

純。急ブレーキをかける。

コンビニ

入ってゆく女の後ろ姿。

車内

純。

コンビニ

売場を見て歩く結。

語り「結がそこにいた！」

車内

純。

語り「富良野に――なぜか結ちゃんが歩いていた！」

コンビニ・表

結、店を出ると歩きだす。

語り「何を買うでもなくコンビニを出ると、結ちゃんは通りをすたすたと歩いた」

車の中

ゆっくり走らせて結を追う純。

語り「ぼくは黙ってその後を尾行《つけ》た」

通り

店々を眺めながらゆっくり歩く結。

語り「結ちゃんは店屋を眺めながら歩いたが、そのしっかりした歩き方には、ただブラブラと見物するのでなく、何か目的があるように思えた」

スーパー

売り場を見ながら歩いている結。

歩いてそっと尾行ている純。

尾行

語り「スーパーへ行き、金物屋へ入り、病院を見、そして市役所へ行った」

車の中

純。

語り「市役所へ行ったとき、ぼくは理解した。そうだ。結ちゃんはこの町を確かめてる。これから住む町を確かめようとしている」

音楽――静かにイン。B・G。

神社

純、そっと立つ。

語り「結ちゃんが神社へ入っていったとき、ぼくのその思いは確信となった」

はるかな拝殿で拝んでいる結。

結、参拝を終え、石段を下りてくる。

その足が止まる。

参道の向うに立っている純。

結。

音楽――ゆっくり盛りあがって終る。

町

快の手を引き、アパートへ帰る螢。

アパート

二人入る。

郵便受けから新聞をとってテーブルへ置く螢。

螢「これからジイジイのおうちへ行くからね。純おじちゃんが――」

螢――固定する。

螢の顔。

新聞紙の間から一通の封書がのぞいている。

螢。

恐る恐る手を伸ばす。

差出人――笠松正吉。

螢。

音楽――静かな旋律で入る。B・G。

ふるえる手で封を切る。

便箋をとり出して読む。

正吉の声「螢。長いこと居場所も教えないで悪かった。岐阜の山奥の工事現場で一度も街へ出ず働いていた。こっちの仕事が昨日終って明日から栃木の現場に移る」

麓郷街道

螢の車、走る。
正吉の声「今まで手紙を書かなかったことを謝る。おれは、弱い人間で、君らのことを少しでも考えたら、崩れてしまうだろうと恐かったからだ」

走る車内

螢。
正吉の声「君らのことは考えないようにした。だけどしょっちゅう夢に見た。快は大きくなったンだろうな。君は一人で怒ってるだろうな」

石の家・表

快を抱きぐんぐん上ってくる螢。

正吉の声「これからは居場所をはっきりさせる。下に書いた住所がおれの住む所だ。今年の盆休みにもしかしたら」

石の家の戸が開き、バケツを下げた結が出る。

螢。（音楽――消える）

結「——蛍さんですか？」
　間。
蛍「結ちゃん、ですね？」
結「ハイ」
蛍「——お父さんたちは」
結「二人で一緒に、今、お風呂です」

風呂場

　足音にあわてて湯舟にとびこむ二人。
　とびこんだ蛍、手紙をつき出して。
蛍「正ちゃんから今、手紙が来たの！　住所もちゃんと、
　書いてきたわ！」
二人「——！」
　音楽——イン。Ｂ・Ｇ。

石の家（夜）

　煙突から煙が上っている。
語り「その夜の会話は、よその人にはあんまりしゃべっても
　面白くないと思う」

同・内

　笑いころげている全員。
語り「とにかく全員がハッピーでハイであり、結ちゃんもた
　ちまちみんなに溶けこみ、父さんはデレデレと結ちゃ
　んの肩を抱き、その中で平然と快は眠っており。結局
　全員がここで泊まることになって、ちょっともめたの
　はその部屋割りで」
　全員、ロレツが少し回らない。
蛍「お兄ちゃんと結ちゃんがそりゃ上でしょう」
純「いやそりゃまずいでしょう」
五郎「どうして!?」
蛍「一緒になるンだもン、いいじゃない！」
純「蛍と結ちゃんが上で寝ろよ」
五郎「アラソウ？　本心？」
純「本心だよ」
五郎「結ちゃんは？」
結「私はどこでも」
五郎「そんじゃ純と蛍が上に寝て、オイラと結ちゃんが下
　って組合わせは？」
純・蛍「そりゃない（でしょう）！」
五郎「アラソウ？　結ちゃん、オイラとじゃいや？」
結「私はいいです」

五郎「ホラ！　ホラ！」
螢「それはダメです！」
純「おれが許さない」
五郎「そんじゃジャンケン。公平にジャンケンケン！」
螢「ダメ!!」
語《り》「結局女が上に寝て、男が下に寝ることになった」

＊

階下に五郎と純。
階上に螢と結。そして快。
音楽——消えてゆく。
語《り》「小さな家に充満している家族の空気を久しぶりに吸った。しかも新しい家族までいたンだ」

森

語《り》「その晩はうンと冷えこんでいて、森の遠くで凍裂の音がした」
ヴィ——ン。

石の家・表

煙突からかすかに上っている煙。
語《り》「夜中にまた例の、あの夢を見た」

夢

純、もだえている。
馬のりの草太、ケッケと笑いつつ純の全身をくすぐる。
草太「（笑って）コノヤロ！　コノヤロ！　倖せになりやがって！　コノヤロ！　コノヤロ！」

石の家

力をふるって目をさます純。
間。
語《り》「目をさましたら螢が立っていた」
螢「寝てる？」
純「いいや」
五郎「どうした」
螢。
螢「父さん私ね、——正ちゃんの所に行こうと思うの」
二人「——」
螢「——そうすべきだって私、思うの」
五郎。
純「そうしなよ。おれもそう思う」
五郎「——」

螢「どう思う？　父さん」
五郎「うン」
螢「――」
五郎「行くべきと思うが――。快はどうするンだ」
螢「もちろん連れてくわ」
五郎「うン」
螢「いけない？」
　間。
五郎「いけなかないが――」
螢「――」
五郎「快も行くのか」
　純。
五郎「快も一緒に連れてっちゃうのか」
螢「――」
五郎「うン」

石の家・下

　冷凍車が着いている。
語り「翌朝、羅臼のトドからという、凄まじい量の海産物が届いた」

スケソウの函

　その上にガムテープで貼られている離婚証明の書類。
語り「スケソウの函のいちばん上に、結ちゃんの正式な離婚証明がガムテープでべったり貼りつけられていた」
　発車のベルがけたたましく鳴る。
語り「三月二十五日。螢が発った」

富良野駅ホーム

　快を抱いたまま涙ぐんでいる五郎。
　送りにきている純、雪子、結。
純「正吉にくれぐれもよろしくいってくれ」
螢「うン」
雪子「螢ちゃんすぐまた帰ってくるンでしょう？」
螢（笑っている）
雪子「このまま帰らないつもりじゃないンでしょう？」
螢「（微笑）お兄ちゃん、結ちゃん、父さんをよろしくね」
純「ああ」
　突然快を抱いたまま、階段のほうへ逃げようとする五郎。
　あわてて追いかけつかまえる純と螢。
純「父さん！」

螢「（快を奪い）誘拐魔！」

　螢、快を抱きデッキに乗る。

　扉閉まる。

　ベル止まり――。

　発車。

　窓の中から手をふる螢と快。

　見送って手をふる純、結、雪子。

　五郎、ペタリとガラスに手をつけたまま、オイオイ泣いて走りだす。

　駅員、笛を吹き、危ない危ないと制止する。

　その手をふりほどいて列車を追う五郎。

　笛を吹きながら追いかける駅員。五郎に追いついて、抱きつくようにホームにころびこむ。

純「父さん――！」

　五郎、駅員をはねのける。

　帽子をとばしてふたたび列車を猛然と追う。

　駅員が二人に増え、五郎を追う。

　五郎、ホームから線路に下りる。そのまま線路上を必死に走る。

　追いかける駅員たち。

　五郎に追いつき、つかまえて雪の中に一緒に倒れこむ。

語り「恥ずかしいぐらい父さんは泣き、恥ずかしいぐらい父さんは走った。でも。ぼくはその父さんに感動していた」
　純。
語り「父さん。あなたはすてきです。あなたのそういうみっともないところを、昔のぼくなら軽べつしたでしょう。でも今、ぼくはすてきだと思えます」
　音楽――テーマ曲、イン。
語り「人の目も何も一切気にせず、ただひたむきに家族を愛すること。思えば父さんのそういう生き方が、ぼくや螢をここまで育ててくれたンだと思います。そのことにぼくらは今ごろようやく、少しだけ気づきはじめてるンです。父さん。あなたは――すてきです」

石の家界隈（雪の中）
　働いている結。
語り「それからぼくらは結と三人、石の家で新しく暮らしを始めた」

三沢家
語り「ぼくは父さんを手伝いながら、三沢のおじいちゃんの所へ通っている」

炭焼き小屋

五郎が竈《かまど》の前にじっと座っている。

語《り》「父さんは今年も、また炭を焼いている」

五郎の顔。

音楽——消えていって。

五郎の声「遺言。純、螢。おれにはお前らに遺してやるものが何もない。でも——、お前らには——うまくいえんが、遺すべきものはもう遺した気がする。金や品物は何も遺せんが、遺すべきものは伝えた気がする。正吉や結ちゃんには、お前らから伝えてくれ」

音楽——イン。B・G。

五郎の声「おれが死んだ後の麓郷はどんなか。きっとなんにも変らないだろうな。いつものように、春、雪が溶け、夏、花が咲いて畑に人が出る。いつものように白井の親方が夜遅くまでトラクターを動かし、いつものように出面《でめん》さんが働く。きっと以前と同じなンだろう。オオハンゴンソウの黄色の向こうに、雪子おばさんやすみえちゃんの家があって。もしもお前らがその周辺に〝拾って来た家〟を建ててくれると嬉しい。拾って来た町が本当に出来る。アスファルトの屑を敷きつめた広場で、快や孫たちが遊んでたら嬉しい。金なんか望むな。倖せだけを見ろ。ここには何もないが自然だけはある。自然はお前らを死なない程度には充分毎年喰わしてくれる。自然から頂戴しろ。そして謙虚に、つつましく生きろ。それが父さんの、お前らへの遺言だ」

音楽——盛りあがって。

エンドマーク

本作品は、舞台となっている時代を活写するシナリオ文学のため
現在の感覚では違和感を感じられる表現もそのまま掲載しています。

スタッフ

脚本……………倉本　聰
プロデュース…中村敏夫
富永卓二
山田良明
演出……………富永卓二
杉田成道
山田良明
音楽……………さだまさし
制作……………フジテレビ

キャスト

黒板五郎…………田中邦衛
黒板　純…………吉岡秀隆
黒板　蛍…………中嶋朋子
黒板令子…………いしだあゆみ
宮前（井関）雪子…竹下景子
北村清吉…………大滝秀治
北村正子…………今井和子
北村草太…………岩城滉一
木谷涼子…………原田美枝子
吉本つらら………熊谷美由紀
（現在は松田美由紀）
吉本辰巳…………塔崎健二
吉本友子…………今野照子
中畑和夫…………地井武男
中畑みずえ………清水まゆみ
中畑すみえ………塩月徳子
中島ひろ子
松下豪介（クマ）…南雲佑介
井関利彦…………村井国夫
笠松杵次…………大友柳太朗
笠松正吉…………中沢佳仁
笠松みどり………林美智子
川島竹次（タケ）…小松政夫
吉野信次…………伊丹十三
成田新吉…………ガッツ石松
中川………………尾上　和
本多好子…………宮本信子
こごみ……………児島美ゆき
沢田松吉…………笠　智衆
沢田妙子…………風吹ジュン
水沼什介…………木田三千雄

和泉…………奥村公延
時夫…………笹野高史
中畑ゆり子……立石涼子
中畑　努………六浦　誠
駒草のママ……羽島靖子
大里政吉………坂本長利
大里の妻………小林トシ江
大里れい………横山めぐみ
飯田（北村）アイコ…美保　純
飯田広介………古本新之輔
中津…………レオナルド熊
中津チンタ……永堀剛敏
先生…………鶴田　忍
宮田寛次（シンジュク）…布施　博
運転手………古尾谷雅人
和久井勇次……緒形直人

勇次の伯母……正司照枝
エリ…………洞口依子
竹内…………井川比佐志
赤塚満次（アカマン）…矢野泰二
財津…………北村和夫
加納金次………大地康雄
松田タマコ……裕木奈江
タマコの叔父……菅原文太
タマコの叔母……神保共子
小沼シュウ……宮沢りえ
小沼周吉………室田日出男
黒木夫人………大竹しのぶ
黒木　久………井筒森介
石上…………冷泉公裕
中津完次………小野田　良
笠松　快………西村成忠

井関大介………いしいすぐる
沢木　哲
高村吾平（トド）…唐　十郎
高村　結………内田有紀
高村　弘………岸谷五朗
山下先生………杉浦直樹
清水正彦………柳葉敏郎
三沢のじいさん…高橋昌也
三沢夫人………根岸季衣
佐久間拓郎……平賀雅臣
熊倉寅次………春海四方
医師…………串田和美
木本医師………佐戸井けん太
三平…………山崎銀之丞

ほか

初放送

北の国から　１９８１年10月９日〜１９８２年３月26日
北の国から'83冬　１９８３年３月24日
北の国から'84夏　１９８４年９月27日
北の国から'87初恋　１９８７年３月27日
北の国から'89帰郷　１９８９年３月31日
北の国から'92巣立ち　１９９２年５月22日、23日
北の国から'95秘密　１９９５年６月９日
北の国から'98時代　１９９８年７月10日、11日
北の国から2002遺言　２００２年９月６日、７日
（以上フジテレビ系全国ネットで放送）

原本

北の国から（前編）　１９８１年10月
北の国から（後編）　１９８１年11月
北の国から'83冬　１９８３年３月
北の国から'84夏　１９８４年９月
北の国から'87初恋　１９８７年２月
北の国から'89帰郷　１９８９年３月
北の国から'92巣立ち　１９９２年２月
北の国から'95秘密　１９９５年２月
北の国から'98時代　１９９８年６月
北の国から'02遺言　２００２年８月

倉本 聰（くらもと・そう）

1935年、東京都出身。脚本家。東京大学文学部美学科卒業後、1959年ニッポン放送入社。1963年に退社後、脚本家として独立。1977年、富良野に移住。1984年、役者やシナリオライターを養成する私塾・富良野塾を設立（2010年閉塾）。現在は富良野塾卒業生を中心に創作集団・富良野GROUPを立ち上げる。2006年よりNPO法人富良野自然塾を主宰。代表作は『北の国から』『前略おふくろ様』『うちのホンカン』『昨日、悲別で』『優しい時間』『風のガーデン』『やすらぎの郷』（以上TVドラマ）『明日、悲別で』『マロース』『ニングル』『歸國』『ノクターン―夜想曲』（以上舞台）『駅 STATION』『冬の華』（以上劇映画）他多数。

北の国から'92～'02

著者　倉本 聰

発行者　内田克幸

編集　岸井美恵子

発行所　株式会社理論社

〒101-0062 東京都千代田区神田駿河台 2-5
電話　営業 03-6264-8890　編集 03-6264-8891
URL　https://www.rironsha.com

協力　株式会社フジテレビジョン

2021年10月初版
2021年10月第1刷発行

印刷・製本　中央精版印刷株式会社

ISBN978-4-652-20462-7　NDC912 四六判 19cm 472p JASRAC 出 2107925-101

思い出せ！
五郎の生き方

倉本 聰

北の国から

全3巻

Ⅰ 北の国から '81～'82
Ⅱ 北の国から '83～'89
Ⅲ 北の国から '92～'02

1981年　物語はここからはじまった
国民的大河シナリオ文学をいま